問津文庫

津沽名家詩文叢刊第十四種

主編　王振良

# 津沽詩集六種

侯福志　整理

天津出版傳媒集團
天津古籍出版社

**圖書在版編目（CIP）數據**

津沽詩集六種 / 侯福志整理. -- 天津 : 天津古籍出版社, 2021.5

（津沽名家詩文叢刊 / 王振良主編）

ISBN 978-7-5528-1095-0

Ⅰ. ①津… Ⅱ. ①侯… Ⅲ. ①詩集－中國－近代 Ⅳ. ① I222.75

中國版本圖書館 CIP 數據核字（2021）第 073360 號

**津沽詩集六種**

JINGU SHIJI LIUZHONG

侯福志 / 整理

出　　版　天津古籍出版社
出 版 人　張　瑋
地　　址　天津市和平區西康路 35 號康岳大廈
郵政編碼　300051
郵購電話　（022）23517902

策　　劃　唐　艦
責任編輯　鄭　偉
責任校對　黎冬瑶
裝幀設計　黎冬瑶

印　　製　天津市天辦行通數碼印刷有限公司
經　　銷　新華書店
開　　本　880 毫米 ×1230 毫米　1/32
印　　張　25.375
字　　數　400 千字
版次印次　2021 年 5 月第 1 版　2021 年 5 月第 1 次印刷
定　　價　99.00 圓

# 津沽名家詩文叢刊總序

李劍國

國人素重鄉邦文，方志多立《藝文志》，著録本地述作。至有薈萃前賢文集撰著，郡邑叢書作焉。明人海鹽樊維城纂輯《鹽邑志林》，開啓風氣，而清世、民國爲盛，若《畿輔叢書》《吳興叢書》《武林掌故叢編》《貴池先哲遺書》等，多達七八十種。郡邑書之纂，劉世珩《貴池先哲遺書序目》嘗云：『所以景仰前賢，嘉惠後學，乃士大夫鄉里所應爲之事也。』昔元代婺州蘭溪人編《敬鄉録》十四卷，録其鄉賢詩文。而民國永嘉黄群輯鄉賢著作，亦以《敬鄉樓叢書》爲名。『敬鄉』者，本《詩經·小雅·小弁》：『維桑與梓，必恭敬止。』郡邑之編，皆以見本鄉人杰地靈，文物之盛，寄托桑梓之情也。

較之古邑名都，天津建邑未久，明永樂二年（一四〇四）始置天津衛，于今方六百餘年。雍正二年（一七二四）升衛爲州，九年（一七三一）復升爲府，轄六縣一州。逮乎清季，直隸總督駐于津城，李鴻章、袁世凱相繼于此興辦洋務、新政。光緒二十六年（一九〇〇），天津陷于八國聯軍，淪爲列强租界。自此九河下梢之地，乃成百里洋場之都，天府津渡，工商重鎮，達官遺老蟻聚，騷人墨客麇集，物華之繁，超乎往昔矣。

《天津志略·文藝》云：『天津雖爲通都大埠，民風稍涉奢華，但澹泊致遠之士仍守本樸，鄙物質之享樂，而致力于藝術之陶冶，而度其「富貴如不可求，從吾所欲」之生活。以言著作，則歷代之文存詩稿，多如恒河沙數。……今日争以奢侈相炫，食多珍饈，衣錦晝行，惟三津尚發越前光，綿綿不墜，實晚近不數睹之邦矣。』津人藝文之作，《天津縣新志》著録明清二百七十七人、五百三十種。《天津志略》復益三十六人、七十二種。金大本《津人著述存目》乃增至四百人，著述近千。今人高洪鈞氏編著《天津藝文志》，又增入天津所轄郊縣鄉人著作，凡得著作千五百種左右，作者六百餘人。此中大部爲清世、民國人，三百年之文質彬彬，洵爲大觀也。

今存津人詩文别集，以康熙間刻龍震《玉紅草堂集》爲早，此後所存者甚衆，惜乎單部零種，未及彙編，管中一斑，難窺全豹。方今各地學人頗重本土文獻之整理研究，地方出版社亦引爲己任。吾津文事繁充，撰作衆多，自應不愧前賢，免落後塵。所幸者王振良君與問津書院同儕，正着手編輯《津沽名家詩文叢刊》，搜集整理王煐、查爲仁、梅成棟、楊光儀、嚴修、王守恂、華世奎、章鈺、郭則澐、李金藻、蘇星橋、陳誦洛等津人詩文集，將陸續出版，以彰顯津門藝文之盛。振良本吉林人，受業于南開，從事于報社。久居津城，認作故鄉，舊事新聞，諳熟于心。與同氣編輯《天津記憶》《品報》《問津》，十數年孜孜矻矻，鍥而不捨，世所难能，其志可嘉。而津沽名家詩文之刊，尤爲盛舉，誠儒林雅事，津門之幸也。

余生山右，讀書教學于南開已四十餘年，然居于斯而昧于斯，話及津事，每茫茫然。幸振良常臨陋室，聆其高論，閱其文編，津門數百年之事，遂知一二。前時振良索序，以弁叢刊之首。今稽考文獻，粗陳陋見，庶免『夏蟲語冰』之譏爾。

甲午歲清明後一日草于釣雪齋

（李劍國，南開大學文學院教授、博士生導師）

# 整理說明

侯福志

爲傳承文脉，弘揚優秀文化傳統，在問津書院理事長、著名文史專家王振良先生統籌安排下，按照天津古籍出版社要求，本人對《欲起竹間樓存稿》《小隱詩草》《冬青館詩存》《寄傲軒詩稿》《自怡悦齋詩稿》《一漚閣詩存》六部詩稿作了整理校點，本次出版時將其合稱爲《津沽詩集六種》。

《欲起竹間樓存稿》作者是天津詩人梅成棟，整理所依據的底本是一九二三年天津志局高凌雯刊刻本。該書爲竪體鉛印本，大三十二開。全書共分六卷，其中卷一部分五十五題、八十二首，卷二部分六十一題、九十八首，卷三部分四十一題、九十首，卷四部分四十三題、八十七首，卷五部分六十六題、一百〇四首，卷六部分五十一題、一百〇六首，合計三百二十七題、五百六十七首。余階生、蕭思諫分別作序，高凌雯再行刊刻時作了後記。

《小隱詩草》的作者是天津詩人胡樹屏，整理所依據的底本是一九二三年刊印本。該書爲竪體鉛印本，大三十二開，由華新印刷局刊印。全書分卷一、卷二兩部分，合計收録詩作二百六十六題、二百六十八首。其中，卷一分古風、情景兩部分，一百二十一題、一百二十三首；卷二分敘述、抒懷兩部分，一百四十五首。成榮光、成賢書作序，并附有成賢書先生題跋。

《冬青館詩存》的作者是天津詩人韓蔭楨，整理所依據的底本是由高淩雯於一九二九年資助的刊刻本。

該書爲竪體鉛印本，大三十二開。全書合計收録舊體詩一百三十三題、一百六十九首。該詩稿由張壽題簽，王守恂作序，遼陽陳思（慈首）、天津劉嘉琛（幼樵）、天津華世奎（壁臣）、天津高淩雯（彤皆）、伊通齊耀琳（震岩）分別題詞。另由高淩雯題跋。

《寄傲軒詩稿》的作者是武清詩人曹彬孫，整理所依據的底本是一九三七年由曹彬孫的長子曹用倓所編輯的鉛印本。該書爲竪體，大三十二開，存詩三十九題、四十八首，分別作於一八九九、一九〇二、一九〇三、一九〇八年。該詩稿由寓居天津的社會名流郭則澐（曾在北洋時期擔任國務院副秘書長）、袁大化（晚清時擔任新疆巡撫）等分別撰寫序文。著名詩人、天津城南詩社成員、曹彬孫的表弟趙芾撰寫了《清四川奉節縣知縣曹君殉難碑記并銘》以及《聞曹藹臣姻兄祀鄉賢有感》一詩。另有馬鴻翱撰寫的《表弟曹藹臣像贊》。

《自怡悦齋詩稿》作者是武清詩人楊軼倫，整理所依據的底本是由蔣漢起、沈静宇二位老師提供的油印本，該油印本封面上有『軼群弟存閲』字樣，可見該本詩集是由楊軼倫送給弟弟軼群存閲的。該書爲竪體，三十二開，合計收録詩作八十七題、一百四十一首。除作者自序外，李金藻、王猩酋、邵映儒等沽上名家分别作序。張藹如、黄潔塵、楊嗣箴、黄越川、柳溥泉、楊紹顔、寇泰逢等詩詞家分别題詞。

《一漚閣詩存》的作者是雄縣詩人張同書，他雖籍隶河北然長期寓居天津，與沽上詩人往來密切，因此亦闌入本書。整理所依據的底本是作者一九三一年的自印本。該書爲竪體鉛印本，大三十二開。全書采用編年體形式，按照創作時間排序，分卷一、卷二和附録三部分，合計收録詩作五百六十五題、七百三十首。其中，卷一起自民國癸亥年（一九二三）迄丁卯年（一九二七），合計二百四十三題、三百三十三首；卷二起自戊辰年（一九二八）迄庚午年（一九三〇），合計三百一十三題、三百八十七首；附録部分，即辛未（一九三一）春詩集出版前的詩作九題、十首。另有一九二五年自印本《一漚閣詩存》，收詩五十四首，與排印本無重複，因附於排印本後。鄭孝胥、趙元禮題簽，王揖唐、顧祖彭、趙元禮分別題辭，馬鍾琇爲之作序，書後附有鄭孝胥題跋。

現就整理情況説明如下：

一、本次整理工作的原則是力求保留原貌。除正文外，整理稿保留了原詩稿的題詞、題詩、題聯，正文及原作者的注釋。

二、原作中個別無法辨别的字，以『□』代替。詩稿中難以辨認而又複雜的异體字，且在電腦裏查不到的，根據字典轉換成了現代通用的漢字，如『搜』『剃』等。

三、詩稿原文均無句讀，由整理者施以新式標點。原作中的各類注釋文字，皆以楷體字標示。

四、《欲起竹間樓存稿》中的『稿』字，书名写成『稿』，而在文内被写成『稾』，整理时依出版规范做了統一。

五、《寄傲軒詩鈔》整理底本是由王振良先生提供的。原底本是影印本，出版時頁碼錯亂，經振良先生指點恢復了原貌，特此志記。

六、《一漚閣詩存》曾由天津問津書院以《問津》專輯形式刊行（二〇一三年第一卷第十二期），并由王振良先生以杜魚之筆名爲之撰《〈一漚閣詩存〉整理本書後》，今置於本集之末。另張同書於一九二五年还油印過同名詩集，彙集了此前創作的五十四題五十七首作品，亦作爲附録編入。

七、楊軼倫、楊軼群昆仲之弟子蔣漢起、沈静宇二先生，應整理者之約爲《自怡悦齋詩稿》題序、題跋，特此志記。

八、爲便於讀者理解詩作内容，筆者對每部詩稿的作者及詩作内容作了歸納分析，并整理成專文，供讀者參閲。

# 目録

**欲起竹間樓存稿卷二**

欲起竹間樓存稿卷三

**欲起竹間樓存稿卷四**

**欲起竹間樓存稿卷五**

**欲起竹間樓存稿卷六**

## 小隱詩草卷二

### 叙述

閒 目録 027

## 自怡悦齋詩稿

武清楊鴻飛軼倫著

## 一漚閣詩存 雄縣張同書玉裁著



### 一漚閣詩存卷一

## 一漚閣詩存卷二

# 欲起竹間樓存稿

天津梅成棟樹君著

# 梅成棟與《欲起竹間樓存稿》

侯福志

梅成棟（一七七六—一八四四），字樹君，號吟齋。天津人，清代詩人、作家、教育家。清嘉慶五年（一八〇〇）中舉，與崔旭、姚元之同出大詩人、著名書畫家張問陶（船山）門下，人稱『張門三才子』。道光六年（一八二六）春，與友人在津成立『梅花詩社』，成員有十九人，梅成棟被推爲盟主。至道光十五年（一八三五），詩社增加到四十餘人。道光七年（一八二七）他在天津倡立輔仁學院，并擔任主講十餘年。道光十八年（一八三八）任永平府訓導。道光二十四年（一八四四）逝世。著有《欲起竹間樓存稿》《四書講義》《管見篇》《吟齋筆存》等，另輯有《津門詩鈔》。

關於《欲起竹間樓存稿》的成書過程，梅成棟好友、時在廣東任職的余堂（余皆升）在序中作了披露：道光十二年（一八三二）春，『余爲梓先生所輯之《津門詩鈔》告竣』，隨即寫信給梅成棟，請其繼續把他的詩作結集刻印。信中寫道：『敢有請者：大集如何付下？名山著作，廣畀津梁，似不必定待五百年後也。』『先生迫余請，乃輯其集而郵寄焉，爰爲付梓。』

古人認爲，『詩之爲教所以感人，心明、勸戒、敦教化而厚風俗也』。梅樹君『弱冠登賢書，常志在濟世匡時、樹不朽之業，而藉手無由不得已』。他始而攻於詩，『於忠孝節義事見於歌咏，所以顯微而闡幽者，必曲折引伸淋漓盡致，發潛德之幽光，表芳徽於紙上，意寓勸欲情同誥誡。而於軫貧恤苦、吊灾救難諸長篇，尤殷殷懇摯，蓋至性至情藉詩吐露』。這與很多初學作詩的人，把詩作爲『吟風嘲月之資、炫才鬻技之具』迥异。這也正是梅成棟詩作的重要價值所在。

梅成棟是現實主義詩人，他一生作詩數千首，所作詩文或反映世間百態，或吟誦烈士烈女，或記述津沽風物風俗，或記録作者交游，或反映作者志向情趣。內容豐富，思想深邃，範圍廣泛。從這點上看，他所創作的《欲起竹間樓存稿》堪稱天津的一部詩史。

## 一、描寫親友間的離愁別緒

梅成棟交游甚廣，他有很多師友或親人在外地任職。在那個年代，由於交通不便，他的詩作一如古人，再現了感人的離別畫面，摻雜了個人的豐富情感。如《贈別劉春暉》云：『且盡樽前酒半壺，西風蕭瑟客情孤。黄花路上吟紅葉，一幅秋山送別圖。』酒喝了只剩半壺，此時，長亭之外，已是紅葉滿枝頭，此情此景，惜別之意油然而生。《重陽對菊憶五弟耐村》有如下幾句詩：『去年籬下黄花好，把酒與君同醉倒。今年籬畔黄花老，憐君走馬燕山道。兩度花開悵一年，天涯踪迹傷秋草。』當年，他的五弟在京城任職，作者回憶了送別五弟的場景，表達了對五弟很深的兄弟之誼和骨肉同胞的思念之情。他還慨嘆道：『知君羈旅定思歸，客中誰是知心者。』《送查笠亭歸海寧》有幾句詩我特別欣賞：『我除明月誰知己，君向青山訪故人。一棹烟波揮手去，江南回首憶汪倫。』詩人通過化用李白《送汪倫》的詩句，反映了作者與查笠亭之間的真摯友誼。此類詩還有不少，如《雪中送金大静庵之萊蕪》《送王善周應禮闈試》等。

## 二、描繪大運河的壯美景象

梅成棟曾多次參加科舉考試，所以他的詩作有不少是路途中的所見所聞，這其中包括對大運河兩岸風光的描繪。《張灣道上》有詩句云：『橋斷疑無路，頻年此獨行。寒駝沙没足，怪鳥樹藏聲。河水流平野，人烟冷廢城。塵踪慘風色，辛苦爲浮名。』張灣位於今北辰區雙街鎮，是北運河沿岸的一個古村，也是京津古驛道的一個必經之地。詩人用他那現實主義的筆觸，通過對斷橋、平野、寒駝等景象的描繪，再現了張灣的歷史變遷，爲我們了解這個古村落的發展史提供了形象化史料。《冬日安平道上》有詩句云：『古道人行少，荒凉十月初。冷烟沙樹直，遠色雪峰虚。村小埋黄葉，鴉寒入古墟。前途有酒肆，籬外見停車。』安平原屬武清，今屬香河，它是北運河上的一座古碼頭。作者善於刻畫美好的意象，通過描繪古道、冷烟、雪峰、寒鴉、酒肆、籬笆等景物，三言兩語，就勾勒出一幅美麗的山水畫。西沽也是一個古村落，形成于明朝，其東側瀕臨北運河，梅成棟的《西沽晚景》一詩，以荒村、青幔、紅燈、帆船、鐘聲等意象再現了這座古碼頭幽静而又繁華的景象：『晚景多幽趣，西陽古渡前。荒村依水近，老木得秋先。青幔橋邊肆，紅燈柳下船。鐘聲在何處，敲動隔溪烟。』梅成棟還有一組專寫南運河城區段景色的詩作，這組題爲《憶柳四絶句和查海漚孝廉》的組詩創作於一八〇二年，具有非常重要的認識價值。作者在題序中寫道：『津門南運河，夾岸垂楊，一望數十里，緑雲無際。自遭水患，盡行斧伐，海漚賦《憶柳詩》，和者甚多。』

其一：『踏青人至路迢迢，行盡長堤意轉消。七十二沽春水活，更無烟絮幕紅橋。』

其二：『寒食梨花夜雨田，玉簫吹過夕陽天。昏鴉欲落無栖處，啼向平蕪漠漠烟。』

其三：『回首吟鞭河上游，絲絲烟縷弄風流。錦帆畫舫空停泊，誰倚紅欄舊日樓。』

其四：『葦花零亂撲魚汀，數盡長亭更短亭。陌上斜陽橋下水，斷魂何處六朝青。』

從詩作反映的内容看，所描繪的南運河段大致在三岔口至郊外的邵公莊、佟家樓一帶。這裏過去有梨花帶雨的風光，有昏鴉欲落的野景，踏青人在長堤上行走，只因斧伐之後，景象大變。故才有『行盡長堤的感慨』。

## 三、記録津沽的風物遺存

海河是天津的母親河，也是天津最美的風景帶，這在梅成棟的詩作中同樣有所反映。如一八二三年所作《循海河南行村落間秋緑迎眸塵襟爲之一爽得絶句二》，即是描繪海河兩岸田野風光的佳作。其一：『葡萄熟後已無瓜，楊柳蕭疏村徑斜。一樹當窗門静掩，豆花紅處是誰家。』其二：『香聞籬落野花開，猶有盈盈小蝶來。

亦似詩人間意態，最無聊處一徘徊。』天津建城設衛以來，名勝古迹甚多，尤其是各類廟宇分布在城市各個角落。這些廟宇，因爲特殊原因成爲名勝，不僅是老百姓祭祀祈福的地方，也是歷代文人騷客游覽的勝地。如位於天緯路一帶的直指庵，分布在三岔河口附近的海河樓，還有南門外的海光寺等。在梅成棟筆下，今天的讀者同樣可以通過他的詩作，了解這些名勝古迹。如《游直指庵見邑前輩張筌山遺墨因題其後》有詩句云：『紅欄斜露柳邊橋，古寺春寒訪寂寥。人去空堂長不返，詩留殘墨未全消。』紅色的欄杆、金鐘河上的小橋，與壯觀的古寺相映成趣。因爲寺院裏留下了張筌山的墨寶，所以，雖然人已逝去，但他的精神尚在。張筌山，名張霔，筌山是其字。清康熙年間著名詩人、書法家，梅成棟非常崇拜張筌山。在詩作中，梅成棟多次提到張筌山。除前者外，又如《讀筌山〈秋海棠詩〉愛而和之》：『錦石蒼苔小翠鈿，一枝情艶曲欄前。斜風細雨無人院，冷醉閑吟薄暮天。清泪疑彈千點血，香魂欲化五更烟。未知何事成嬌怨，零落秋紅總黯然。』梅成棟曾作有《四樓詩》，其中一首題爲《篆水樓》，作於一八二六年，副題爲：『爲沽上詩人張筌山作也』。詩云：『緑艶空亭舊主人，風流裙屐化爲塵。墓園尚號思源在，樓影全消篆水新。石匣有詩藏萬首（筌山著詩萬首，死藏石匣中），寺門留字重千春（所書『無量庵』三字爲人人所稱贊）。紅欄百尺烟波冷，誰爲先生續後身（先生五女而無嗣）。』這首詩的信息量非常大，包括張笨山的居所、子女情況及書法藝術等，均有詳細反映。梅成棟的《游海光寺》一詩，描繪了海光寺的壯麗景象：『日暮憑欄感舊游，西陽無語下滄州。蕭蕭蘆荻疑風雨，滿浦秋聲抱一樓。』《河樓春望》是由三首絶句構成的組詩，從不同側面記述了這座皇帝行宮的美麗景色：『緑楊裊裊抱紅樓，斜日憑欄感舊游。滿地落花春不管，雛鶯銜過古墻頭。』『萋萋芳草望如烟，沽上潮來水拍天。出網河豚三月美，桃花紅映酒家船。』『惆悵春懷潞水濱，年年空見歲華新。楊花滿地吹如雪，愁絶高樓送別人。』

## 四、描繪郊外的田園風光

比較突出的是有關武清鄉村景色的描繪。其一：《途次頓邱》（一名《燕市道中》）。作於嘉慶五年（一八〇〇）秋天，這一年，他剛好二十五歲。他沿北運河乘船赴京參加科舉考試，路過北運河西岸的頓邱村。詩中提到的這個村，位於今武清區東蒲窪街。據《武清縣地名志》載，隋朝末年，有部分村民由河南頓邱郡遷來，因懷念故鄉，故取名頓邱。後來，陸續又有頓邱郡村民遷來，在頓邱村北側立村。爲區别起見，遂以大小相稱：最早形成的頓邱村被稱爲大頓邱，後來者則對應被稱作小頓邱。上述兩村均已不存，舊址在武清開發區北部，運河西岸。因天色已晚，梅成棟便投宿在村邊小店，期間賦詩一首，記録了在頓邱古村的所見所聞。詩云：『崎嶇黄葉路，霜印馬蹄痕。落日下高樹，寒烟生古村。樵歸沙外市，人閉柳閑門。草草投荒店，開懷酒一樽。』在作者眼裏，秋日的餘暉下，蜿蜒崎嶇的京津驛路邊，横亘着一座古村落，街上籬門緊閉，少有行人，除驛夫驅馬留下的蹄痕外，間有樵夫打柴歸來，消失在暮靄之中。詩作描繪逼真生動，再現了北運河一帶武清鄉間的自然風光和人文風貌。有意思的是，作者赴京後一舉得中，并成爲著名文人張船山的得意門生。從這一點上看，武清似乎是梅成棟的福地。另外兩首，均是描寫蔡村風物的。其中，《蔡村道中》，作於嘉慶乙丑年（一八〇五）春天，亦是作者進京途中所作，詩云：『緑返平蕪欲化烟，一番春雨潤沙田。農夫笑指村前路，今歲桃花勝往年。』寥寥數語，爲讀者描繪了一幅鄉間春景圖：詩人上岸走在運河岸邊，只見平曠原野，彌漫着無邊春色。緑草叢生，桃花盛開，農夫在田野裏辛勤地勞作，臉上洋溢着笑容。一句『今歲桃花勝往年』，既表達了農夫快樂的心境，又寄予了老百姓對未來的美好期盼。時隔十八年後，已近天命之年的梅成棟于道光三年（一八二三）春天再一次路過蔡村，并留下了《蔡村題壁》這首傳世佳作：『古堤芳草返離魂，三月風和透體温。野店幾回詩脱稿，春衫到處酒留痕。白沙碧水彎環路，緑柳紅桃遠近村。二十五年須鬢改，塵踪擾擾未堪論。』在作者筆下，北運河兩岸，已是春滿人間。白沙碧水、緑柳桃紅。堤岸上的旅店、民居錯落有致，飄出陣陣酒香。雖然兩岸景物是美好的，但在作者心中，還是禁不住心生感慨：二十五年前，梅成棟時客都門（指在北京），那時他也是經蔡村沿北運河赴京的。大自然没有變，依然是古堤芳草，緑柳紅桃，但人世間却早已物是人非，塵踪擾擾，徒留下斑白須鬢，往事真是不堪回首。梅成棟是清嘉慶、道光年間津沽詩壇大家，其筆下的武清風物，既美好，又真切，猶如一幅畫卷，歷久彌新。

## 五、憑吊悼念親友

梅成棟是清乾隆年間著名詩人張船山的門徒。一八一四年冬天，徐立山自山東來津，告之張船山病世的消息。梅成棟聞聽後，十分驚痛，且信且疑。不久，又接崔曉林（亦張船山門徒）信札，云先生病没於蘇州小山查公別業，已爲歸柩於蜀。梅成棟這才相信，禁不住『捧札泪涌，設位而哭』，因此作了《哭遂寧張船山夫子》四首律詩，以示對恩師的悼念。詩作涉及張船山從政爲官、授徒課業及古道熱腸的性格特征。并以『此去西風萬里橋，一棺應伴草蕭蕭』的詩句，表達了對先師西歸道山的惋惜之情。

毛一鶴，名凌皇，與梅成棟同出張船山夫子門下。其去世後，梅成棟非常悲痛，曾作《哭毛一鶴》一詩，其中有詩句云：『科名早折中年福，埋没誰憐作賦魂。』『剩稿飄殘灰燼裏，遺孤襁褓雪霜中。萱幃尚有慈親在，忍見桑榆血泪紅。』上述詩作爲研究毛一鶴的生平、家庭與生活狀態提供了史料。《聞袁簡齋下世》有詩句云：『聞説風騷賴主持，如何輕薄使人疑。善尋自在同居易，不諱風情似牧之。』狂否定了個别人對簡齋『輕薄文章誤後生』的負面評價。認爲他的詩獨抒性靈，『狂奴功過終難論，未必千秋有恕詞』。此類憑吊文字不在少數，如《哭詩友劉韵湖錫八首》《哭金領雲先生》等。

## 六、抒發閑情逸志

梅成棟一生坎坷，但他熱愛生活、珍惜友情，并且一直堅信自己的生活目標。因此，他通過意象或象征等藝術手法，以抒發閑情逸志。此类詩作還是比較多的。如《書黄春園齋壁》：『寒家風味耐秋凉，小小茅亭放短床。一架葡萄遮不盡，餘陰分取豆花墻。』『君家錯認當吾家，君自温經我煮茶。性愛孤吟恒獨立，一亭秋雪曬蘆花。』《秋蟬》：『黄葉蕭蕭古渡頭，忽聞蟬語動羈愁。聲疑寒磬初沈寺，人對斜陽正倚樓。豈有閑愁來説恨，亦如詞客愛吟秋。誰能羽化消凡骨，吸露餐風得自由。』《秋蛩》：『金風昨夜渡寒塘，絡緯聲聲出古墻。三徑清霜藤葉老，一籬疏雨豆花凉。空閨夢斷情如訴，蕪館燈深語正長。多少秋心勞爾説，悄無人處月昏黄。』梅成棟交游甚广，其中有很多是画家、艺术家。他曾应约为很多艺术家画作题诗，包括畢研農《秀野山莊圖》、周尺木《歸舟集詩卷》及周昂齋《秋林獨立圖》。題诗或咏物，或言志，意味隽永，感情真摯。

## 七、反映社會百態及民生疾苦

這方面内容比較豐富。如記述天津衛彪悍的民風。武孝廉沈毓德之兄爲仇所毆，孝廉聽説後持刀救人。兄得以生還，而仇人勢衆，『環百人刺之，孝廉潰圍出衆。復圍之，自背後刺而死。哀之，作義弟行』。在《義弟行》這首詩裏，作者描繪了義弟爲救兄而與混混交戰的壯烈場面，『橋北喧聲喧不止，衆手毆兄兄欲死。壯哉有弟氣縱横，隻手握刀飛出城。觀者如山齊道好，弟救兄來人盡倒』。記録民間偷盗行爲的，如《小偷》一詩載，有一天夜裏，『有偷兒穴壁來窺，詩以贈之』。其詩云：『深愧垂青到此廬，月明如水照紗厨。笑余寒儉無堪贈，四壁名花數卷書。』再如因夜賊泛濫，作者作《禁夜行》一詩：『後拖杖，前敲鑼，官居中間駿馬馱。夜行有禁，官則呵捕役，獰怒如閻羅。祇禁行人，不禁賊人，夜巡愈勤，賊出愈頻。君不聞昨夜東街劫質庫，今日西鄰失餉銀。賊笑官長徒勞神，胡爲夜夜來出巡。汝來巡時我在夢中，我出劫時汝在夢中。賊以四更來，官以三更去，吁嗟官賊何時遇。』《冰行嘆》是寫乞丐的。『無邊野水結成冰，小車咿啞冰上行。夫推無力婦爲擎，車上幼兒啼哭聲。婦語飢兒莫煩惱，前村乞食飼汝飽。行到前村不見人，破壁頽垣没荒草。吁嗟乎！縣縣皆灾，村村不守，西人東逃，東人西走。古有循良吏，悱惻民之母。告此飢頓形，爲民丐升鬥。古則有之今豈無，危則持之顛則扶。流亡滿道飢寒死，應向荒郊繪此圖。吁嗟乎！誰向荒郊繪此圖。』

一八二〇年秋，天津衛發生傳染病疫情。繼以連續下大雨，百姓悲苦。梅成棟爲此作《病起書事》四首。其一：『蓬廬卧病已經旬，猶有詩情笑此身。朝雨淋浪連暮雨，居人愁苦況竹人。東鄰西舍多新鬼，近郭遥村走夜磷。環視妻孥無恙在，平安真好敢辭貧。』其二：『胸中吐弃舊塵埃，再現靈光萬慮開。敢説輪迴虧道力，多緣天地惜庸才。窮愁未滿難容死，皮骨猶存那足哀。此後放歌歌益放，狂奴新破鬼門來。』其三：『幣地悲聲哭暮朝，紙錢風葉共飄蕭。長河霧漲三秋雨，大海雲翻一夜潮。天有奇愁容黯澹，人無生氣面枯焦。長吟短嘆知何益，多少游魂苦未招。』其四：『亦知身世等蜉蝣，噩夢無端尚不休。天上冰花寒萬丈，月中金榜照三秋。經多大難輕生死，悟到真空任去留。五夜觀心孤枕上，爲人淒慘替人愁。』還有一首《疫癘》篇，詩云：『疫癘遍天下，所當誅頑蒙。相彼造孽人，一洗爲之空。胡爲殺齊民，流毒及村農。并有寒素者，全家遭閔凶。得毋天賞罰，乃在心術中。不然無天道，畏富而欺窮。』

反映百姓疾苦的。如《號寒行》：『東家斂衣錢，西家斂衣錢。斂錢制衣備，天寒天寒施與寒人穿。天不奇寒衣不捐，寒人忍死待衣綿。昨夜雪花大如掌，堅冰裂地絶來往。縣官用盡制衣錢，質庫征衣始出榜。三日出榜如征調，鵠形男婦老携少。寒人蟻聚城隍廟，夜長雪凍風蕭蕭。萬口號寒鬼暗笑，天五鼓，廟門開，紅燈一對縣官來。持衣獰隸登高臺，萬人拼命呼聲哀。衣少人多分不開，縣官怒擲衣飄來。萬人争衣僕不起，强者得衣弱者死。血肉狼藉十三尸。生固號寒死可已。寒人哭，縣官走，與夫踏著死人首。十三骸骨無人收，縣官歸署去飲酒。』

## 八、记录家庭變故

梅成棟妻子去世甚早，這對梅成棟是一個極大的打擊，悲痛之情溢於言表。『余庚午（一八一〇）丁内艱，辛未年（一八一一）未應試，癸酉（一八一三）服除。今年春亡妻病没，無心即試，知交迫之，聊爲西山一行。因作《赴禮闈留别同人》：「强爲親朋著一鞭，春風回首倍茫然。此行豈有看花意，爲别西山又六年。」』他曾作《新秋雜感十四首》，通過回憶生活中的點點滴滴，表達對妻子的懷念之情。

作者在序言中云：『甲戌（一八一四）歲，荆人亡後，流離失所，猶借居内家園中。空館驚秋，孤燈對雨，追思往事，萬感交縈。因走筆成截句十四章，中用漁洋記得詩體，顛倒爲之。凄楚之聲，語無倫次，知我者，傷之以當哀，猨唳鶴而已。』梅成棟曾作《題亡妻〈問梅小草〉》二章，其一：『墨冷香殘蕙帳空，病容猶憶小簾櫳。桃花命薄偏經雨，楊柳情多易損風。五夜夢魂孤枕上，廿年懷抱苦吟中。舊詩檢點親抄過，字影疑堆泪影紅。』一八二三年的舊曆六月二十一日，梅成棟的女兒榮兒出生，梅成棟因作詩以紀念：『大兒早成名，無端病顛痴。中男纔九齡，懶讀書與詩。弱女方四歲，明慧多嬌姿。啞啞善學語，頗足解愁頤。衰門事顛倒，女慧男無知。應屬無如何，痴黠姑聽之。六月廿一日，忽又舉一兒，僕婢共相慶，親賓亦爲怡。我懷殊不然，了了自尋思。年届四十九，已近薄暮時。我衰緊何速，爾來亦何遲。他年縱成立，別離非遠期。』

梅成棟另有悼念兄弟的文字。如《四月十二日哭蔭亭六弟》有詩句云：『老去無多泪，酸心又哭君。團圓能幾日，骨肉竟浮雲。此別永千古，所眠惟一墳。新詩汝能解，即當紙錢焚。』『孝友君能重，錢財視最輕。衰門惟恃汝，中道忽抛兒。琴酒家庭樂，桑榆手足情。流光何太速，一病悟無生。』『早衰果不壽，意氣久消磨。

争怪歡娱少，曾遭患難多。驚君顔遽瘦，如我髮先皤。臨逝無他語，惟聞唤奈何。』『經營棺一具，費盡乃兄心。在日同蘆被，長眠有紙衾。老傷分手速，貧愧負情深。轉世重相見，蒼茫未可尋。』另有《五月十三日哭禹亭二兄》云：『纔悲亡弟又亡兄，無此人間慘切情。有限光陰緣易盡（其六弟於四月廿八日葬，兄於五月朔病，十三日没），幾多骨肉變頻生。荆花零落全如血，雁影分飛痛失聲。少小聯床人半去，雨窗默默對昏檠。』『悲來如夢又如痴，五十年華一霎時。未了葛藤非易斷，已危門户獨難支。情關骨肉休言達，命合窮愁早自知。宿孽既深天不恕，今生遭際太離奇。』通過上述詩作，我們可以窺見梅成棟一家人的很多信息，對於研究其生平和家庭生活史不無裨益。

# 序

古者詩之爲教所以感人心、明勸戒、敦教化、而厚風俗也。今之人初學操觚，自矜風雅，遂以詩爲吟風嘲月之資、炫才鬻技之具，故詩愈多而愈失其本真。然則士亦何貴於能詩乎？吾鄉梅樹君先生未嘗以詩自鳴，而領袖騷壇者數十年。所作積成卷軸，津之人識與不識，群以詩人目之。嗚呼，豈足以知先生哉！

堂於先生總角締交，親炙最久，習觀先生之行事言論，竊有以見先生之學之品，并其所養也。先生弱冠登賢書，常志在濟世匡時，樹不朽之業，而藉手無由，不得已始攻於詩。其悲憫之懷，纏綿悱惻之衷，往往有所觸動，盡發於詩。故卷中於忠孝節義事見於歌咏，所以顯微而闡幽者，必曲折引伸，淋漓盡致。發潛德之幽光，表芳徽於紙上。意寓勸懲，情同誥誡。而於軫貧、恤苦、吊灾、救難諸長篇，尤殷殷懇摯。蓋至性至情，藉詩吐露。彼但以吟風嘲月、範水模山目先生者，烏足以知先生哉！先生抱不世才，未得奮見於一時。隱居求志，仰屋著書，胸襟浩落。終年硯田所入，不過百餘金。餬口以外，撙節其用，悉以濟人。凡矜孤、恤寡、賙親，故而振貧者，見無不爲，未嘗有一毫難色，亦可想先生之爲人，有得乎詩之外乃能入乎詩之中者深也。

堂於先生之詩，尤所癖嗜，凡殘篇斷句，手爲録存，而先生往往不自愛惜，隨作而隨弃焉。今年春，余爲梓先生所輯之《津門詩鈔》告竣，因馳書於先生曰：『敢有請者：大集如可付下？名山著作，廣畀津梁，似不必定待五百年後也。』先生迫余請，乃輯其集而郵寄焉。爰爲付梓，使讀先生詩者，有以得先生之存心。而余之遠宦粵東，亦爲不虛矣。是爲序。

道光壬辰十二月余堂拜撰

# 自序

詩必有序，何爲乎？將謂詩不足傳，藉序者傳乎？夫有可傳也，固無待於序；其不足傳也，序亦勿傳。

身之窮達，命也；名之顯晦，亦命也。人不能保此身之必達，能保此詩之必顯乎？古來詩家之卓卓者，代不過數人。此卓卓數人外，其錦心慧業，老死牖下，泯漠無聞者，不知凡幾。或一鄉一邑，越境而人不知；或十年百年，時遥而名已泯。水火兵燹之所銷亡，風雨鼠蟫之所蠹蝕，多少心血，委歸塵土，可勝指數哉！至於卷出溷中，稿留佛腹，猶不幸中之幸也，而可必哉！夫天之生才也，無時無之，無地無之。譬春花也，隨開隨謝；譬蠶絲也，倏抽倏盡；譬芻狗也，旋作旋毁。陳陳相因，固亦無甚愛惜。一切憐才悼遇之情，皆人爲之，蒼蒼者勿知也。人於電光泡影中，苟讀書識字，儘可藉筆墨生活，適其天趣。至於窮達顯晦，視諸天風之吹白雲，任其生滅，必汲汲焉望傳一日之名，是欲霜中開常艷之花，嚴冬有不蟄之蟲矣。不亦傎哉！是故顯榮者，人所欲也，有不必得；名譽者，人所樂也，有不必彰。此數之任乎天者也，人無如天何也。學問之淺深，心情之曠達，此事之任乎人者也，天無如人何也。

棟自束髮受經，至於今日，呰窳佗傺，無以自伸。廿餘年來，逐境述懷，積詩成帙，皆無足重輕之言。一二良朋，偶出相證。或花朝雨夕，索居一室中，披卷再三，如尋昨夢。藉此排遣窮愁，消磨歲月，無可傳，亦無人肯序也。鄭板橋先生自跋其詩云：『有些好處，大家看看；了無好處，糊墻覆瓿。』旨哉斯言，獲我心矣。

嘉慶丙子八月朔日沽上吟齋氏題

# 欲起竹間樓存稿總目


卷一　古近體詩八十二首　乾隆乙卯至嘉慶乙丑

卷二　古近體詩九十八首　嘉慶丙寅至辛未

卷三　古近體詩九十首　嘉慶壬申至戊寅

卷四　古近體詩八十七首　嘉慶已卯至道光癸未

卷五　古近體詩一百四首　道光甲申至乙酉

卷六　古近體詩一百六首　道光丙戌至壬辰


樹君先生詩發於性情之真，加以學力之富，故無俗韵、無淺語，而感事托諷，與白傅同揆，尤非嘲風月、弄花草者可比。原稿數千首。余葺園明府篤念友聲，慮三寫之易訛，將謀付梓，屬稍汰其繁冗。謭陋如思諫，何敢妄加去取。惟念吴江楓冷，五字千秋。昔涪翁自訂其詩，僅踰三百。謝茂秦於已詩之難割愛者，則付李于鱗删之。蓋傳世之作，貴精不貴多也。兹擇其尤者，共得五百六十餘首，仍依原稿厘爲六卷。非曰遂無留良，然讀此編者，亦足以見先生之全體矣。因於總目之後，附書所見，質之明府。

道光昭陽單閼季夏温江蕭思諫記

# 欲起竹間樓存稿卷一

天津梅成棟樹君著

## 華年 以下乙卯（一七九五）

虛擲華年嘆此生，人如孤劍不能鳴。花鬚柳眼春無賴，棋角琴心淡有情。懷刺禰衡羞自薦，埋書劉蛻未知名。填胸孤憤憑誰吐，擬過夷門哭信陵。

## 送禹亭兄赴玉田

貧少田園樂，饑來去里門。慈烏驚月色，别雁帶霜痕。細雨秋山路，寒溪落葉村。旗亭分手處，相看但無言。

## 秋闈北上途中即景

詩思驢鞍上，烟痕復草痕。雙松留廢寺，一柳認孤村。北去山光近，東來水勢奔。少年奇氣在，雲日望都門。

## 秋日

霜色初凋木葉紅，布袍蕭瑟對秋風。憂時自恨才無濟，守分人疑我未窮。驚世文章懷賈誼，少年意氣愛陳東。床頭一劍蒙蛛網，夜夜寒芒吐白虹。

## 即事

今年八月暖於春，一雨全消天外塵。花底雙鷄閑似鶴，庭前小樹立如人。心非絕俗難言冷，詩不求奇但寫真。圖佛圖仙皆幻想，片雲且住眼前身。

## 贈別劉春暉

且盡樽前酒半壺，西風蕭瑟客情孤。黄花路上吟紅葉，一幅秋山送别圖。

## 入西山

步步嵐光步步秋，行吟黃葉繞溪流。穿山水勁能驅石，踞寺松高欲抱樓。奇鳥見人啼不去，野僧逢客指前游。白雲片片沾衣過，始信登臨最上頭。

## 冬日安平道上

古道人行少，荒凉十月初。冷烟沙樹直，遠色雪峰虛。村小埋黃葉，鴉寒入古墟。前途有酒肆，籬外見停車。

## 馬鉅橋即景

席帽遮無用，殘陽下樹時。鷹聲寒哨野，驢背冷吟詩。天遠横沙氣，山空露石姿。村橋零落意，投宿怯行遲。

## 舊州營道上 以下丙辰（一七九六）

霜葉離離冷瘦顏，蛇盤小徑曲如環。白沙高下千行樹，黃石嵯峨一帶山。作客逢秋常似病，此心未老已思閑。荒營何代屯兵處，廢壘殘陽遠近間。

## 東安墩

冷落秋村路，殘陽背水南。亂鴉團廢冢，一樹表荒庵。野色寒無際，詩情瘦不堪。安居羡農叟，扶杖醉容酣。

## 秋園即事 以下丁巳（一七九七）

菊解迎霜笑，松知濯露清。四時秋有味，一院淡宜晴。石笋穿苔出，墻蘿引蔓行。曬衣兩蝴蝶，消瘦似書生。

## 病起寄蘊空上人

一病心同佛，觀空倍了然。妻孥閑伴侣，花月小因緣。抱石知頑性，研經補慧天。蒲團容我坐，來話第三禪。

## 薊州道上

黄葉蕭疏數點村，村村殘照晚烟痕。一溪寒水通遼海，千里秋山抱薊門。燕趙英雄荒草没，金元宫觀古碑存。版圖今到龍沙外，却笑秦皇起塞垣。

## 雨後郊行

不道寒溪上，秋花如此紅。偶逢新雨後，徐步晚晴中。趣或因閑得，迂難與世同。獨行還獨止，一笠對西風。

## 對花飲酒歌

一百五日東風老，七十二沽春色好。小園一寸胭脂紅，愛惜飛花堆不掃。鸚鵡螺乾醽醁添，笋指輕斟軟玉纖。海棠嬌暈素梅笑，美人高捲文犀簾。簾外香雲春似海，勾欄一夜東風改。對花不飲可奈何，明日殘紅花不在。

## 張灣道上 以下戊午（一七九八）

橋斷疑無路，頻年此獨行。寒駝沙没足，怪鳥樹藏聲。河水流平野，人烟冷廢城。塵踪慘風色，辛苦爲浮名。

## 重陽對菊憶五弟耐村 時客都門

去年籬下黄花好，把酒與君同醉倒。今年籬畔黄花老，憐君走馬燕山道。兩度花開悵一年，天涯踪迹傷秋草。憶汝出門時，握手傷懷抱。曰歸曾説在重陽，日視黄花開莫早。潞河風緊路迢迢，寒渚孤帆望暮潮。恍惚書窗夢君至，醒來燭泪新紅銷。無聊把酒黄花下，對酒興懷泪盈把。知君羈旅定思歸，客中誰是知心者。問花不語天沈沈，暮雨敲窗悵遠心。燕山九月風吹雪，人隔千峰何處尋。

## 雪中送金大静庵之萊蕪

故人走馬東海邊，海雲漠漠平入天。十月北風聲怒吼，一天雪花大如手。紅葉樓頭村酒香，送君把酒唱河梁。惜别莫辭今日醉，明朝相憶雪茫茫。白沙千里萊城路，古道無人愁日暮。風吹殘雪入空林，開作梨花千萬樹。送君此去暮天寒，瑟縮狐裘擁綉鞍。眼前捧檄馳驅日，雨雪休悲行路難。樓頭酒盡天將晚，僕夫催客開征幰。斯須且盡片言歡，别後强於書信遠。酒淺淺，雪盈盈，看君策馬别孤城。萬轉千迴雪上行，馬蹄細認雪中路，雪消明日人何處。

## 送劉三春暉北上

北風吹大漠，蕭颯慘難聞。萬木寒封雪，群山冷入雲。孤吟應念我，遠道倍憐君。馬首從兹北，疏林日正曛。

## 感事 以下己未（一七九九）

屈指銅陵幾輩存，真同大嚼過屠門。清官未必皆飢凍，貪吏何嘗念子孫。宋代自新包拯廟，漢家誰祀鄧通魂。高明鬼瞰人人見，争奈淫昏妄自尊。

## 淀池即景

半浮緑水半紅雲，香散秋蓮遠益聞。人在木蘭艭裏坐，白羅衫子畫紗裙。
翠羽鴛鴦雪羽鷗，飄飄終日卧寒流。雙栖不及紅襟燕，飛上人家看水樓。
朝艇西來暮艇東，前湖烟雨後湖風。采菱人戴芙蓉笠，蓋滿烏雲一朵紅。
柳下柴門裊緑絲，家家流水入蓮池。豆花蔓結蘋花蔓，零亂沙村小蟹籬。

## 舟中見覆舟

人船順水來，我船逆水上。逆水兼逆風，捧船用百丈。努力挽不前，一步一遲延。羨伊順流者，飄飄如登仙。須臾逢陡岸，折轉帆非便。風猛不能收，滿船人色變。翻幸我船遲，水逆船易止。可憐順水船，底翻帆入水。人船篙工號，我船篙工喜。篙工篙工爾莫喜，世間順逆皆如此，憂患者生安樂死。

## 過張灣

城廢人猶住，炊烟晚聚時。高村防水没，崩岸想河移。沙遠寒駝小，天空獨雁遲。蕭蕭黄葉路，此意夕陽知。

## 解語花 以下庚申（一八〇〇）

名花比美人，花嬌不能語。美人比名花，可結同心侶。兩兩相比勘，花不如好女。君不見虞美人，香魂猶化楚宫春。又不見漢明妃，青青墓草何芳菲。偏是楊家解語花，紅顔能破帝王家。含嬌含態居金屋，一花弄舌千花哭。月下拜牽牛，階前眠野鹿。吁嗟乎！好花不語語非福。

## 金園即景 園在南西門外

小築紅塵外，回廊曲復斜。今宵凉有月，此意淡於花。水繞千叢竹，亭開六面紗。北窗風露静，香送野田瓜。

## 夜坐

孤燈閃閃墮蘭煤，拈句頻斟淺淺杯。坐久紙窗明月上，可人花影一枝來。

## 途次頓邱 同劉介巖作

崎嶇黄葉路，霜印馬蹄痕。落日下高樹，寒烟生古村。樵歸沙外市，人閉柳間門。草草投荒店，開懷酒一樽。

## 梅花四首上張船山夫子 師遂寧人，是科棟出夫子門下

冷蕊疏枝久自憐，冰心墮入有情天。百花開處原無我，一點香中别有緣。瘦近

孤松幽近竹，淡宜野水韵宜烟。如何一種清寒骨，見賞人間姑射仙。

霜姿才吐舊寒林，已分蕭疏避世深。冷處不妨容傲骨，閑中誰信有知心。未宜美女薰香對，自許高人踏雪尋。谷口嫣然成獨笑，任他風雪苦相侵。

鉛華難染玉爲胎，獨立春陰漠漠苔。不借風吹香自在，似因花好月方來。已甘泉石幽相托，誰信冰霜冷尚開。賦性未投塵俗好，前身或是住瑶臺。

感激東皇一夜風，疏枝開作玉玲瓏。抱香骨格情原别，種樹心情愛自同。已避斧斤逃世外，幸隨桃李列門中。未知此後栽培力，可及龍門百尺桐。

## 清明後二日出西直門微雨 以下辛酉（一八〇一）

無邊芳草返離魂，一帶橋欄映水痕。碧樹全遮雲外寺，紅樓深閉雨中門。玉簫聲出誰家院，竹笠人歸何處村。擬近桃花尋酒市，滿天風絮送黄昏。

## 張灣 時十月，赴都晓發

村鷄啼曉霧，沙路下河灣。疏樹月將落，荒城夜不關。寒鐘林外寺，殘夢馬頭山。轆轆雙輪下，崎嶇任往還。

**憶柳四絶句和查海漚孝廉** 以下壬戌（一八〇二）

津門南運河，夾岸垂楊，一望數十里，綠雲無際。自遭水患，盡行斧伐，海漚賦《憶柳詩》，和者甚多。

踏青人至路迢迢，行盡長堤意轉消。七十二沽春水活，更無烟絮幕紅橋。
寒食梨花夜雨田，玉簫吹過夕陽天。昏鴉欲落無栖處，啼向平蕪漠漠烟。
回首吟鞭河上游，絲絲烟縷弄風流。錦帆畫舫空停泊，誰倚紅欄舊日樓。
葦花零亂撲魚汀，數盡長亭更短亭。陌上斜陽橋下水，斷魂何處六朝青。

**哭毛一鶴** 名凌臯，同出張船山夫子門下

痛恨惟澆酒一樽，茫茫天道竟難論。科名早折中年福，埋没誰憐作賦魂。樹底落花飛白雪，庭前鵩鳥下黄昏。蘇門同受師恩重，再展遺文空泪痕。
冷逼疏簾萬縷風一鶴句，吟君好句轉頭空。文園善病真難壽，趙壹懷才豈救窮。

剩稿飄殘灰燼裏，遺孤襁褓雪霜中。萱幃尚有慈親在，忍見桑榆血泪紅。

## 送查笠亭歸海寧

十三橋畔潞河濱，風送蒲帆各愴神。白雪調高難入俗，黄花性冷不宜春。我除明月誰知己，君向青山訪故人。一棹烟波揮手去，江南回首憶汪倫。

## 聞袁簡齋下世

年少鴻毛擲一官，湖山歸占水雲寬。千盤花結幽人宅，萬選詩登上將壇。識面無緣生我晚，嘔心有句挽君難。他年白下尋遺迹，庾信荒園露草寒。

聞説風騷賴主持，如何輕薄使人疑。有人諷簡齋句曰：輕薄文章誤後生。善尋自在同居易，不諱風情似牧之。身老六朝金粉地，名存一卷性靈詩。狂奴功過終難論，未必千秋有怨詞。

## 西沽晚景

晚景多幽趣，西陽古渡前。荒村依水近，老木得秋先。青幔橋邊肆，紅燈柳下船。鐘聲在何處，敲動隔溪烟。

## 秋日閑居

静掩蓬門少客尋，所居城市似山林。閑參風月能醫俗，貧怨詩書是負心。儘可謀生耕白石，何須吐氣仗黄金。不才絶少資身策，且對寒花擁鼻吟。

一霎光陰似電馳，功名虚過少年時。心如廢井真無用，性似枯椿衹自知。繞榻白雲留好夢，打窗黄葉送秋詩。莎衫桐帽從疏懶，爛醉劉伶尚可師。

## 感懷四首擬樂府體 以下癸亥（一八〇三）

### 泥中蚓

爾亦裸蟲耳，終日甘屈伏。智暗少捷足，性無膻可逐。幽穴僅容身，槁壤但充腹。既在泥塗中，只宜無面目。奈何學呻吟，不知養其福。

### 城南烏

城南有號烏，凶狡逞毒口。飢來烈烈鳴，忍自食其母。營巢高樹巔，老木根已朽。昨夜大風來，樹倒巢難守。托身非不高，一朝化烏有。

### 網上蚊

蠨蛸何大巧，絡絲蓬門上。蚊蚋嗾人來，入户觸其網。苦掙不得脱，貪者兆殺象。本有嚙人心，戕生不爲枉。所以古達人，常作離塵想。

## 井底蛙

青蛙不知苦，托身井底穴。泥淖飲之甘，鬱蒸忘其熱。天日本高明，爾心自幽結。游淵不如魚，曳尾不如鱉。語以江湖寬，目眦怒欲裂。

## 春郊閑步

玉簫吹暖畫樓東，出郭烟光又不同。草没平橋雙屐綠，花擔小市一肩紅。人來羅襪香鈎路，春在鶯聲柳色中。最好穠華三月暮，吟懷披拂麥田風。

## 游直指庵見邑前輩張笨山遺墨因題其後

紅欄斜露柳邊橋，古寺春寒訪寂寥。人去空堂長不返，詩留殘墨未全消。百年詞客同朝露，一代才名付暮潮。獨立蒼茫增百感，思源莊外草蕭蕭。思源爲笨山家墓園名。

## 艾人

翦艾成形立綉幃，風前猶吐氣芳菲。向人羞作桃花面，覆體宜穿柳葉衣。似有蓮胎堪作骨，縱餘菜色不緣饑。當門莫笑形容假，草服遺民世所稀。

## 游海光寺

日暮憑欄感舊游，西陽無語下滄州。蕭蕭蘆荻疑風雨，滿浦秋聲抱一樓。

## 南浦竹枝詞

秋深南浦水連天，處處漁艖唱采蓮。荷葉衣凉人去後，鷺鷥閑立柳邊船。

小小輕艭蕩白蘋，鴛鴦貪看懶回身。不防風揭紅裙起，撐入蘆花笑避人。

## 十君咏 以下甲子（一八〇四）

年來故園株守，得忘形之交凡幾十人焉。此十人者，年有長幼，情有静躁之不同；而淡於榮利、嗜在林泉，則無不同也。風月之夕，花柳之晨，罔不過從。或三四人，或五六人，聚則以清談爲消閑之物，樂可知矣。因其意境各綴一詩，以志一時交游之快。

**金野田銓** 工草書

委巷潛高士，門多長者車。琴聲槐院静，花氣竹籬疏。延客有馴鶴，傳家足异書。所資惟一硯，心迹等樵漁。

**邢野航元植**

城市餘幽僻，孤情人似僧。疏花隱寒竹，瘦石絡秋藤。破壁裁詩補，斜欄待月憑。每吟深樹裏，徹夜對書燈。

**陳雨峰靖**

未買雲山去，城東築草堂。無求真自在，所好亦清凉。院竹閑生緑，籬花小著黄。空窗風雨夕，隨意寫瀟湘。

**李桐圃黻馨**

入世誰痴絶，如君學正難。囊空閑自得，裘敝不知寒。美麗生神筆，善畫美人。疏狂傲達官。誤他全是酒，日日醉蹣跚。

**王訪舟成烈**

近市藏邱壑，人閑地自幽。豆花深院雨，蘿蔓小欄秋。筆下名山出，胸中太古留。年來惟嗜酒，已署醉鄉侯。

**湯菊人堃**

無事掩柴關，惟君熟往還。影憐同鶴瘦，人欲比花閑。雨氣空齋濕，苔痕小院斑。貧中談有味，一笑破愁顔。

**孫瑞郊兆麟**

守樸渾如拙，襟懷殊淡然。學皆因困得，品自爲貧堅。家少立錐地，胸多未鑿天。世情非不解，久已付雲烟。

**黄春園新泰**

善養閑中福，蕭疏居似村。對君如有得，與我淡無言。種竹新移石，攤書長閉門。偶然吟好句，坐久月臨軒。

**余階升堂**

骨格温如玉，襟懷抱素琴。淡無人入眼，清許我知心。苔院經秋卧，藤窗入雨深。披殘書萬卷，古味自能尋。

**繆星池共位**

詩人雖落魄，意韵獨風流。冷似溪邊鷺，盟宜水面鷗。一瓢懸自飲，五月暖披裘。擬向桐江水，偕君買釣舟。

## 蔡村道中 以下乙丑（一八〇五）

緑返平蕪欲化烟，一番春雨潤沙田。農夫笑指村前路，今歲桃花勝往年。

## 安平遇雨

侵曉登長陌，春雲鬱不開。萬山天外合，一騎雨中來。烟重村皆失，沙深路欲埋。北風吹愈急，飛霰滿燕臺。

## 藁村早行

荒店一聲鷄，寒郊動馬蹄。沙田經夜雨，高隴見春犁。雲補青山缺，村圍緑樹齊。客懷何草草，猶自有詩題。

## 題金芥舟先生黄竹山房詩集

先生爲荆人之伯祖，名玉岡，字西昆，號芥舟，工詩善畫，喜游。因探羅浮，卒於粤東之電白縣。金門太守嘗書坡公句贈之曰：『身游萬里半天下，僧卧一庵初白頭。』所居有杞園，築蒼筤亭、黄竹山房。養一鶴，甚馴。人方之林處士、倪雲林云：『萬里相隨一古琴，蕭然猨鶴喜同群。白頭踏遍青山路，數卷殘詩兩袖雲。』

城北先生舊草堂，杞園遺迹感蒼凉。湖山傾側梅花死，一樹槐陰冷夕陽。
寫盡青山未補貧，一瓢一笠一吟身。浪仙仙去雲林老，如此高風見幾人。

## 喜晤同年費君士璣

貧賤交深守素期，六年南北悵分離。狂呼白酒長安市，夢繞青山短簿祠。笛裏春風游子意，袖中新本故人詩。方千憔悴羅生老，回首東華年少時。

## 春閨怨

樓外春江江上潮，斷腸江水望中遥。如何楊柳無愁思，自寫長眉對畫橋。

## 病起東春園

暮雨初晴後，新凉小圃中。蛇床緑砌緣，虎刺綴籬紅。病骨經秋健，愁心對月空。裁詩問良友，清味可來同。

## 書船山夫子詩集

手握猶龍筆，盤空自在行。時人憐酒癖，天上識狂名。福以才應減，貧知骨太清。焚香抄一卷，風雨對先生。

## 懷訪舟

與君朝夕慣，暫別亦相思。得句孤吟處，挑燈兀坐時。離懷秋雁覺，幽緒夜蛩知。待子黄花早，籬邊醉一卮。

## 冬日書事

無求心地得清涼，世外閑情咏不妨。冷夜話長招僕怨，貧家飯早看妻忙。捲簾對酒逢微雪，呵凍抄書趁夕陽。殘菊在瓶開未了，供來小閣勝焚香。

## 逐瘧篇

訪舟表兄病瘧，累月未愈，或曰瘧之爲疾有鬼憑焉，禳之始去。訪舟不信鬼者，屬予賦詩罵之，作《逐瘧篇》。

二豎本喻言，三彭亦游戲。大造有陰陽，愆伏人應避。診厲偶然逢，所患不一致。聞君遘瘧證，炎涼殊怪异。忽如入火宅，九日爍平地。誰燒東壁床，烈焰通身熾。瞬登雪山頂，寒窟心魂悸。縮頸嚴霜中，繞榻堅冰至。寒暑周此身，頃刻四氣備。家人咸驚告，瘧鬼當爲祟。禱之以鏹楮，不然恐滋累。訪舟戄然起，瞋目肆口詈。問鬼所從來，或云是芻狗。异哉世之人，死灰有知否。被髮渾良夫，登門鄭伯有。叫天訴無辜，搏膺抗其手。怨憤中鬱勃，厲魄斯不朽。芻靈何能爲，無知類土偶。精氣本不存，靈爽何能久。白晝敢橫行，土伯失所守。餒而敢求食，鬼顔毋乃厚。自問無仇隙，祟我豈甘受。我讀《招魂》篇，一夫鬐九首。此公善噉鬼，喋血如飲酒。今將招之來，吞噬殲爾魄。强者監其腦，弱者裂厥口。摘膽瀝清汁，拉骨舂石臼。誓殺瘧鬼萬，鼠孽絶其後。詩成鬼啾啾，啼竄紛然走。沈痼倏脱體，如釋千鈞負。高唱《罵鬼》篇，大笑酌三斗。

# 欲起竹間樓存稿卷二

天津梅成棟樹君著

## 春懷絶句 以下丙寅（一八〇六）

棟年逾三十，雕蟲如故，韶華虛擲，馬齒徒增。對柳眼含顰，遥憐夢短；當花題欲笑，難遣愁多。撫髀肉之重生，愧頭顱已如許。紅豆拋殘，誰種相思之恨；烏絲裁就，頻書奈何之詞。托春意以抒懷，自傷遲暮；如美人之憔悴，借喻飄零。言之工拙，非所計也。

辜負韶光近十年，無朝無暮對吟箋。愁人怕見春風面，一度花開一悃然。

柳外樓臺易夕暉，留春無計送春歸。楊花更是無情物，偏向愁人愁處飛。

裊盡池邊楊柳絲，不堪憔悴舊丰姿。東風只解催人老，瘦盡纖腰總不知。

雨歇殘陽一片愁，子規聲裏衆芳休。海棠落盡梨花瘦，漸漸春紅變白頭。

怕逢小圃百花殘，擬把桃花作泪彈。吟遍鷓鴣青草句，更無人賞鄭都官。

故人争著祖生鞭，惜别何堪暮雨天。紅藥一枝當楊柳，離情春思兩纏綿。

擬將短調托愁腸，檀板朱弦春恨長。莫抱焦琴奏流水，人間誰似蔡中郎。

## 爲友人題圖

布穀聲中勸早耕，一犂疏雨悦閑情。桃花小隴忙春課，桂子秋風報歲成。百業不如農有味，三時原與世無爭。披圖知有高人在，楊柳蕭疏坐晚晴。

有孫能讀等身書，便老田閑樂有餘。花外夕陽明小圃，門前流水細通渠。但容瓢笠爲生活，即把犂鋤亦自如。笑煞青雲身碌碌，林泉吾亦愛吾廬。

## 楊花

水村山店送殘春，點點飄來自在身。香徑一團縈去蝶，畫橋千里逐行人。欲留臺榭愁無著，小駐烟波别有因。怪煞人間三月暖，漫天飛雪溷紅塵。

## 早起

養成雨院一方苔，芳草閑門久未開。獨有賣花人不禁，一肩黄菊送秋來。

## 坐守

坐守書城不記春，貧中滋味轉深醇。詩經頻改來新句，事到回思似隔塵。早菊欲催花下酒，古槐閑覆夢中人。盧胡一笑翻成悟，自在原虧落拓身。

## 書黄春園齋壁

寒家風味耐秋凉，小小茅亭放短床。一架葡萄遮不盡，餘陰分取豆花墻。君家錯認當吾家，君自温經我煮茶。性愛孤吟恒獨立，一亭秋雪曬蘆花。

## 秋蟬

黄葉蕭蕭古渡頭，忽聞蟬語動羈愁。聲疑寒磬初沈寺，人對斜陽正倚樓。豈有閑愁來説恨，亦如詞客愛吟秋。誰能羽化消凡骨，吸露餐風得自由。

## 秋蛩

金風昨夜渡寒塘，絡緯聲聲出古墻。三徑清霜藤葉老，一籬疏雨豆花凉。空閨夢斷情如訴，蕪館燈深語正長。多少秋心勞爾説，悄無人處月昏黄。

## 答友見問

貧中無事酬知己，一種幽懷僅自怡。把酒細評周朴傳，裁箋閑寫放翁詩。功名氣短消賒望，山水情多繞夢思。小閣近開梅數朵，折來聊作贈君枝。

## 河樓春望 以下丁卯（一八〇七）

緑楊裊裊抱紅樓，斜日憑欄感舊游。滿地落花春不管，雛鶯銜過古墻頭。

萋萋芳草望如烟，沽上潮來水拍天。出網河豚三月美，桃花紅映酒家船。

惆悵春懷潞水濱，年年空見歲華新。楊花滿地吹如雪，愁絶高樓送别人。

## 秋居漫筆

冷巷苔深客到稀，幽人日日坐忘機。花陰設榻香圍夢，竹裏抄書緑染衣。左相似聞門挂席，杜陵曾以藿充飢。自知身世同匏繫，寥落風塵何所期。

## 客中送春 以下戊辰（一八〇八）

一夜長堤感落紅，春從客裏去匆匆。朱樓緑樹留難住，野館山村送亦空。惱客心情鳩婦雨，困人天氣鼠姑風。年來離恨長如此，悵望東君類轉蓬。

## 金炳文於園中新築小亭落成三日索詩記事

園亭小築絶紛華，風味從今領略賒。夜静碧環三面月，春深紅繞四圍花。蕉陰客到寒聽雨，竹裏人閑細煮茶。我爲尋詩來此地，倚欄吟對夕陽斜。

繞階槐影碧團欒，消受閑亭夏日寒。一蝶尋花穿緑徑，雙禽避雨下紅欄。雖無水石三秋净，亦占烟霞半畝寬。不是主人新結構，可能風月共盤桓。

# 哭黄春園孝廉

春園，名新泰，甲子舉人。余總角交，同受業於朱仰文夫子，十年共硯，互相切磋。嘗招余讀書於其家『慎獨軒』中，冷案寒燈，蕭然相對，漏四下尚吟哦不倦。乾隆乙卯年，同游泮，庚申甲子先後同舉於鄉，人皆指爲文壇樂事。數年來，春園遭家不造，騷愁滿腹。時於吟咏間作凄音楚語。每出示余，余必相寬慰。春園輒謂：『苦心人，無甘語也。』今春同赴禮闈，報罷，余方戚戚，春園反慰余，曰：『據我輩才思，或不久栖牖下，弗以目前坎坷，遽喪鋭氣。』豈料未兩月間，春園竟至一病不起。憶戊午秋闈後，春園夢中得句云：『古壁青燈暗，空床夜枕凉。』當時以爲不吉，豈料凄慘之况遂應於今日耶。去年秋，哭方健庵，然健庵之死也，有三子足延其緒。今春園抱中郎之戚，其慘又過於健庵矣。嗚呼，文人薄命固如此哉！短句十章用以代哭。春園有知，其或聞於地下乎！戊辰六月二十九日燈下記。

早年科第本艱難，纔得浮名夢已殘。記否書窗相對處，一燈風雪四更寒。

筆墨交游十六年，棋枰茶盞共吟箋。傷心紅杏明年發，再過書軒一慘然。

空負淩雲絶世才，鄧攸無子泣泉臺。他年寒食梨花墓，麥飯何人奠汝來。

可嘆人奇病亦奇，總無言語告人知。胸中壘塊無窮積，欲吐傷心更向誰。

果然命薄是書生，苦把文章樹重名。今日誰憐嘔血盡，一棺長閉喚無聲。

苦因家計感蕭條，妻尚青年女尚嬌。將雪堆成三尺冢，千秋幽恨結難消。
十載同依絳帳燈，雲烟彈指失良朋。芸窗對數名人句，如此風情可再能。
夜枕空床夢裏詩，長安旅館話愁時。那知鬼語先成讖，衛玠中年萎玉姿。
何堪重款舊柴門，砌草庭花宛尚存。風雨空堂人去後，月明可有再歸魂。
數句吟成泪數行，才人遭際總蒼凉。果然一綫天憐汝，遺腹猶希續瓣香。

## 秋海棠

一枝秋影霧中看，嫩緑嬌紅怯曉寒。花似美人生就弱，不嫌清瘦倚欄杆。

## 贈孫木齋老人

木齋，名鳴鐸，年八十六，好吟咏，老猶不輟。有詩一卷，格近晚唐。弟名鳴鑾，年八十四，亦能詩。

渾樸如逢太古民，毵毵白髮雪霜新。人隨野鶴飛無定，詩似秋山瘦有神。姓字久同黃石隱，蕭疏不厭碧山貧。蓬門何幸延高士，仗履親承座上春。
八十吟詩興未闌，逍遥到處酒杯寬。劉谿兄弟皆高壽，阮籍交游重古歡。瓢水家風原耐久，梅花骨格不知寒。塵中肯結忘年友，東海同持碧玉竿。

## 十月十七日喜聞黄春園遺腹生男

誰雲天道竟無知，玉樹欣傳茁一枝。老桂經霜香未死，幽蘭萎雪葉重披。中郎舊業將殘日，伯道清風再續時。喜極那知翻下泪，不堪重讀哭君詩。

## 冬日過余階升書齋夜話

灰封爐火夜深時，各擁羊裘凍不支。三日未來思入夢，一燈相對細談詩。貧中滋味君能領，冷處交情世豈知。相伴未殊梅與鶴，經冬風骨耐離披。

## 禮闈報罷出京作 以下己巳（一八〇九）

壯懷銷向馬蹄塵，十載京華負好春。斜日一鞭芳草外，青山又笑獨歸人。

## 哭齊藕塘

藕塘，名大年，辛酉拔貢生，考取鑲紅旗教習。丁卯冬補館，戊辰在京，一年即抱瘵證。今夏病重，到家未半月弃世矣

歷落嶔寄士，相交汝最真。論文言切直，説史意生新。多病恒憂我，甘貧耻告人。音容曾幾日，俯仰竟成陳。

## 夏日閑居

無事攤箋自咏詩，衡門誰爲賦栖遲。且將城市閑居日，當做江湖退老時。静裏光陰從我懶，淡中風骨愧人知。櫻桃杏子皆登市，聊醉風前酒一卮。

## 秋日憶故友黄春園

泉臺寧樂土，一去竟忘歸。想像似猶在，音容嗟已違。碧雲天外合，黄葉雨中飛。冷落談經處，無言泪濕衣。

## 緩步

緩步過橋頭，閑尋古寺游。斜陽如水淡，獨樹向人秋。小港收漁市，寒烟隱驛樓。數聲風外笛，村路見歸牛。

## 喜畢香巢歸自歙縣

故園梅子抱殘經，良友歸來倒玉瓶。笑指輕裝無別物，載來山影一船青。

## 和王訪舟蹇驢四絶

策向黔中技可知，未堪臨影顧毛皮。時來亦作麒麟看，骨相何妨太不奇。
回首青衫走帝鄉，好憑瘦背送斜陽。十年蹭蹬槐花路，累汝匆匆幾度忙。
説道疲羸實可哀，盧家原自産仙才。灞橋風雪梅花好，可有詩人跨汝來。
荒村茅店有前緣，懶逐風雲受玉鞭。多少驛騮昂首羡，秋郊閑踏豆花田。

## 題畢研農《秀野山莊圖》以下庚午（一八一〇）

研農爲歙縣尉，城外舊有秀野山莊，依山環水，林木蔚然。研農善丹青，愛游覽。聞其勝，躬詣之，始知爲畢氏别業。聚族而居者，尚數十家。出譜牒相征，則研農之先，亦支分於是，蓋相隔百餘年矣。喜極，繪圖以歸，同人各賦詩爲贈。因書七律二首。

鄉園誰信在天涯，千里青山駐客車。水榭就荒猶倚竹，書樓已破尚圍花。先人樹老陰偏厚，名士詩多字半斜。從此江南傳韵事，説君作宦是還家。

緑雲深處隱亭臺，竹屋松窗面面開。樓外山迎仙吏笑，石邊花認昔人栽。支分百世根難易，水轉千盤派又回。一卷丹青才子筆，歸裝載得故園來。

## 題周尺木《歸舟集詩卷》

濛濛疏雨賣花聲，難遣春愁三月情。一卷新詩千遍讀，許多惆悵爲君生。

我爲華年亦善愁，清詞不厭百回謳。烏絲細摘開心句，吟向春風小竹樓。

夢繞青山二十年，廣陵新月秣陵烟。何時携手江南去，同泛桃花酒一船。

## 題聽秋山房

秋聲惟有夜窗知，人籟何如天籟奇。松韵如簧蕉當鼓，任他雨打與風吹。

## 題周昂齋《秋林獨立圖》

天地本空闊，世人走仄境。置身名利場，處處多榛梗。十丈軟紅塵，紛然争馳騁。何如恬淡者，愛此清凉景。竹摇心自虚，石古神逾静。老木下秋聲，蕭疏立寒影。

## 贈邢野航老人

無事蕭然静閉關，自磨殘墨寫青山。寫成换酒西村去，醉折黄花獨自還。

## 余階升書齋小酌

難得知心聚，春風生舊廬。一樽名士酒，四壁古人書。淡語閑中悟，豪情座上除。善嘗貧裏味，香齒是園蔬。

## 園中即景

久向閑中著此身，園林寂寞又逢春。耐寒竹似安貧士，得意花如暴富人。蜂抱落紅矜力健，蝶翻香粉鬥衣新。抛書倦倚西窗坐，不捲重簾障俗塵。

## 題王訪舟畫

名山仿佛夢魂通，喜見幽懷托畫工。古寺僧歸松徑外，野塘船泊葦花中。當門遠嶺千層碧，隔水疏林一帶紅。此是江南好風景，他年游屐冀君同。

## 賀金竹坡先生重赴庚午鹿鳴

銀榜驚聞日下懸，歲逢金馬憶從先。青春奪錦曾陪宴，白髮簪花又入筵。幾見牛車征故老，竟扶鳩杖領群仙。婆娑醉態人休笑，此景回頭六十年。

京兆同來更有誰，眼前後輩喜追陪。桂開天上香重拂，菊老籬邊雪自堆。官似鄭虔貧已久，歲如梁灝志難灰。明年春暖身應健，更飲瓊林酒一杯。

## 野航老人《𥕦石爲山歌》

老人尋山如尋友，日日芒鞋向山走。老人愛山如愛花，恨不移來種在家。尋山愛山不計年，歸來仍少買山錢。無聊生出爲山計，載石一船堆向地。閉門𥕦石當青山，滿腹烟雲生翠鬟。欲𥕦未𥕦先斟酌，雕魂鏤骨施孱顔。眼底雲山貯心久，心中邱壑托於手。幾日玲瓏造得成，奇峰怪嶺何不有。君不見巨靈開山山骨裂，秦皇鞭石石流血。未免魯莽太荒唐，何如老人顛倒五岳真奇絶。我來一笑向石拜，問石可是嵩山派。既得老人鎔鑄功，從此有基山勿壞。石如點頭但無語，老人似得知心侶。不用尋山不用移，少少許勝多多許。老人掌上長苔紋，歲久摩挲石不分。有時風雨西窗夢，十指氤氳吐白雲。

## 野航爲尺木畫《溪山小幅》屬予題之

小幅林巒入畫屏，江南風景似重經。省吾夜夜還鄉夢，好對吴山一段青。

## 有感

連朝作何事，擾擾徒亂心。舍己芸人田，漫負此分陰。閉門成獨笑，閲歷滋沈吟。庸中求矯矯，毁謗空招尋。何如自束修，敬守座右箴。焚香讀古書，妙味悠然深。有悔莫謂晚，俗情休再侵。

## 對花得句

書軒閑掃浄無埃，隔宿瓶花次第開。坐久不知香在室，一雙粉蝶入窗來。

## 和張船山先生出守萊州留别原韵六首

五馬遥臨渤海東，家傳清德想餘風。舊時遺愛停車認，多少甘棠古道中。

廿載清華已慣貧，綉衣久涴洛陽塵。此行莫負青州醉，太守風流愛酒人。
蒲鞭卧治政蕭間，海上風烟笑解顔。始信詩人有仙骨，一官遥嶺到蓬山。
法座文星夜有光，曾經玉署作仙郎。花開畢竟懷天上，知對紅梨夢渺茫。
幾番撫我嘆浮沈，梅冷空山雪已深。憔悴方干顔欲老，十年辜負愛才心。
門墻桃李會團欒，祖帳都城酒未寒。惟有鲰生隔海角，幾回遥向五雲看。

## 初春同黄藕村周尺木游直指庵訪方持僧坐談竟日薄暮方歸即事二首

以下辛未（一八一一）

寺古春難到，人閑只愛僧。參禪征一指，説法悟三乘。室小香如霧，松高瘦繞藤。塵心愁未冷，歸去踏層冰。

返照將沈霧，歸吟興未闌。飢鷹盤大漠，獨鳥下空灘。林影封烟薄，鐘聲度水寒。遥看城一角，燈火暮雲端。

## 題陳青笠畫幅

花房幽敞傍溪開，竹枕藤床書一堆。睡醒不知疏雨過，遠山青入曉窗來。

## 初春即事

竹爐撥火細煎茶，料峭東窗日又斜。春雪滿簾慵不捲，數聲寒雀噪梅花。

## 蓑

風冷逼漁舟，披蓑勝著裘。渡頭歸去晚，烟雨一身秋。

## 笠

一笛横烟陌，西陽側影斜。愛他牛背上，隨意插山花。

## 竿

十尺湘江竹，閑情釣素波。愛君常在手，不爲得魚多。

## 杖

未老何須杖，聊將作伴游。遇難孤立處，扶我過花洲。

## 偶得

亭陰索句手頻叉，風逼茅檐冷暗加。知是夜來天有雪，紙帷先護水仙花。

## 二月二十三日送别周尺木

海岸春飛雪，燕山二月寒。故人河上别，匹馬怯衣單。水驛花開少，霜天雁到難。今宵夢何處，濟水碧漫漫。

## 送王善周應禮闈試

丁字沽邊楊柳春，年年送別總傷神。此番不唱覊駒曲，君是長安得意人。
紅欄十二板橋斜，芳草如烟送客車。莫使垂楊繫驄馬，催君速看帝城花。

## 送蔭亭六弟之定州

愛弟難爲別，殘陽下水樓。馬嘶津口暮，雁度薊門秋。涉世無甘味，安身類苦修。送君兼憶母，雙泪滿襟流。

## 義弟行

武孝廉，沈毓德之兄，爲仇所毆。孝廉聞之，持刀赴救，得生。仇勢衆，環百人刺之，孝廉潰圍出。衆復圍之，自背後刺而死。哀之，作《義弟行》。

橋北喧聲喧不止，衆手毆兄兄欲死。壯哉有弟氣縱横，隻手握刀飛出城。觀者如山齊道好，弟救兄來人盡倒。義弟驅賊賊亦凶，作勢團團聚似蜂。萬手撥刀刀更緊，梨花落處寒芒滚。鼠子争看不敢前，紛紛竄走避如烟。一賊高呼鈎以鈎，長竿齊舉如長矛。可憐力盡英雄蹙，猛虎無端遭鼠齕。玉山委地英風高，雖死猶然手握刀。千秋義烈何凛凛，令人涕泪思同胞。君不見，羊角哀與範巨卿，异姓猶敦手足情。此道於今久不行，何人竊竊譏輕生。嗚呼，豈知兄弟之仇不反兵。

## 漁歌

紅魚白酒畫橋邊，細雨斜風卧釣船。莫謂烟波容易老，不求名利即神仙。

## 春晴

竹外微凉覺，高樓對晚晴。碧雲如美女，學畫遠山横。

## 踏青曲

人間三月春方好，蘭渚蘅塘遍芳草。女兒結伴嬉春游，愛惜春光怕春老。東風吹暖藕絲裙，軟貼香塵踏緑雲。平湖戲打鴛鴦隊，綉陌驚飛蛺蝶群。柳陰花下聯香臂，艶冶競春春愈媚。面影分來紅杏鮮，眉痕學得青山翠。珠勒金鞭何處郎，翩翩騎馬逐春忙。誤儂回首花鈿墜，一笑匆匆入緑楊。西陽返照垂楊岸，融融花氣浮香汗。人爲惜春人忘歸，春愈縈人春意亂。梨花雲，楊花雪，桃花滿徑吹成血。共惜紅顔須盡歡，肯使青春容易别。君不見春光最好是江南，作苦人忙三月三。吴娘蓬鬢深閨閉，無暇嬉春正飼蠶。

## 遣懷

三月輕寒尚著裘，無聊心迹總多愁。柳絲花片空春色，冷酒殘香想舊游。幻夢已成蕉下鹿，閑情都付水邊鷗。幾回欲試尋山屐，冷雨瀟瀟懶下樓。

暖入晴窗睡起遲，自知慵懶是書痴。支離顧影三分病，行止隨身一卷詩。感事心情寒雨後，傷春懷抱落花時。年華默默成虚度，青鏡愁看兩鬢絲。

## 贈邢墅航

先生風貌古，避世隱花關。居近紅塵熱，心同白石間。五言淡秋水，十指出奇山。孤冷偏交我，忘年得往還。
小園名若野，種樹半成陰。春雨花窗暗，秋烟竹徑深。賞心一片石，知己七弦琴。終日茅亭裏，擲書發妙吟。

## 游直指庵

前溪苔石路，黃葉没鞋深。獨步尋蕭寺，西風滿竹林。孤雲隨懶夢，古木抱秋心。知有高僧在，泠泠聞素琴。

## 秋日書懷

一年心迹問浮鷗，洒地花天懶逗留。絶少情懷偏小病，本無聊賴況逢秋。詩書冷落燈前影，風雨荒寒水面樓。那可思親兼憶子，半床殘夢五更頭。

**臘月二十六日趙秋滕約游文安時淀河已凍大雪之後坐冰床而行途中即景口占**

路踏瓊瑶寸寸涼，有人安穩卧冰床。烟光映日寒全白，沙氣遮天淡不黄。壓樹梨花三月景，繞堤杮葉幾村香。從今閱歷誇同輩，玉海銀河走一場。

**二十七日將抵文安即景**

雪霽天高大地清，踏冰人在玉中行。茫茫銀海三千里，一點寒烟識縣城。

**除日自文安之保定途中又雪**

白草黄沙没遠灘，征途高下馬蹄寒。車中一枕梨花夢，不信人間行路難。

# 欲起竹間樓存稿卷三

天津梅成棟樹君著

## 保城閑居 以下壬申（一八一二）

地僻人稀到，家家晝掩門。城高全是土，縣小不如村。古木寒雲抱，平沙落日昏。偏余耽寂寞，燈火夜窗温。

## 保定雜詩

莫嫌小縣土爲城，城外長堤與堞平。一夜西風三尺雪，曉來化作玉山橫。

盡日人家静閉門，居雖城市抵山村。我來領取閑中味，雪照書窗酒一樽。

無邊風土望難窮，見説春來便不同。三十六村都靠水，村村烟雨緑波中。

鷄犬荆籬春日間，一團雲樹抱河灣。有山便是桃源洞，我欲移家住此間。

郭外居民傍土臺，桑麻半向水田栽。沙村九月棉花熟，小市紅妝賣綫來。

步入朱門數畝寬，驚心黌序太凋殘。泮池水涸宫墻倒，幾樹殘陽古柏寒。

六里烟城草四圍，城邊梨棗門芳菲。年年秋水環城過，滿浦蘆花鰕蟹肥。

古堤西望路迷茫，塞上吟詩吊六郎。殘戟已銷臺下土，桃花終古對斜陽。地有桃花塞，傳爲宋代楊延昭屯軍處。

## 題徐立山尊人《丹厓先生哦松圖》

托迹清泉白石間，竹花風味一同閑。畫師寫出高人意，小憩松陰待鶴還。

春草秋苔覆緑陰，松濤謖謖助高吟。風霜不改蒼蒼色，知是先生閲世心。

如此襟懷世豈知，居官閑似罷官時。圖中撫樹盤桓意，定咏淵明采菊詩。

## 題張魯瞻《釣歸圖》

釣罷携竿踏緑痕，柳陰花影近黄昏。多因貪向溪頭坐，歸去江村月在門。

偶從烟水托生涯，片笠輕絲照影斜。世味何如魚味美，一樽清酒醉梨花。

## 喜雨

一郡方憂旱，雲陰薄暮加。釀成連夜雨，催放滿城花。小緑生苔石，新紅上畫紗。開窗風意爽，倚竹煮春茶。

## 與金麗江夜話

菊花天氣掩柴關，難得知心似我閒。一盞秋燈人共榻，聽君談我未游山。

## 九月四日園中獨坐

涼雨難逢一夜晴，滿懷秋緒句初成。孤花欲吐寒無力，瘦竹低垂弱有情。經世年華因懶廢，絶交心思爲貧生。風爐細煮砂鐺水，半盞茶香沁骨清。

## 秋燕

倦舞秋風弱可憐，紅襟冷落對寒烟。憶尋緑樹剛三月，小住朱門又一年。舊夢已非芳草地，清愁無奈豆花天。幾回去住難爲定，軟語商量綉閣前。

## 九月十九日夜有偷兒穴壁來窺詩以贈之

深愧垂青到此廬，月明如水照紗厨。笑余寒儉無堪贈，四壁名花數卷書。

## 園中雜興

撲簾黄葉九秋時，香細爐烟尚裊絲。燈影小窗人一個，夜深閑製菊花詩。

## 對菊

粉屏誰寫九秋寒，繪此蕭疏意態難。人自愛花儂愛影，月明閑隔紙窗看。

群芳凋盡此争妍，不許春紅立并肩。可惜梅花遲一月，美人高士兩無緣。

## 殘臘書齋猶供菊花數枝秋容尚可愛也喜而賦之

凍雲壓屋冷頻加，紙帳蕭疏瘦影斜。一縷寒香縈小朵，不辭風雪待梅花。
高人只向九秋吟，臘底誰看數朵金。不止傲霜兼傲雪，世間無此耐寒心。

## 題倪亦鴻酣夢山房

癸酉（一八一三）

華胥風景付迷茫，花暖書窗夢亦香。世事料難醒眼過，不妨小隱黑甜鄉。
寒燈冷雨廿年春，蕉鹿誰從辨假真。往事不堪回首憶，模糊我亦夢中人。

## 赴禮闈留別同人

以下甲戌（一八一四）

余庚午丁内艱，辛未年未應試，癸酉服除。今年春亡妻病没，無心即試，知交迫之，聊爲西山一行，恐白雲笑人多事也。

强爲親朋著一鞭，春風回首倍茫然。此行豈有看花意，爲别西山又六年。

## 都中憶家

愁中爲客意難開，旅夢迢迢想舊醅。一夜柳花香到水，潞河船上養魚來。

## 歸後仍寄居内家因病移入園東小舍

小小吟軒六扇紗，亦非作客亦非家。愁人無奈三更月，伴我猶餘一枕花。借住暫如營壘燕，聞啼空作憶巢鴉。凄凉簾幕春深後，風觸銀鈎户外斜。

## 爲湯厚田題張桂岩程亦園合畫《竹石圖》

亦園畫竹有生氣，墨痕滴出瀟湘翠。桂岩畫石石崚嶒，筆之所勒石骨生。兩人生氣合一紙，秋雨秋烟幂秋水。萬竿寒筱來空江，恍如幽翠摇秋窗。問誰展此秋窗下，玉茗先生嗜秋者。此石此竹皆秋心，林間少個聽秋人。我欲安床竹石下，同君風雨作秋吟。

## 晚晴

鄰院一聲笛，晴飇入晚涼。樓頭尚殘滴，柳外怨斜陽。向遠雲無力，禁寒草自香。秋深人不覺，梨葉任疏黃。

## 衰草

憔悴西風瘦可憐，一番寒雨化寒烟。離魂再返知何日，殘黛初描憶昔年。縱有芳心埋地下，已無翠影露裙邊。不堪回首三春路，綺思柔情悵渺然。

## 懷曉林詩以寄之

尺素空相托，何時可晤君。殘燈槐屋雨，遠夢棣城雲。文戰同三北，詩壇樹一軍。蓬門尚高卧，秋葉正紛紛。曉來把青鏡，霜影鬢邊皤。我髮已如此，閑愁猶許多。凉風催早菊，疏雨墜殘荷。未改耽詩癖，書窗一硯磨。

# 新秋雜感詩十四首

甲戌歲，荆人亡後，流離失所，猶借居内家園中。空館驚秋，孤燈對雨，追思往事，萬感交縈。因走筆成截句十四章，中用漁洋記得詩體，顛倒爲之。凄楚之聲，語無倫次，知我者傷之，以當哀猨唳鶴而已。

濛濛疏雨散愁絲，帳複窗深夜静時。一榻冷雲眠不穩，挑燈起製感秋詩。

爲誰憔悴到深秋，人去珠簾冷玉鉤。記得舊游羅綺地，衣香花氣小妝樓。

新秋院落草花香，露砌風蟲夜氣凉。記得綉幃清不寐，笑披詩卷近書床。

曝衣樓上放秋晴，記得年時乞巧情。小妹擎针呼阿姐，花間嬌語聽分明。

記得前時小雪天，茜裙制好未經穿。不知愛惜留何用，叠在空箱又一年。

西風紈扇又將收，深淺籬花映早秋。記得紅欄亭畔立，夜深相對數牽牛。

經旬卧病感秋寒，欲唤羹湯累汝難。記得耽憂終夜坐，頻來撫枕叩平安。

錦綫條條結苦情，香奩開處泪痕生。零星幾葉紅蕤枕，記得鴛鴦未綉成。

文窗結網鏡對塵，誰共寒宵話苦辛。記得推枰明月下，一亭花影淡於人。

久將書篋鎖瑶編，檢點琳琅便慘然。記得詩箋親手録，紅籤猶押戊辰年。

涼颸輕颭舊羅帷，往事凄涼夢已非。記得短檠相對處，一窗風雪補寒衣。
半簾紅影日高時，記得慵妝結束遲。持鏡自窺前後影，暗傷清瘦怕人知。
記得生前説夜臺，丁寧相見夢中來。如何此語分明在，一去香魂竟不回。
清秋寂寂掩重門，細摺香羅揾泪痕。最是黄昏情最苦，那堪一日一黄昏。

## 五月九日張君佩庚招同一樵雲巢至曉江處小飲 以下乙亥（一八一五）

沽上初成鷗鷺盟，熟梅天氣醉瑶觥。才人笑駡皆風雅，我輩疏狂本性情。月色一簾留幻影，酒香三日帶餘酲。轉憐小住無多聚，别後離愁黯黯生。

## 哭遂寧張船山夫子

甲戌之冬，徐立山自山東來，云：『先生有捐館之信，得自風聞。』驚痛之下，且信且疑。頃接曉林札，云：『先生病没蘇州小山查公别業，已爲歸柩於蜀。』捧札泪涌，設位而哭。敬賦長句四章。

不信坡仙解世塵，經年讖語竟成真。政垂東海歌三异，天使西川少一人。酒後疏狂容駡座，詩中指授許傳薪。禰衡此後誰知己，痛負憐才十六春。

夫子平生古誼敦，彼蒼摧折竟何論。在官本有歸山夢，未老胡成客死魂。白傳風流無子續，青蓮才調僅詩存。仰天一掬孤寒泪，何日彭宣可報恩。

廿載浮沈老宦情，吴門本爲罷官行。浣花舊宅魂空返，陽羡歸田志未成。誰向淮南哀庾信，空教海角哭鰥生。倚門白髮曾知未，易簀應聞唤母聲。

此去西風萬裏橋，一棺應伴草蕭蕭。縱知不朽名能在，果使長眠恨可銷。蘭葉香閨秋寂寂，梅花空館夜迢迢。埋公須用峨嵋雪，千古騷愁酒自澆。

## 偶成

徒以情爲累，中年早白頭。耽書如有癖，安分類無求。詩改頻抄换，兒痴任戲游。閉門貧越懶，卧伴菊花秋。

## 書菊人齋壁

一卷從君好，終年可掩關。竹花經雨媚，風日入秋閑。閲世雲烟外，論心水石間。此情原自遠，何用住青山。

## 鸚鵡洲吊禰正平

一抔荒冢卧青苔，誰遣君從黄祖來。士到窮途惟有駡，生逢亂世孰憐才。鼓聲聊吐千秋氣，賦草空留百代哀。高見雖輸龍尾隱，不隨七子步銅臺。

## 讀史絶句

肘腋傷殘骨肉親，南風吹起六州塵。從來傾國因顔色，司馬偏由醜婦人。賈后

如此遭逢實可哀，昏昏數語費疑猜。深宫邃密無人到，究屬從何聽得來。羊后

强横陰柔聚一門，冥冥數語尚欺人。凄凉肘後黄金印，地下何顔對伯仁。王導

跋扈將軍志亦奇，半由天授半由師。後先意氣相同處，偏有人來嘆可兒。王敦

書劍飄零挾策身，屏間微顧識丰神。男兒貧賤風塵裏，難得知音是美人。李衛公

誤人家國是儒生，鼎折貽羞萬古名。歇後不須譏鄭五，虧他猶有自知明。鄭綮

百萬軍中料敵難，稍輸一著已偏安。宋朝天子書生氣，孤注當年已膽寒。寇萊公

多少朝賢記載清，黨人亦感石碑情。就中一個無名子，分得諸公不朽聲。安民

犀弩三千射水濱，不爲東帝作梁臣。英雄自了無長策，哭殺江南下第人。錢鏐

兩宮消息近如何，江北烽烟戰壘多。一騎桃花一七首，明家奇氣在青蛾。臨淮妓冬兒

## 贈趙二堯春夢庚 以下丙子（一八一六）

五十年來隱一邱，詩人投老尚風流。心情似我盟鷗鷺，放達隨他喚馬牛。畢卓酒中恒累月，陶潛菊裏動經秋。春風玉笛高難和，不數江南趙倚樓。

高風聞説遠難攀，踪迹終年避世闤。老鶴心清宜野水，孤雲情懶戀空山。一村花柳詩人夢，半榻琴樽酒客閒。何日跨驢從問字，古梅香裏叩柴關。

## 憶女

一朵優曇一片雲，轉身才子現釵裙。父風生肖丰神秀，母教能遵指爪勤。愛弟情深親抱撫，背人功苦學詩文。紅窗瘦影今何在，零落梨花築小墳。

## 題亡妻《問梅小草》

墨冷香殘蕙帳空，病容猶憶小簾櫳。桃花命薄偏經雨，楊柳情多易損風。五夜夢魂孤枕上，廿年懷抱苦吟中。舊詩檢點親抄過，字影疑堆泪影紅。

不該生小便多才，解愛寒酸命已乖。仙樹有緣纔一瞬，曇花既落詎重開。分題倩寫芙蓉紙，問字親斟芍藥杯。如此風情如此韵，可堪回首竟塵埃。

## 與王訪舟表兄飲酒作

舉世匆匆未肯閑，閉門自合寫青山。圖仙或恐成仙苦，畫石何妨似石頑。酒盞夜凉蘿影外，秋衣人老菊花間。忘情不及多情好，笑看蛾眉月一彎。

## 秋階

燕去香泥掃尚存，玉階小步近黄昏。花翻紅葉懷春影，人立蒼苔憶舊痕。不捲湘簾窺冷月，要留芳草映重門。檐前一夜芭蕉雨，點點聲聲滴夢魂。

## 小軒

句好苦難雙，詩心戰未降。竹疏花映石，人静雀窺窗。簾影紅千罅，茶香緑一缸。小軒秋夢淡，疑是卧滄江。

室小心偏曠，窗紗兩面開。秋聲隨雨至，花氣入詩來。蟣螵穿深竹，蚍蜉穴古槐。偶然成睡隱，一帳亂書堆。

## 題趙若侯《泌瓣香軒詩》

一卷新詩百度謳，憐君年少亦知愁。九齡作賦王摩詰，七字傳名趙倚樓。壯士自應頻撫髀，奇才幾見久埋頭。入關莫作長沙哭，如此青春合遠游。

## 題胡秋坪孝廉《秋林覓醉小照》

書生於世誠何貴，一著儒冠少生氣。既負昂藏七尺軀，如此奄奄豈有味。胡君秋坪我豪友，胸羅光怪長虹走。擘鉢立成詩百章，大呼能飲酒千斗。功名三十不如心，往往磊落發孤吟。倩人圖寫封侯貌，閑踏秋烟向遠林。英雄寓意何不可，素心合稱紅衫里。壯懷無用不如游，我正憐君并憐我。既不能撐天立地、勒鼎銘鐘，早奮青雲掇金紫，又不能耕烟釣月、草衣木食，老向空山侶麋豖。胡爲乎？雕蟲苦學邯鄲步，十年蹭蹬桃花路。累他長安蹇尾驢，瘦背馱來復馱去。丈夫不作兒女悲，轅下齪齪非鬚眉。人生少年弗遂意，老大富貴亦何爲。披圖笑子開生面，秋容畫出心一片。古人惟愛酒徒狂，我輩羞登理學傳。借君腰下劍，割我胸中愁。手把黄菊口對酒，盡澆千秋萬古之煩憂。李青蓮、阮步兵，定應瀟灑居仙城。何不一齊呼起畫中行。我亦幻身飛入生綃上，酌雲醉露，與君同抱明月不須醒。

## 短歌贈駱翁

駱翁六十貧如洗，雙屨皆穿襪無底。一生忠厚受人欺，破甕恒無隔宿米。駱翁愁，男飢女凍聲啾啾。駱翁舞，燈前一醉忘其苦。駱翁悲，有女不嫁甘空帷。駱翁病，有兒割股祈其命。駱翁駱翁人休笑，幽衷應有神明照。君不見華門不少梟獍兒，紅閨難得松筠操。天之於人亦絶妙，一女貞、一子孝，駱翁忠厚食其報。孝子新産兩石麟，更喜吉祥征後效。

## 李烈婦王氏殉節歌

終朝盼夫好，夫命竟不保。孤鸞啼向天，天容慘枯槁。有叔奉姑姑不苦，有女殉夫夫是主。拜姑隨夫埋一土，裊裊冬青花，不畏雪與霜。耿耿女兒心，不有滄與桑。嘉慶廿一年十月廿二日，李松軒之妻王媛捐命畢。泪花漬血飄成霰，滴向黄泉色不變。我欲剜取磨笄山頭石一片，濡筆大書烈婦傳。

## 哭金領雲先生

鷗鷺無端痛失群，蔦蘿霜霰墜紛紛。賞音有數惟憐我，知己無多又哭君。在日湖山曾訂約，從今筆札竟須焚。隴頭誰種梅千樹，留指寒香高士墳。

記曾掃榻借前軒，琴酒追陪一柳園。道味清於蘭吐馥，世情淡到菊無言。與人落落交疑冷，煦我温温意最暄。洗竹品花成往事，更誰東海吊虞翻。

騎鶴飄然悵所之，閑雲瘦石費相思。人非求异風偏古，行不矜奇世豈知。一騎馳從多壘日，千金散在罷官時。青山隨筆能消遣，自寫平生磊落姿。

虎口歸來自閉關，心清何處不雲山。雪花白處懷風骨，霜葉紅時憶酒顔。出世誰爲瓢笠友，論心猶記竹梅間。七弦掛壁塵空滿，古調思彈泪雨潸。

## 重陽後五日於秋圃胡秋塍余階升華竹溪同集并招沈雲巢庶常即席得句

以下丁丑（一八一七）

黄菊花開酒正醇，一窗秋影聚詩人。座無惡客狂何礙，友是貧交意最真。琴硯自慚消壯歲，詩書原不負儒巾。轉憐此會非容易，指顧青雲隔素塵。

## 寄謝薦師宋小嵐夫子

名潢，山東蘭山縣人。已未（一七九九）進士，户部廣西司員外郎。

疏枝冷韵儘消磨，獨背東風嘆奈何。除却廣平憐作賦，梅花知己本無多。

# 五色牡丹詩 戊寅（一八一八）

**緑牡丹**

移來金谷舊娉婷，露朵開從翡翠屏。花額淡描蕉尾碧，玉顔分映柳眉青。一杯醽醁呈嬌影，十斛珍珠寫幻形。旖旎春風新黛頬，緑姿宜插古銅瓶。

**黄牡丹**

分得鵝兒小背黄，姚家新放幾枝芳。十分春色嬌金屋，一種天香貯錦囊。薔露乍融宮女額，蠟痕偷染道人妝。玉兒亦愛秋籬影，只舞東風不傲霜。

**白牡丹**

富貴能將本色全，托根應自妙明天。生憎桃靨嬌宜笑，修到梅花淡可憐。國艷瑩瑩雲作質，天香漠漠玉生烟。水晶簾捲冰綃展，捧出瑶臺第一仙。

## 紫牡丹

誰翦明霞結綺妝，果真魏紫壓姚黄。分來綬影宜金帶，染得袍香伴錦囊。瑪瑙艷呈三月露，玫瑰暖坼一苞霜。縱然夜半成烟去，猶作紅雲捧玉皇。

## 墨牡丹

一朵烏雲鏡裏浮，黑妝傳自宇文周。花胎定屬元珠種，芳品宜從墨圃收。國色最難留粉本，仙人應是愛絶流。夙根托向書生手，洗硯池邊開并頭。

# 欲起竹間樓存稿卷四

天津梅成棟樹君著

## 種花有感 以下己卯（一八一九）

養花天氣妒花風，日日關心數朶紅。未必開時如我意，栽花亦與讀書同。
乞取春陰乞夏晴，栽培直欲與天争。一年辛苦花知否，贏得相看幾日情。

## 循溪得句

峭瘦林巒當畫游，貪看紅蓼過蘆洲。前溪一帶秋山影，青入誰家小竹樓。

## 午睡初醒偶然得句 以下庚辰（一八二〇）

西風先到白鷗家，水國新凉透幔紗。秋後蝶衣飄似葉，菊邊人影瘦於花。世情嘗遍知書味，幻想萌時覽鬢華。一枕游仙驚夢覺，喧蜂正鬧午時衙。

## 得句示余階升

沿階花影自徐徐，且向蓬門賦索居。現在可行皆是德，平生未讀尚多書。士如尚志貧何愧，交得同心樂有餘。領略人間平淡福，不須塵夢到華胥。

## 遣世軒遣懷二首

一點浮雲未了身，且隨皮骨住紅塵。盈盈小蝶尋秋色，楚楚疏花向冷人。百歲得閑能幾日，四時易過是芳春。愧無補報升平處，草草吟詩作散民。

心情猶是少年時，忽有清霜上鬢絲。蓮葉漸枯香抱水，豆花垂老蔓辭籬。人如廢石閑無用，詩學秋山瘦有姿。聞説丹砂能出世，笑看妻子且遲遲。

## 雨夜

人去空廊葉有聲，蕭蕭孤影對寒檠。竹齋夜靜聞秋雨，小几吟詩坐到明。

## 開面詞

同年楊卜拙進士恒占四十，納姬麗且慧，夫人賢不之妒，入門時親爲理妝開面。同人羨之，屬予賦詞爲賀。予亦喜其事之韵也，爰掇綺語成歌。嘻！余習枯禪近十年矣，忽以艷冶嬰心，得毋貽識者笑乎？

紅絲綠絲結成雙，配合彩縷爲鴛鴦。銀窗日暖蘭房閉，金釵界畫合歡妝。美人面向美人面，端相春顏銜彩綫。朱櫻半啓玉齒前，柔絲繚繞桃花片。含顰蹙黛嬌復嬌，似就又躲回纖腰。約束雙蛾入修鬢，偃月細翦長眉梢。陡覺春腮熱如火，海棠艷吐紅兩朵。背臉露出蛸蠐長，低頭側看雲鬟亸。素手從容收綫時，戲言如此好花枝。整理汝顏忘我倦，是誰歡喜汝心知。徐徐下牀自窺鏡，面龐果較生輝映。重點鉛脂换綉衣，檀郎笑覷新妝靚。楊郎楊郎聽我言，人生艷福難得全。常看笑面無涕面，應謝詩人出酒錢。

## 和雲巢登《冠山原韵》

山在平定州城外

絶頂高攀萬象收，無邊秋色入山樓。人多慷慨來三晋，地涌峰巒抱一州。石上松寒誰坐論，瓢中泉冷吊名流。謂傳青主。雲烟檢點吟囊滿，如此登臨始壯游。

## 讀孫瑞郊《感懷詩書贈》

廡下如何尚賃舂，一聲長嘯五更鐘。空傷文冢銘劉蜕，竟使毛錐老曼容。舉世盡言知駿馬，幾人所好是真龍。唾壺擊缺狂歌咽，岳岳虹光吐劍鋒。

孫偓文章老更精，墨池疑涌怒濤生。頻看崔烈當頭坐，争怪劉蕡掉臂行。飛將縱能摩戰壘，奇兵無力破愁城。龍泉會有穿雲日，拂拭霜華對月明。

## 和同邑董松岩先生《己卯重宴鹿鳴紀事詩》

京兆堂前領特筵，争看董子貌飄然。文星重向天邊耀，耆宿驚從日下傳。瀛海已無同舉士，廣寒真有再來仙。一枝丹桂重回首，袖染餘香六十年。是科順天重赴鹿鳴者惟公一人，壽八十四矣。

雲衡看放蕊珠光，榜首人同姓氏芳。是科解元董瀛山同郡人。始信天人留策論，預征先後映文昌。荆襄捧檄身雖老，松菊幽栖徑未荒。不負科名忠孝在，傳家五葉是書香。公嗣以孝廉司訓保舉知縣，侍養在家，年逾六十，已有曾孫。自公凡爲五代。

沽水香生八月秋，郎君隊裏獨扶鳩。是科津邑中者八人。憶摇彩筆猶青鬢，笑撚宫花忽白頭。宦海雲烟心早冷，天街風月目重周。歸來話與鄉人聽，玉宇霓裳是舊游。

僕本狂歌一散民，曾欽杖履謁芳塵。修公福壽三千劫，邁我年華四十春。及見李邕生有幸，肯憐趙壹豈無因。他年邑乘傳佳話，并載吟詩梅子真。

## 號寒行

東家斂衣錢，西家斂衣錢。斂錢制衣備，天寒天寒施與寒人穿。天不奇寒衣不捐，寒人忍死待衣綿。昨夜雪花大如掌，堅冰裂地絶來往。縣官用盡制衣錢，質庫征衣始出榜。三日出榜如征調，鵠形男婦老携少。寒人蟻聚城隍廟，夜長雪凍風蕭蕭。萬口號寒鬼暗笑，天五鼓，廟門開，紅燈一對縣官來。持衣獰隸登高臺，萬人拼命呼聲哀。衣少人多分不開，縣官怒擲衣飄來。萬人争衣仆不起，强者得衣弱者死。血肉狼藉十三尸。生固號寒死可已。寒人哭，縣官走，輿夫踏著死人首。十三骸骨無人收，縣官歸署去飲酒。

## 聞西川汪少海官杭州詩以寄之

西湖風景久傳聞，浩渺江山隔水雲。作吏最難逢勝境，循名況已著清芬。梅花小塢林逋宅，柏樹豐碑岳帥墳。是我半生神往處，詩緘日日望夫君。

## 花

以下辛巳（一八二一）

一歲辛勤幾日殘，種花何似訪花看。世人事事皆痴絶，不自辛勤不喜歡。

## 石

面目應從太古分，依稀猶似故山云。痴頑我已渾相類，祇有無言不及君。

## 答人問神

廟貌非神我是神，自家禍福辨來真。常將悚懼存清夜，何必衣冠拜古人。方寸時時懸業鏡，眼前念念轉風輪。怪他香火貪靈祐，忘却支離可笑身。

## 題劉韵湖錫詩卷

擬吹銅笛大江東，想見劉郎顧盼雄。奇氣得從三晋外，好詩吟入萬山中。拈來語妙花能笑，不爲途窮句已工。兩世交游君憶否，忘年肯讓古人風。令伯介圃先生與棟至契。此日吟壇狎主盟，後來飛將出奇兵。生成蓮性詩能潔，愛到梅花骨必清。信是多才偏有恨，豈真佳偶竟難成。悼亡涕泪偏同我，莫怪神傷屬至情。韵湖斷弦不續，亦鍾情特重者。

## 劉韵湖招同袁蠡莊七夕雅集

淡雲斜月小凉天，訴得相思是一年。莫笑人間重離别，最難割愛是神仙。

喜得團圓小宴中，有人紅豆唱秋風。當筵不忍吟離恨，良友分襟意味同。時蠡莊將回山左。

## 七夕雅集後蠡莊將賦歸與離緒撩人因踵前意賦長律送別

一痕纖影月眉修，照見芳筵小唱酬。花氣馥於今夕酒，雲陰淡映幾家樓。夢回榆路天將曙，客憶桃源水未秋。座有劉郎書恨事，動人歸思愈難留。再得同游是幾年，明湖東去水如烟。人間枉作長生誓，天上猶多未了緣。莫嘆行踪似萍梗，焉知名士不神仙。他時歷下尋袁虎，月喜知心定又圓。

## 陳笠帆中丞獲宋司馬温公實心實政印歌

不自先，不自後，遥遥近千年。印出歸公手，丹紋硃色深。緑紐苔花厚，入手幾摩挲，精氣難銷磨。不會天地意，莫歌銅印歌。此印果足重，古政非今政。君實固名臣，中丞亦佐命。此印果非珍，公心即此心。惟以心印心，偉哉無古今。

## 秋間大疫繼以霪雨居人悲苦病起書事

蓬廬臥病已經旬，猶有詩情笑此身。朝雨淋浪連暮雨，居人愁苦况行人。東鄰西舍多新鬼，近郭遥村走夜磷。環視妻孥無恙在，平安真好敢辭貧。

胸中吐弃舊塵埃，再現靈光萬慮開。敢説輪迴虧道力，多緣天地惜庸才。窮愁未滿難容死，皮骨猶存那足哀。此後放歌歌益放，狂奴新破鬼門來。予病垂危，僅僅獲生。

帀地悲聲哭暮朝，紙錢風葉共飄蕭。長河霧漲三秋雨，大海雲翻一夜潮。天有奇愁容黯澹，人無生氣面枯焦。長吟短嘆知何益，多少游魂苦未招。

亦知身世等蜉蝣，噩夢無端尚不休。天上冰花寒萬丈，月中金榜照三秋。經多大難輕生死，悟到真空任去留。五夜觀心孤枕上，爲人凄慘替人愁。已卯冬，丁先君憂預夢冰天萬里，今秋病中，又夢觀天榜，未知何主。

## 寄張伯良刺史杰三首

明湖小聚住行車，友得聯吟興倍賒。十二金釵呼不顧，憐才心重勝憐花。聞公在明湖結社，與二三寒友時有顯者列十二名，姬侑酒，招公不赴。

生死全交一卷哀，爲人料理到泉臺。感恩豈獨舒公子，多少孤寒下泣來。舒公子，湖南鎮帥遺孤，公於襁褓教養，至於婚娶。不幸夭逝公，爲之傳遍征題咏。

慚愧梅詢作部民，不知循史是詩人。棠陰何日重瞻拜，五馬行歌潞水春。公爲海口同知，竟未得一謁。

## 疫癘

疫癘遍天下，所當誅頑蒙。相彼造孽人，一洗爲之空。胡爲殺齊民，流毒及村農。并有寒素者，全家遭閔凶。得毋天賞罰，乃在心術中。不然無天道，畏富而欺窮。

## 自述

小巷寥寥七口家，柴門南去板橋斜。寄生天地真如草，吐氣芬芳不在花。詩卷人傳雜仙鬼，硯田我自種烟霞。謀身莫笑寒如許，薄粥能餐當飲茶。

《心經》一卷證根塵，悟徹前因與後因。攬鏡自知寒乞相，登場不羨宰官身。

事皆有數愁何益，人到無求樂始真。門徑蕭然花柳外，且安眠食作凡民。

## 十月十日劉韵湖仲於昆季招同孔峻峰温東川賞菊小飲因懷袁蠡莊即席賦長句三首

知己欣逢意味醇，一樽開向小陽春。喜無熱客消詩興，難得寒花聚酒人。四壁冷香閑索句，半簾秋影淡疑身。回頭七夕同兹會，不見袁絲忽愴神。

數枝清影坐團圓，菊亦蕭疏似我寒。瘦點秋容新玉案，笑擎仙露小金盤。人如傲俗非真冷，花不宜春反耐看。東魯西秦燕趙士，一時旗鼓樹吟壇。

此會千秋壯海東，使君兄弟并豪雄。堤防勸酒逢温嶠，慷慨談兵看孔融。得友何分新舊雨，披襟欲快往來風。頹唐轉覺梅詢老，冷對秋花惜晚紅。

## 偶成　以下壬午（一八二二）

寥寥貧院無花草，可意幽苔養半庭。難得夜來天又雨，替人補滿一邊青。

## 苦雨

檐溜響涓涓，高空亂落泉。水流無剩地，雲漲欲彌天。城市全如霧，人家半在烟。浩愁惟仰屋，燈下未成眠。

## 湯菊人將之元城訓導任詩以送之

頭銜某笑太清寒，能養孤高是此官。品重自然傳學易，身輕不覺上場難。催科無涉心常逸，文酒隨緣夢亦安。月夕花晨應念我，論詩千里隔吟壇。

白蓮花冷送行初，貧宦裝輕辦有餘。俗樸定多賢弟子，官閑轉可讀詩書。廨依顏孔真清地，庭養芝蘭未索居。他日歸來同一笑，故園猶有舊蓬廬。

## 周尺木五十壽詩

半百年華亦偶然，蓬萊小謫作吟仙。千金散盡空囊在，五岳歸來好句傳。門徑但聞秋鐘柳，家風原自愛栽蓮。新詩寄到梅花放，知對寒香醉佛前。

## 憶菊人

君行千里此長堤，定有離愁向月題。一葉畫船烟柳外，夢魂凉到水雲西。

## 冰行嘆

無邊野水結成冰，小車咿啞冰上行。夫推無力婦爲擎，車上幼兒啼哭聲。婦語飢兒莫煩惱，前村乞食飼汝飽。行到前村不見人，破壁頹垣没荒草。吁嗟乎！縣縣皆灾，村村不守，西人東逃，東人西走。古有循良吏，悱惻民之母。告此飢頓形，爲民丐升斗。古則有之今豈無，危則持之顛則扶。流亡滿道飢寒死，應向荒郊繪此圖。吁嗟乎！誰向荒郊繪此圖。

## 禁夜行

後拖杖，前敲鑼，官居中間駿馬馱。夜行有禁，官則呵捕役，獰怒如閻羅。祇禁行人，不禁賊人，夜巡愈勤，賊出愈頻。君不聞昨夜東街劫質庫，今日西鄰失餉銀。賊笑官長徒勞神，胡爲夜夜來出巡，汝來巡時我在夢中，我出劫時汝在夢中。賊以四更來，官以三更去，吁嗟官賊何時遇。

## 蔡村題壁 以下癸未（一八二三）

古堤芳草返離魂，三月風和透體温。野店幾回詩脱稿，春衫到處酒留痕。白沙碧水彎環路，緑柳紅桃遠近村。二十五年鬢鬢改，塵踪擾擾未堪論。

## 春闈罷後出都見楊花成長句四首

紛紛又見送吟鞭，萬縷飛花散作烟。等是飄零尤命薄，并無顔色可人憐。漫言幻影解脱思成佛，即説游行豈是仙。長阪橋頭淺深水，東風惹恨自年年。

樓上無端又夕陽，爲誰斷送一春忙。只疑蘆岸晴飛雪，豈是桃蹊夜有霜。乍離隨蛺蝶，轉身或得伴鴛鴦。如何心緒成撩亂，猶是張顛舊日狂。

東風垂老尚飄流，亦爲無根得自由。閑逐玉驄團作隊，又隨紈扇滚成球。匆匆踪迹三春速，裊裊心情一段柔。不分桃花住天上，等閑開過幾千秋。

一霎浮雲花事闌，累人猶倚畫欄杆。空舒玉手擎何益，縱有金鈴護亦難。入世已憐春夢短，無情况值曉風寒。自來藩溷飛何定，未到沾泥且再看。

## 哭詩友劉韵湖錫八首

與君把臂喜忘年，三載言交有夙緣。小别誰知竟千古，奇才可惜赴重泉。未成仙佛心難死，不藉科名世亦傳。料理一編成絶筆，病中屬托意凄然。

清瘦梅花清峭詞，棱棱能自寫丰姿。竟抛凡蜕歸何處，再接高風是幾時。自古聰明由命薄，斷無福壽到情痴。十年獨抱鰥魚泣，相見蓉城事早知。君善寫梅，斷弦十年守義不娶。

貧賤交情伉儷情，天懷真處百愁生。千金肯爲同心散，一世能堅結髮盟。皦日有言貫金石，青雲無分到公卿。紅閨幼女華顛母，地下難聞痛唤聲。君嘗手散千金以助知交。

楚水秦山閱歷多，胸中磊塊未消磨。壯懷似我閑無用，奇氣如君病奈何。一徑松楸魂冷落，五更風雨鬼悲歌。回頭雅集真腸斷，生死才人兩逝波。辛巳七夕，君招詩人設壇，爲天孫雅集賦詩。今袁蠡莊有萬里之行，而君又下世。

一門同調有機雲，榮落如何指顧分。金榜人争誇及第，玉棺天已召修文。殘陽笛歇嵇康宅，豐草琴埋子敬墳。感舊自憐同向秀，擬將筆札爲君焚。乃弟聲於名鐵，并有才名，已卯經魁，今歲又捷南宫，報未數日，韵湖遂殤斂未得見。

轉世君應第一流，此生福慧已兼修。徐陵再返知誰是，羊祜重來識我不。霖雨未償今世志，壺觴空訂看山游。孤懷無限難同語，酹酒憑棺涕莫收。

齊名劉郭兩仙才，生未同游亦可哀。置酒喜逢袁粲至，評梅空望小陶來。只言有日聯高會，誰料中年赴夜臺。共把哀詞親告奠，千秋心迹付寒灰。韵湖與小陶俱負雋才，壬午上元招小陶賞梅飲酒，小陶未至，頗以爲憾。

才如天馬氣如龍，沽上真推後起雄。賭句東川愁勁敵，論文北海嘆儒宗。更誰倒屣迎王粲，剩我停琴哭顧雍。轉眼鵲橋迎織女，舊開筵處緑苔封。東川謂温孝廉予昇，北海謂孔峻峰。

## 雨天書悶得六絶句

竹院蕭齋没水雲，居然六月小江村。連朝風雨無人到，紅藕花香自掩門。
苦飢小女向人啼，茅屋垂簾卧病妻。自有詩情兼韵事，芭蕉移在小窗西。
斟酌陰晴晝夜忙，曬花日日盼斜陽。盆中茉莉墻邊菊，第一關心是海棠。
良友家家似我貧，况經風雨再盈旬。尚餘一甕桃花米，半具晨炊半送人。
新詩糊滿小茅齋，謀醉朝來典故釵。幽夢一床天過午，厨娘又報竈無柴。
筠竿折作小花欄，石竹金簪配一攢。江上素聲無力買，不鋤芳草當芳蘭。

## 驛柳用環青閣韵

又是長條綰騎時，東風吹老道旁枝。生成舊恨兼新恨，裊盡千絲與萬絲。已爲別離顰望眼，况經厘雨織春思。廿年長短亭邊立，枉送行人到鳳池。
銷魂幾樹水邊亭，人去河橋怕再經。腰入新年憐汝瘦，眼於古道爲誰青。只知命薄真成絮，未卜花飛定化萍。消受送迎無限恨，黛眉可似舊時形。

陌上斜陽水上波，流光眼底去如梭。吟殘風月留人少，銷盡輪蹄閲客多。絶塞淒迷千裏夢，陽關嗚咽一聲歌。黄塵烏帽頻年過，手挽青絲嘆老何。

亂飄風絮點征衣，儘有濃陰未可依。玉笛夜凉魂易斷，金城秋老恨成圍。緑零榆塞愁鴉落，紅到桃花有燕飛。知否高樓人悵望，杏林歸騎幾時歸。

## 謝郭小陶賢配宋小琴爲亡妻題照

雙雙彩筆并如仙，肯爲梅花賦可憐。翻累人家好夫婦，替吟苦語鏡臺前。始信紅閨意最真，憐才憐到畫中人。窗前小試生花管，閒作人間并蒂春。

## 送王仲實明府枚之官山東

辛苦圖官事竟成，琴裝打叠一舟輕。通人何患無才氣，吾輩惟當有性情。舉世可憐甘肉食，出山原是爲蒼生。立心即在登場日，洗耳東風聽頌聲。

憂貧只是在林泉，已歷名場可任天。官肯憐民同骨肉，力能維俗即神仙。詩書況有真經濟，鄒魯原多古聖賢。此去身登東岳頂，青雲高處姓名傳。

明湖秋柳又逢秋，如此溪山好上樓。學到臨民方有用，士能榮世更何求。鶯花勸酒詩千首，琴卷懷人月半鈎。仙吏風情循吏傳，一時名實任君收。

閑雲我比在家僧，富貴年來念已冰。壯志蕭疏非有待，清時淹滯愧無能。恤刑古載張延尉，守土人傳趙信陵。多少餘懷難了處，題詩三復告良朋。

## 海河開

海河開，縣官來，官笞地保詈奴才。輕事重報將官催，小小漫溢何成灾。海河開，太守來，守笞地保詈奴才。胡不早報待其開，滔滔誰能救此灾。地保叩頭訴且泣，急報笞三十，緩報笞三十，安能不緩又不急。吁嗟乎，不解長官心，苦此地保臀，子如不報彼不嗔。子不見城上城下溺紛紛，官謂此皆當死人。

## 秋望

清霜墜遥浦，柳葉冷紛紛。遠水高於樹，秋山淡似雲。魚多舉網得，鷗静嚮沙分。寒葦西風外，蕭騷不可聞。

## 送小陶游大梁

問君入洛幾時回，情逐離帆一夜開。風急黄河看砥柱，雲凝少室拜仙臺。棠梨葉赤霜初隕，野菊香寒雁早來。儻過夷門應吊古，信陵君後孰憐才。

策馬中原喜壯游，梁園詞賦任君收。紅雲秀入冬山樹，白日寒依古石樓。選勝有時懷舊雨，題詩到處覓名流。錦囊句滿歸宜早，桑濮風狂莫久留。

## 題惲如娥《畫譜》

雪色屏風繪影斜，别開春色女兒家。一枝鏤玉生香管，放盡雲藍百種花。

追魂艷筆奪天工，點染生綃數朵紅。昨夜蘭窗春雨裹，海棠花坼一絲風。

無心設色亦天然，粉黛叢中小畫仙。妙格簪花書細字，人間誰似女黄筌。

花史前身今又來，硯池日日報春回。芙蓉并蒂湘蘭笑，盡向紅閨腕底開。

## 喜趙雪蘿至話舊次日有作

嗟余城市人，難得山林友。苦吟三十年，始交雪蘿叟。各以坦蕩心，結作烟霞耦。可惜君麻鞋，懶向軟紅走。偶然到城市，留連亦不久。以此縈相思，遷怒到花柳。昨乘北風來，入門一握手。笑述半歲情，自辰坐至酉。出我囊中詩，對此燈前酒。縷縷終夕談，猶未暢於口。明朝忽欲歸，離懷實難剖。問君歸何事，無言但搖首。將母卒歲謀，自言日否否。窗下有臘梅，將開爲我守。歸踐山妻約，寒香不可負。

# 欲起竹間樓存稿卷五

天津梅成棟樹君著

## 不信 以下甲申（一八二四）

不信浮沈盡偶然，是真學力始能傳。自知半世耽疏懶，甘把千秋讓聖賢。四季好山來畫境，一杯名酒趁花天。别開生面尋安樂，瓢笠雲泉學散仙。

## 春盡

爲憐春盡久無詩，竹屋焚香小坐時。所憶不來天又暮，海棠簾外雨如絲。

## 王素園表兄五十征詩

草堂新築此三間，月榻風窗一味閑。醉展棋枰消白日，飽携詩卷看青山。能安儒素真知命，不餌爐丹亦駐顏。領略琴書清净福，蓬瀛原自在塵寰。

## 念堂以全集屬校累月方畢題而歸之

牛毛麟角古同嘆，此調從來不易彈。一字嘔心閑自覺，廿年抱膝苦誰看。見多每感真才少，吟久方知穩句難。君有梅花奇氣骨，不辭清瘦十分寒。

## 題寶坻高寄泉孝廉浚璜《柳橋晴絮圖》

風吹柳花雪滿天，吟鞭得得來詩仙。春愁馱重驢背瘦，照影蹭蹬溪橋邊。似憐遇合不遂意，回頭野店題詩地。萬縷千條送客程，垂楊亦裊傷心翠。披圖索句爲愴神，我亦東風毰毸人。一條古道長河畔，芒履回旋廿四春。棟自辛酉即應禮闈試。天爲斯世生君才，豈令淹滯終塵埃。芙蓉鏡下兆及第，夢告定有神明來。吁嗟乎，失之非憂得何喜，人世榮華一彈指。玉鞭他日看花回，莫忘騎驢曾過此。

## 雪蘿來札云近作《刀幣考》忙甚戲書答之

大賈不言富，庫吏不言寶。寢食於其中，相忘以終老。每是無錢人，翻羨有錢好。過屠門大嚼，爲之一笑倒。不見雪蘿翁，忽作《刀幣考》。

## 賦得新緑

寒食纔過野色新，迎眸緑意襯紅塵。苔痕乍拂題詩石，蘿徑初來鬥草人。幾點淡烟橋映柳，一番小雨渚生蘋。遠峰笑隔朝雲外，猶似眉痕掃未匀。風吹遠浦碧粼粼，荻筍芹芽吐又新。豆蔻未萌含笑靨，靡蕪先展藉花茵。夢回蛺蝶村邊路，影蔽鞦韆院裏人。誰把玉鞭天外去，江南江北一時春。

## 《津門詩鈔》輯成題長句二

鼠嚙蟫穿二百年，搜求遺草出塵烟。題名不比登科録，小傳如標獨行篇。前輩有靈來紙上，舊交無數晤燈前。寒窗料理閑中業，少結枌榆翰墨緣。

敢云此卷少遺珠，聞見非多愧小儒。聊爲詩人傳梗概，忍令古本盡荒蕪。海濱耆宿傷存没，沽上風流半有無。漫道山陽長感舊，詞壇振臂望同扶。

## 刘孝子詩

監山諸生劉君恪侯，字謹度，事親以孝，親死，廬墓三年。

古來庸行最難傳，曾閱高風孰後先。萬口又聞稱孝子，千秋應不愧名賢。結廬可傍中郎墓，載筆誰標有道阡。泣盡臯魚霜夜泪，從知色養到重泉。

擬將懿德繪成圖，古柏青青冢畔孤。何必冰魚傳异事，可知大鳥是祥符。炎風五月黄童枕，血泪三年崔九廬。寫入新詩無此痛，小人有母一長呼。

## 公論

津門設巨窨，築作饑民墳。殺此千萬人，蜀川某使君。大蠹忍衆怒，流言如不聞。一二小胥吏，倉穀與之分。但貪粒粒粟，孰憫嗸嗸魂。雙旌忽導去，上考書賢員。豈知西郊鬼，怨毒鬱愁雲。何來無耻輩，制額頌芳芬。日撫字心勞，取以報其勛，公論從此廢，衰貶何足云。是非久顛倒，可哀在斯文。

## 百五

百五春光去不知，海棠開到六分時。浮沈世事全如夢，疏冷心情半在詩。故紙殘編緣太久，丹山碧水去應遲。暮年老友宜長聚，莫漫擎杯感別離。

## 六月二十一日榮兒生

大兒早成名，無端病顛痴。中男纔九齡，懶讀書與詩。弱女方四歲，明慧多嬌姿。啞啞善學語，頗足解愁頤。衰門事顛倒，女慧男無知。應屬無如何，痴黠姑聽之。六月廿一日，忽又舉一兒。僕婢共相慶，親賓亦爲怡。我懷殊不然，了了自尋思。年届四十九，已近薄暮時。我衰緊何速，爾來亦何遲。他年縱成立，別離非遠期。

**讀笨山《秋海棠詩》愛而和之**

錦石蒼苔小翠鈿，一枝情艷曲欄前。斜風細雨無人院，冷醉閑吟薄暮天。清泪疑彈千點血，香魂欲化五更烟。未知何事成嬌怨，零落秋紅總黯然。

**題崔曙林《柳橋詩草》** 曙林名晨，曉林弟，布衣。

寂寥存我輩，天遣苦吟詩。此卷真非俗，如君恐不痴。得名黄葉後，抗志白雲期。正是梅開日，山窗繞夢思。

**編《梅氏事迹雜考》既成因題長句**

投老編書感不勝，千秋祖德溯繩繩。身無仙骨悲吴市，詩有真傳嘆宛陵。忠義家風原似石，清寒世澤尚如冰。宣南嫡派今誰繼，窮始能工竟未能。

## 閱念《堂詩話》見亡室問梅繼室菊窗詩并收卷中且摘鄙句爲圖感成二絶

嗜句真同嗜昌歜，天涯知己意無窮。汗顔只有愚夫婦，亦入廬陵記載中。
愛士漁洋久不聞，姓名誰爲附青雲。故人意厚忘阿好，竟把愚山擬樹君。

## 書感

半生悔殺爲人謀，廊廟江湖兩不收。閑與菊花商出處，又因黄葉小句留。頻經好事成虚事，每到新游憶舊游。四十九年仍故我，春風何忍再回頭。

## 春日泛溪得句

人與春鷗共一家，釣竿日日挂漁槎。前溪小艇浮萍葉，昨夜東風墜柳花。芳草有時安硯几，放吟何處不烟霞。志和老去無仙侣，西塞山前月自斜。
翦紙難招李白魂，酒壚吟卷寄乾坤。桃花小院河邊寺，柳絮長橋郭外村。豈有文君隨蜀肆，似聞仙尉守吴門。五湖何處浮家好，采石江邊酹一樽。

## 和小陶卷中見憶之作

久被狂名累，憐余尚有君。清寒消壯志，懷抱托斯文。自嘆如黄葉，相交在白雲。丹山跱鳴鳳，忘分到鷗群。

## 捕盜行爲天津鎮音登布公賦

縣官怖盜如怖虎，總戎捕盜如捕鼠。縣官怖盜非盜强，盜恃捕役爲主張。總戎捕盜非盜弱，盜震雄威膽已落。總戎捕盜不著意，令嚴只用一夫寄。總戎破多善用寡，錦裘綉帽殊風雅。纍纍賊首挂金鞍，胭脂血染桃花馬。憶昔飛帆入海波，談笑消氛不用戈。况此鼠竊之幺麽，區區爾技能幾何。昨日緝盜掌握中，縣官申文鳴已功。總戎一笑無不可，幸無縱之再勞我。

## 題余階升孝廉《思誠書屋小草》

各有艱虞在，知心二十年。苦吟存一卷，得意勝千篇。匡世時猶待，名山業足傳。味君冰雪句，三復古梅前。

## 漢三杰

感嘆稱人杰，功名一索然。儒生不受罵，亭長有何權。徒跣情堪耻，幽囚事可憐。若非佯辟穀，菹醢到神仙。

## 林處士

一束梅花骨，清寒半就枯。前身疑賈島，异世有倪迂。憂國心非隱，違時道易孤。芳名同岳帥，兩墓峙西湖。

### 秋日憶陳大耕梅設酒奠之

青山白首話前盟，先我長眠似不情。結識三年緣太淺，論文一字許難輕。春風蝴蝶桃花寺，秋水魚鰕豆子航。又報西沽新釀熟，小樓煮酒哭先生。

### 循海河南行村落間秋緑迎眸塵襟爲之一爽得絶句二

葡萄熟後已無瓜，楊柳蕭疏村徑斜。一樹當窗門静掩，豆花紅處是誰家。

香聞籬落野花開，猶有盈盈小蝶來。亦似詩人閑意態，最無聊處一徘徊。

### 蘆花四首用葉筠潭都轉次朱虹舫學士韵

蒹葭何處水平鋪，摇曳西風一艇孤。雪意灘灘隨月上，霜痕片片入花無。素蓮已冷鴛鴦夢，粉絮猶飛蛺蝶圖。雨笠烟蓑人易老，生涯贏得在江湖。

亂隨黄葉上魚船，儘有漁家覆雪眠。水驛秋痕黏客屐，江村詩思逐征鞭。無邊風月迷菱浦，不禁蒓鱸憶藕川。知有蘆中人在否，白頭容易感華年。

蕭瑟寒吟萬緒紛，江千秋恨要平分。舊時春夢桃花水，往事傷心茱麓雲。豈獨青衫懷學士，亦感白首吊文君。誰憐踪迹烟波上，笭箵灘頭日又曛。荻笋芹芽事已非，一年花事付漁磯。烟寒戰壘愁鴉落，月冷湘江有雁飛。欲泊船時楓瑟瑟，更無人處柳依依。紫蘭紅桂虚同秀，化作輕綿點客衣。

## 浦上得句示訪舟索畫此意

如此蕭疏畫得無，蓼紅蘆白水平鋪。寒雲數點青天外，一幅瀟湘落雁圖。

## 答崔時林孝廉見寄

時林，曉林弟，名暘，己卯（一八一九）舉人。

天末飛來一卷詩，開緘正值菊香時。名心太冷情何遠，苦語能工境可知。沽上烟花三月別，棣城風雨十年思。崔群兄弟今坡穎，好待同來話玉卮。

## 題余竹泉老人廷霖《慕雁圖照》

先生無可無不可，風月周旋我與我。人似張顛或未顛，前身佛果兼仙果。青年橐筆沽上來，興酣一飲三百杯。墨花醉舞字如斗，怒猊抉石天骨開。老去幽懷人莫曉，丹青繪取傷心稿。三千里外憶松楸，岩際白雲池畔草。夢草看雲幻有無，年年鄉樹影模糊。登樓細數南飛雁，一幅蒼凉孝子圖。

## 秋夜曲

卍字紗邊香夢繞，一檯斜月窗痕小。絡緯啼作嗚咽聲，滴竭銅龍天不曉。昨日淮南書到無，井欄玉索霜痕枯。庭前菊瘦荷殘處，江上丹楓烏柏圖。秋夜長兮秋夜長，博山灰冷蕙幃凉。天涯苦遠夢苦短，焰縮金蟲掩洞房。

## 立春前一日微雪謝問山過舍小飲

略伸鷄黍意，薄酒諒余貧。小過春前雪，狂憐醉後人。交難湖海得，詩重性情真。離恨從兹始，明朝返故津。

## 立春日赴鄭家莊途中即目

鹵岸春無信，寒林挂雪痕。極天惟有草，到海似無村。沙凍迷車迹，烟荒絶鳥翻。不知何代寺，廢壘一鐘存。

## 題張仙槎《寶浮槎圖》即送其歸廣陵

以下乙酉（一八二五）

一笻閲歷遍人寰，九點蒼烟尺幅間。昨夜雪窗同翦燭，聽君細數粤西山。

詩囊畫卷共扁舟，海國相逢未倦游。更聽玉簫江上去，梅花風裹宿揚州。

老我耽吟五十春，芒鞋未踏九州塵。何當坐井觀天者，得來乘槎此异人。

## 嗜石歌爲徐蘭生作即題其集

蘭生嗜石成石癖，篋中古石堆丹碧。金繩寶紐蹲龜螭，珍等封圭與和璧。蘭生嗜詩成詩魔，一日不吟如有疴。收拾風月入懷抱，錦囊佳句何紛羅。嗜石嗜詩無二情，自恨詩名遜石名。一朝掩卷發狂喜，對石忽悟吟詩理。石貴古，不貴新，宋元之物讓周秦。石喜异，不喜同，猩紅菜緑色無窮。石要精，不厭小，豆章無瑕即至寶。石取腴，尤取潔，肌膚通明若冰雪。造物精華多自然，石妙詩妙全其天。爲詩若得石之神，脱盡凡骨消俗塵。我聞此言向之拜，妙論已盡三唐派。山凝川結足晶瑩，月魄星精無毀壞。浣花叟，李青蓮，伐毛洗髓成詩仙。須知萬琢千鐘後，方稱玉潤與珠圓。吁嗟乎，苦吟我已五十春，此意鬱鬱誰與伸。一朝發泄千秋秘，蘭生蘭生真解人。

## 蘭生應韓對山觀察之聘將赴山右講席賦此送别

丁沽未緑柳邊絲，忽漫聞歌遠道詩。九十春光春信晚，送君偏是杏花時。
漫言蟋蟀是唐風，表裏山河指顧中。此後詩情增壯烈，晋陽多少古英雄。
遂閑堂上老詩臞，前輩遺踪儻未蕪。經過玉溪須駐馬，蓮洋池館尚存無。
義山名與香山重，取次風流到傳山。五十年來神往處，煩君拓取墓碑還。

鄉味難忘八月中，桂花黃日蟹衣紅。與君各有懷人句，瀛海西頭太華東。
吟鞭一路海棠詩，晋嶺秦川繞夢思。轉歲皇州同一笑，相逢仍是杏花時。

## 寄僧大空

名眼覺，青縣人，住楊柳青驛之白衣大寺。

聞有今支遁，相思苦二年。人皆稱古衲，我喜類顛仙。道向無心悟，詩憑衆口傳。何時住行鉢，一笑證空緣。

## 同劉嘯山李亭午餞序東於酒樓

千里離襟此地分，壯游何必定留君。龍門笑酌黃河水，馬首雄看太華雲。血染桃花韓信嶺，碑眠芳草郭公墳。探奇吊古書生事，待讀新詩廣見聞。

## 閱郡志見同郡楊鷗海先生賦滄州鐵獅感而有作

此錯何人鑄九州，摩雲嘯雨幾春秋。未聞搏兔輸全力，惟戴栖鴉不轉頭。荆棘叢中空佇立，麒麟殿上可曾游。龐然弃擲渾無用，不及耕烟老牸牛。

## 爲汪又村題畫册

又村，杭人，名適孫，取放翁『柳暗花明又一村』爲號，繪圖征詩。

水映桃花柳掩門，雨餘苔徑緑無痕。放翁詩句翻新本，團扇從今畫又村。

## 柬曉林

地僻花無信，春寒客有詩。一年少樂日，二月似冬時。書卷隨人舊，妻孥怪我痴。龐公今不作，空有鹿門期。

## 齋中海棠忽放偶然得句

春來人不覺，忽到海棠枝。舉酒宜今日，尋山待幾時。老情隨日減速，好景逐年移。隱几同花笑，蕭然但有詩。

## 東訪舟

相隔無多遠，柴門各自關。君方同竹隱，我亦類僧閒。濃淡詩中味，丹黄畫裏山。笑看城市内，少此兩痴頑。

## 不寐

簾幕碧沈沈，山齋夜又深。杏花三月雨，梅子五更心。往事燈前集，遺踪夢裏尋。無窮懷感意，攲枕自孤吟。

## 李桐圃爲《繪竹樓編詩小照》自題長句

悲歌何補一生貧，零落殘編送此身。白業不求天下賞，青雲原少意中人。埋文韵事懷劉蜕，荷鍤高風嘆伯倫。畫裏詩樓樓更幻，幻中小影見吾真。

## 西郊看花有感

花欲零星態倍妍，亦如人老意纏綿。多愁時節逢寒食，不語心情惜少年。何處綠楊生廢苑，誰家青草覆新阡。五陵豪貴偏相遇，駿馬驕嘶紅杏前。

## 芥園訪大空值其回寺并静峰師亦他出悵然留句

古寺藏春在，垂楊綠到樓。未能修佛果，且自訪僧游。梅塢花才謝，蓮池水又流。支公去何處，門外問沙鷗。

## 闡烈篇

城西八烈墳，葬烈媛八人，表風化也。壬午、癸未間，郡城大水，邱隴被没，碑墓俱傾。越歲水落，牛羊踐踏其上。過而憫之，懼芳迹之就淹，擬聞諸官。土人云：『恐無益也。』里有王槐三者，向曾募衆爲瘞骨事。往商之。王曰：『諾。』越日來，曰：『得之矣。』予以義激土人，費不過數千，但須急措耳。余欣然與付。未數日，八冢巋然復舊，爰至墓地所，拜而祭之。復紀以詩。時道光五年二月廿日也。

衛安門外多墓田，香車寶馬如流泉。道旁舊有八烈墓，墓中皆是巾幗賢。陳諸裘金葬於始，聞在乾隆十九年。殷梁章李踵於後，芳名輝映星斗懸。青石高標鎸姓氏，行人流覽香風傳。婦孺猶能道遺事，一一指點生愛憐。老媼长谈幼女听，往往傷心雪涕漣。冰腸玉骨各千古，含荼茹糵殉所天。不長嬌花與艷草，惟生芳杜并蘭荃。無端陽侯失所守，蛟龍跋浪波掀天。茫茫桑疇化海國，矧此區區尺五阡。霖飄風泊黿鼉嚙，黄土汩没蛇鰻穿。神物護持柩未動，豐碑卧水邱隴偏。行人太息不敢問，誰其司者爲凄然。秋螢焰小磷火碧，紅泪春風啼杜鵑。我來隴畔一憑吊，恨乏大力相斡旋。情迫姑作聊且計，義哉王叟無俄延。歸來喜向山妻告，欣然脱珥甘助捐。摒擋已就付叟去，八冢突兀重月圓。宇宙正氣本常在，貞魂烈魄金石堅。神佑其踪示不朽，定施鬼斧潛周全。此事興廢豈人力，壙成於我何有焉。楮幣一陌酒一琖，聊申景仰拜墓前。即將此事當哀誄，觀縷述作闡烈篇。

## 初五日王素園家看海棠

王家園内海棠新，不負花時有幾人。三月最難通夕雨，一年能得幾回春。亂抛紅豆嬌如滴，恐捻丹砂化作塵。忽憶高樓傳艷雪，東風零落水西濱。佟蔗村家艷雪樓有海棠，爲邑前輩燕賞之處，今廢。

## 上薦師宋小嵐夫子 時督江蘇四府糧儲

一代詞宗泰岳同，亦虧位置仗天工。東南保障舒民力，鄒魯文章表士風。官好恰逢花柳地，詩清多在水雲中。舳艫轉粟三千里，早晚津沽望旆紅。

沈淪瓣香一縷有前因，玉尺曾經嘆賞頻。紅泪易零遲嫁女，青雲難起命窮人。已分辜知己，經史重温爲感恩。圖報歐公期許意，九年又赚面蒙塵。

迂儒少年慷慨好談兵，笑謂功名唾手成。馬骨更誰收郭隗，虎頭竟自讓班生。原少逢時具，朋輩偏多惜我情。破帽殘衫今老矣，猶容割據在書城。

久憐幾回翹首向南天，夢想春風又四年。人到窮愁方著作，文經鬱塞或流傳。入世無長策，稍喜知名有大賢。百斛龍文增鼎重，尚求一序宛陵篇。

# 孫瑞郊挽詩

四月十一日丑時，孫君化去，嗚呼！已矣。僕與瑞郊總角授硯，皓首窮經，相知最久。近三四年，踪迹尤密，非我過瑞郊即瑞郊過我，殆無三日不面也。君少負重名，未酬其志，年五十猶日閉門，手一編，自經史子集以及稗官百家，無所不窺，采其菁華而爲文，深醇醲厚。十赴京兆，未售。卒鬱憭以死。當沈綿瞀亂中，猶喃喃道，鄉舉不絶。嗚呼，才優數奇！瑞郊雖篤學，豈能勝强有力之天以自奮哉！爰賦長句哭之，略述君之梗概。魂兮有知，或頷首於青林黑塞間乎！

蓬廬罷聽讀書聲，一病模糊萬事輕。未必黄泉非樂土，可憐白首尚諸生。萬言空上匡時策，十字誰題不朽名。比似向平情更慘，未完婚嫁遽行行。

取次交游哭到君，筆床茶竈忍追尋。長虹未吐平生氣，芳草長埋不死心。杏本書堂人寂寂，蕉花文館夜沈沈。如何竟抱窮愁去，月黑林昏作楚吟。君受學於杏本堂陳旭峰先生，蕉花館乃朱仰文夫子齋名，棟與君少同硯處。

婢媪皆言我輩親，交情卅載尚如新。能談肺腑真知己，解略形骸復幾人。細雨桃花同茗肆，春風楊柳步河濱。回頭一一成陳迹，重檢遺編滿几塵。

酒壘詞壇逐鹿場，時人斂手避孫郎。清狂幸未逢黄祖，慷慨曾聞駡孔光。書買五車真悔讀，命窮一第亦堪傷。忍聽凄咽鄰家笛，再過黄壚有夕陽。

## 偶游北郊

世路如秋草，綿綿礙足行。此心無拗折，所步得寬平。小圃花通寺，高槐水抱城。扶筇容爛漫，一笑醉村罌。

## 雜言五首

事煩覺日短，意閑覺日長。長短有何定，視此暇與忙。終日之閑且如此，終身之忙徒自苦。偷得餘閑且著詩，一簾漠漠垂秋雨。

朝來見黄葉，慨然憶酒巵。白墮沽未來，且吟黄葉詩。詩香與酒味，細細自凝思。酒味悦我口，詩香沁我脾。酒味有時盡，詩香無已時。

著詩尚覺勞，吟詩乃陶然。不吟古人詩，喜讀今人篇。古人去我遠，今人在目前。一帙船山集，一卷念堂草。船山我尊師，念堂我至好。欲與二公談，輒一翻其稿。

古人愛香山，今人愛雪蘿。香山不可見，雪蘿頻我過。村居二十里，烟波阻一河。每有緘書來，寄我打油歌。遣興以抒詞，語趣心平和。足醫我褊急，益友資觀摩。比似廣大主，今古將無他。天生無用人，作些無用事。展卷覓古人，捫碑考奇字。贈句到頑石，尋僧來破寺。聞嫗談忠孝，爲之增涕泪。甕無隔宿糧，身乏立錐地。朝看白雲興，暮送紅日墜。凡我之所爲，皆人之所弃。

## 接序東潞村來書并紀行詩一卷賦寄四首

纔得詩朋便遠游，老年人更善離愁。一枝梅子酸初結，九曲桃花水正流。憶我可當楊柳岸，懷君錯在木蘭舟。君言乘船卒以車行。幾回尹驛城邊望，疏雨瀟瀟暗郡樓。

黄河西去曉風寒，撲面飛花客袖單。萬點春山來馬耳，一鞭詩思上驢鞍。經多名勝懷人易，得好林巒欲畫難。行盡太行儻回首，無邊鄉夢正漫漫。

竹樓風雨苦相思，天外飛來一卷詩。人好果多如意事，途長難免獨吟時。花橋問酒鶯兒勸，柳驛傷春燕子知。賴有中條山色好，遠峰如黛對書帷。

閉門真是住空山，世味情根一例删。老我功名甘廢弃，有何榮辱到痴頑。既緣耽咏因成癖，無可尋題只賦閑。新得安心增妙法，一株槁木倚禪關。

## 題《琵琶一夢圖》

金雁鈿蟬紫玉翹，挑燈人憶可憐宵。分明楓葉停舟處，魂斷潯陽一夜潮。
銀撥冰弦入耳清，葦花滿紙作秋聲。青衫紅泪無窮思，都付邯鄲枕上情。
西舫東船悄悄吟，更無消息到於今。繪圖亦似傷倫落，一片空江對月心。
老大徒傷待嫁身，天涯何處不比鄰。題詩悵觸秋娘泪，我亦香山一路人。

## 題楊茂才慎恭《醉六吟草》

此道悲淪落，欣然一卷開。苦吟同我癖，濁世有斯才。風雨秋心在，艱虞好句來。期君扶大雅，仙樹倚雲栽。

## 五十初度言懷

紫蟹冰鱗上俎筵，秋風香送桂花天。囊詩積録三千首，硯鐵空磨五十年。欲試萊衣悲馬鬣，偶思椎髻痛鸞弦。回頭身世南柯幻，藤葛猶多未了緣。

鷄寒狗熱迹難同，茹苦終年一蓼蟲。倚枕夢游天地外，翻書心在聖賢中。漸平意氣人皆是，退想流亡我不窮。朋輩凋零親故少，眼看楓葉惜殘紅。

豆花蟋蟀又鳴秋，草草生涯便白頭。漫叟未能逃世厭，杞人枉自代天憂。本無福命何言達，歷遍艱虞轉不愁。煉玉茹芝徒幻想，一編聊以樂林邱。

霖雨蒼生念巳冰，看山何日撰紅藤。在家久類無家客，住世原如出世僧。漫不動心師告子，是誠廉士愛於陵。尼山道大難窺見，自問靈源懍不勝。

## 小別

小別紅閨十二年，閑情何處不生憐。畫廊微雨烹茶夜，紙帳寒燈夢菊天。預翦冬衣煩玉手，代謀藏酒典花鈿。琴床鏡篋空塵土，往事回頭一黯然。

## 喜李句之來自江右杯酒話舊

小別天涯類轉蓬，相逢真與夢魂同。嵚崎人老江湖上，慷慨詩成跋涉中。再散千金家尚在，常携一硯氣猶雄。迢迢十四年來事，各向寒窗話不窮。

如此情懷奈老何，一樽清酒一悲歌。熱腸猶在貧無懼，俠氣難銷劍自磨。世外行藏知己少，眼中閲歷好山多。狂名定著江南口，悔不從君出碧蘿。

## 十一月八日送六弟之清豐

垂老驚離别，前途雪滿林。月寒千里夢，風碎五更心。衣食貧難就，人情薄到今。謀生能不去，俯首爲長吟。

## 十一月既望同念堂石生秋生寄泉李采軒雲楣再集余竹泉硯廬分咏憶孤山以暗香浮動月黄昏爲韵拈得昏字

萬樹寒香繞墓門，梅花清影照黄昏。何時能往孤山路，載酒來招處士魂。北宋天書千古笑，西泠净土一抔存。水仙祠畔無緣過，夢想蒼苔白石痕。

## 研廬再集分咏竹林七賢得小阮

大阮隱於狂，小阮隱於放。天宇何恢恢，冰襟絶礙障。盆酒同豕飲，齊物無我相。胡婢共馬騎，好色敢用壯。安知高世心，孤寄青雲上。晦迹以自全，避禍辭卿相。巨眼有郭公，不愧真識量。區區司馬兒，焉能測清尚。亂世得壽終，卓哉竹林望。

## 與念堂言懷作

窗前老樹嘯西風，身世伶仃敗葉同。知己妄思千載後，耽吟空老一編中。通人自古違時好，我輩何須怨道窮。把酒共看高士傳，青山擬訪鹿皮翁。

## 送念堂旋慶雲

小駐輕裝在目前，霜橋又欲動歸鞭。梅花紙帳冬三月，詩草燈窗客二年。老去良朋同骨肉，愁來暫别亦留連。明春預屬登程早，待爾開樽紅杏邊。

## 經孫瑞郊故宅因懷竹溪雲樵菊人小江存没諸友凄然成句

再過黄爐酒一卮，竹林零落舊相知。凄凉忍聽山陽笛，愁絶殘年向子期。

## 爲念堂再題畫

小幅孤山景，宜懸處士家。寒林有冬意，何用畫梅花。

## 題陸秋生孝廉《晚香草堂詩詞》後

一縷情絲絶可憐，梨花院落海棠天。有人低咏簾鈎句，觸我風懷廿九年。集中『觸簾鈎詩』絶佳。余少作感舊詩云：『海棠花外夕陽樓，訪舊重登感百愁。知是多時人不在，蛛絲塵冑綉簾鈎。』忘之已久，因『簾鈎』詩憶及，蓋忽忽二十九載矣。

好是梅香酒釃時，西風簾外雪如絲。懷箏恨少雙髻女，聽唱秋生紅豆詞。

# 欲起竹間樓存稿卷六

天津梅成棟樹君著

## 乙酉除夕前二日石生秋生招同沈春帆錢冬墅李采仙小飲於庭間花静之軒是日立春石生賦詩先成余補作 以下丙戌（一八二六）

小園竹樹破寒光，不有梅花院亦香。韵事喜逢春日酒，高談忽露少時狂。交雖萍水偏投分，話到湖山易舉觴。如此軒窗如此飲，今宵始覺世人忙。

## 風夜與星池閑話

一杯風雪掩柴關，難得良朋似我閒。談到梅花心便喜，欲尋清夢向孤山。

## 正月廿五日表兄訪舟招同崔曉林陳青立李桐圃余階升小飲即席賦長句

嫩寒著柳尚初春，小集山窗意味親。千古歡場無此酒，一時圍座盡傳人。青立、桐圃、訪舟之畫，曉林之詩，階升之品學，一時擅絶。自慚裙屐非年少，却訝衣冠類古民。月抱風襟泉石性，各抒高論見天真。

## 二十二日爲竹泉老人預祝八旬偕念堂石生秋生寄泉三集硯廬徐序東自山右續至

鸞脯筵開二月天，一杯醽醁碧桃前。人如賈島宜稱佛，書擬東坡竟似仙。泉石生涯閑自得，鶯花興致老猶顛。糟邱十仞詩千卷，料理湖山過百年。

## 陶然亭雅集題壁

危亭青入遠山長，紅藥開時路亦香。名勝多因詞客著，鶯花能助酒人狂。一時高會成佳話，千古歡場易夕陽。日下憑欄懷宿舊，風流誰繼老漁洋。

## 寄友

聞君移棹駐江州，陶白遺風羨此游。黃菊有情閑對酒，青山無語日當樓。清時遂志難終隱，明月懷人易感秋。定有新詩遥寄我，雁聲常過海西頭。

## 和曉林應官山右留别原韵

文酒三年聚，分襟忽有期。殷勤匡濟策，補報聖明時。老廢空憐我，深交更仰誰。青山勞遠夢，此意定相知。

此去蒼生福，鳴琴治有期。詩人無俗吏，宿學重當時。民社原非細，賢勞更屬誰。清風吹晋水，林下舊交知。

## 憶念堂

自君去沽上，塊處益堪悲。事業千編盡，行藏一硯知。青山懷友日，黃葉閉門時。多少心情在，茫茫欲問誰。

元白交何厚，崔梅意稍同。古人不可作，吾道豈終窮。文酒三年後，雲山一望中。幾時鴻雁到，引首向西風。

## 題友人壁

園臨僻巷冷如村，一樹紅雲壓古垣。墻外看花花更好，不須輕叩竹間門。

## 消夏絶句

大地火雲紅，寒蜩噪喬木。因悟極盛時，原有衰機伏。
西風吹涼雲，薄雲散如露。苔院絶人踪，一蟬吟古樹。
久晦夜如墨，纖雲散天表。遠浦月孤明，蛙聲沸清曉。

## 海運

一綫平流萬里開，熙朝真有濟川才。何愁輪挽艱渠運，喜有艨艟越海來。神力暗憑辭島嶼，仙風徐引到蓬萊。津沽夜雨桃花漲，取次雲帆片片回。

勇斷訏謨出聖明，重臣翊贊力非輕。天儲一夕真飛至，海路千年此創成。十潋浪高浮畫舫，萬帆春暖送香秔。東南頓覺舒民力，况見黄流指日清。

## 聞蟬有感

野水淡斜陽，疏槐葉半黄。古音無曲折，秋思抱淒凉。天地誰同調，孤高益自傷。老夫方獨立，風露感清蒼。

## 爲王春甫題《玩月采蓮圖》

木蘭雙槳蕩横塘，人與秋蓮一味凉。小艇載花花載月，滿天風露水痕香。

鬟影花香動翠翹，微吟人在可憐宵。依稀夢繞荷亭路，月照紅欄廿四橋。

## 爲山陰劉西垣孝廉題《長安夜話後圖》

難得良朋破旅愁，荒祠高樹翳墻頭。一鐙夜雨秋蕭索，回首春明是夢游。
白板臨街屋數椽，詩人重結小因緣。團圓一點清宵月，閑照長安又五年。

## 爲山陰張杏史孝廉世光題《寄廬圖》

一夕秋聲到碧梧，可能無夢憶蒓鱸。浮雲身世傷萍梗，天地如漚況此廬。
欲起書樓幻想同，竹間亦學寄生蟲。園林雖好猶如寄，況寫園林入畫中。余家沽上，顏所居曰『欲起竹間樓』，曾畫《竹樓編詩圖》，與先生意同。

## 八月四日偕升就道再賦五言送之

此別非常別，羊城萬里游。沽邊黄葉早，江上碧山秋。用世知無負，之官慎所修。不須念老友，馬上更回頭。

## 送陸秋生歸杭州

木犀香裏動吟鞭，多少詩情到目前。秋入江南山更好，青青來接孝廉船。
莫因失意縮閑愁，此去庭歡慰白頭。綉閣紅簾人屈指，稱觴好待菊花秋。
蘭石三生十硯廬，竹泉七友一狂夫。後先沽上聯吟侶，別恨愁翻雅集圖。兩圖皆秋生所寫。
江上秋巒望未真，離情脉脉水鱗鱗。歸舟倘泊孤山路，開到梅花想故人。乙酉冬曾分吟『憶孤山』詩。

## 爲寄泉題《循陔圖》

樂府争傳慈母吟，十年返哺憶寒禽。畫家亦有風人旨，寸草能書孝子心。
忍言萱草善忘憂，吟到尸饔動旅愁。海上碧雲河畔柳，故園天外一回頭。
空餘衾枕愧黄香，禄養曾無半菽嘗。小子伶仃今已矣，羡君有母在高堂。
欲采芳蘭露已滋，畫中有泪滴秋思。恨無束晳驚人筆，再補南陔十二詩。

## 補吟第一社陸放翁化梅詩 以下丁亥（一八二七）

人與梅花有夙因，一花一萼一吟身。欲隨皎潔千山月，遍倚紅香萬樹春。妙影現如潭底月，冰姿分映鏡中人。菩提各吐莊嚴相，團扇家家爲寫真。

## 爲張杏史孝廉題《令祖律天先生五世同堂》畫册

詩卷生涯五世傳，清墩江上小游仙。先生手種桃花樹，親見花開八十年。先生

蝴蝶橋邊野草花，翩翩杖履踏烟霞。簪花孫又生孫子，果是山陰第一家。

君家輩輩效黄童，椿蔭蘭香棣萼紅。孝友詩書征厚報，此鄉無怪號清風。先生居名『清風里』。

楊柳丁沽二載春，孝廉與我最交親。爲言百歲稱觴日，來請梅花社裏人。先生孫杏史孝廉與楝結『梅花詩社』。

## 梨雲

淺淡園林一抹輕，月斜亭院不分明。開當遠岫應憐爾，夢入巫山或是卿。忽有微香生漠漠，欲臨春水化英英。坡仙侍女今何在，痴想花枝幻影成。

霏征如片又如絲，粉蝶朦朧入夢痴。小院開當三月盡，春陰淡到二分時。香來午徑人方覺，捲入深林鳥不知。折對象床敧玉枕，迷離神女現冰姿。

## 張杏史孝廉決計歸省賦詩留别同社諸友離群之感情見乎詞僕與杏史投契尤深彌難爲懷因賦長句四章爲諸公先

送遍交游又送君，一聲風笛愴離群。有情空似潭中水，無計能留天上雲。秋草秋花人易别，江南江北月平分。從今兩地愁千縷，紅豆吟成未忍聞。

文酒追陪僅二年，劇縈歸思上吟鞭。無多四海知心侶，可有重來把臂緣。菊徑閑尋秋士宅，梅花香泛孝廉船。遥知萊彩承歡日，回首丁沽亦黯然。

英雄寂寞嘆吴鈎，惜我長貧到白頭。一字爲師甘下拜，十年差長愧同游。聯吟陪入花間社，訪舊同登柳外樓。譜上畫圖圖不了，牛腰詩卷壓行舟。

黄葉西風雁影疏，謂崔念堂官太原。元方南返久無書。謂陳石生歸越。頻傷舊雨同飄梗，忍向秋風送寄廬。月落空窗三徑後，鐙殘古壁五更初。此時最是相思處，夢裏雲山到亦虚。

## 賀陸秋生納姬

姬田姓，幼鬻身秋生家。嘗從秋生學字，後從嫁秋生之姑吴，許字於人，其夫殂，姬誓不嫁。姑携來天津，秋生舊主人也，姑爲媒納之。

天留麗質伴多才，小玉情痴拒鏡臺。那識春風生畫舸，暗携桃葉渡江來。肯使紅紅怨弃捐，荷花時節月團圓。合歡扇底低聲問，知否鍾情問字年。

## 題劉介圃延夢録

劉向牢愁白髮侵，半生噩夢細追尋。聊將黑塞青林意，寫出孤鐙夜雨心。老去功名恒自料，貧中閲歷轉能深。寓言八九堪傷處，似我年來費苦吟。

## 四樓詩 戊子（一八二八）

**篆水樓** 爲沽上詩人張笨山作也

綠艷空亭舊主人，風流裙屐化爲塵。墓園尚號思源在，樓影全消篆水新。石匣有詩藏萬首，笨山著詩萬首，死藏石匣中。寺門留字重千春。所書『無量庵』三字爲人人所稱贊。紅欄百尺烟波冷，誰爲先生續後身。先生五女而無嗣。

**竹間樓** 爲查蓮坡老人作也

第一才華桂苑香。蓮坡弱冠中康熙辛卯解元，下召獄。歸來沽上築書堂。花間庵小醒春夢，君遠禪於花影庵。竹裏樓高冷夕陽。用世心灰囹圄後，著詩人老水雲鄉。大江南北諸名士，汨灑音塵九十霜。

**艷雪樓** 爲詩人佟蔗村姬人作也

水西莊外綠波生，佟家別墅即在查氏水西莊對河。欲訪佟家買棹行。春草已蕪高士宅，畫樓猶謚美人名。琴奩鏡匣空陳迹，殘礎荒榛動遠情。一樹海棠花落盡，東風舞雪撲流鶯。金芥舟先生《佟家樓》詩云：『小墳烟草緑茫茫，又向佟家看海棠。』姬以海棠得名，今無矣。

**殘夢樓** 爲蔗村弟婦節母趙恭人作也。趙青年而寡，自號殘夢老人。

一夢能教萬古看，青鐙無焰夜將闌。霜閨自抱長眠痛，塵世空悲喚醒難。高隴已埋魂寂寂，畫欄不照月團團。課兒詩草今黄土，片片苔花血泪寒。

**過東光** 以下己丑（一八二九）

凍鴉猶未起，車馬已宵行。水涸橋通寺，烟寒樹抱城。石坊難辨字，鐵佛久知名。土郭門空掩，依稀聞柝聲。

**齊河縣**

橋勢跨長河，彎環一水拖。危城高叠石，羸馬怯登坡。白雪平林遠，紅妝小市多。琵琶休勸酒，老景厭聞歌。

## 濟南雜詩

城邊出日透林紅，雲際寒烟淡碧空。數點遠山青不得，曉來化作玉屏風。千佛山。到時雪尚未消。

冰痕劈破碧瀠洄，水面羅紋一棹開。逐隊紅裙浮畫舸，湖香如送藕花來。大明湖。

古歷亭邊柳數行，新枝尚未染鵝黄。高吟誰繼漁洋老，贏得蕭疏對夕陽。古歷亭。

詞人吊古太情痴，繞遍豐碑覓好詩。粉黛何知忠義貴，瓣香同拜鐵公祠。鐵公祠。

噴玉居然涌白蓮，銀花沸動水中天。此中想見根源足，未必人心似此泉。趵突泉。

把酒空多吊古心，一樓殘照對寒林。故人不見崔黄葉，倚遍欄幹獨自吟。白雪樓。同年崔念堂曾有濟南諸作。

聞説紅蓮六月開，名花都爲美人栽。幾回水面亭邊立，果否今生得再來。水面亭。

## 題沈苕民《媚香小影圖》 圖爲秋生畫，折蘭一枝，苕民意有所屬。

幽情展卷費追尋，吟到如花意太深。不獨繪香兼繪影，幾人有此惜花心。

冷香脉脉付流波，開到無根可奈何。一種素心偏命薄，世間憔悴好花多。
苦於空際寫烟鬟，淡對冰心想玉顏。從此國香無可恨，常留清影在人間。

**北郭獨游因懷少日諸友**

北郭垂楊樹，依依傍水痕。凉生昨夜雨，青過渡頭村。記得停舟處，同來賣酒門。黄壚猶在否，訪舊一銷魂。

**初夏郊飲偶成**

竹杖肩頭掛酒瓢，偶隨蝴蝶過溪橋。似聞黄鳥低相勸，喜有青帘遠見招。花片委泥重叠叠，柳絲牽恨一條條。春風回首吹如夢，多少閑情醉裏消。

**榜後得杏史書約我南游賦詩寄念堂**

等身詩卷竟須焚，吐氣難成五色雲。獨向落花風裏去，荒祠奠酒哭劉蕡。

殘紅如雪撲征驂，脱帽旗亭酒半酣。打疊閑身作歸計，青山邀我住江南。

## 幾回欲作南游展轉中止再賦詩寄示念堂

游山容易買山難，良友都如季子寒。幸有故廬堪抱膝，一窗風月且盤桓。

途窮妙悟始能開，從此安心故紙堆。記得船山夫子説，今生原爲讀書來。

## 聞崔正甫光笏榜下即用知縣寄賀尊甫念堂

不與尋常科第同，一門十世紹清風。人憐老鳳鳴時晚，天予家駒邁世雄。黄葉開花知後勁，甘棠留蔭豈終窮。詩人破例從君始，（人言詩人多窮，今乃知工則不窮矣。）愧我耽吟苦未工。敝簏蕭條忽改觀，傳經留俟子孫看。（君昔設教津門，携來敝簏，頗爲紈絝所笑。）廿年曾感無家客，兩輩都爲有印官。造福果然憑隱德，臨民豈肯易儒酸。眼前閲歷彰天道，是我安心藥一丸。

## 聞朱心石式璟捷南宮後籤分比部寄詩爲賀

芙蓉鏡裏鬢初絲，辛苦科名得已遲。廿載磨穿青鐵硯，一官權領白雲司。宦途巧拙從誰問，達士行藏只自知。料理冰心惟報國，能容吾道是清時。

## 六月十九日雨中即事

息緣耽静坐，雲氣濕亭檐。小雨不成陣，幽花香到簾。天心閑處見，池水暗中添。物我兼忘候，方知此境恬。

## 答張佩庚明府自濟南見寄 以下庚寅（一八三〇）

不視錢爲命，佩庚句。何妨作冷官。馳驅歧路易，準備下場難。肯以閭閻苦，常如骨肉看。行藏原一事，心境海天寬。

## 題意蘭女史《關山策蹇圖》

女史，袁玉堂明府姬人。袁以事謫戍烏魯木齊，慨然策蹇，萬裏相隨，三年期滿，同入玉門。袁爲繪圖，遍征題咏。

誰知勁草屬柔蘭，萬里風霜道路艱。多少知交空下泪，幾人相送出陽關。
愁入雙蛾鏡影知，明湖送别流如絲。姬濟南人。歸來笑問湖邊水，果否紅顔似舊時。
絶塞生還萬事輕，雙雙蝶影夢魂驚。緑窗一片梅花月，猶認天山雪裏行。

## 題《花影庵逃禪讀書圖》

圖爲同邑查蓮坡老人遺像，高雲上人所題。蓮坡名爲仁，字心穀，弱冠中康熙辛卯解元。當路者劾之，下詔獄，八年得釋。自經患難，息意名場，築園水西，顔所居曰『花影庵』。南北才人過沽上者，一刺之投，無不延款。一時有『庇人孫北海，置驛鄭南陽』之譽。數傳以後，家遂式微。圖鬻於市，爲趙君雨橋所得。

幻影空花結净緣，楞伽一卷般吟箋。圖作僧衣攤經，四美女捧硯、抱琴於後。詩人天爲開奇境，主掌湖山四十年。
悟徹前生與後生，雲泉瓢笠證分明。年來我亦逃禪悦，棖觸青山對佛情。

好於畫裏識臞顔，前輩遺風見一斑。比似放翁團扇影，梅花零落在人間。放翁句曰：『團扇家家畫放翁』，又曰『一樹梅花一放翁』，故云。

一瓣名香絮酒澆，丹青小卷護生綃。他年沽上傳遺事，并識風流趙雨橋。

## 題任邱邊茂才《聽雲閣詩草》

茂才名浴禮，字蓤友，年十八。以下辛卯（一八三一）

讀詩如看山，濃淡無不好。貴有天然姿，丹青盡可掃。佳詩如美人，肥瘦俱可愛。秀生神韵中，媚在脂粉外。今人作詩如畫山，描摹粉本模糊間。豈無一二形似處，枯株死石何其頑。今人學詩如效顰，但襲其貌無其神。分唐界宋苦争執，婢作夫人難混真。君胡抱此吐鳳才，皎然玉樹凌塵埃。大木不肯受繩墨，留之欲構通天臺。落筆能超人意表，龍力拏雲自天矯。不專一格始一格，泰岱昂頭衆山小。吁嗟乎，倉山甌北地下諸公聞不聞，少年忽來飛將軍。目空千古絶人群，何况區區梅樹君。

## 題李子文孝廉《潭園瘞玉圖》

壙銘曰：『恒山』，山長李生侍姬琴叙。粤東王氏子滕範明府孺人來正定，乙酉五月歸於我。明年中元生第五子，英物也。甫卒而夭，悲思成瘵，越歲亦卒。年二十有四，姬秀骨艷姿，明慧端淑，能誦唐人小詩、蒙求蒙训之文，勤於箕帚，善事主翁，相得劇歡，爲之作《眠琴緑陰圖》以寫幽鬱。夫何柔脆，望秋凋隕。嗚呼，惜哉！葬正定府城内崇園寺西北蘆阜古潭園址也。後二尺，即五兒小冢。朱書於磚，以銘其壙。銘曰：『缺月難完，孤花易殘。萬里之緣，三年之歡。皈魂實刹，抱子黄泉。茫茫此恨，滹水常山。』

鸞絲無那折幺弦，小玉魂消萬里緣。自古美人傳葬地，西陵風雨虎邱烟。

嫁得詩人便不祥，聰明福命總相妨。蘭閨亦有耽吟癖，同是風流愛晚唐。

東風零落水仙裙，芳草梨花覆小墳。争怪多情蘇玉局，生綃和泪畫朝雲。

淺土難埋一縷情，蘆花風起助悲聲。他年錦石苔錢路，可有人來吊姓名。

## 春陰

不辨朝暉與夕曛，輕烟薄靄久氤氲。凉生樓角忽如水，滴到花梢都是雲。入夢草痕魂未返，當窗山影面難分。閟寒紙帳疑逢雪，小閣增寒火又熏。

漠漠難消一徑烟，柳絲暗到畫簾前。欲催紅杏三分蕊，預借黄梅四月天。惱客心情無那醉，困人時候最宜眠。安排聽雨西窗下，好囑蘭閨擘錦箋。

## 題中屠晉齋《桐花仙館吟稿》名世寶，浙江桐廬縣人

此卷纔窺豹一斑，好詩如畫忍輕删。吟成雲影山光裏，人在梅寒竹瘦間。自有盛名千載定，能消清福半生閑。何時得遂羊裘願，同泛嚴陵碧水灣。

一邱一壑費冥搜，詩似名山我乍游。奇境每從佳句得，清才亦要幾生修。桃花艷滴尋春酒，蓮葉聲寒聽雨樓。如此風懷如此韵，不知身外更何求。

## 四月十二日哭蔭亭六弟

老去無多泪，酸心又哭君。團圓能幾日，骨肉竟浮雲。弟於三月上旬自曲陽回津省兄，四月初一日病。此别永千古，所眠惟一墳。新詩汝能解，即當紙錢焚。

孝友君能重，錢財視最輕。衰門惟恃汝，中道忽抛兄。琴酒家庭樂，桑榆手足情。流光何太速，一病悟無生。

早衰果不壽，意氣久消磨。争怪歡娱少，曾遭患難多。驚君顔遽瘦，如我髮先皤。臨逝無他語，惟聞唤奈何。

經營棺一具，費盡乃兄心。在日同蘆被，長眠有紙衾。老傷分手速，貧愧負情深。轉世重相見，蒼茫未可尋。

## 五月十三日哭禹亭二兄

纔悲亡弟又亡兄，無此人間慘切情。有限光陰緣易盡，六弟於四月廿八日葬，兄於五月朔病，十三日没。幾多骨肉變頻生。荆花零落全如血，雁影分飛痛失聲。少小聯床人半去，雨窗默默對昏檠。

悲來如夢又如痴，五十年華一霎時。未了葛藤非易斷，已危門户獨難支。情關骨肉休言達，命合窮愁早自知。宿孽既深天不恕，今生遭際太離奇。

## 題胡竹屏《柳陰問硯圖》以下壬辰（一八三二）

壯懷莫笑付空談，天與清閑老一龕。富貴何如貧有味，詩書亦要福能擔。榮華栩栩花間蝶，世事重重繭裏蠶。四十九年懷硯在，此中埋首是奇男。

## 題王句香《歲朝圖》圖繪一童子放爆竹，衆童子彩衣戲樂。

匆匆六十年華過，少日風光去不回。觸我童心奇絶處，喜聽平地一聲雷。
繁華過眼等雲烟，臘鼓聲聲送舊年。惟有此情忘不得，彩衣嬉戲兩親前。
椒花紅上醉顔酡，禁得冰霜苦折磨。拄杖春風成一笑，眼前惟覺少年多。

## 題畫詩

### 竹梅

幾枝瀟灑太横斜，點綴疏籬隱士家。淡有梅花清有竹，更無地種牡丹花。

### 荷葉

世人盡説蓮花美，爲有紅顔似六郎。我不畫蓮惟畫葉，愛他一夜雨聲凉。

**牡丹**

無米人家卧雪難，冰姿誰向冷中看。年來我亦寒難忍，不畫梅花畫牡丹。

**墨菊**

雨聲斷續秋窗外，花影凄清古壁間。難向世人言此意，一枝殘墨寫蕭閑。

**菊花桃花**

籬邊轂口費追尋，秋色春光一處吟。非是桃花開傍菊，淵明原有避秦心。

**雜花中有梅**

妖紅麗紫總參差，筆底能生十二時。究竟要留真面目，春風隊裏著寒枝。

# 後記

《欲起竹間樓》詩集六卷，梅樹君屬，温江蕭君選定。殆應其友余階升之請，用以付梓者，此即寄粵原抄本也。顧余所見者别有刻本，未知選自何人。其所選起道光辛巳，迄於戊子，不過八年間之詩。而此卷自乾隆乙卯，至道光壬辰，則三十六年之作略備。卷首有階升一序，玩其詞意，似已刊行者。然何以桑梓之間，竟無傳本？其傳者又何以與此本相較多寡不同？蓋此本選定後，既寄粵未及梓，而以事中輟也。今余氏靈落，不復能爲人刊集，即梅氏家亦式微。樹君一生積詩數千首，全稿散佚，此固其子遺耳。昔樹君輯鄉人詩，藉以傳者二百餘家，厥功甚偉。而等身之作，轉令就湮，則後學之咎也。乃就原本，略訂訛誤，亟付剞劂，原有序、跋、題詞，大率泛贊之語，僭加删汰，其存者皆於人於詩有資考證者也。

癸亥十二月高凌雯識

# 小隱詩草

天津胡樹屏維域著

# 胡樹屏与《小隐诗草》

侯福志

胡樹屏（一八五〇—一九二七），名維域，著名儒商、詩人，天津元隆綢緞莊創始人之一，城南詩社成員，有《小隱詩草》存世，另曾出資襄助刊印《城南詩社集》。『家世創垂衣食足，詩書繼緒子孫賢』是他一生及其家風的真實寫照。

有資料説，胡樹屏是天津人，似不確。其《秋風》詩句有：『千里關山明月夜，故鄉猶思恰三更』，説明他的故鄉一定是在很遠的地方。據《小隱詩草·自序》載，『予八齡時，隨父赴武清教諭任，即在署内習讀。到任伊始，舊日門人來受教者甚多，予時尚幼，亦厠乎其間，不過虚應故事』。十一歲的時候，其父病逝在武清任上。『復從先兄受業。尋常玩歇，不知進取。迨至十五歲，始識讀書有用，又悔根底太淺，未由深造。繼因家計維艱，弃儒就商，然于文學之事，終不能無拳拳也。』

前文提到的『弃儒就商』，是指胡樹屏在天津益泰昌棉布店當小夥計之事。因其有教養、有文化，且爲人忠厚、機敏，故深得經理芮輔臣的賞識，他與孫烺軒同時被提拔爲經理。一八九六年，胡樹屏與孫烺軒合夥開辦了著名的元隆綢緞莊。

後又與他人合夥創辦了元聚、元格棉布莊和晋豐銀號，期間以企業盈利購置了大批房地産，成爲天津知名儒商。一九一五年，與『敦慶隆』經理張向泉等共同發起組織天津綢布棉紗同業公會，被選爲常務董事。一九一七年被選爲天津商會會董。一九二二年春，因直奉戰争爆發，『京津間，戰争忽起。後又繼以水旱。市面頓爲减色。先生傷心世變。不願以衰弱之歲，再履闤闠之場，乃遁而家居』。胡樹屏終日在窑窪一帶的北運河岸邊層樓上安心静養。養病期間，終日以詩酒爲樂，自一九二二年端午節開始，迄一九二三年十二月，一年半時間内作詩五百餘首，由其家館西席（私塾先生）、詩友成焕五整理，選擇其中的二六八首結集刊行，按晋代王康琚之《反招隱詩》詩句『小隱隱陵藪』（隱于山林）之義，取名《小隱詩草》。

《小隱詩草》分一、二兩卷。其中第一卷，分『古風』『情景』兩個部分，古風即古體詩，有四首七言古體詩。『情景』部分，主要是景物詩，共有一一七題一一九首詩作。成焕五在《跋》中云：『性之所發則爲情，目之所賞則爲景。觸景生情，因情寫景，二者相合而不相離也。先生晚年好静，近水起樓，盈庭種樹，凡一花一卉，一鳥一魚，與夫船舶之往來，對岸之嘉植，觸之於目，感之於心，而發爲詩歌。流連往復，情見乎詞，洵風人之遺韵，名教之樂事也。』

第二卷，分『敘述』『感懷』兩部分。其中『敘述』部分有五十六首詩作。按照成煥五所言，所謂『敘述者，皆先生自道生平，以及家人之瑣事，戚友之晋接，有所勸勉而作也』。『感懷』部分有八十九首詩作。所謂『感懷』，即爲感懷國事。『先生年逾古稀，飽經世變，晚歲所遇，適當群雄角逐，太平無期，而蒿目時艱，借諷咏以當勸慰，庶乎言之者無罪，聞之者足戒，是大有功於世道也。故名之曰「感懷」。』

《小隱詩草》『皆先生自道生平，以及家人之瑣事，戚友之晋接，有所勸勉而作也』。在詩作中，有作者兒時的美好記憶，有中元節携妻兒老小祭奠家慈的温馨畫面，以及『我生七十氣方長，憂患頻仍兩鬢霜』的感嘆。但作者并未局限於兒女情長、家族瑣事，相反，他時刻關心時局、關注民生。如在《時事隱憂》一詩中，有『兵荒慣見何時了，氣憤惟思即目平』之句，表達了希望消弭戰爭，實現和平的良好願望。其他如《感國勢》《天災人害》等，均爲感時傷懷之作。成煥五對《小隱詩草》作了高度評價：『通觀全豹，類能脱口而出，不雕不琢，自鳴天籟。』

現就詩作的主要内容作如下分析。

## 一、記述生平和家庭情況

如《自述》詩：『十七春初入緞行，數年習學度時光。貧因弃讀違初志，剛不能柔顯自强。五秩始逢良際遇，七旬以外大風霜。而今稍歇優游樂，未料童孫繼殞亡。』《自述平生》詩：『十七春初經世事，於今五十六餘年。曾經閱歷炎涼外，屢遇參差反覆先。家世創垂衣食足，詩書繼緒子孫賢。多交良友常談過，道德爲師比石堅。』按照上述兩首詩的描述，作者在十七歲時弃學經商，先在綢緞莊當學徒，後來自己才獨立創業，一直到五十歲的時候，才時來運轉。『家世創垂衣食足，詩書繼緒子孫賢。』《自況》詩透露了作者的家庭情況：『一妻二妾多賢慧，兒女童孫解義方。彼輩殷勤争侍奉，吾心自在享娱康。世情險詐防奸宄，家訓精詳守善良。老邁精神今尚在，優游佳景付詩囊。』作者事業成功後，開始有餘力經營家庭。作者有一妻二妾，子孫滿堂，家庭事業均很成功。另按照《感先慈恩》一詩中的『慈母壽終陽月半，八旬有四亦高年』詩句得知，作者的母親八十四歲的時候去世。除上述詩作外，《哀次孫》《痛殤兩孫》《感孫女夭殤》等詩作，記述了作者在七十三歲的時候，連續失去兩個天真活潑的孫子和一個孫女的情況以及給作者及家庭所帶來的傷害：『次孫吾最愛其材，不幸生應短命孩。長嘆三朝危病去，堪憐九歲惹人哀。』『五日掌珠連去二，不由我亦哭沾襟。慎防醫藥無名症，偶降風灾敢動針。』而之所以出現這種情況，是因爲天津發生了傳染性疾病所致。這在《感津沽時疫》中可以提供佐證：『黄昏澡畢緩歸來，藥店忙忙數處開。風勁冒寒多疾病，舍連傳染出童孩。輕微不慎危時悔，疏忽無防説命該。閲歷年深方擅主，良醫脉準辨滋培。』

## 二、描繪北運河美麗風光

如《觀北河潮》一詩：『漲潮逆流波及岸，白雲片片向空横。春寒花木遲遲發，雨潤田疇處處耕。一渡蓮舟南北過，數帆魚艇往來行。鴨群浮水鷺飛散，遠聽天涯雁有聲。』北河，即北運河，作者用白描手法，描繪了一幅津沽運河春色圖：潮汐、白雲、蓮舟、魚艇、野鴨、大雁，構成了一曲和諧的樂章。再如《暮秋河畔晚眺》一詩：『欸乃一聲河岸闊，數帆順水自然行。輕舟早過隨風急，重貨遲留野渡横。夕照晴空樓閣壯，落鴻翔舞葦蘆盈。半輪新月磨鐮潔，草木黄飛淡不情。』北運河水自丁字沽進入市區後，繼續由北往南流，在今大紅橋處與子牙河匯流，穿過窑窪一帶河段至三岔河口，再與南運河水一同匯入海河。在作者筆下，秋天的北運河上，帆船順着水勢往三岔口方向行進，而在河岸的碼頭上，則停靠着載重的貨船，在一動一静中，彰顯了津門水鄉特色和城市的活力。如果説，春、秋兩季是水運最繁忙的季節，那麽到了冬天，北運河兩岸則是一派蕭條。作者的《望隔岸木廠》便描繪了對岸三條石一側倉庫碼頭的景象：『隔河木廠木頗稠，叠叠重重滿岸留。水凍接連皆是料，灘餘遠近并無舟。風寒巡夜何曾歇，霜冷臨冰不少休。辛苦只因糊口計，安能飽食暖皮裘。』他在《隔河木廠再賦》一詩中進一步描繪道：『南岸良材列柏松，層層堆累度隆冬。人稀船盡喧嘩寂，渡遠波平慘澹容。佳料真能排數里，高樓僅可起千重。夜深更鼓相連響，巡守殷勤不懶慵。』河岸堆滿了木料，重重叠叠、密密麻麻，看護的工人爲了生計，必須巡夜值守，但即是這樣辛苦，也未必能够飽食暖裘，這或許就是那個年代勞動者生活的真實寫照。

## 三、反映軍閥混戰帶來的傷害

《自述七古》記述了一九二〇年軍伐混戰的情景：『庚申一役從天降，東西威稜如電掃。津郡名人不護衆，狡者從中硬取巧。各東傷耗難計算，撲朔迷離一筆了。民國以來常靡亂，凄凉滿目空自擾。兵來兵去多流亡，京津久旱少青草。時而反對時而戰，兢兢難履荆棘道。但盼政府有着落，終日念佛常祈禱。幾時安静添生涯，重整旗鼓籌畫好。』《感國勢》《憂時多變》《嘆民國》《感世變》等，表達了作者反對戰亂，希望重整河山的良好願望：『國亂時乖在眼前，未知結果待何年。元良遜退無專主，亡命横衝肆大權。十一年間多少戰，萬千軍裏互相牽。生今只好延殘喘，憶古何爲戀俗緣。』《望太平》還對民國持懷疑態度：『前清律例最詳明，曲直能分定案平。革命法鬆刑具却，狂徒意肆亂心生。共和皆享終身福，大局如斯破膽驚。十一年來無限恨，訴天願得正權衡。』由於連年戰亂，加之軍閥們横征暴斂，再加上乾旱少雨，京津一帶老百姓陷入困境，到處是『餓殍遍野』的景象。《感飢民》記述了這方面的情况：『合縣抱灾籌賑濟，數城獲粟下忙征。農家最苦愁培墊，風雨難調稼弗生。』

## 四、對老百姓困苦境遇寄予同情

《雨後連陰生蟲》反映蟲灾對農民的影響：『京津亢旱春無著，初沛甘霖盼晚田。孰料秋來多大雨，剛逢暑退少晴天。蟲生五穀愁糧盡，灾降三農嘆罄懸。世界茫茫何所怨，祇求蒼昊下垂憐。』《望隔岸木廠》充滿對木廠工人的同情：『隔河木廠木頗稠，叠叠重重滿岸留。水凍接連皆是料，灘餘遠近并無舟。風寒巡夜何曾歇，霜冷臨冰不少休。辛苦只因糊口計，安能飽食暖皮裘。』在《雨後田家風味》一詩中，作者借眼前景，表達了作者希望來年豐收的祈盼：『幾處鄉莊新雨後，高低碧野盡耘田。桃紅夾岸新含霧，緑柳垂堤濕帶烟。水護稻村秧未發，春寒花圃蕊呈鮮。一年佳境豐禾麥，但盼今年勝去年。』同樣的詩還有《大雪》：『重叠樓臺渾不辨，長空白雪亂翻紛。四圍郊野深盈尺，一望堤灘遠莫分。今歲六花多潤澤，明年五穀早耕耘。田家豐歉憑天定，我亦時時祈禱殷。』《感荒歲》：『京津一帶甘霖缺，秋麥田多種不成。豈但菜蔬收欠好，那知米粟貴長盈。有錢富室看金重，無力貧農少地耕。惟盼年來能大獲，倉千箱萬慰蒼生。』

## 五、反映天津的市井風情和民俗民風

《樓上看漁翁張網》記述打魚人的生活：『河流日射浸層樓，數艇循環網罟收。

弄到多魚婆亦樂，居然得價食常優。』因爲打來了魚，所以提高了在家裏的位，『居然得價食常優』。天津人喜食蟹，《晚景》道出了秋天蟹正肥的場景：『菊綻黃華候，天清蟹正肥。津沽良景盛，秋水數帆飛。美酒濃醪醴，名花燦錦緋。團長香氣永，夕照釣魚磯。』《羊肉包》反映的是天津美食：『羊脂少許兼鮮菜，發麵團成小小包。佳好充腸真美食，調和入胃在良庖。味能適口何煎炒，錢不多花勝煮炮。我逾古稀無所善，蔬香清淡即佳餚。』《津沽道中》描繪津沽繁華街景，有汽車、高樓、大橋以及街燈，長空一色，目眩神迷：『檢點衣裳傍晚行，汽車沿路霧烟盈。河天上下渾無際，樓樹連綿渺不清。橋闊人多分左右，街寬電亮少紛争。長空一色迷漫裏，對面居然認未明。』在舊體詩中，現代交通工具入詩，并不多見。而《臘盡閑咏》在詩句中出現了火車：『連番天氣半陰晴，冷暖無常雪最輕。餘臘將殘春已届，新年在即日初榮。烟環夕照層層罩，霧滿長空漠漠横。河岸寂寥惟過渡，時聽轆轆火車聲。』《近年津沽喪禮》反映喪葬習俗：『富家發引奢華極，近日津沽禮節全。鼓號敲吹音樂隊，道僧嚴肅咒經篇。筵棚晋奠多誠敬，亭坐紛行密接連。旗傘匾聯瞻萬目，輝煌威武勝當年。』《骨牌三十二枚》反映民間娱樂：『二百偶奇零念七，黑紅四八虎狼心。無窮變化生神妙，有假輪贏解縱擒。尊對宜收三兩道，閉長能失萬千金。牙牌古造多邪意，嗜好終傷望自斟。』《老年身弱畏寒》記述民國九九登高習俗：『老年體弱不充肝，陣陣秋風透骨寒。未到甚涼棉已著，曾經最熱汗無乾。重陽風雨登高届，九日糖糕共聚餐。落帽龍山歸去候，菊花須插滿頭歡。』《憶去年中秋節樓巔賞月》記述中秋節習俗：『去歲層樓同放眼，今秋體弱未邀君。桂香滿屋珠簾捲，蘭氣充庭綉闥薰。天影四圍低若水，月光萬里净無雲。人生遇有多情景，最好吟詩并論文。』

## 六、反映潮汐等自然現象及歷史遺迹

《觀北河潮》：『漲潮逆流波及岸，白雲片片向空横。春寒花木遲遲發，雨潤田疇處處耕。一渡蓮舟南北過，數帆魚艇往來行。鴨群浮水驚飛散，遠聽天涯雁有聲。』《早春潮落》：『兩日連陰雨已闌，濃雲密布早春寒。樓臺高聳開形勝，花木繁興亦壯觀。柳半含黄依對岸，草多隱緑映低灘。河潮浪急東流去，簑笠漁翁坐釣難。』《游經緯路》反映河北新區一帶的街市風情：『夕陽飯後渾無事，消遣從容信步行。惟見大經寬闊整，但虧鬧市往來忙。畫樓高聳鑲瓷碧，森樹濃稀落葉黄。

天緯復游歸緩緩，項城已歿羨才昂。』《咏水月庵》：『風來水面波紋皺，月到天心塔影圓。庵外深溪黄土墊，殿前古樹緑陰連。紛更官署田争没，倡立學堂廟盡捐。甲乙人民雙份仔，究亦無知所以然。』《臘八大悲院香火復盛》記述大悲院香火：『每逢臘八素齋虔，香火紛紛結善緣。最盛大悲參證果，曾言信士助緡錢。東西分有窑窪界，南北原來草野田。若論人心今始轉，繁華究竟亞先年。』

除此外，還涉及到兒童教育、詩詞創作等内容。

值得注意的是，在《小隱詩草》卷二中，有一首《憶隨先君赴武清學舍》一詩，爲我們瞭解清朝咸豐年間的老武清縣學宫（文廟）情况提供了史料。原文是：『偶憶先人教武城，八齡隨往識前程。學轅古設南關路，文廟曾瞻北面楹。多樹蕭森橋漢玉，群花縹緲室雕甍。三年化育開文運，兩袖清風著令名。』據文史學者張振發先生的《武清孔廟與祭孔》一文載，武清文廟坐落於今武清區城關鎮（舊武清縣城），始建于明朝，一九五八年被人爲拆毁。胡樹屏先生所描繪的『多樹蕭森橋漢玉，群花縹緲室雕甍』景色，或許會唤起衆多老武清人的共同記憶。

# 樹屏先生詩序

民國壬戌年，京津間，戰爭忽起。後又繼以水旱，市面頓爲減色。先生傷心世變，不願以衰弱之歲，再履闤闠之場，乃遁而家居。自夏徂秋，足不出户庭者累月。閑齋静養，晝長無事，欲求消遣之法。魚鳥花卉而外，别無興致。於是取少時所讀諸詩，簡練而揣摩之。猶以爲未足，復購《隨園詩文集》，蘇、黄、陸稿，及《全唐詩》，朝夕吟哦，久而悦性怡情，不覺天懷爲之一暢。因而目有所觸，心有所會，即成一詩。自端午以迄癸亥陽歷年終，漸積至五百餘首。諸同人慫恿付梓，先生曰：『予所作者，不過自爲排悶，自爲解嘲而已，烏可以言詩？且予生平蟄伏津門，目未睹名域之形勝，足未歷河岳之高深，耳未聽大人先生之崇論宏議，野調山歌，何足置諸風雅之列！』同人爲之解曰：『先生之説是矣，然先生不聞《尚書》之訓乎？虞舜教夔典樂，曰「詩言志」，「志」者心之所之也。中有所懷，發之而爲言，言而不盡，則長言之。長言之不足，則歌咏之，嗟嘆之，而詩之聲律出矣。葩經三百篇，上自郊廟明堂，下自閨門委巷，以及男女贈答之辭，兒童歌謡之作，皆爲軒輶所采。藉以知其風俗之厚薄，人情之真僞，著之於經，傳留萬古。其間執筆選詞者，豈必盡屬高明之士耶。況詩之爲道，不在音節之短長，而在命意之超卓；不在紛飾之華麗，而在真性之發皇。純任自然，全歸簡樸，此詩之上乘也，抑更有可羨者。先生年逾古稀，不但無倦勤之心，而且有好學之誠，試問當代名流，以科第起家者，晚年歸老林下，求其一草一木，自爲評章，千百人中曾無一人。先生之詩，即所不論，而豪邁之志，則亦夐乎莫可及已。以此出而問世，夫復何疑！』先生因同人之請，不肯過却，將欲付諸手民，令予編次節目，兼爲録實。予乃通誦全章，分爲六部，使之各從其類。古風四篇，以當壓卷。將來再作，另爲續刊。此特其崖略耳。

廣饒愚弟成榮光謹序

# 樹屏先生詩序

世之論詩者，皆以唐人爲最優。其實唐人之詩，非詩之至者也。三代以前，若虞廷之賡歌，商周之雅頌，尚矣。唐人之以詩名家者，不外雕琢字句，簡練格局，賞心於風花月露，寄情於窮愁懷思。真西山謂其於世道無補，豈虛語哉！樹屏先生，生長詩書之族，自幼好學，值鼎革之際，獨臨水擇地，建層樓，植小亭，種樹數行，栽花數畦，養魚數尾，具有天然自得之趣。旁置一室，列文籍，陳筆硯，時時吟哦其間。偶爾登高凭欄，仰邀星月之光輝，遠望樓閣之參差，俯視帆檣之往來，興之所至，佳句得焉。日積月累，遂爾成編。書族叔焕翁，就館先生家。命書作序，書初疑先生，因世界滄桑，借詩歌以遣懷耳。及索其稿而讀之，其恤老憐貧，戒奢懲驕之殷懷，溢於簡外，噫亦偉矣哉。昔靖節先生，承乃祖之餘蔭，固可以大有所爲，徒以晋室衰微，托名於五斗折腰，賦《歸去來》。今詩集俱存，不事藻飾，而冲逸恬淡之中，隱厲忠君愛國之意。和陶律陶諸作，求彷彿其形似而不可得。孰意千百年來，竟有樹屏先生者。乃於無意中賡同調也，豈不盛哉。書故不揣謭陋，奉命而爲之序。

廣饒晚生成賢書拜撰

## 讀樹屏先生詩稿

無邊風景助清吟，老子由來興致深。一字推敲須稱意，萬緣擾攘不關心。閑花雜樹皆爲友，流水高山付與琴。坐卧亭臺忘歲月，且欣得句有知音。

晚生成賢書又獻

# 自叙

予八齡時，隨父赴武清教諭任，即在署内習讀。到任伊始，舊日門人，來受教者甚多。予時尚幼，亦厠乎其間，不過虛應故事。三年後先父見背，復從先兄受業。尋常玩歇，不知進取。迨至十五歲，始識讀書有用，又悔根柢太淺，末由深造。繼因家計維艱，弃儒就商，然於文學之事，終不能無拳拳也。俟有餘暇，他務未遑，惟於尺牘一門，潛心研磨，每見佳本，即速抄録，日久集成卷軸，名曰《練達人情》。同人見之，莫不賞贊。予亦從此通達函件，執筆立就，頗不費力。雖未能文采華贍，尚屬叙事清明也。又閱數十年，漸自成立，彌醉心於經傳子史，雖記憶力少差，則一日不流覽涉獵，即覺淡然無味。予行年七十三歲，在家養疴，數月纏綿，竟日無所聊賴，幸數年前，聘西席焕翁成夫子，學問純粹，屢屢教予作詩，因之得有寸進。每日作成數首，不但無傷於體，反覺有暢於懷，由是視爲樂事。最可惜者，少不努力，老徒傷悲，雖以詩名，亦衹僻壤鄉曲之謳歌耳，詩云乎哉！而一二友人勸余刊刻，公諸同好。予聞是言，不禁駭汗赧顔，益增慚怍。然無如辭之者甚力，持之者愈堅。

不得已勉徇衆請，風雅明達之士，其笑我乎。予殊不顧他人之笑，而先自笑矣。志之。

民國　年　月　日　本集主人識

# 小隱詩草卷一

天津胡樹屏先生手書　廣饒成焕五先生編次

## 古風

### 自述七古

我本商賈一勁者，自幼專喜不平抱。立意堅决禁附炎，膽壯心剛氣矯矯。少遇坎坷千折磨，七上八下奔波老。延到六旬始坦平，創得基業漸温飽。庚申一役從天降，東西威棱如電掃。津郡名人不護衆，狡者從中硬取巧。各東傷耗難計算，撲朔迷離一筆了。民國以來常縻亂，凄凉滿目空自擾。兵來兵去多流亡，京津久旱少青草。時而反對時而戰，兢兢難履荆棘道。但盼政府有着落，終日念佛常祈禱。幾時安静添生涯，重整旗鼓籌畫好。論時不可遠思慮，遠慮近思愈煩腦。用心過度徒損傷，只以聽之天命造。普天無主强欺弱，遍地烽烟狂瀾倒。一時安能掃肅清，除非上天罪人討。海宴河清待幾時，數十年後誰預曉。多少英雄荒草没，古今榮枯衹分秒。雖生亂世行端方，寸心不改何皎皎。自甘乞丐非病貧，捨命不怕心如擣。匆匆攬擾十一年，并無非常人阿保。達到目的言行謬，範圍宗旨少參考。幸福二字談何易，贊成歡迎總空杳。瓢蕊乘風迷霄漢，東西南北互纏繞。俗説能生太平犬，勸君莫笑此言小。若思再遇文明世，樹以成陰花縹緲。歡瞻愛日繁英樂，桂子蘭孫競文藻。孝悌忠言守綱常，禮義廉耻作師表。以前大錯無憚改，奉公守法見幾早。感動天地生憫憐，稍可伽護福克紹。有爲志士惜日短，落難愁人盼夜曉。幸灾樂禍人不知，暗傷天和凶有兆。利喙鋒舌不濟事，信口雌黄怒穹昊。好言惡語均無當，誨者諄諄聽藐藐。世人遇誤須反躬，内省不疚天真葆。錦上添花斯人多，雪中送炭古來少。患難之交終無忘，但願分金學管鮑。金銀珠寶堆成山，一旦無常非所寶。留與後人揮比土，臭名千古等子卯。我今虚度七十三，感慨世事頗明瞭。日與高賢談詩書，期望守成免餓殍。衣服不華常有餘，煩瑣抛開侣四皓。已留家訓傳於後，警示一篇再起槀。天賜餘生延歲月，永貽家業作式肇。

## 感世七古

柏廬遁世不居官，格言垂教論理完。一粥一飯思不易，半絲半縷恒念難。造句實發於心腹，出言如見其肺肝。聽天安命道仍在，勒馬横槍骨已寒。紀念雙十旬一歲，未獲幸福走波瀾。蒼生默念如何好，黑孽行爲多不端。碧落無雲旱魃虐，軍官有利争地盤。已故英雄荒草没，而今劫數無人干。變化將來何了了，良民苦楚皆鼻酸。叩穹星降大英武，掃除群魔天下安。

## 近來市面七古

津門街市忙復忙，五十餘家殷富行。大方無拘經紀廣，虚張隨便攏拉長。新局擴充花消重，開幕三朝雲漢章。蠅利沙金不易得，米珠薪桂甚難防。巨財敬勸多爲善，厚利謀貪終有傷。天地無私常示警，世人不慎任輝煌。我願諸君有終始，到底能得良收場。

## 幼年教訓宜嚴七古

帝王將相本無種，凡是男兒當自强。驕懶習慣自然性，畏嚴虚作真假妝。光陰錯過青燈誤，日月輪流髮成霜。幼不勤習及大廢，壯無知識難經商。畏刀避劍歸何用，喜戲忘憂奚能昌。我乃創家一英老，童孫童女遺義方。自甘頽惰迷難悟，心力徒勞付浩洋。

## 情景

### 雨後情景

田園久旱苗多槁，雷雨交加閏五前。農喜晚禾方得種，我栽新樹亦生鮮。榴花已落留餘艷，菡萏徐開尚帶妍。籠鳥和鳴音百轉，悠悠午倦正酣眠。

### 移寓東厢觀花聯詩

紫燕翩翻晴寂寂，緑窗幽静影依依。安排文具須精緻，預備詩箋欲發揮。修竹齊檐摇碧映，群花落院散紅飛。畫亭并峙瓷墩坐，相對高談杜是非。

## 雨後田家樂 試帖

郊原新雨後，已過麥秋天。遥望青無際，勤耘緑更鮮。蟬鳴聲斷續，鳥語韵聯綿。夕陽銜山盡，衢歌隔水傳。碧連三徑草，紅燦一池蓮。耕者頻勞苦，荷鋤帶月還。

## 新晴即景

萬紫千紅堆錦綉，晴和幽静豁胸襟。翠鸚頻唤多情趣，紫燕翻飛近樹陰。雨後山巒清滴水，樓前花木茂成林。光風霽月詩心快，好景依然秉燭尋。

## 雨後復種晚禾

久旱農田歡得雨，紛紛翻種雜禾全。稻花若麥香宜水，粱秸如林翠接天。曉露未乾明有迹，甘霖不斷緑無邊。耕人歸去荷鋤唱，童亦横牛響笛還。

## 霖雨新晴

四面濸烟渾不辨，天然佳景畫難如。林園花木新晴後，櫛比樓臺夕照初。携杖偶來松樹下，吟蟬相雜鳥聲徐。歸途拂面清風爽，沿路鈴鳴逐汽車。

## 炎熱偶雨

雨中炎熱倦雙眸，睡卧窗前午夢幽。醒見童孫歡繞膝，笑詢書字熱當頭。松香檐水調勻城，葦管藤圈亂滚球。五彩飄飄風上下，群孩跳舞樂殊優。

## 養静學詩

生平心性最清堅，守分循規但聽天。感慨世情聊隱避，漸將暮境却牽連。青山緑水依然笑，明月清風格外妍。喜得聯詩新意味，光陰荏苒静參禪。

## 長夏友邀同游

夏長睡起炎蒸逼，值友邀同近水游。幾處芳塘青草潤，數行茂樹緑陰稠。荷花映日驚飛鴨，蓮葉摇風逐宿鷗。欲墜夕陽歸去緩，鳴蛙一路滿汀洲。

## 新雨初晴

甘霖聲沛郊原潤，一望蒼茫到處鮮。樹帶朝烟迷遠岸，野含宿雨濕連天，一路蛙鳴聲不斷，遍游閑步小亭前。

## 新竹

昨游閘口繞前灘，偶見青葱嫩竹攢。買得數枝如鳳尾，修成四面護檐端。樓臺花木添良友，河岸秋風作釣竿。爽氣盈亭苔蘚碧，飛鴻渺渺月團團。

## 李公祠

畫樓一夜傾盆雨，炎熱消除暑不侵。惜見落花紅片片，偶來密樹碧森森。小亭立水蓮初綻，峭石横窗鳥自吟。漠漠烟雲亭閣上，清凉氣味豁胸襟。

## 通宵達旦連綿大雨

一粒金衣去暑丸，可除時患比仙丹。炎凉不准眠宜慎，飲食當均氣自安。霪雨盲風烟漠漠，連河帶岸水漫漫。天公應識民無罪，盡是貪官造惡端。

## 初晴憶幼時借雨水拋球

一女五孫孫女四，群來亭側看拋球。飄飄上下隨風轉，滚滚東西映日流。重緑叠紅翻蕩漾，口呼指點樂優游。雲山夕照雷聲動，畏雨群蒙避畫樓。

## 對河水料堆積如山

南岸木商重比比，堆高攢起接如山。近年此業多興盛，遠地移來暢往還。積累良材三五里，支成廣厦萬千間。雨中樹色森森茂，偶聽蛙鳴緑水灣。

## 連番大雨

雷聲不斷隆隆動，雲際垂絲漠漠烟。驟雨傾盆天潑水，層樓對面水摇天。林園花木妍如洗，郊野禾苗潤又鮮。明日稍晴堪種菜，農家有望晚來田。

## 下午驟雨忽晴

驟雨忽來風捲過，炎消土潤覺心清。移墻月影連花影，隔岸船聲雜水聲。半院晚香温比玉，滿天星斗澹無情。夜深寂静談初倦，更聽池蛙處處鳴。

## 野田大雨

時行大雨遍農莊，耕種晴和六月忙。碧野烟籠禾穗秀，水田風過稻花香。橋通平岸重連翠，樹繞長堤一望蒼。夕照蟬鳴聲不斷，荷鋤待月亦清凉。

## 雨後連陰生蟲

京津亢旱春無著，初沛甘霖盻晚田。孰料秋來多大雨，剛逢暑退少晴天。蟲生五穀愁糧盡，灾降三農嘆罄懸。世界茫茫何所怨，祇求蒼昊下垂憐。

## 水落秋成可望

津沽洪水時常溢，頃見諸河濁浪收。兩岸波平青草出，層樓月吐白雲浮。禾麻秀實蒙天賜，心性良慈賴自修。我願頻年安静度，春華已過又成秋。

## 時景

籠鳥食蟲希革候，初生毛羽更新鮮。依然小嘯聲輕細，不若交春韵轉旋。風送流螢微火動，樹深落葉畫亭圓。疏星朗月清秋氣，一片詩心借此傳。

## 眼前風景

連日霽晴河水落，樹聲兩岸動秋風。參差槐柳仍然碧，蕩漾池蓮尚自紅。不日將歸常舞燕，有時欲見早來鴻。光陰荏苒催人老，倏爾皆成白髮翁。

## 暑天雨過 五律

長夏薰蒸烈，炎威亦甚哉。倏然靈雨過，容易爽秋來。幾日心清快，連河水漲催。雲陰籠月影，花木映樓臺。

## 鸜鵒桃花

碧紗窗外遲遲日，鸜鵒聲中寂寂春。午候稍眠成習慣，晨安殷問足怡神。桃濃爛熳堆如錦，樹茂蕭森密若茵。仙骨幾生修得到，一心坦蕩養天真。

## 樓前時景

樓前佳景雨初晴，花木鮮妍覺有情。日落茫茫餘夕照，風來處處遍秋聲。夜深巡雁蘆汀警，月上寒蟲草際鳴。遠客他鄉家思動，夢驚游子想歸程。

## 秋風

西風颯颯動秋聲，花木將凋最不情。黄滿庭除惟落葉，紅殘園圃下甘橙。凄凉晚景閑愁夢，翩宛驚鴻警遠程。千里關山明月夜，故鄉猶思恰三更。

## 月中桂

扶疏仙桂不凋秋，豈比人間下土留。香滿一輪金粟影，光明萬里水晶球。欲知濃馥蟾宮折，易辨清芬月殿游。老邁難攀遐想在，青天可問欲搔頭。

## 自遣院中景緻

多少樓房數畝田，四通八達曲門穿。層層花木藏佳趣，面面亭臺結畫緣。碧竹影摇遮壁暗，玉蘭香送隔簾鮮。紛紛蛺蝶飛墻過，紫燕翩翻或後前。

## 秋聲凄凉況味

依稀兩岸樹縱横，震耳河流雜樹鳴。水接長空渾一色，花飛滿徑慘無情。天高露氣乘秋氣，夜半風聲誤雨聲。夢想關山家萬里，悲鴻屢警月三更。

## 秋思

西風加緊吹花木，滿眼凋零葉漸黄。冗事忙忙難自遣，飛鴻渺渺向空翔。寒衣需作催刀尺，遠戍離憂斷肺腸。震耳秋聲驚入夢，不知何處是他鄉。

## 夕陽返照

偶見夕陽將墜候，餘霞返照一輪紅。連番影射通遥際，倏爾光收暗遠空。四望炊烟天水接，萬重星斗月霜籠。硯池已凍嚴寒甚，潤筆勤呵户外風。

## 秋夜蟋蟀

階前蟋蟀鳴如許，唧唧凄凉動客情。秋氣天高乘露氣，樹聲夜静即風聲。環山夢到家千里，警雁驚疑月五更。苦受炎寒經往返，光陰遷變幾長生。

## 乘舟游西莊

布篷輕便一搖船，游遍西莊景最全。垂岸如雲楊柳密，沿堤若錦蓼花鮮。數帆魚艇頻張網，一路鷗村笑放蓮。比玉晚香將綻候，夕陽欲下月初懸。

## 新購雛鸚鵡

新秋購到雛鸚鵡，初辨方音調慢傳。生就翎毛純艷麗，學成言語細周旋。遂心慧舌添佳句，得意靈禽結美緣。造化無窮天地大，真經能受惹人憐。

## 夜來風雨甚寒

昨夜偶來風雨急，倏然寒氣甚三秋。層樓聲震狂如虎，沿岸波流快若騶。未曉重衾身屢縮，初晨落葉砌偏稠。天時冷暖無常變，貧者棉衣那得籌。

## 津埠街衢開展

津門街市皆開闢，車馬紛來捷便行。自有游人遵大路，究因狹道去圍城。從斯興盛蒸蒸上，由此奢華漸漸更。現在隰原全築室，安居樂業勝神京。

## 津沽道中

檢點衣裳傍晚行，汽車沿路霧烟盈。河天上下渾無際，樓樹連綿渺不清。橋闊人多分左右，街寬電亮少紛争。長空一色迷漫裏，對面居然認未明。

## 隔河木廠再賦

南岸良材列柏松，層層堆累度隆冬。人稀船盡喧嘩寂，渡遠波平慘淡容。佳料真能排數里，高樓儘可起千重。夜深更鼓相連響，巡守殷勤不懶慵。

## 冬日佳景

臨河一帶起高樓，花木凋零滿眼愁。日暖凌流分水鏡，風翻波涌泛晶球。雪深屢化灘多漲，樹老低垂鳥倦投。夕照炊烟雲霧裏，蒼蒼松際月如鈎。

## 雪後遥望河景

滿天星斗印河流，颯颯風聲月一鈎。雪壓高低渾莫辨，浪翻上下冷含愁。烟環岸遠溟濛裏，渡險人稀自在收。窗外寒侵呵氣凍，明朝水約結冰稠。

## 雪後凉生

平静無風嚴冷甚，沿河已凍盡成冰。雪餘兩岸層層積，日上三竿處處蒸。眼看凌排行迅速，人争舟渡屢攀登。氣清雲淡天光净，高聳樓臺月漸升。

## 落日

晚起炊烟濛落日，紅光返射倏然收。亭臺連亘遥無際，樓閣回環遠愈稠。月淡星明皆映水，天空霜冷早經秋。河凌片片東流去，雪浸風寒夜渡舟。

## 夜渡

天空星朗月光收，萬籟無聲水自流。晝煖灘邊凌自釋，夜寒堤畔雪微留。風輕過渡來回穩，霧重逢冰展轉憂。兩岸人嘩争上下，不如緩緩且歸休。

## 大霧

華園浴罷歸來晚，大霧迷漫滿碧空。沿路濛濛渾莫辨，通衢漠漠儘相同。每逢月晦天光暗，此際烟霏水氣蒙。夜静面前人弗見，岸頭有渡板橋東。

## 夜半

火車轆轆飛騰過，殘月東升半不明。河净波平灘展闊，天空星密水紆行。人嘩兩岸來回渡，夜到三更寂静聲。霜滿木橋多履迹，烏啼茅店又鷄鳴。

## 喜雪

昨夜雲陰翹盼雪，夜深果有六花飛。清晨偶見成銀界，向午猶然舞翠微。突起北風聲乍勁，低垂南岸樹初肥。蒼茫四望渾無際，漠漠炊烟夾霧霏。

## 雪後遣懷

北風挾水浪參差，四面高低景色奇。落雪漸深添瑞兆，積雲猶漬正當時。天隨人願農家樂，官不冰清政府危。晚景學詩聊自遣，終朝領教友兼師。

## 雪後餘景

四面晴光含慘淡，蒼茫日色水雲蒸。雪封高下風頻掠，灘泛清流溜漸凝。兩岸樹多渾欲睡。三冬梅潔凛如冰，歲寒松竹聯三友，菊淡猶芳室不凌。

## 堅冰

北風連夜哀兼勁，河凍初開復又凝。昨晚遠聽吹去溜，今朝偶見盡成冰。其聲長嘯驚飛鳥，斯勢雄威震大鵬。旱魃津沽爲虐甚，久虧雨雪穀無登。

## 北風戒寒

北風凛冽圍樓響，颯颯悲聲震耳驚。河溜夜寒冰復結，天衢霜冷月猶明。横吹摇散楓林落，斜映長空桂樹清。窗上玻璃銀屑滿，煤爐紅發暖初盈。

## 冰復結

十五月光明似鏡，當空皎潔照高樓。河凌泛片灘邊聚，堤柳盤根水畔流。魚艇多從長岸繫，糧艘忽被結冰留。一年好景真容易，佳日三春與九秋。

## 河畔小立

近來漸入小陽春，和暖無風静少塵。河泛碎凌聲觸響，波環映日影流頻。灘迷潮漲來回渡，岸闊船收遠近鄰。一笠一簑糊口計，洲邊尚有釣魚人。

## 望隔岸木廠

隔河木廠木頗稠，叠叠重重滿岸留。水凍接連皆是料，灘餘遠近并無舟。風寒巡夜何曾歇，霜冷臨冰不少休。辛苦只因糊口計，安能飽食暖皮裘。

## 河冰復開

寒能轉暖閑無事，河凍依然又放流。浪泛冰開聲逐下，潮平灘闊日斜浮。垂堤樹老鳥群集，夾岸楓摇鳥亂啾。菊性延長鮮未墜，蒼蒼松際月如鈎。

## 無題

作詩難得景全優，佳趣隆冬不少留。十月寒來詩料減，三津旱極雪花收。每逢雲密多希望，忽遇風狂盡罷休。花木樓臺殊淡淡，爐烟裊裊自悠悠。

## 菊梅

菊殘耐冷容猶淡，梅潔能清暗自香。兩種花開鮮最久，三冬蕊綻艷偏長。群葩爛熳春多色，列柏蕭森晚更蒼。瑞雪應時膏雨足，明年夜景照紅妝。

## 夜半風雪

昨夜微寒開白戰，霏霏勢欲遍農田。那知突起狂風吼，不料横吹舞絮還。雲散已晴仍颯颯，河流微動尚涓涓。東方幾處深盈尺，惟有京津迴未然。

## 密雲不雪

今早陰雲飛漠漠，望來欲雪待霏霏。不知所以全津旱，豈料原爲虐魃違。風勁聲哀河溜凍，霜寒夜静月光微。圍爐静室詩成候，冷浸方知未掩扉。

## 思雪

向晚雲陰天欲雪，農家渴想潤郊田。秋三缺雨來年少，冬九多花黍稌全。白戰翻旋迷境界，蒼穹飛舞遍山川。中原豐厚强鄰國，何至虧空萬萬千。

## 登樓遥望

數籠好鳥檐前暖，百囀聲微妙語收。花木亭臺光淡淡，霜天夜月景悠悠。菊芳暖閣經寒久，梅發高峰耐静幽。偶上層樓高處望，炊烟四起月如鈎。

## 夏雨初晴

近水園亭風月好，晚來星斗印清流。一灣碧柳垂金綫，兩岸青松隱畫樓。欸乃數聲行客艇，往來張網老漁舟。雨滋花木晴多趣，此景原來未易求。

## 望對岸

對岸良材三五里，隔樓森樹數重陰。淡雲微漠秋聲遍，濃水初消露氣侵。唧唧蟲鳴驚遠客，紛紛落葉下深林。月明夜静凉如許，偶倦時聞擊暮砧。

## 即景

今日南風吹稍暖，籬邊鐘菊有黄花。初開百種争奇艷，恰比三春鬥采華。秋老芙蓉紅徹壁，霜寒楓樹赤流霞。夕陽欲墜新鐮月，落葉紛飛近水家。

## 大雪

重叠樓臺渾不辨，長空白雪亂翻紛。四圍郊野深盈尺，一望堤灘遠莫分。今歲六花多潤澤，明年五穀早耕耘。田家豐歉憑天定，我亦時時祈禱殷。

## 久旱盼雨

何時膏澤遍農田，萬木無聲獨噪蟬。驟雨傾盆舟擊纜，層樓對面水連天。高低緑野清含潤，蒼翠青山洗更妍。四望炎歊徒想像，重樓難在夏雲巔。

## 即景抒懷 五律

長夏炎蒸苦，京津亢旱成。狂風常阻雨，大報説裁兵。鄉鎮流亡恨，天園暢樂行。堪嗤群闊老，徹夜汽車鳴。

## 遠望對岸

隔河一帶碧鮮新，幾姓祠堂盡節臣。四面樓臺連亘起，數帆漁艇往來頻。郊農畏日炎如火，廳厦吟詩妙入神。潮漲兩番東向去，逝波感動有心人。

## 晚景 五律

菊綻黄華候，天清蟹正肥。津沽良景盛，秋水數帆飛。美酒濃醪醴，名花燦錦緋。團長香氣永，夕照釣魚磯。

## 秋夜

墜日銜山殘照裏，遥天連水渺茫中。十分冰鏡三更月，一帶秋聲兩岸楓。蟋蟀頻吟當子夜，風霜冷落逼長空。幽齋燈暗樓鐘歇，卧擁重衾聽遠鴻。

## 秋暮自遣

一年花木凋零盡，高聳樓臺氣象雄。兩岸水寒冰漸結，三間閣暖火初融。滿園闃寂無情思，儘日歡瞻有女童。夕照暉殘新月上，詩盈囊篋酒盈盅。

## 暮秋河畔晚眺

欸乃一聲河岸闊，數帆順水自然行。輕舟早過隨風急，重貨遲留野渡横。夕照晴空樓閣壯，落鴻翔舞葦蘆盈。半輪新月磨鐮潔，草木黄飛淡不情。

## 夕陽河畔閑眺

水落岸寬排木滿，林稀脱葉樹亭争。漁舟來往頻張網，雁字横斜警去程。夕照長空天宇净，晚炊四面霧烟盈。登高重九無風雨，新月如鈎映錦城。

## 河畔晚景

北風一夜不禁寒，潮退河唇露釣灘。欸乃數聲船外語，往來幾輩渡頭看。楓摇隔岸翻紅葉，木落空林透碧欄，夕照微銜新月上，清光如玉映輕瀾。

## 秋暮河上晚眺

花木凋零凄慘色，秋深家在葉黄中。落霞漸變微紅盡，孤鶩翔飛向碧空。水共長天渾不辨，霜寒徹月渺無窮。林園脱卸山争出，楓艶江邊一釣翁。

## 評花

但見園中多少樹，四時樹樹放花盈。始知鐵樹無花放，惟有藤蘿繞樹生。梅未葉生花已放，竹無花放葉先成。佛指葉密黄花吐，仙掌花間碧葉萌。

## 隨意消遣

坐到静時多妙思，翻然得句逐心來。一年風景皆須記，四季光陰不可摧。每届春秋佳日好，但澆花木燦霞開。人生樂境無孤負，和靖心傾鶴與梅。

## 河堤告竣

河岸套堤欣告竣，明春栽遍柳條青。群芳墻外争妍麗，密竹窗前隱晦冥。花木繽紛紅錦帳，樓臺雄壯翠雲屏。檐籠群鳥聲千囀，午倦朦朧夢未醒。

## 朔風怒號

雨晴晝夜發狂風，壯震高樓勢甚雄。萬馬爭奔逢大敵，千軍酣戰怒齊攻。吼聲似虎驚飛雁，猛響如雷逐遠鴻。明午立冬寒冷甚，皮裘先着白頭翁。

## 收拾群芳

一歲看花今已過，菊移暖閣半開鮮。人間奪取天工巧，地裏藏深火力宣。四季名葩新節設，三春佳卉上元全。電燈射處分明艷，萬物鍾靈信有焉。

## 夜雨

暮秋半夜樓頭雨，花圃明朝菊盛開。選買多盆微吐艷，擺齊四面互爭魁。恩膏未足風驚起，凜洌吹來月漸回。茅店鷄聲人尚寐，知時青女下高臺。

## 河岸小立

河中木料排多少，來往船行日漸微。不久淀封將小雪，欲停舟放怯寒暉。楓搖兩岸殘紅落，駒映重波泛碧肥。葉盡林空風凜凜，一翁簑笠立苔磯。

## 寒夜雅景

萬籟無聲天宇净，疏星淡月印河流。夜寒灼炭烹湯沸，茶美清談當酒酬。燈下菊容猶冷淡，霜餘梅放自清幽。冬來水暖魚多戲，一竹長竿作釣鈎。

## 思雪

晚來忽雪亂飛飄，仰見長空白戰豪。花木樓臺皆覆罩，堤田郊野盡脂膏。雖然天意終難定，但假詩思涉想高。普沛三津盈尺厚，萬民香燭答仙曹。

## 深夜樓外遥望

晚來無事閑談久，時至三更户外觀。月到天中光冷潔，霜飛樹杪色摧殘。河聲風送潮流急，木料堤排水自寬。滿岸人嘩兼犬吠，方知苦力得錢歡。

## 高樓四望

四面天光多慘淡，濛濛日色薄雲侵。樓台連亘烟籠罩，花木凄凉雀舞吟。河岸水清微有溜，堤灘潮漲静無音。夕陽欲下鳥頻噪，巢在高枝茂樹林。

## 天陰

今又沈陰天欲雪，朔風微冷水仍波。凌流薄片潺潺響，日射寒光緩緩過。兩岸深林藏宿鳥，一翁晚釣伴斜河。夕陽雲滿長空暗，烟霧迷離月罩羅。

## 臘盡閑咏

連番天氣半陰晴，冷暖無常雪最輕。餘臘將殘春已屆，新年在即日初榮。烟環夕照層層罩，霧滿長空漠漠橫。河岸寂寥惟過渡，時聽轆轆火車聲。

## 春前晚景

夕陽西墜寒烟起，四面朦朧霧氣同。多少樓臺斜照裏，高低松柏晚霞中。月明如鏡通幽處，天闊無雲徹太空。盼到陽和春意好，劃然解凍是東風。

## 新歲自咏解悶

春到人間萌草木，東風解凍泛清流。長河兩岸冰初化，旭日三竿水漸浮。柳色微黄摇四壁，松陰轉緑映層樓。年來無事閑排悶，八句雖成少唱酧。

## 新春景色

新年初過氣冲和，不久冰開漲緑波。柳色微黄生嫩葉，駒光淡白緩拋梭。樹多雜沓遍高閣，木滿依稀接大河。草際遥看堤畔碧，夕陽欲墜一漁簑。東風解凍欲開河，習習吹來煖氣過。日色溟濛雲水接，天光沉寂霧烟多。春初岸柳黄微變，雪少堤蕪緑漸拖。新歲平明生意好，將來到處喜同歌。

## 院前景象

樹夾樓臺烟霧裹，河開冰散盡東流。風行水上鷗先識，春到人間草自柔。天氣過寒無瑞雪，日光送爽若殘秋。夕陽微墜群鳥集，松柏深林月一鈎。

## 夜來風雨

昨夜猝然風雨急，今朝花落幾層層。繽紛滿院鋪雲錦，縹緲盈階帶醉容。春色未衰仍復發，月光長富自然濃。樓臺亭榭多情趣，蜨蝶翻飛幾處逢。

## 將雨徘徊河岸

連日陰雲氣甚寒。河潮多漲急流湍。春光未滿花先動，雨意初萌露不乾。夕照隱山兼蔽月，炊烟雜霧接層巒。漁舟日暮歸何處，尚有灘邊一釣竿。

## 觀北河潮

漲潮逆流波及岸，白雲片片向空橫。春寒花木遲遲發，雨潤田疇處處耕。一渡蓮舟南北過，數帆魚艇往來行。鴨群浮水驚飛散，遠聽天涯雁有聲。

## 早春潮落

兩日連陰雨已闌，濃雲密布早春寒。樓臺高聳開形勝，花木繁興亦壯觀。柳半含黄依對岸，草多隱緑映低灘。河潮浪急東流去，簑笠漁翁坐釣難。

## 春日夕晴

碧紗窗外遲遲日，紫燕梁間寂寂春。百囀鳥聲欣睆睍，一篙漁婦甚艱辛。杏花對岸争嬌艷，桃蘂依堤競效顰。夕照晚晴烟霧散，月臨天際静無塵。

## 草木雨後生意

片雲密布幾連陰，偶覺東風冷氣侵。每遇春寒花較慢，纔經雨潤葉微森。蘼蕪萌動翻青意，林木横斜漸緑陰。兩岸船多聲款乃，隔河微聽又鳴琴。

## 春日眼前風景

亭榭樓臺初霽後，千紅萬紫漸成林。海棠拂檻嬌含雨，院竹敲窗雅入琴。簾外花香翻蝶粉，夢中鳥語學貓音。欄杆月上時閑步，一夜千金豁我襟。

## 雨後田家風味

幾處鄉莊新雨後，高低碧野盡耘田。桃紅夾岸新含霧，緑柳垂堤濕帶烟。水護稻村秧未發，春寒花圃蕊呈鮮。一年佳境豐禾麥，但盼今年勝去年。

## 花圃春景

晝來籠鳥聲無歇，暮色微暝即止鳴。霧氣空濛天籟寂，花香幽静月華清。海棠欲醉燒紅燭，檐柳初垂厭紫荆。良夜已深松竹茂，風摇密影向東横。

## 夕陽岸旁閑步

天光淡淡轉濛濛，連日微風冷氣充。花木遲遲春未足，樓臺面面月初融。柳黄含睇依墻緑，桃艷舒葩映水紅。夕落漁舟何處去，數帆團聚鐵橋東。

## 春色富麗

微風細雨剛三月，萬紫千紅勝去年。多少功夫成綿綉，繽紛花卉鬥新妍。階前撩亂青苔秀，窗外低垂碧柳鮮。好景眼看容易過，春宵一刻等腰纏。

## 春雨連朝

濛濛微雨養花鮮，滴葉流根潤自然。其貴如膏飛碧落，知時布澤遍芳田。今春景物饒添盛，他日軍兵稍見憐。祈禱太平無大劫，居家亦可樂團圓。

## 風雨落花

喜逢三月花開盛。急雨淋漓又暴風。爛熳盈階雲作錦，繽紛滿院紫連紅。堪憐好景長非易，每到佳時去即忽。眼底春光留不住，原來色色即空空。

## 春陰

幾陣東風尚薄陰，白雲片片氣沈沈。芳田積水新栽稻，古木參天遠接岑。孤嶂雨過青色滿，繁花露透艷情深。滿園春色宜游樂，願學相如賦上林。

## 偶成

閑來氣度甚從容，况復清和景物濃。窗外鳥鳴聲晼晛，梁間燕語夢疏慵。晝眠初起無情思，日課新成有鋭鋒。夕照銜山河岸闊，烏鴉群集幾株松。

## 樓上看漁翁張網

河流日射浸層樓，數艇循環網罟收。弄到多魚婆亦樂，居然得價食常優。依稀柳緑垂長綫，縹緲花紅接遠洲。夕照炊烟連霧起，灘邊欲宿水中鷗。

## 午睡後樂聽鳥聲

午倦欲眠籠鳥噪，其音宛轉最清幽。紗窗寂靜遲遲日，河水汪洋緩緩舟。夾岸柳條黄發葉，沿堤草色碧生油。春初喜得甘霖雨，田野欣逢好麥秋。

## 小齋午睡後閑咏

午後書齋倦欲眠，鳥聲宛轉夢悠然。水仙妙品清如許，蘭草幽香淡復妍。兩樹碧桃開艷冶，雙盆緑麥透新鮮。晚來潑墨陰雲起，好雨知時但聽天。

## 遣興

作詩之樂樂何如，談笑揮毫二月初。兩岸碧桃垂几艷，一枝紅杏映窗疏。鳥聲頻囀由花徑，琴韵多情出草廬。讀罷聖賢書萬卷，四時歡税景常餘。

## 河上秋景

兩岸樹聲風颯颯，數舟纜繫水淙淙。一年最易如過客，九月方交便接冬。論到群芳鮮已盡，現栽多菊放猶濃。十分美景春秋去，桃李來年想更穠。

## 憶去年中秋節樓巔賞月

去歲層樓同放眼，今秋體弱未邀君。桂香滿屋珠簾捲，蘭氣充庭綉闥薰。天影四圍低若水，月光萬里净無雲。人生遇有多情景，最好吟詩并論文。

## 樓前時景

連日晴和爽氣生，微風香送玉蘭清。亭台繚繞饒花木，河艇瀠洄帶水聲。遠近森林凌碧落，忠賢祠宇覆朱甍。已過炎暑身猶健，倦後仍詩若有情。

## 九秋

一夜風寒震耳聲，新晴天氣甚清明。殘花滿地淒涼況，落葉盈階冷淡情。好鳥微吟音亦細，飛鴻遠警夢初驚。烏啼偶到層樓頂，日上三竿照菊榮。

雨後新晴九月天，晚來仍若朔風穿。寒侵骨弱知殘歲，養得身充在壯年。多病消除仍故我，良方屢賜賴飛仙。高樓暖閣繁栽菊，吟到芬芳句亦妍。

## 深林

密樹重重半里村，烏鴉群集亂飛吟。日光少漏情猶暗，月影全遮朗亦陰。坐久涼生無用葛，談長燥去可清心。幾間茅屋能容膝，四繞扶疏一曲琴。

## 秋末餘景

桂花香過菊花開，漸漸遲看嶺上梅。欲到重陽風雨至，恰逢九日酒糕陪。碧空直立樓台顯，黃落橫斜草木摧。四面炊烟如霧起，一鐮新月照平臺。

## 河上晚秋

四望樓臺連亘起，參差遠近幾千稠。天高雲淡秋將老，河落舟輕浪細流。樹影遮窗張翠蓋，日光射水泛金球。夕陽欲墜停垂釣，煮酒烹鮮樂唱酬。

## 情景

性之所發則爲情，目之所賞則爲景。觸景生情，因情寫景，二者相合而不相離也。先生晚年好静，近水起樓，盈庭種樹，凡一花一卉，一鳥一魚，與夫船舶之往來，對岸之嘉植，触之於目，感之於心，而發爲詩歌。流連往復，情見乎詞，洵風人之遺韵，名教之樂事也。兼而消遣世慮，頤養冲和，吁亦盛矣哉。

煥五敬跋

# 小隱詩草卷二

天津胡樹屏先生手書 廣饒成煥五先生編次

## 叙述

### 憶隨先君子赴武清學舍

偶憶先人教武城，八齡隨往識前程。學轅古設南關路，文廟曾瞻北面楹。多樹蕭森橋漢玉，群花縹緲室雕甍。三年化育開文運，兩袖清風著令名。

### 憶先慈

忽然夏曆雙旬節，連日嚴寒水凍堅。巨浪千重全結塊，高慈十四忌終天。羡今緩暖恭親祭，念舊深恩教子賢。情重難忘存古道，兒孫頻學孝綿延。

## 感先慈恩

慈母壽終陽月半，八旬有四亦高年。兒孫親詣投泥後，紙箔焚飛愧我先。强仕歲華恩惠重，高堂勞苦寶珠憐。紅塵謝絶今回憶，心慟鼻酸泪涌泉。

## 祭先慈墓

巳時祭埽午時回，和暖無風亦快哉。父子女兒焚紙後，松楸華表拜墳隈。塋寬前後同游歷，木落周環已敗摧。少盡孝思車即返，笛聲不斷速歸來。

## 中元節携子孫祭先塋

佳節中元晨過雨，兒孫童女詣先塋。汽車捷便乘風響，沿路葱蘢帶樹聲。焚紙飛灰遮日影，悲音血泪痛親情。野花秋色天然趣，落照寒蟲到處鳴。

## 咏史

盤古至今多少代，茫茫稱帝德爲先。禹王治水門三過，文伯居岐第一賢。商紂承平殘虐極，殷仁死去國家顛。武周尚父維新法，水火民生解倒懸。

## 讀魏武帝傳

孟德奸雄今豈在，大言能負普天人。用兵運智精於詐，對陣摧堅勝若神。際遇亂朝欺弱帝，遭逢治世即能臣。偏安三國終歸晋，遺迹空留鄴水濱。

## 憶謫仙

青蓮斗酒百詩篇，瀟灑風流第一仙。真乃奇才無對手，生成靈氣可參天。論吾何敢低昂較，想彼無非智慧全。一紙蠻書皆束手，玉堂幸有此高賢。

## 咏勝朝

我生初值洪苗起，勢大綿延數十年。攻戰群魔精炮火，縱横多省盡烽烟。南京廣集開科士，北地餘留感上天。國運復興曾左李，英明尤賴幼皇賢。

## 憶前朝

康熙英敏聖明皇，幼稚登朝冠百王。國治家齊身檢束，君賢臣節鼎堅强。滿洲制度究牢固，洪逆猖狂自滅亡。太后垂簾權在握，平平王道亦輝煌。

## 論人才

廿四史中看往事，歷朝興治出能臣。滿清初起多英武，革命由來産棘榛。莫道非常人古有，休談拔萃士今純。一時擾亂群妖集，天降奇才志可申。

## 論時

近來事事無言論，十一年間乃苟延。明歲未知離亂禍，今冬何以度殘年。勸君且莫貪銅臭，念我能還落瓦全。但遇此時多謹慎，將來劫數豈其然。

## 述交游

我生良友盡神交，彼此相酧却酒肴。稱貸要先清賬簿，信行何必結脂膠。大方淡淡如流水，小鳥啾啾樂入巢。喜者聚來悲者散，那知親近乃同胞。

## 自述近來景況

日食兩餐忙碌甚，渾如恍惚夢醒間。晨昏冷暖殊無味，早晚奔馳未得閑。繞膝子孫須善育，憐心父母似投艱。人生困苦皆嘗過，不若超然物外嫻。

## 自況

一妻二妾多賢慧，兒女童孫解義方。彼輩殷勤爭侍奉，吾心自在享娛康。世情險詐防奸宄，家訓精詳守善良。老邁精神今尚健，優游佳景付詩囊。

## 自咏

放寬眼界春秋景，妙静心裁錦綉詩。美酒飲宜微醉候，好花看到半開時。一生得意風流在，七步成吟月旦遲。七十有三身尚健，偶來肝患禱神醫。

## 自遣

七十餘年深閱歷，萬千變化竟無窮。恍然一夢時方覺，憶彼三生歲未終。倘得春秋添壽算，便知今古老詩翁。子孫孝養無他事，暖閣圍爐火漸紅。

## 審時

一片血誠先有識，始終無改對蒼穹。慎哉交易惟清楚，勤矣籌謀必會通。運未泰來休暴躁，福非否去不豐隆。人能學此將來暢，閱歷方知妙在中。

## 自愧學淺

我自耽吟將八月，平平總覺未嘗優。幼時但恨書疏讀，暮歲方知志未酧。終日友師多宴會，邁年心力尚清遒。經過四序時時景，菊謝梅松竹并留。

## 述事

幼孤識淺寒家士，弃讀歸商數十春。創業漸興聯益友，居心慨助賴端人。決非存意多貪利，未料多情反耗神。亂世正逢顛倒候，至誠不改保終身。

## 述往事

我年未冠知時事，勤謹依人學信誠。中運崎嶇虧善遇，前程遲滯少滋榮。循規蹈矩聽先造，守分安貧忍此生。晚景桑榆常自念，一心尊敬聖賢行。

## 自述平生

十七春初經世事，於今五十六餘年。曾經閱歷炎凉外，屢遇參差反覆先。家世創垂衣食足，詩書繼緒子孫賢。多交良友常談過，道德爲師比石堅。

## 述現時

少壯奔馳顛倒過，近年喜得願方諧。子孫受教多成器，家業微增隱静齋。現逾古稀尋樂境，雖逢今亂不關懷。津門所恃連租界，尚未兵臨有大乖。

## 自述

十七春初入綴行，數年習學度時光。貧因弃讀違初志，剛不能柔顯自强。五秩始逢良際遇，七旬以外大風霜。而今稍歇優游樂，未料童孫繼殞亡。

## 寓意

天時世道不堪憂，離亂紛更任自由。寬厚待人原報德，優柔養患反成仇。病長誤事應開革，親老家貧未肯休。午夜捫心先自問，究將誰怨并誰羞。

## 和前作

乃兄在號本多年，姑念丹心病久纏。薪俸頻加如數給，天緣有定豈能延。情深若此知圖報，事到其間任自然。尊父讀書廉耻曉，因何不學老青氈。

## 時事

自成民國停科甲，學校頻興子弟專。皆重洋人程度好，豈知至聖禮文全。中華衰敗無英主，大政參差莫勝天。世運循環終有治，可憐豪杰憤無權。

## 時事雜咏

盤古至今曾萬劫，三山六水一分田。帝都雖改無真主，妖孽頻興擾大千。若遇烽烟憐赤地，未遭槍炮感青天。偉人巨子徒觀望，失敗奸雄不足憐。

## 老年身弱畏寒

老年體弱不充肝，陣陣秋風透骨寒。未到甚凉棉已着，曾經最熱汗無乾。重陽風雨登高届，九日糖糕共衆餐。落帽龍山歸去候，菊花須插滿頭歡。

## 大米莊白晝盜劫

白晝群匪劫米莊，勇哉警士敢當强。空拳直往何憐命，視死如歸具熱腸。各界贊揚籌善後，長官優恤賜褒章。笑他大將稱威武，從此英風著上方。

## 四時衣裳换季

人生飄灑愛新奇，顛倒衣裳遍四時。春夏秋冬朝晝夕，紗單綿夾鼠羊狸。愚哉反覆勞筋力，智者觀摩立業基。喜潔我心聊適意，輕浮已過布衫宜。

## 警孫女急疾

昨晚忽驚孫少艾，痰涎頃刻塞雙喉。垂危險甚風頻起，展轉蘇然藥屢投。原以病同三幼痛，幸能醫治十分周。天憐弱稚多伽護，閨訓年來早預籌。

## 新製至聖神主

虔供文宣陽月朔，焚香九叩禮儀尊。詩書貽後敦人品，孝悌爲先教子孫。道冠古今參兩大，化成華夏總群言。舊家風範傳留厚，勸導時賢莫憚煩。

## 咏水月庵

風來水面波紋皺，月到天心塔影圓。庵外深溪黄土墊，殿前古樹緑陰連。紛更官署田争没，倡立學堂廟盡捐。甲乙人民雙份仔，究亦無知所以然。

## 憶昔中秋乘景星輪船赴申

乘坐景星船穩便，茶夫侍奉亦殊優。月臨大海千重鏡，水映長空一色秋。静浪平風輪愈轉，祥雲化日晝同流。蒼茫四望無痕迹，命系於天聽自由。

## 寶珠

頃間買得一靈珠，入手圓明重八銖。嵌在帽前光閃耀，來從海外樂嬉娱。我生所願賢爲寶，善果能多學愈愚。究竟積財人最喜，莫如修德笑撚鬚。

## 咏珠

圓珠光潤昂無價，鑽石翻多耀眼明。寶貴來歸資賞鑒，陰功久著繼簪纓。善良致福時方便，財廣防灾體自榮。知足平安爲至樂，何須貪利貫金城。

## 戲咏貓捕鸜鵒

白貓繞砌偷張眼，欲食靈禽罪不容。養爲來春鳴自遣，驚逃劣畜弗輕鬆。夜防竊鼠應充口，晝捕飛蝗亦適胸。蜂蝶紛紛花際舞，歡然前後亂追從。

## 始造鐵橋

鐵橋新造遲迴久，作者無資欲斂商。直省多年稱富裕，更張數載大虧傷。歷經恢復徒施力，枉費周旋少善方。現在長官籌畫好，多漚心血幾時昌。

## 游經緯路

夕陽飯後渾無事，消遣從容信步行。惟見大經寬闊整，但虧鬧市往來忙。畫樓高聳鑲瓷碧，森樹濃稀落葉黃。天緯復游歸緩緩，項城已歿羨才昂。

## 火車

火車來去真威壯，軋道高懸氣象雄。勢若長蛇行若犰，聲如猛虎急如風。迴環萬里經都邑，朝夕千山閱始終。憶自勝朝開鐵道，而今各處弊端叢。

## 羊肉包

羊脂少許兼鮮菜，發麵團成小小包。佳好充腸真美食，調和入胃在良庖。味能適口何煎炒，錢不多花勝煮炮。我逾古稀無所善，蔬香清淡即佳肴。

## 骨牌三十二枚

二百偶奇零念七，黑紅四八虎狼心。無窮變化生神妙，有假輸贏解縱擒。尊對宜收三兩道，閉長能失萬千金。牙牌古造多邪意，嗜好終傷望自斟。

## 臘八大悲院香火復盛

每逢臘八素齋虔，香火紛紛結善緣。最盛大悲參證果，曾言信士助緡錢。東西分有窑窪界，南北原來草野田。若論人心今始轉，繁華究竟亞先年。

## 預約門人恭送先生旋里

年年放假月盈時，次早門人送業師。曾約來春迎驛路，倏然新月集書帷。不由萬物韶華盛，那得三生好景隨。識面東風談笑候，杏花窗外一橫枝。

## 送先生回山左

老師望後準登程，安候萱堂乞叱名。每到新年欣大會，應知合府樂歡迎。孩童滿屋占蕃盛，孫子充庭課讀耕。可見祖遺忠厚在，詩書繼世彩衣榮。

## 上元後先生將至

先生指日駕將臨，男女兒童務用心。字帖加功防被責，詩書著意要長吟。今年函丈殷勤讀。明歲商行仔細斟。貨殖經營能屬一，方堪不負我胸襟。

## 節後望先生早臨

早晚陰晴冷氣稠，層樓高望豁吟眸。三冬雪少愆陽盛，四面雲生夕照收。幾處晚烟連霧起，一輪新月倦鳥休。眼前風景春將至，待與先生好唱酧。

## 入夏預約先生同游公園

偶作詩詞略寫情，先生贊美過譽榮。朽才焉敢談風雅，商界應知爲利名。入夏偕游同意樂，公園久坐道心清。夕陽欲墜歸來候，汽笛車開響數聲。

## 回憶客歲商業

庚申一役大風濤，幸賴同人見計高。自己虧資盈十萬，於今營運勝諸曹。逢迎知遇傾肝膽，患難交情效綈袍。奉勸商財須有道，莫教後輩學貪饕。

## 自喻

幼時失岵苦零丁，慈母賢兄訓内庭。弃讀歸商多粟碌，遇坷逢坎少精靈。規行矩步今仍在，名就功成德亦馨。不敢居然心自負，賦詩飲酒養遐齡。

## 近年津沽喪禮

富家發引奢華極，近日津沽禮節全。鼓號敲吹音樂隊，道僧嚴肅咒經篇。筵棚晋奠多誠敬，亭座紛行密接連。旗傘匾聯瞻萬目，輝煌威武勝當年。

## 夜半流星

年來天意甚平和，不降甘霖半月多。突有響星鳴大野，未知落地出何魔。正當花柳三春景，掠過川流萬頃波。曾記幼時逢癸亥，東南西北歲如何。

## 五七紀念大風

五七狂風連晝夜，人如山海幾時休。疏通從此和三島，氣勢將來震五洲。國債交還分界限，民情踴躍化仇讎。權操總統皆遵守，役簡官清任自由。

## 國耻日各界游行

國耻未忘臨五七，狂風日夜響颼飅。白旗摇動臨街面，赤血淋漓在日頭。究竟吉凶難預料，將來抵制至何休。人如山海多多善，但望光榮展遠籌。

## 癸亥陽曆十月五日新選大總統

五號居然大選成，黎民安静倚長城。從今國債能籌畫，自古江山創坦平。雙十節端參典禮，百千電賀閃旗旌。層層阻滯談何易，赫赫中華少俊英。

## 叙述

叙述者，皆先生自道生平，以及家人之瑣事，戚友之晉接，有所勸勉而作也。然情不真不足以感人，言不切不足以風世。惟真惟切，俾有心人覽之。親上敬長之心，不禁油然而生，此詩之可以興也。通觀全豹，類能脱口而出，不雕不琢，自鳴天籟。故亟録之，以作龜鑒。

焕五敬跋

## 感懷

### 時事隱憂

國事纏離八面争，紛紛割據裂長城。兵荒慣見何時了，氣憤惟思即目平。數省軍官多解勸，幾人報紙論歡迎。設能勉力維全局，從此黄園溢大名。

## 遣懷

我生七十氣方長，憂患頻仍兩鬢霜。三載焦勞多病悶，群賊驅逐養灾康。小年睡起神遍爽，禪意詩成味亦香。世道塵實皆有極，優游晚景最清凉。

## 感年老多病

老健春寒秋後熱，那堪回首憶當年。妻兒屢勸須調攝，親友常關要静專。壯歲奔波難駐足，晚來釋負愛參禪。此生牽挂徐徐了，風月無涯樂性天。

## 病弱感懷

纏綿小病雖無害，幸賴神明脉理詳。世態炎寒添感慨，塵氛抛却羨賢良。人間暑氣如斯苦，世外秋風已漸凉。月朗天空清萬籟，船聲款乃水聲長。

## 感多病纏綿

邇來浮熱上焦懸，耳際蟬鳴聽自然。肝旺水虧心躁急，脾虛木盛病纏綿。神靈常護多延歲，天命何嘗造十全。我意試將安樂享，偷閑勉力學青年。

## 因病久未登樓

久弱未登重閣上，恰逢雨後又新涼。濕烟漠漠迷橋岸，森樹重重護畫梁。夕照光涵蓮吐艷，晚來風送稻生香。月明天靜河潮落，惟有蛙鳴在野塘。

## 感暮年境遇顛倒

暮年境遇費安排，事事漚心處處乖。莫道此時非在數，依然有日便思佳。吸烟漸助身軀健，種樹欣看意味諧。天道茫茫無可限，舊時狹路盡成街。

## 咏懷

人生在世渾如夢，轉眼茫茫髮變霜。存殁聚離皆有定，悲歡貧富盡非常。不來不去何安静，無喜無憂勿損傷。但惜偉人争戰鬥，笑他淺陋小兒腸。

## 感國勢

國亂時乖在眼前，未知結果待何年。元良遜退無專主，亡命横衡肆大權。十一年間多少戰，萬千軍裏互相牽。生今只好延殘喘，憶古何爲戀俗緣。

## 憂時多變

晝夜連陰多盼雪，今朝忽暖又開晴。天公豈與同方便，國運殊應累變更。世道茫茫無可限，人情戰戰幾回驚。苟延殘喘隨時快，度到明年想弭兵。

## 望太平

前清律例最詳明，曲直能分定案平。革命法鬆刑具刦，狂徒意肆亂心生。共和皆享終身福，大局如斯破膽驚。十一年來無限恨，訴天願得正權衡。

## 嘆民國

前清末葉極衰時，民國興來象更奇。次序無分强壓弱，高低不問弊連私。歲星將近周天候，甲子原爲大定期。但禱彼蒼存憫恤，痛除妖孽救懸危。

## 因時令感時世

北河屢凍仍難固，潮漲凌開逐水流。冬至節臨風凛冽，霜寒泉動雪繁稠。古言氣候多無驗，新法時行鮮克由。將届一年組閣未，偉人到此亦含羞。

## 憂時作

陽曆新年將已屆，七零八落亂如麻。終朝組閣成何閣，連日驅邪早自邪。彼此不容先内潰，互相傾軋擾中華。幾時俊杰能專統，千萬懸孤莫太奢。

## 天災人害

三津久旱京都亂，政府何嘗有正人。欠餉難剜心上肉，裁兵僅救眼前貧。督軍挾勢誰何黨，師旅關懷彼此親。除夕萬分能徼幸，明年恐發大征塵。

## 天道人事

十月小陽春暖候，緣何寒冷甚於先。衰微時代經多變，敗壞綱常不易延。任意縱横皆亂黨，隨心貪冒有良田。聖賢大道今何在，遺臭彌天萬古傳。

## 讀方山子傳有感

近來男子多庸弱，匹婦無知任自由。能使老親心委曲，但教内子氣平休。茫茫世界英雄少，朗朗乾坤志士投。良語勸君惟作善，兒孫看待馬牛酧。

## 感時

明年七四結何緣，惟羨堯天古聖賢。此際妖魔惟好亂，幾番烽火盡争權。偉人謀略頻貪利，寒士周旋更爲錢。十一度來無可取，壯時我亦要揚鞭。

## 閨怨

月斂星疏秋已老，朔風將至菜芒香。寒衣早寄懷邊戍，遠信遲回憶沈郎。千里關河驚客夢，十年閨閣忍愁腸。山窮水盡何時見，幸奉高堂尚健康。

## 天旱感賦

旱長微雨風隨至，天道如斯警世人。古代五風兼十雨，斯時二氣困三民。秋回冬轉梅初發，柏壯松堅月照頻。天地恩深能悟悔，善哉一髮即千鈞。

## 感次孙急疾

次孫染病恐躭延，服藥全憑主力堅。若以婦人能獨擅，何須男子再探研。瘟痧最猛多譫語，險症臨危盡傻眠。如欲挽回遥許愿，傾心悔過禱青天。

## 哀次孫

次孫吾最愛其材，不幸生應短命孩。長嘆三朝危病去，堪憐九歲惹人哀。慟哉自幼心勤學，殤矣空教泪涌來。醫藥遲疑雖可恨，天時寒凛發凶灾。

## 痛殤兩孫

五日掌珠連去二，不由我亦哭沾襟。慎防醫藥無名症，偶降風灾敢用針。渺渺靈魂歸本位，盈盈痛泪盡傷心。未知天意應殤幾，尚有嬰孩染患沈。

## 嘆亡孫童年好學

可惜亡孫書學好，星期交課不稽留。忽然積染瘟痧發，豈料難容藥劑投。微錯毫厘關巨測，遲疑分刻即歸幽。八年所耗前生債，一旦無常此際休。

## 感孫女夭殤

森姑五歲多靈巧，滿院嬰孩聚有緣。傳染瘟痧誰善治，遲疑頃刻即難痊。沉眠少氣終無法，臨別能言更可憐。一點游魂歸杳杳，不由動泪涌如泉。

## 感今歲家多病者

今歲自春多病者，算來醫藥費盈千。秋深氣熌心難靜，冬屆風寒症乍宣。脉胗不明珠寶脱，仙靈屢禱彩雲還。勸兒須作仇家想，何必依依泪眼穿。

## 感時症

近來時症莫名多，如遇庸醫用藥訛。脉胗含糊顛倒錯，命懸旦夕揣摩過。富家攖疾驚全室，高士分途請數科。前後方繁無善主，虎狼常有誤投何。

## 感津沽時疫

黄昏澡畢緩歸來，藥店忙忙數處開。風勁冒寒多疾病，舍連傳染出童孩。輕微不慎危時悔，疏忽無防説命該。閲歷年深方擅主，良醫脉準辨滋培。

## 登樓遥望感懷

樓上仰觀天宇闊，長河流水自滔滔。英雄亂世身先遁，妖孽争衡氣自豪。食禄不憂消國運，貪財任意刮脂膏。前清文武多忠藎，黎庶能明踐土毛。

## 感慶雙十節

紀念共和雙十節，旗開五色大功成。砍嘘清帝甘謙退，誤引邪魔啓亂萌。聖道不遵烽火急，人心叵測機械生。身修而後家齊整，國治方能望太平。

## 感荒歲

京津一帶甘霖缺，秋麥田多種不成。豈但菜蔬收欠好，那知米粟貴長盈。有錢富室看金重，無力貧農少地耕。惟盼年來能大獲，倉千箱萬慰蒼生。

## 看月感懷

閑步庭除樂自然，仰頭偶見玉盤圓。興來飲酒邀明月，性喜觀花別有天。雅静風流非易得，紛繁世事不相牽。偉人今亦愁民國，債累重重又到年。

## 感傷世事

偉人巨子僞名稱，那得英明治世能。道德綱常皆掃地，君親忠孝等寒冰。從斯豈有平安望，同類相殘擾亂興。强弱紛争何日了，甚憂政府衆鄰承。

## 觀時有感

七十三年如一夢，萬千變化百回驚。青山緑水依然在，白髮紅顔迭轉更。惜古英雄荒草没，嘆今勁旅戰場盈。黄金廣積究何用，争似高明貫太清。

## 感世變

一年世事一年遷，變化無窮聽自然。三載愁城三載恨，四時佳景四時全。五風十雨曾何日，萬馬千軍總在天。今歲尚餘冬過後，未知幾省起烽烟。

## 明志

老來終日在詩吟，侍奉周全少長欽。堆累良鮮隨適口，摩挲玩器恰開心。山明水秀多生景，月朗風清樂撫琴。幾欲脱塵超世外，尚餘己事未歸林。

## 遣懷

天生萬物春初發，造化人爲萬物良。百事豈如皆所欲，十成能得倖非常。塋高永冀千年旺，宅闊何由兩幼殤。我寓西方傷子慟，從斯興業起群房。

## 憂時

累代國家分治亂，紛紛成敗幾時休。王師到處如時雨，帝德純施不老秋。未料革新殘虐極，那堪改舊倒懸愁。循良守分如償願，雲霧分開豁達眸。

## 陽月感懷

小陽日暖漸舒和，草木凋零慘若何。高聳樓臺殊淡淡，衰殘髪鬢并皤皤。雪融濕野渾無際，雲蕩長空軟似羅。前月陡然災患急，連殤三幼亦風波。

## 感時書懷

詩書繼世光前後，忠厚傳家耀子孫。聖教純仁開義路，佛經普善隔凡門。慨今巨擘無真學，慕古名賢有道原。國亂互争槍炮下，傷哉幾處吊亡魂。

## 暮秋感賦

九秋之望菊芬菲，雲淡濛濛月色微。潮浪翻騰添碧漲，霜林脱落亂黄飛。寒來暑往循環迅，苦盡甘生次第歸。世道人心方正少，天公何以雪霏霏。

## 祭財神有感

津門俗例敬財神，九月佳期十七辰。鞭炮連聲多貴重，電光射彩透奇珍。古時風氣今仍在，新法人民不奉真。每到雙旬酬紀念，旗開五色語緣因。

## 新秋即景

雙飛梁燕歸南去，一字賓鴻向北來。鳥信有知人不古，天時弗凖日多灾。凉風颯颯催黄葉，冷露霏霏點緑苔。兩岸秋聲多老樹，月輪若水浸疏槐。

## 驚秋

層樓亭榭依然景，木脱花殘又一情。秋老蛩吟凄冷韵，霜寒葉落亂飛聲。客中夢思家千里，水上舟行月五更。荏苒光陰駒過隙，世人何必苦紛争。

## 感秋凉

西風颯颯河流急，落葉紛紛下滿林。凄慘聲驚臨岸樹，寒凉衣擣幾家砧。蟲吟月朗離鄉夢，霜冷天高動客心。燈暗夜深更鼓静，匡床不厭壓重衾。

## 秋暮書懷

幾夜風霜花木謝，室藏猶放菊花鮮。不情未免多殘虐，好景如斯總變遷。萬物發生春再到，千年環轉月常圓。駒光迅速今生老，造化無窮莫了緣。

## 晚景感懷

園菜乍寒多未起，凍殘入窖少收成。苦人耐冷棉衣薄，耿士無糧餓腹鳴。世態炎涼貧忍受，天時顛倒富仍榮。勸君休問年荒亂，好善存心自太平。

## 感暮年弱不禁寒

涼風吹到響颼飀，暮境年衰怕届秋。樹色微黄頻落葉，花容猶艷映層樓。天高雲影排空盡，夜静河聲順水流。竹掩幽窗隨月上，蟲吟唧唧緩重裘。

## 感飢民

晨起陰雲晚又晴，秋來蔬菜復顛傾。京津未種春無望，沾跕方收稻幾成。各縣報灾籌賑濟，數城獲粟下忙征。農家最苦愁培墊，風雨難調稼弗生。

## 感世情淡薄

積多銀幣英雄膽，愛着華裳勢利情。患難訂交銘不忘，羹墻飽德道同行。綈袍解贈猶思舊，車笠分途竟背萌。歷代賢豪今豈在，戰場徒使鬼神驚。

## 民國前途

國家衆債逼中秋，政府清貧未易籌。總統有才權不在，督軍無餉税長留。烘烘終日究何止，赫赫强鄰欲自由。十一年來多少變，諸公當道實堪羞。

## 寒士衣食艱難

匆匆已過中秋節，晝短宵長又一年。人爲飢寒經險路，事關名利不歸田。崎嶇蜀道行非易，往返秦關盡走穿。才士失時驚落拓，幾時得志掃雲烟。

## 遇中秋節關有感

今秋時氣早凉先，颯颯西風八月天。欲墜夕陽綿襖換，微明落魄厚衾眠。行舟河岸頻來往，脱葉霜林亂舞旋，揆度節關籌國債，終能挨過又愁年。

## 感秋思鄉

凄慘秋聲河岸樹，樹聲歷歷動鄉情。無端蟋蟀音頻緒，有信賓鴻義結盟。夢斷關山家萬里，漏鷩霜月夜三更。西風吹徹驚邊戍，鄉井何時得返程。

## 論四時山景感時事

四時變化天然景，山色依稀八句成。春笑芳顔經夏滴，秋妝明鏡睡冬晴。古人才茂文名盛，時輩軍充武力争。星降奇賢清氣發，精忠治國惜民生。

## 感時事

清雖專制仍情理，據改共和幸福延。十一歲華奇變禍，兩方將略戰争權。鋒烟終歲連三五，槍炮當場死萬千。商賈資財均影響，無心總統又新捐。

## 排悶

悶懷終日無聊賴，散步前廳又後廳。圈架柳桃重吐艷，圍亭莕草十分青。迎門緑竹遮窗暗，夾道紅花映砌馨。四面迴廊曾繞遍，紛紛蛺蝶上閑庭。

## 民國偉人

天地無私天地闊，黨團不正黨團先。狼群籠絡興民國，鼠輩鑽營擾大千。緑水青山依舊在，黄泉赤血最堪憐。鼓吹報紙淆真僞，盡在多争寶幣圓。

## 感舊家風範

三嗣雖無真學業，循規蹈矩舊家風。須知平坦除榛棘，但願行爲近杰雄。世事通明崇理義，宗支彼此樂和融。古稀已逾仍强健，伴月臨河一釣翁。

## 感近來男女不守家規

三園夜夜狹邪游，復來翻去任自由。驀遇花容殊罕見，趁同月色笑温柔。秋波互轉情非假，雲雨能偕事未謀。浪子歡娘欣邂逅，春風幾度尚含羞。

## 偶憶中華館有感

偶來日界中華館，粉面輕勻淺淡妝。嫩蕊含苞將櫳客，艷花拂袖嘆無郎。千腔雅調開櫻口，百囀清音繞畫梁。臺上鳴鑼催忽散，多情游子各尋芳。

## 偶見太平船有感

舊時榮任太平船，圖畫精良擺設全。一遇順風行下水，數聲搖櫓進前川。顯官眷屬衣雲錦，奏調人員帶酒筵。旗上飄揚欽命大，恭迎治下後争先。

## 感時不靖

天時國事同顛倒，官長督軍各擅權。地位分争增闊大，機緣適遇任流連。萬千幸福何時得，十一荒年幾日還。朗朗乾坤誰作孽，自然蒼昊有真銓。

## 示意

能食仙桃一點新，滿籃濫杏味污脣。稻粱有用充饑餓，果品無由作薺莼。萬物發生花上露，一朝飛散海中塵。英雄天使名星降，磨厲鋒芒斬棘榛。

## 天寒爲貧家籌畫

近來津郡人重疊，奢麗繁華勝帝都。其奈貧多生計少，可憐口衆博施無。豫儲玉麵常如是，縱有棉衣數未符。富貴能仁方便濟，何妨薪桂米如珠。

## 新年感懷

陽曆新年到眼前，始終組閣未完全。軍營乏餉何能了，官界虧薪豈得延。節候不常寒暖錯，人心叵測性情偏。江山氣象依然在，德厚仁深感大千。

## 盼雪未至兼感國運

昨宵渴盼雪霏霏，今早風鳴映日輝。天道如斯猶可挽，人心莫測已全非。世逢晦運多殘虐，官執强權互刺譏。黎庶遭殃殊可慘，惜乎總統弱無威。

## 新歲感懷

匆匆一歲又逢春，兩鬢蕭蕭度俗塵。日上三竿方睡起，梅開千蕊喜含新。人能如我何多慮，口不擇言盡實陳。恰似夢長方醒悟，是非顛倒果前因。

## 衰年望治

衰年度日最煩愁，國亂無依戰不休。但盼應時賢士出，要能治世正人謀。衆生皆未知勤儉，吾老常憂過侈浮。來歲始交中甲子，昇平緩緩學名流。

## 初春感時不靖

近時天氣稍晴和，國勢紛争莫奈何。選舉至今無着落，參差自古未經過。兵精械足堂堂陣，餉足糧豐隊隊歌。最苦黎民逃難處，哀聲遍野避妖魔。

## 春雨書懷

東風連日累陰晴，春雨如膏四野萌。天地欲教禾稼熟，軍官猶在炮兵争。居奇大賈常無慮，被難黎民嘖有聲。惟禱蒼穹多憫惻，中元甲子將星生。

## 病中書懷

老年體氣宜珍重，生死依然有定辰。脾健調和多飲食，胸涵滋養足精神。炎凉世態嘗經過，荏苒光陰幾變新。紅艷花開焉百日，惟知松柏壽千春。

## 病榻惜春

老來身弱不禁寒，寂寞旬餘病室嘆。佳景常懷孤員昜，韶光每患卧游難。欣逢三月花成錦，憶到群芳汨暗彈。好鳥不知人恨事，聲聲響徹玉闌干。

## 老年多病

胃弱脾虛吐瀉頻，佛方療治妙通神。壯時豈畏身能病，老候纔知病在身。藥未離唇思瞑眩，食難適口感酸辛。幸哉腿脚仍靈便，上下樓梯氣尚純。

## 月望禮佛并感時景

望日焚香謹叩求，佛仙保佑四時優。樓臺壯麗臨河闊，花木鮮妍映水流。竹影遮窗知月上，樹蔭拖地若雲浮。廣栽果品常多熟，甘美重重食仲秋。

## 觸物抒懷

多樹參差發緑芽，春寒嫩蕊未開花。此番情景添佳趣，一帶河灣映晚霞。無事凭高觀碧宇，超塵較勝戀烏紗。光陰荏苒奔波老，利貫金城有幾家。

## 寄懷

十二年來守共和，一年不若一年何。時逢癸亥風潮急，武擅乾坤主帥訛。大選紛紛無正派，强權赫赫盡成魔。俊英甚少難求治，錦綉江山付漢河。

## 感懷

人各有心不可得而知也，一遇感觸而胸懷之發泄，有出於不自知者矣。昔少陵關中諸作感於國事之阢隍，身世之飄零，抑鬱牢騷之氣屢見篇章，亦其遭逢之運會使然耳。先生年逾古稀，飽經世變，晚歲所遇，適當群雄角逐，太平無期，而蒿目時艱，借諷咏以當勸慰，庶乎言之者無罪，聞之者足戒，是大有功於世道也。故名之曰『感懷』。

焕五敬跋

# 冬青館詩存

天津韓蔭楨芰洲著

# 韓蔭楨与《冬青館詩存》

侯福志

韓蔭楨，字芰洲。晚清、民國年間天津詩人，有《冬青館詩存》存世。關於作者生年，史料記載很少。其在丁巳年（一九一七）曾作《生日自遣》詩，根據『甲子初周齒又加，紅塵容易度年華』兩句詩推斷，作者生年應爲一八五七年。另據《挽王桂生姻丈》作者自注：『辛未（一八七一）春，孟筱帆夫子館余家，君來就學，時余年十四，君長余九齡。』亦可得知作者生年爲一八五七年。根據《冬青館詩存·跋》，韓蔭楨於戊辰（一九二八）四月離世，享年七十一歲。

韓蔭楨是大家子弟。作者在《奉和齊公震岩題予家庭院詩即步原韵》注釋中載，『予家有樓名數帆，在院之東北角，今廢。昔年，先祖鏡三公素喜縱酒聽歌，暇日延賓，恒集於此』。待到了他這一輩，由於戰亂影響，加之作者不會持家，基本已經破敗，這也是作者慨嘆『豪華難再睹』的重要原因。

據《冬青館詩存·序》介紹，韓蔭楨年輕時曾是個『蕩子』，中年時染上了酗酒的毛病。後來，家道中落，方迷途知返。但因適逢家難，『資斧全拋』，全家陷入困境。另據高凌雯作《哭芰舟》（七古詩，詳見《剛訓齋集》）中的『君才入彀我向隅』『同隸國子班相聯』兩句詩得知，韓蔭楨在十五歲時曾參加科舉考試，中舉後一度在國子監任職（與高凌雯爲同事）。辛亥革命爆發後，與其他朝廷命官一樣，他也被迫離職，『天風吹浪掀空起，朝士翩翩返鄉裏』。返鄉後，本可以頤養天年，誰知妻子又過早離世，兒子得病夭亡，致使晚年孑然一身，終歲『澆愁仗酒茶』，并以作詩自遣：『却因弃置得寬閑，爲拂窗塵尋故紙。群詩哀艷玉溪才，聽歌對酒難爲懷。』韓蔭楨本是詩書傳家，世居老城裏，名『亦園』。『庚子變亂後割其半爲馬路。』韓蔭楨『素重友』，他繼承了祖輩的爲文傳統，『自歸田後頗喜與朋舊爲文酒之會』。『晚年嗜飲效鯨吸，日日呼朋市樓集。長瓶磊落隨手携，酒盡悲來掩面泣。』經常在一起的師友有華世奎、高凌雯、王守恂、劉嘉琛等津門耆宿。

一九二七年冬，已是古稀之年的韓蔭楨將其詩作輯成一卷，并拜托高凌雯在他百年之後删定校刊自己的詩集：『吾病且死，他日删定校讎，子幸爲吾盡力。』高凌雯『其時以爲戲言耳，笑應之』。轉年，韓蔭楨病重。其在臨終之際，還多次提及高凌雯，希望能在最後見到老友一面。只可惜天津城内正有戰事，『烽火照天人影稀，十日不出扃岩扉。驚聞卧榻已疾甚，雖有扁意無由醫。君歸未許留片刻，故人一訣竟難得。到門獨恨我來遲，車過腹痛應自責』。高凌雯在悲痛之餘，不忘老友所托之事，『乃取其（詩）集細勘之，正僞訂誤，其冗複略有删汰。從前倡和之作，芰洲或未留稿，而余藏諸篋衍者，悉出以補綴其間，凡存古近體百五十餘首（實際是一三三題、一六九首）』。由其個人出資刊印，這就是我們目前所見到的由高凌雯於一九二九年刊刻的《冬青館詩存》。

《冬青館詩存》由書法家孟定生題簽，高凌雯題跋。著名學者、詩人王守恂作序，劉嘉琛（幼樵）、華世奎（壁臣）、高凌雯等津門耆宿，以及原籍伊通的齊耀琳（震岩），遼陽的陳思（慈首）二位在津居住的學者、詩人分别題詩、題詞。

《冬青館詩存》内容十分豐富。大致有如下幾類。

## 一、與詩友間的唱和題咏文字

『芰洲素重友，自歸田後，頗喜與朋舊爲文酒之會。』經常唱和或題咏的文人學者有王采臣、楊亦香、楊再田、喬亦香、高凌雯、華壁臣等。如《亦香同年爲楊君再田以五色筆書册同人均有題咏》《仲佳以倚聲見示賦詩奉答》《和壁臣風詩》

《和韵答彤皆江南》《和壁臣閑居詩》等。作者唱和詩中，往往涉及師友們的個人生活和興趣愛好，可作爲研究這些名家的珍貴史料。如《和壁臣閑居詩》有詩云：『簾外天風響佩魚，侵晨視草入宸居。玉堂一别經三載，誰識先朝舊秘書。』《再和閑居詩》：『宫槐隱約暮雲侵，夢斷朝班返故岑。病酒已知臣力憊，歸田猶戴主恩深。鹽梅枉作和羹用，松菊終當入徑尋。秃盡鬢毛仍著賦，安仁真個老山林。』這兩首詩記述了這位晚清重臣退隱天津後的生活，對於研究華世奎性格、思想和履歷很有價值。《送彤皆從事江南》詩云：『寄心清尚本無求，爲佐知交事遠游。沽上故人三日酒，秣陵戰壘六朝秋。陳琳幕下能馳檄，王粲天涯更倚樓。浩浩長江恣眺望，莫援彩筆寫離憂。』《和韵答彤皆江南》有詩句云：『桃李開殘江上春，寄來緘札墨猶新，哦詩久未酬知己，做郡行將送故人。王粲登樓曾作賦，陶潛耽酒不辭貧。補衣歲晚欽風義，始信交情老更親。』上述兩首詩作，同樣可作爲研究高凌雯這位著名學者生平的重要史料。唱和詩有一些細節的描述，人物活靈活現。如《八月五夕偕金向丈鄒學老集宗人麟閣寓聽慎先吹笛》有詩句云：『良宵撫笛屬吾宗，屢按紅腔意未慵。畫燭凝烟添壽篆，碧天得月展秋容。酒逢知己斟嫌淺，花到開殘色轉濃。傾聽移時忘坐久，歸途已打五更鐘。』金向、鄒學等二位先生，皆善飲，而且以同醉爲樂，亦可作爲研究這些文人學士生平、嗜好的重要史料。《送亦香游天臺》是一首送别詩，寄予了作者與喬亦香的深厚感情：『天臺山上種桃花，劉阮來游尚憶家。抛却塵心覓靈境，知君有意飯胡麻。』

## 二、記録了發生在天津的重大歷史事件

作者經歷了晚清、民國等歷史時期，許多重大事件，如八國聯軍侵華、一九一七年華北洪水以及二十世紀二十年代的直奉戰争等，都在作者筆下有所反映。《庚子亂後返故居感賦》描述了八國聯軍侵略，給天津造成的灾難：『戍鼓敲殘隔暝烟，閉門人坐嫩凉天。乍經浩劫歡愉减，苦憶神京涕泪漣。落葉已辭高樹去，雜花猶戀折枝鮮。可憐生小懷中女，槁葬斜陽大道邊。』在作者筆下，庚子之亂是一場浩劫，不僅毁壞了自己的家園，還造成了自己的小女兒意外身亡。國仇家恨，盡在詩中。再如《步楚南前輩水灾詩原韵》有詩句云：『秋水盈盈抱郭流，千家瓦屋似漁舟。鴨群争向階前浴，牛鼻真從檻外浮。却怪栖臺常倒影，每逢潮汐便生愁。登高已届重陽節，野漲緣何勢未休。』記録的就是一九一七年天津大水的情景，『秋

水盈盈抱郭流，千家瓦屋似漁舟』，形象地反映了水淹城郭、瓦屋似舟的畫面。作者還對洪水淹城的原因作了分析，認爲『天津城既墮，濠墻亦平故水患劇』。《聞警》一詩，記録的是直奉戰争的景象：『急烽昨夜照層霄，輸送車聲氣笛驕。月暈邊城圍漸合，沙沈折戟鐵難銷。乞兵已誤桑維翰，破虜終期霍票姚。北望烟塵倍惆悵，飛行誰更禦雲軺。』

## 三、記録作者的日常生活及交游

韓蔭楨作爲一介文人，是性情中人，每有親故結婚、壽辰、移居或死亡等事件，作者或題詩祝賀，或送挽聯哀悼。學者高凌雯曾有納姬、生女之喜，亦有亡姬之恨。這在作者詩中均有反映。《賀彤皆納姬姬爲陸伯葵文宗侍婢》記録納姬事，詩云：『風懷詩好不須删，偶向豪門覓阿環。解舞楊枝乘駱至，有情桃葉蕩舟還。東西列屋書曾侍，朝暮添香事本嫻。秋月乍虧星更朗，試開虚幌照衰顔。』《賀彤皆如君生女》記録生女事，詩云：『共羡門楣壯，頻征玉勝祥。夢中占弄瓦，袖底舊添香。更祝宜孫子，從兹慰老蒼。生稊知未已，何事嘆枯楊。』《彤皆有亡姬之戚詩以吊之》記録亡姬事，詩云：『寂寞空帷泪欲垂，可堪潘鬢漸如絲。孤山雪冷梅凋蕊，白社詩成柳折枝。倖少已愁營奠晚，香消終恨育兒遲。欄幹倚遍增惆悵，哭誦征君月上詞。』據高凌雯《剛訓齋集》載，高凌雯姬人叫楊荃，北京人。一九二七年冬去世。去世時留下兩個小女兒，其中有一個還不滿周月。高凌雯曾作《丁卯冬姬人病亡遺嬰甫周月自傷老景殊難爲懷》悼念：『好夢真難久，妝樓月不圓。空遺兩女累，已了數年緣。獨鶴吊殘影，寒鴨啼暮天。夜長燈焰短，愁絶不成眠。』

《壽鄭丈墨林八十》是一首祝壽詩：『懸孤方届九秋天，黄菊花多簇綺筵。初謁德門猶齒稚，記參鈞座尚衣牽。不圖童子今華髮，始信先生是列仙。此日登堂欣祝嘏，幾回騷首憶當年。』王桂生與作者有姻亲，同爲孟筱帆（孟廣慧之父）門生（同門尚有李桐庵、馬芾庭、華韵卿、孫蘭洲、葉雲青等），王去世後，作者作《挽王桂生姻丈》，詩云：『識面年俱少，師門共服膺。論文懷往日，對酒失良朋。堂寂弦歌歇，窗寒硯水凝。故人零落盡，感喟我何勝。』中國人有温居的習慣，《賀幼樵移居》是一首賀詩，也是一種特殊的『温居』形式：『賃廡去城郭，幽栖隔水涯。牽蘿仍補屋，掃徑便移花。市遠塵難到，庭虛鳥不嘩。此閑呈福寓，直欲擬仙家。』《憶舊》反映愛情的美好：『東風吹散綺羅香，欲訴相思已斷腸。蕩子生年皆慘緑，讒人侈口太雌黃。靚妝未敢矜嬌艷，居室真能守紀綱。廿五芳齡思待嫁，只愁身世异齊姜。』

## 四、反映作者對底層婦女的同情

作者結識不少歌女、妓女，瞭解這個階層人的特殊心理，很同情她們的遭遇。如《贈雛妓紫燕》贊美她們外貌，把紫燕比作美麗的鶯鶯：『肌香肉膩骨輕盈，帳底珍藏掌上擎。我豈詩人張子野，衰年始得識鶯鶯。』《席上贈校書張麗君》把張麗君比作楊玉環：『良夜張燈泛緑醅，美人倚醉笑顔開。莫嫌酒客常濡首，親見雲鬟没玉杯。』《過某校書寓值午睡未醒》描寫妓女睡姿：『玉釵斜嚲枕函松，一榻橫陳睡態濃。簾外侍兒呼不起，日斜猶卧綉芙蓉。』在作者筆下，妓女并非總是笑逐開，她們同樣有困苦，甚至有死亡。《贈某校書》記述了妓女的人生苦難：『琵琶重抱不勝愁，未語哀情泪已流。知否蘭閨舊女伴，可曾相憶到青樓。』更苦的是青樓中人過早離開人世。如《悼校書林氏》云：『北裏終宵笑語喧，佳人淵默獨無言。愧逢舊戚詢家事，懶向時醫述病源。山上蘼蕪空有泪，村前楊柳更銷魂。誰憐梁燕孤栖苦，月落香巢樹影昏。』《悼巧雲校書兼寄李三少蓮孝定景皇后挽詞》有詩句云：『彈罷箜篌意轉傷，每談身世斷柔腸。昔年妝閣常依姊，此日窮途那顧娘。翠袖幾經揮涕泪，金錢何處寄家鄉。病深猶訴相思苦，坐對春燈怨夜長。』

## 五、描繪津沽的園林史迹

如《亦園雜興》有詩句云：『緑陰低覆假山旁，門掩殘春燕子忙。簾外東風無賴甚，滿庭吹落白丁香。』作者自注：『韓家有亦園，内有數帆樓，庚子變亂後割其半爲馬路。』作者曾在亦園與師友們詩酒唱和。如日本人羽田大尉、小野少尉，亦假亦園宴飲。《奉和齊公震岩題予家庭院詩即步原韵》：『瓊筵召莫愁，春入數帆樓。花落箏聲歇，宵長燭泪流。豪華難再睹，老病嘆遲廖。幸免蝸廬毁，吟身可暫休。』作者自注云：『昔年，先祖鏡三公素喜縱酒聽歌，暇日延賓，恒集於此。』

《園内芍藥將枯得雨復活喜而有作》描繪了芍藥開放的景象：『清明已過餘寒薄，簾外深叢發芍藥。准擬今春倦眼開，東風無奈連朝惡。歲旱年荒原野焦，養花無術避炎熇。疏林難蔽驕陽熾，高壟全資古井澆。紅披緑抑妖姿减，不枕青苔枕晝檻。殘香猶帶露華濃，低枝半涴池泥黯。堂上主人病初起，排悶頻思嗅芳藥。恰值西南驟雨來，根株定卜添精髓。莫嘆園空生意微，蟄蟲銷盡土膏肥。何時婪尾重開宴，客至同看金帶圍。』高凌雯在《聽鸝集（一九一三—一九一四）》中曾收録一首題爲《次韵芰舟亦園雜詩》，詩云：『獨立東風惜衆芳，黄蜂紫燕送春忙。一花作婢隨棠聘，争道無香勝有香。』作者在詩後補注：『亦園海棠、丁香最盛。』

除亦園外，作者還多次提到了金向先生的『百二十畦芍藥園』，因園主人喪女，傷情特甚，故作者題詩問候，題目爲《乙卯初夏擬游百二十畦芍藥園未果書贈主人》：『老眼經春涕泪潸，薰風送暖透柴關。將離唱罷愁難遣，獨步烟畦自往還。』芍藥園不僅有芍藥，還有海棠。《過金向丈寓看秋海棠》：『蟲聲唧唧隔重門，喜見幽花滿玉盆。嬌艷尚含思婦泪，栽培深戴主人恩。露零文砌苔生暈，秋入閑庭月有痕。明歲亦園勤灑掃，好祈嘉種植籬根。』

## 六、記述有關名人的一些見聞

韓世昌是著名昆曲藝術家，作者在《觀昆伶韓世昌演〈思凡〉》中，繪聲繪色地描繪了韓世昌的動作表情。其一：『喁喁私語訴春愁，始信山中不可留。夕啐心經朝禮懺，誤人容易是孤修。』其二：『旃檀焚盡泪痕潸，蕭寺凄清損玉顔。記得當年同命侶，亦曾披剃入禪關。』

作者與華壁臣是好友，曾在華家看到華壁臣父親自繪的小像，欣然作《題華屏周表叔自繪小像》一詩：『先生素不嫻寫真，偶開生面妙入神。意匠經營倍慘澹，吮毫人現畫中身。九老淪亡孰與伍，獨留清照心彌苦。團扇何嘗仿放翁，無須轉覺儀容古。時移世易隱墻東，我相雖存障礙空。便欲點睛傳阿堵，不須攝影倩良工。敬展斯圖覽遺筆，描摹自繪真吾出。年年供養對雲窗，墨痕常印西斜日。』

《冬青館詩存》以形象化的文字再現了數十年間津沽歷史的風情畫卷，爲研究天津地方史提供了難得史料，具有很高的歷史價值和人文價值。

二〇二〇年九月於津沽御河軒

# 冬青館詩集序

龍鬚錦褥，會爲温艶之詞；銀燭（鐲）金釵，亦作纏綿之句。况歸來元鶴，城郭皆墟；未死春蠶，池臺非舊。昔日金張之館，今年嵇阮之林。寄志興亡，眷懷家國。美人已去，誰尋海上之香；詞客隱居，莫識山中之桂。宜其唾珠噴玉，難忘筆架之珊瑚；漱石枕流，徒剩岩居之草木。未能遣此，從古如兹。韓丈生長名門，幼耽翰墨，遭逢叔世，老耐清寒。喜何景明之能復唐音，笑黄山谷之别開宗派。一唱三嘆之作，千錘百煉之精，出示舊章，都成絶響。僕也，三生石上未結因緣，萬木叢中早成枯槁。詞編傳恨，事寫緣情。曾以菲材，過蒙奬借。江淹已老，敢云异曲同工；楊意何人，願坿賞音知己。當夫風雲變色，滄海横流，追隨杖履之旁，重譜風流之什。梅花賦就，依然鐵石之腸；薑桂嘗來，不改冰霜之性。願公長壽，編陸游九十歲之詩；笑我無才，作衛宏三百篇之序。勉爲喤引，用質高明。

天津王守恂

# 自序

不佞賦性迂疏，行能無似綺歲，略同蕩子。中年又作酒人，壬午以後，漸識迷途。丙申以還，更逢家難，妖氛繼起，資斧全拋，冤獄繁興，門楣盡喪，致使耆年大母乖孝養之，方繞膝孫枝遘夭折之痛。不佞當此求生無路，就死無門，欲循平原君之故轍，終以御女爲嫌；欲仿叔孫氏之遺規，畢竟祝詞鮮效。今者，途窮日暮，慮亂心煩，愧對賓親。寫哀情以自遣，難忘骨肉；聽雅樂而無歡，感喟日增。吟哦未廢，詞非楚些，莫問靈修；體异香奩，謬稱本事。然猶不忍遽持詩稿投溷；覆瓿尚復，靦顔出示於衆。誠冀騷壇巨子、藝苑名流共知。不佞非紅燈緑酒間之人豪，乃青林黑塞内之殘魄也。嗟乎！致光亮節，蒙不敢比其忠貞；商隱宏才，曩不願襲其寄托。不過於岑寂中，聊擬閑情之賦；贈答外，偶爲逾閾之言。此類愆尤，早知惕悚，維是先冢，無顔再上熱泪；空揮病軀，幸免長眠，哀吟何益！人亦有言，白太傅憶妓詩多於憶民，李青蓮十詩九首婦人酒。斯乃曲爲不佞解嘲，似未念及愚賤之苦衷、卑微之隱痛耳。

天津韓蔭楨

# 題詞

## 遼陽陳思 慈首

陳三影覆江湖集，易五踢翻瓶水齋。乾葉狂花歸兩派，蒼茫獨立費猜疑。
金陵喜遇高常侍，綿紙新詞細細吟。不道横流滄海日，悲風思美見騷心。
花深隱艶寫天真，麗想幽情獨自珍。手把芙蓉玩天末，北方從古有佳人。
天寒翠袖惜雙蛾，白髮宮娃影事多。直北雁鴻聞有信，强書花葉托微波。

## 天津劉嘉琛 幼樵

名詞雋句費拈髭，座上常斟酒一卮。舊恨新愁何日盡，美人香草望天涯。
清格原無俗可醫，天然風致見於詩。尋芳遠勝都常事，亦自纏綿耐久思。
名花過眼不須留，題咏無非爲遣憂。堪笑前賢猶色相，十年夢覺説揚州。
泠泠逸響作松聲，傾寫生平意本誠。莫謂牢騷君特甚，傷情畢竟是多情。

## 天津華世奎 壁臣

讀未終篇涕泗橫，感人深處在多情。風詩詞每托男女，不必淫奔是鄭聲。大好園林自在身，無端平地滿荊榛。年來多少傷心事，自昇床頭無病呻。醉後含毫意渺然，前追靖節後青蓮。吞雲吐月皆天籟，自古詩仙半酒仙。莫訝郊寒島瘦吟，麗詞艷句戛璆琳。君家自有香奩集，千百年來此嗣音。

## 天津高凌雯 彤皆

老來猶作海棠顛，濁酒澆愁又十年。涕泪暗抛歌舞地，夢魂常繞別離天。孤栖守就寒梅約，舊恨吟成殘月篇。多少花枝瞥眼過，風情潦倒杜樊川。

## 伊通齊耀琳 震岩

放懷身世，鏤月裁雲緣底事。携酒盈卮，閑賭旗亭畫壁詩。

美人香草，望斷天涯情未了。回首東華，餘夢春明有落花。調寄減蘭

奚囊覓句，秀語奪來山水緑。獨抱冬心，澹泊風情一往深。

聲聲澈玉，寒碧泠泠霜後竹。鬱鬱孤峰。冷翠葱葱歲晚松。前調

# 冬青館詩存

天津韓蔭楨芰洲

## 春夜偶成

臥聽譙樓漸五更，棗花簾外月微明。夢回短榻爐香燼，風過閑階宿鳥驚。伏枕靜窺窗黯黯，倚欄誰惜露盈盈。不知城北笙歌裏，唱到楊枝第幾聲。

## 暮春書懷即步言謇博同年見贈原韵

懺除綺語慕前型，鸚鵡聰明爲誦經。寫恨徒憐春繭盡，聞歌不覺泪珠停。艱難厄運羅中雀，衰病殘生草際螢。苦憶緑天清晝永，有人惆悵立閑亭。

## 庚子亂後返故居感賦

戍鼓敲殘隔暝烟，閉門人坐嫩凉天。乍經浩劫歡愉減，苦憶神京涕泪漣。落葉已辭高樹去，雜花猶戀折枝鮮。可憐生小懷中女，藁葬斜陽大道邊。
街頭日日忍饑行，謬得青囊已疾名。事久縈心增惡夢，愁深入骨嘆勞生。長安路遠浮雲蔽，潞水波寒斷岸橫。枉奏一篇枯樹賦，更無人重庾蘭成。

## 日本羽田大尉小野少尉假予亦園宴飲即席賦贈

拋却愁心勉盡歡，滿眶清泪背人彈。短歌欲闋聲彌苦，濁酒初嘗味帶酸。不學劉禪耽笑噱，頗嫌叔寶少心肝。故園重到渾如夢，倚遍池東芍藥欄。

## 和橋本君韵兼呈範孫太史體仁茂才寅皆中翰

禿盡毛錐墨懶磨，殘年偏在病中過。空庭奴子閑温酒，别院軍人欲放歌。夢入荒郊生意少，坐談時事涕痕多。郭京去後音塵絶，只向燈前唤奈何。

## 寅皆以折叠扇见遺扇頭蘭草乃唐生瑶華所繪時余將有汴省之行因賦四絶留别

染翰年年擅重名，風條雨葉筆間生。從今靈秀鐘男子，不屬南朝卞玉京。

紙上如聞九畹香，墨痕重叠折枝長。個儂持向中州去，應有仁風解奉揚。

九曲屏風隔未通，記從花底覓秦宫。謂五九。何如繪事天涯寄，得結情緣翰墨中。

申江南望碧雲天，一唱將離倍悯然。記得歌樓同聽雨，臨歧哭殺李龜年。

## 百二十畦芍藥園主人招飲醉後題壁

名園小築擬仙鄉，幾度游來野興長。沽水遥通波欲活，豐臺移植種尤良。十千美酒樽常滿，百二芳畦土亦香。試向數帆樓外望，紅墻隔斷是垂楊。予家亦園内有數帆樓，庚子變亂後割其半爲馬路。

## 酒家小集贈趙湘雲校書并呈徐丈沅青劉丈蘭階王黼庭喬吉庭劉輯五李少蓮卞述卿諸子

籍通天水擅旗亭，生就香閨姽嫿形。夢裏待傳神女賦，堂前學拜老人星。謂徐丈。子猷看竹情難遣，仙李聽筝醉未醒。是夕少蓮大醉。卞令喬公俱過訪，不妨曠達任劉伶。

## 悼巧雲校書兼寄李三少蓮

漫游偶入鬱金堂，一見嬌嬈便不忘。薄命自憐歸大暮，返魂無計覓神香。朱樓人去愁春盡，黄土原高嘆冢荒。從此枇杷花底月，不堪重照李三郎。

## 黄太恭人七十壽詩十二韵

壽域鼇頻降，慈闈福備臻。宴方瑶島啓，節正艷陽新。族望推江夏，門楣冠析津。鹺綱先世業，仙尉外家親。畫荻崇歐训，遷喬擇夢鄰。忘憂堂北草，告潔澗南蘋。扇枕欽良嗣，稱觴集衆賓。古稀年共頌，天錫命重申。挂壁名章富，盈箱故物珍。

月看輪漸滿，春釀味俱醇。設帨祥堪迓。燒丹訣漫詢。華堂欣祝嘏，花拂舞衣塵。

## 向辰丈意有所感詩以慰之

柳家第五女兒身，絶似芙蓉管領神。再世韋皋尋舊約，重來杜牧問前因。鏡經拂拭忘圓缺，衣任縫紝混故新。石上三生緣儻結，當筵愁殺撫筝人。

## 代向辰丈答

自臨窀穸謝紅塵，營奠營齋倍愴神。肖貌乍驚逢故侶，招魂無術證前因。相看瘦骨同飛燕，苦憶豐肌比太真。卿甫受生卿適死，那堪回首廿三春。

## 亦香同年爲楊君再田以五色筆書册同人均有題咏因成七律一首

數尺吴紈簇五雲，天遺健筆拄龍文。字奇更著丹黄色，紙醉仍留粉墨紋。名帖慣摹蘇内翰，舊圖堪伍李將軍。丙午亦香爲余書扇，其一面爲李君二聃所繪山水。當年我亦中書掾，十指如椎愧對君。

## 和彤皆劫後感懷用原韵

已見神京劫火紅，兵車又逐北來風。河山破碎天難問，燈月模糊室盡空。堂上詰奸迷鹿馬，幕前選士失羆熊。無端江左遷都策，竟陷蒼生厄運中。

## 彤皆以不宜今謡四首見示次其韵爲五言排律兼呈璧臣前輩亦香仲佳兩同年

自嘆不宜今，傷時泪滿襟。劍埋仍覓故，歷改尚從陰。漂泊辭燕闕，孤危勉越吟。運終新命革，習染舊家深。文字防疑獄，交情利斷金。相看增暮氣，常此抱冬心。事去風懷減，身衰痼疾侵。羲皇勞夢想，先哲儻來歆。

## 和彤皆過什刹海詩原韵

往日經行地，林塘一面謀。紅塵隨去馬，滄海没馴鷗。上苑春將老，殘山雨未收。三年愁荏苒，空聽采蓮謳。

## 孝定景皇后挽詞

夜殿沉沉鎖未開，翠華此去豈重回。掃花不見宫娥出，焚楮時逢命婦來。水繞瀛台遠號海，山連禁苑僅存煤。緑槐風細鴉啼曉，泪漬當年暖玉杯。

## 和彤皆合賦丁香海棠詩韵

名花開後晚風柔，弃置無情折取羞。覓得同心皆素客，生成薄命是清流。空廊有夢華燈照，深樹無香粉蝶愁。合理交柯期與共，莫嫌春思太綢繆。

## 仲佳以倚聲見示賦詩奉答

宧海驚回夢裏鐘，田園寂處更疏慵。弃官不復居中祕，祈死行將使祝宗。自嘆浮生真斷梗，可憐荒徑剩孤松。曉風殘月紅牙拍，休向樽前唱懊儂。

## 亦園雜興

緑陰低覆假山旁，門掩殘春燕子忙。簾外東風無賴甚，滿庭吹落白丁香。

## 追悼亡孫定麟

生小夭殤劇可哀，掌珠已失豈重來。膝前無復含飴繞，夢裏頻言撲絮回。病中屢言夢至庭前撲絮。褊急性除翻減算，定麟性頗褊急，自六歲後趨和易。清虛氣結早成胎。袁子才曰：遲生者氣厚，早生者氣清，定麟實七月生。端居我自傷遲暮，爾更何因赴夜臺。

## 甲寅三月二日看月

一痕原昇魄生哉，遠墮西南倍可哀。碧落有情終不改，黄昏已届莫遲來。眉梢漸展依稀認，指甲微尖子細猜。薄命難逢三五夕，纖纖只合隐庭槐。

## 和璧臣風詩

惱殺封姨興未休，摧花折柳阻清游。酒闌又攬春燈亂，那管徐娘尚倚樓。

## 五月十四日夜紀事呈金丈向辰

薰風吹放石榴花，紅燭高燒月未斜。聞道酒家張好好，親扶人上五雲車。

## 和璧臣驟雨詩依原韵

驟雨排空至，閑庭水氣盈。簾前增暝色，檐際作濤聲。失侶驚巢燕，投林濕曉鶯。願將兵甲洗，傾耳到天明。

## 謝玉香校書病甚寄詩志慨

彈罷箜篌意轉傷，每談身世斷柔腸。昔年妝閣常依姊，姊三年前病殤。此日窮途那顧娘。翠袖幾經揮涕泪，金錢何處寄家鄉。病深猶訴相思苦，坐對春燈怨夜長。

## 和彤皆贈百二十畦芍藥園主人詩用原韵

出門何處覓嫣紅，東望烟村隔碧叢。不識名園依緑水，賣花聲裏問漁翁。
十上長安願九違，看花空盼馬乘肥。春風醉倒紅香圃，重見吾家金帶圍。

## 憶舊

燕子梁間久失群，相逢詞客酒微醺。也知塵世緣難了，且入空門迹暫分。留枕有心依子建，覆書何處覓朝雲。瀟瀟暮雨空房冷，再譜琵琶意轉勤。
黄絹羞題幼婦詞，彩箋枉寫定情詩。新歡暫享閨房樂，舊夢難忘伉儷時。已具痴心歸小杜，何嘗薄幸怨微之。阿娘不解春愁重，故遣花前捋蝶鬚。

東風吹散綺羅香，欲訴相思已斷腸。蕩子生年皆慘緑，讒人侈口太雌黄。靚妝未敢矜嬌艷，居室真能守紀綱。廿五芳齡思待嫁，只愁身世异齊姜。

歡會將終夜色殘，玉人嬌惰倚欄干。爲全骨肉名難潔，未遂風懷死不甘。剔盡青燈思供佛，寄來紅豆勸加餐。色身耻向蓬門老，尚祝他生再識韓。

## 紅葉

哀蟬一曲酒邊聽，剩有楓林映蓼汀。秋入御溝流水净，霜栖石徑小車停。歡承萱草心難白，泪盡楊枝眼尚青。往日校書今在否，校書如掃落葉。朱顔何事竟凋零。

## 送彤皆從事江南

寄心清尚本無求，爲佐知交事遠游。沽上故人三日酒，秣陵戰壘六朝秋。陳琳幕下能馳檄，王粲天涯更倚樓。浩浩長江恣眺望，莫援彩筆寫離憂。

## 和仲佳悼亡詩

營奠營齋泪更揮，鈿箏彈破落花稀。年來漸醒莊生夢，一任侵階粉蝶飛。

鹽米紛繁費主張，佳兒佳婦已成行。傷心最是彌留日，自檢衣衾坐寢床。

## 秋暑未退寄懷彤皆

終宵揮汗復侵晨，盼到凉生歷幾旬。室静自饒無事福，家貧豈累苦吟身。攬林風雨增詩興，繞砌莓苔没石垠。殘暑未消秋未老，倚欄得句倍清新。

## 次韵寄答彤皆

空梁月落夜昏黄，散步懷人度曲廊。千里暮雲隔淮浦，懶吹玉笛唱伊凉。

故園相憶惟猨鶴，似訴江頭波浪惡。安穩行人珍重詢，石頭城下征帆落。

翩翩書記一儒生，量才豈屑較重輕。高文典册相期許，誰識人間有愛憎。

偷閑眺望江天闊，洗却塵襟胸次豁。孤鶩彩霞衹自吟，阿誰爲擊催詩钵。
璧月庭花悵遠游，殢人金粉六朝秋。但期草檄能醫疾，何事思家獨倚樓。
桃葉渡頭遇兵子，戰塵埋没清溪水。燕燕鶯鶯若個憐，傷心泪染銀光紙。
借箸煩君畫策工，掃除兵甲慰吴翁。掀髯一笑希前哲，都在秦淮畫舫中。
退直酒杯常在手，遠懷相念交情厚。案牘雖勞心自清，裁詩速寄雲津友。

## 楚南前輩以汾酒白魚相饋裁詩鳴謝即用見示井陉道中作原韵

閉門彈鋏意如何，竊喜高軒載酒過。杯到不妨傾緑蟻，魚肥猶記躍澄波。
自憐枵腹餘甘少，益覺衰顔醉態多。賜酺薦腥成往事，臣饑已分老岩阿。

## 步彤皆秦淮韵

燈影摇紅泛緑波，道心争似艷情多。王郎慣唱黄河遠，安禁雙鬟最後歌。

## 壽鄭丈墨林八十

懸孤方届九秋天，黄菊花多簇綺筵。初謁德門猶齒稚，記參鈞座尚衣牽。不圖童子今華髮，始信先生是列仙。此日登堂欣祝嘏，幾回騷首憶當年。

## 歲暮風雪嚴寒悵然有作

暮春時節杏花殘，猶恨東風料峭寒。此日行厨炊影絶，滿庭積雪客衣單。唱罷黄雲白雪歌，賣珠補屋忒情多。清寒浸透鴛鴦被，怪底連宵减睡魔。

## 王丈桂生以暖老計相勸詩以謝之

風懷已逐曉雲空，安用嬌嬈溷乃公。牖下竪儒他日死，不妨出户有尸蟲。少日曾親羅綺香，臨歧流盡泪千行。胡麻啖罷天台遠，莫種桃花待阮郎。

## 甲寅除夕為舊曆十一月十五日雲陰不見月感賦

爆竹聲中夜未闌，嫦娥懶度碧欄干。縱逢既望光仍斂，權做當年晦日看。

卅載暌違泪眼枯，雲鬟香霧總模糊。禪關不印團欒影，如此長宵睡著無。

## 春晚偶成

到眼風花散衆芳，更憐乳燕去雕梁。四時最好惟初夏，萬種相思是夕陽。剩有青衫堪拉泪，幸無紅袖爲添香。年年家事增愁緒，莫謂春心此日傷。

## 乙卯初夏擬游百二十畦芍藥園未果書贈主人時主人喪女，傷情特甚。

老眼經春涕泪潸，薰風送暖透柴關。將離唱罷愁難遣，獨步烟畦自往還。

## 和璧臣閑居詩

簾外天風響佩魚，侵晨視草入宸居。玉堂一别經三載，誰識先朝舊秘書。

## 再和閑居詩

宮槐隱約暮雲侵，夢斷朝班返故岑。病酒已知臣力憊，歸田猶戴主恩深。鹽梅枉作和羹用，松菊終當入徑尋。禿盡鬢毛仍著賦，安仁真個老山林。

## 好事

好事都成夢，塵心漸覺空。未栽連理木，徒作可憐蟲。辛苦爲人婦，流離怨若翁。羡他雙海燕，栖穩畫樓中。

## 楊花

瓊英飛過薜蘿墻，宛轉房櫳弄影忙。粗解風情便旖旎，本無才思敢輕狂。萍飄已應前生夢，泥汙仍存往日香。晴絮漫天春不管，有人斜睨泪盈眶。

## 太平鼓

萬里山河罷鼓鼙，捷音又播御街西。銅環製就嵌金鳳，細革裝成剖碧犀。繁響乍疑朝雨急，餘音猶遏暮雲低。蕢桴本是升平樂，更倩花奴素手携。

## 和韵答彤皆江南

桃李開殘江上春，寄來緘札墨猶新。哦詩久未酬知己，作郡行將送故人。王粲登樓曾作賦，陶潛耽酒不辭貧。補衣歲晚欽風義，君詩云『歲晚衣當補』。始信交情老更親。

## 再叠彤皆前韵

頻年傷别復傷春，辜負園林景物新。自笑耽吟非作者，果然忍辱是仙人。《金剛經》第十四分又念過去於五百世，作忍辱仙人。家無宿釀堪娱客，國有儲金豈患貧。世事勞勞徒復爾，坐看梁燕語相親。

## 中秋玩月呈彤皆

明鏡依然滿目飛，樓臺高處眺清輝。君心朗澈同冰魄，莫嘆秋來願屢違。

## 八月十七夜望月書懷

積雨初收夜氣清，團圓皓魄倍晶瑩。天空風露三更冷，地迥關山萬里明。顧影不須愁落寞，希光深恐誤平生。舉杯已嘆招邀苦，那管餘輝照晝甍。

## 感事

極目風塵天地昏，傳聞島寇瞰中原。和戎本襲申王策，謬托樊川續罪言。郭筠仙侍郎著《罪言存略》一書，其大指主於和也。

## 問仲佳

殘冬天氣比春和，禪室偏宜養舊疴。爐焰半銷清梵寂，説經誰伴病維摩。

## 過某巷

亞字欄干薜荔墻，頻年來此聽霓裳。門庭已改風流盡，剩有啼鴉噪夕陽。

## 春宵望殘月

嫦娥已寡志應灰，那有閑情履碧苔。好夢易醒勞佇俟，良宵苦短任徘徊。久拚寶鏡今生破，無奈更籌抵死催。盼到斜輝低近水，碧雲千疊鎖樓臺。

## 賀幼樵移居

賃廡去城郭，幽栖隔水涯。牽蘿仍補屋，掃徑便移花。市遠塵難到，庭虛鳥不嘩。此間呈福寓，直欲擬仙家。

## 雜感

漫灑相思淚，徒留薄幸名。鶯花警幻夢，脂粉負前盟。綺語真成讖，孤眠轉不情。年來音問絶，存没任雲英。

## 書仲佳所作倚聲後

銅琶鐵板唱江東，彷彿髯蘇意態雄。從此曉風殘月裏，不須重憶柳郎中。

## 有女伶因事到官既而復理舊藝傷其薄命爲賦此詩

歌場重踏淚雙垂，身世飄零衹自悲。酤酒本期從犬子，醵金誰與贖文姬。漢南行遁情懷惡，沽上羈留志願歧。雀角鼠牙奚足慮，紅氍毹上訴相思。

## 張校書不得事某公猶居北里爲賦懊惱詞

匿迹青樓歷幾春，酒闌話舊倍傷神。初疑風月緣非淺，誤信閨房樂未真。錦瑟罷彈仍悵望，鈿車已駕尚逡巡。從今妾面羞郎面，悔結紅絲繫此身。

## 歲暮

未覺三冬暮，俄驚一歲除。荒村仍建子，佳氣漸充閭。爆竹聲徐送，唐花蕊欲舒。不眠頻翦燭，兀坐夜窗虚。

## 水仙

棐几無塵供玉盆，清泉解凍浸靈根。宓妃一別難重見，日日東風静掩門。

## 梁燕

屈指清明節又交，暖風吹過緑楊梢。呢喃梁上雙栖燕，依舊銜泥返故巢。

## 丁巳生日自遣

甲子初周齒又加，紅塵容易度年華。他生償志惟醫卜，晚歲澆愁仗酒茶。已悼妻亡難置媵，更憐兒病久離家。秋來忍見團欒月，不照勞人照落花。

## 步楚南前輩水災詩原韵

秋水盈盈抱郭流，千家瓦屋似漁舟。鴨群争向階前浴，牛鼻真從檻外浮。却怪樓臺常倒影，每逢潮汐便生愁。登高已届重陽節，野漲緣何勢未休。

從古雲津水作鄉，墮都早覺慮非長。天津城既墮，濠墻亦平，故水患劇。無風尚鼓街心浪，未雨先移屋底床。客至不妨乘小艇，厨香幸早蓄餘糧。恤災端藉群公力，義粟仁漿德澤洋。賑務開辦天津，寓公咸資銀米。

## 和彤皆鬻魚嘆即步原韵

竭澤誅求計太奇，金鱗無復育天池。御溝從此秋波淺，僅泛殘紅葉上詩。

西液伊誰妄舉罾，芰荷拔盡渚烟騰。枯魚泣較綿州甚，愁煞詩人杜少陵。

## 春日遣興

年年二月海棠開，便有摧花風雨來。欲向階前掃紅艷，又嫌踏破舊莓苔。

## 戊午二十九日宴卞𢧐卿園呈同座諸子 園在日本租界

路出城南景物清，主人別墅敞丹楹。盛筵供張勤招客，盡室僑居此避兵。簾外名花任開謝，堂前奇石互縱横。相逢耆舊都無恙，共餞殘春酒更傾。

## 贈雛妓紫燕

肌香肉膩骨輕盈，帳底珍藏掌上擎。我豈詩人張子野，衰年始得識鶯鶯。

## 觀昆伶韓世昌演《思凡》

喁喁私語訴春愁，始信山中不可留。夕唪心經朝禮懺，誤人容易是孤修。孤修出《丹經》。旃檀焚盡泪痕潸，蕭寺淒清損玉顔。記得當年同命侶，亦曾披鬄入禪關。

## 和王采臣先生春感四首步原韵

宦游曾過浣花堂，風景依稀似故鄉。使蜀未遑勤撫字，劇秦誰與辨興亡。叢山築路功難就，比户焚香意可傷。記得衙齋人吏散，幾番搔首對斜陽。

間關留滯悵年華，塵境都成過眼花。白面談兵思出塞，時都督尹公方討西藏。紅羊歷劫嘆無家。干戈滿地身何往，辭賦哀時手漫叉。太息錦城三日火，頽垣低處盡平沙。

待理方憂事萬端，誰將赤手挽狂瀾。論生朋黨同心少，分屬紳衿避世難。定亂幾疑兵可去，居夷差幸室粗完。時寓租界。彩雲南望鄉關遠，先生雲南人。醉倚東風酒未闌。

海上重雲陰復晴，傳聞疆域未休兵。登樓枉自哀王粲，前席翻勞問賈生。現充公府顧問。常祝冰壺能朗照，不妨瓦缶任爭鳴。羈栖莫惜春歸晚，津樹籠烟日向榮。

## 過金向文寓看秋海棠

蟲聲唧唧隔重門，喜見幽花滿玉盆。嬌艷尚含思婦泪，栽培深戴主人恩。露零文砌苔生暈，秋入閑庭月有痕。明歲亦園勤灑掃，好祈嘉種植籬根。

## 贈某校書

琵琶重抱不勝愁，未語衷情泪已流。知否蘭閨舊女伴，可曾相憶到青樓。

## 春曉

殘月落西南，空濛霧影含。睡鴉聲未起，倦蝶夢仍酣。擊柝傳遥巷，聽鐘隔野庵。漸窺窗紙白，曉色透烟嵐。

## 悼苗氏女

女未嫁夫死，自是每夜夢見之，病遂不支，家人延醫治療已無及矣。

離鸞唱罷更傷春，堪嘆幽靈入夢頻。比翼竟難償夙願，椎心何敢語慈親。愁深空灑相思泪，病久翻成後死身。僵卧匡床知不起，一燈慘照未亡人。

## 謝金小泉前輩贈桂花

露凝仙蕊瓦盆凉，持贈翻勞過野堂。金粟幾年纔證果，木樨一夕竟生香。聞根參透原無隱，物性移來轉自芳。從此看花休出户，朝朝欣賞步回廊。

## 妓席賦贈

醋醋芳名著，華年惜已過。凝歌聲婉轉，置酒意如何。客至輕金紫，妝成厭綺羅。石家莊上住，真個美人多。

## 芋田表弟病甚詩以慰之

攲枕經冬憊莫支，每占貞疾玩爻辭。天花亂墜維摩室，春草叢生謝客池。憔悴自憐朝食減，清寒惟有夜燈知。年來斷絶烟霞癖，不信膏肓不可醫。

## 夜雨

返照下東壁，濃陰雲靉靆。礎石色初潤，窗紗影暫晦。虚堂坐二更，雨來欲破塊。聲疑沸茶鼎，響訝喧溪磑。螢火溼還飛，潛入珠簾内。瀟瀟聽未已，夢警銀燈背。雖非少年日，宋劉彦先題《西湖僧壁》詞：『少年聽雨歌樓上，紅燭昏羅帳。』亦覺春心碎。宵深檐溜寂，漏盡餘寒退。曉起看桃花，嫣紅滿枝礩。

## 都門看花歌爲亦香同年賦

東風吹放帝城花，繞徑温香逐日加。無數奇葩鬥春色，繽紛燦出滿園霞。天涯有客尋芳早，年年襆被京塵道。太息人如卜氏賢，可憐親見佳兒夭。傷心從此泪闌干，漫説長安寄寓難。開徑既饒千朵艷，入林聊借一枝安。舊雨董君祥周稱莫逆，從政餘閑共談劇。居處相忘孰主賓，掃苔趺坐娱晨夕。瓊英應爲旅人開，出夢猶偕倦蝶來。萬紫千紅都到眼，不須重築望思臺。

## 寄仁安

海内稱詩孰與儔，同聲相應氣相求。耽吟雅似高常侍，謂彤皆。得句先呈趙倚樓。謂幼梅。愧我無才聊唱和，勞君作序費雕鎪。晚晴簃裏諸名士，知否遺珠未盡收。

## 範孫擬刻亡友王寅皆手札屬爲搜輯檢諸舊簏僅得其一賦此志哀

卅載親承錦字投，偶編舊札泪雙流。扇描蘭蕙香仍在，寅皆嘗以唐琬華畫遺予。世閲滄桑稿待搜。故紙幾經填醬瓿，空函何自寄星郵。嗟予後死尋遺墨，枉自恭王壁裏求。

## 雁題前輩以所書楹聯見贈賦謝

佳製初窺紙墨新，重邀厚貺勝奇珍。肖形雅近鐘王格，結體能傳趙董神。别後玉堂誰奉敕，予與君同直内閣。夢餘彩筆尚生春。那知書劍從軍日，君充營務文案。猶惠雲書障壁塵。

## 和仁安夕陽詩韵

我豈騷壇鮑夕陽，鮑以文有《夕陽詩》二十首，袁才子曰：『古有鮑孤雁，今有鮑夕陽矣。』衰年吟罷更神傷。儻令此景人間重，得被餘輝死不忘。

## 雨夕仲愚招飲座有校書林氏

時仲愚新自塞外歸

細雨初成暮色賒，恰逢詞客返天涯。挑燈宛入邯鄲道，置酒曾過子夜家。二年前，鄉學勤假校書寓居宴客，余亦與焉。此夕油雲籠岸柳，何時璧月照庭花。勞勞塵夢經三載，又見佳人鬢影斜。

## 覆巢

昨夜園林起石尤，冤禽啼斷五更頭。覆巢已痛無完卵，未識封姨肯罷休。

## 送亦香游天台

天台山上種桃花，劉阮來游尚憶家。拋却塵心覓靈境，知君有意飯胡麻。

## 遥夜

錦帳拒饑蚊，芸香向夕焚。窗虚風暗度，廊響屧微聞。惡夢增心悸，閑愁助酒醺。不堪更漏轉，蠟燭泪紛紛。

## 夏日感懷寄呈亦香

朝盼黄昏夕盼明，無聊常此坐愁城。鬼謀神遣灾頻至，子病孫殤禍已成。煮鶴早嫌心太忍，啼鵑畢竟恨難平。徒承親舊矜憐意，碩果何年始側生。

## 八月五夕偕金向文鄒學老集宗人麟閣寓聽慎先吹笛

良宵擫笛屬吾宗，屢按紅腔意未慵。畫燭凝烟添壽篆，是日麟閣誕辰。碧天得月展秋容。酒逢知己斟嫌淺，向文、學老皆耆年善飲，常以同醉爲樂。花到開殘色轉濃。座有歌者姜生，時年三十二。傾聽移時忘坐久，歸途已打五更鐘。

## 挽王桂生姻丈

識面年俱少，師門共服膺。辛未春，孟篏帆夫子館余家。君來就學，時余年十四。君長余九齡。論文懷往日，對酒失良朋。君善飲，稱大户。堂寂弦歌歇，窗寒硯水凝。故人零落盡，同門李君桐庵、馬君芾庭、華君韵卿、孫君蘭洲、葉君雲青，先後物故。感喟我何勝。

## 悼校書林氏

北里終宵笑語喧，佳人淵默獨無言。愧逢舊戚詢家事，懶向時醫述病源。山上蘼蕪空有泪，村前楊柳更銷魂。誰憐梁燕孤栖苦，月落香巢樹影昏。

## 寄德玉如校書

校書，滿洲人，時寓張家口。

胭脂山遠艷如雲，黛影嵐光錦綉紋。欲理新妝仍眺望，奪來顏色可平分。

## 送喬亦香同年入道

俗慮消除道力深，法財費盡萬黄金。鼎爐預卜還丹日，城市常存大隱心。一一雲軿天外去，明明仙境夢中臨。遠游備歷玄修苦，太乙峰高何處尋。

## 世事

世事誰能共討探，未臻玉燭亦虚談。埋憂無地偕花葬，待澤頻年望雨甘。運際旱蝗灾莫澹，邑多寇盗禍常覃。桃源枉向人間覓，東眺邊烽作遠嵐。

## 題華屏周表叔自繪小像

先生素不嫻寫真，偶開生面妙入神。意匠經營倍慘淡，吮毫人現畫中身。
九老淪亡孰與伍，獨留清照心彌苦。團扇何嘗仿放翁，無鬚轉覺儀容古。
時移世易隱墻東，我相雖存障礙空。便欲點睛傳阿堵，不須攝影倩良工。
敬展斯圖覽遺筆，描摹自繪真吾出。年年供養對芸窗，墨痕常印西斜日。

## 席上贈校書張麗君

良夜張燈泛緑醅，美人倚醉笑顔開。莫嫌酒客常濡首，親見雲鬟没玉杯。

## 閉門

青漏沉沉夏日長，卧聞孔燕話雕梁。時危苦乏銷兵策，身老難尋却病方。庭竹深藏秋後暑，池荷暗送晚來香。閉門兀坐甘岑寂，懶向郇厨索酒嘗。

## 暑夜露坐

黄月微明印綺疏，晚來炎暑未消除。倚欄時有人長嘆，閉户誰憐客索居。凄切蟲聲吟暗壁，低迷蝶影睡蘧廬。中宵兀坐仍揮汗，安得清飆拂綉裾。

## 贈子蘭

劉子性伉爽，晚歲始識面。意氣互傾倒，過從殊歡忭。昔君年二九，初無要人援。忽受貴主知，早作朱門掾。詹尹佐家老，府秩頗不賤。職典内司房，出入承恩眷。啓庫納金幣，開箱積綾絹。纖微檢針黹，珍寶羅釵釧。登簿細無訛，持籌核餘羡。主心重良士，召謁芙蓉殿。温諭稱先生，未冠不敢見。宫娥數進酒，内監頻頒饍。禮遇日益隆，榮名登上選。從公僅七載，世事突更變。謗書淆黑白，飛語恣讒煽。明哲固不疑，當官思避譴。色舉遂高翔，紅塵居久倦。補被去京華，驅車入郊甸。歸來習繙譯，苦志理筆硯。西賈雅相信，貿易諳商戰。偶施計然術，財帛已流衍。從此寓雲津，光陰逝如電。我聞君遭際，太息泪如霰。人生貴適意，何事繁華戀。進退俱以禮，甘苦均嘗遍。切勿憶朝參，舊夢縈花片。

## 再簡德玉茹校書

悵望紅樓落照虛，佳人消息近何如。久傷錦瑟年華晚，誤唱邊關計畫疏。鬢底香應分茉莉，樽前夢已落芙蕖。調冰雪藕真難再，憶否銀塘蕩槳初。

## 仲佳以余迹近佯狂詩以解之

縱飲寧辭醉，佯狂近得名。楊枝憎體弱，柳絮怨身輕。夙孽償前世，柔腸誤此生。奴顏愧箕子，敢作不平鳴。

## 賀彤皆納姬

姬爲陸伯葵，文宗侍婢。

風懷詩好不須删，偶向豪門覓阿環。解舞楊枝乘駱至，有情桃葉蕩舟還。東西列屋書曾侍，朝暮添香事本嫻。秋月乍虧星更朗，試開虛幌照衰顔。

## 聞警

急烽昨夜照層霄，輸送車聲氣笛驕。月暈邊城圍漸合，沙沈折戟鐵難銷。乞兵已誤桑維翰，破虜終期霍票姚。北望烟塵倍惆悵，飛行誰更御雲軺。

## 和學勤賞菊詩用原韵并簡張麗君校書

西風愁絶捲簾時，花瘦經秋苦不支。閑掃落英填綉枕，偶尋嘉種過疏籬。芳名已入黄昏圃，校書名菊芬，麗君其字也。仙侣平分碧玉枝。學老、蘭公，均與麗君結識。簪鬢尚含霜色冷，石欄干外共拈詩。

## 紀夢

夢裏經行處，追思益惘然。草深泥没徑，林暗月沉川。幻境終由想，離魂祇自憐。夜長增恐怖，常在五更天。

## 和學勤立春感懷用原韵

荏苒流光又一年，東風何事苦遷延。連朝社鼓催殘臘，向夕春燈照暮天。暖入軒窗花弄影，寒消池館草凝烟。祝君百歲身常健，醉傍黄壚日日眠。

## 簡彤皆

白髮盈梳暮齒加，十年薄宦去京華。新歡有倖逢桃葉，舊夢無緣看杏花。座上檢書燒馝馞，窗前分韵鬥尖叉。青才合與王郎五，謂仁安。敏捷淹遲兩作家。

## 步鄒學老春日喜雨韵

緑章夜奏乞春陰，盼得澆花三日霖。寄札玉溪勞悵望，名庭坡老快登臨。窗虚暗警還鄉夢，野潤應酬待澤心。被酒歸來途尚滑，嚴城更漏正沉沉。

## 夜歸

夜飲歸來月已西，綠楊影過白沙堤。到門深悔敲魚鑰，驚起棲鴉不住啼。

## 鄰家喪子夜哭甚哀感而有作

林外風來暗送聲，隔墻遥聽最關情。紅閨已覺哀啼苦，白發難禁老泪傾。慘照玉棺燈一點，誤驚香夢漏三更。豈知鄰右停春客，同此傷心對月明。

## 春去

春去愁難遣，花飛晝更長。艱危困群盗，衰病惜流光。忍辱謀生計，消閑托酒狂。桃源如可覓，常願課農桑。

## 幼占持紙索書固辭弗許因題一律以報仍屬幼樵代筆

凋殘彩筆夢中花，青眼勞君特別加。伏案年年嗤結蚓，臨池日日愧塗鴉。已輸宣穎能批諾，不信劉邕果嗜痂。垂老令君頭盡禿，倩人潑墨染黄麻。

## 亦香六十賦詩爲壽

濟困扶危繫一身，相逢俱是受恩人。投金暮夜娱窮士，煮粥寒冬食細民。白傅大裘堪覆郡，少陵廣厦易生春。還丹漫誦參同契，上壽從來屬至仁。

## 賀彤皆如君生女

共羡門楣壯，頻征玉勝祥。夢中占弄瓦，袖底舊添香。更祝宜孫子，從兹慰老蒼。生稊知未已，何事嘆枯楊。

## 夏日雨後作

石榴開遍露丹房，林角槐花已漸黄。苦恨茅檐三日雨，落英滿徑不聞香。

## 燕居書懷

孤獨仍期薄祚延，人憐猶盼得天憐。弄璋已兆連宵夢，種玉曾求二畝田。果若側生香更永，瓜毋妄摘蔓終連。思量門户支持苦，應獲詩書一脉傳。

## 和學勤苦雨詩即步原韵

年光荏苒届秋期，坐看晶簾影倒垂。墻外綠槐花細細，籬邊紅豆子離離。彩雲已悼今生散，霪雨何堪竟日施。記得昔時亭志喜，誦君佳句祝雍熙。前歲春初，君賦《喜雨》詩，予有和章。

## 答仲佳慰勉詩用子猷題壁韵

病體難支酒量强，感甄賦罷任鋪張。琉璃易碎延年瓦，豆蔻空調續命湯。披髮夢中逢大厲，散花天外禮空王。牡丹亭毁詞人死，拔舌何須較短長。

## 謝小泉贈代代花

勞君饋佳卉，正值暮春天。萼喜枝枝吐，名猶代代傳。芳心思衍祚，麗質更延年。垂老親良藥，《本草》不載代代花，近日醫人恒用之。先栽石徑邊。

## 新月一首呈壁臣前輩

蟾窟微明素魄寒，弓彎深隱暮雲端。離宫燭滅初三夕，畫省琴停一再彈。朗抱未伸宜養晦，清宵漸曙伴誰看。九天只此潛光在，照見孤臣血泪乾。

## 贈玉仙玉花兩校書

凉月窺窗透碧紗，針樓深處植瓊花。鰥生老去風情在，結伴頻來喫建茶。

## 夜飲歸家偶成

積陰壓屋晚風哀，飲罷街頭玉漏催。扶上小車行緩緩，城南客子醉歸來。

## 酬齊公震岩枉顧

百丈龍門記早攀，高軒何幸過柴關。愧無閑舍容騶從，聊借蕪箋備往還。雲懶未曾輕出岫，泉清仍望暫離山。東南民力凋殘甚，料得匡時策已嫻。

## 奉和齊公震岩題予家庭院詩即步原韵

瓊筵召莫愁，春入數帆樓。予家有樓名數帆，在院之東北角，今廢。昔年，先祖鏡三公素喜縱酒聽歌，暇日延賓，恒集於此。花落箏聲歇，宵長燭泪流。豪華難再睹，老病嘆遲廖。幸免蝸廬毁，吟身可暫休。

## 聞張麗君近況有感而作

寂寞空房掩泪痕，啼鴉無賴噪黄昏。不堪重受沉淪苦，天壤王郎子細論。

## 園内芍藥將枯得雨復活喜而有作

清明已過餘寒薄，簾外深叢發芍藥。準擬今春倦眼開，東風無奈連朝惡。
歲早年荒原野焦，養花無術避炎熇。疏林難蔽驕陽熾，高壠全資古井澆。
紅披緑抑妖姿減，不枕青苔枕畫檻。殘香猶帶露華濃，低枝半涴池泥黯。
堂上主人病初起，排悶頻思嗅芳藥。恰值西南驟雨來，根株定卜添精髓。
莫嘆園空生意微，蟄蟲銷盡土膏肥。何時棼尾重開宴，客至同看金帶圍。

## 過某校書寓值午睡未醒

玉釵斜嚲枕函鬆，一榻橫陳睡態濃。簾外侍兒呼不起，日斜猶卧綉芙蓉。

## 赴友人約漫成一律敬呈同座諸公

寂處端憂出復愁，心神聊藉醉眠收。已悲暮景逢衰世，自恨閑身等贅疣。蝶影攲斜知過午，蟬聲凄咽漸驚秋。何人早赴看花約，彈徹銀箏坐酒樓。

## 慰子蘭

長夏苦炎熱，養疾卧西閣。忽傳劉君訊，云失孤山鶴。一之已爲甚，又驚一個弱。此事關命數，勿咎醫藥錯。憶我喪諸孫，頻歲情懷惡。覆巢無完卵，身世何所托。環顧衆賓親，煢煢孰予若。忍痛抑哀悼，得暇尚謀樂。况子丁口多，門祚頗不薄。枯楊更生稊，得男仍一索。尊性素豁達，毋爲世網縛。京國速歸來，劇談宜如昨。盡買城南酒，花前共斟酌。

## 和小泉觀魚詩

涉險方知進取難，潛魚在藻自相安。靜中曳尾徐徐退，願與勞人子細看。

## 彤皆有亡姬之戚詩以吊之

寂寞空帷泪欲垂，可堪潘鬢漸如絲。孤山雪冷梅凋蕊，白社詩成柳折枝。倖少已愁營奠晚，香消終恨育兒遲。擱干倚遍增惆悵，哭誦征君月上詞。

## 閑居遣興

謀身已向死前休，誤被情絲縛作囚。親見佳人歸檻外，喜聞孺子到班頭。帝城北望春如海，沽水東流浪打樓。世事不堪塵擾擾，欲專一壑豈能求。

## 陳君慈首寄題拙集四絶步其末二首韵奉答

休從畫裏覓真真，本事吟成枉自珍。萬斛春愁誰領解，江南何幸得詞人。

枇杷花下别青娥，鏡破難圓涕泪多。欲倩陳王賦神女，洛川風急蕩迴波。

# 冬青館詩存跋

丁卯冬，芰洲輯其所爲詩一卷視余曰：『吾病且死，他日删定校讎，子幸爲吾盡力。』其時以爲戲言耳，笑應之。芰洲素重友，自歸田後，頗喜與朋舊爲文酒之會，而以姻好故，厚遇余，尤數數過從無間。或值兵亂，則彼此杜門，數日不出。及事平，亟相見慰問，各道所歷險夷，相對喟嘆，而數數過從如故。迨戊辰四月，亂復作且劇，相違乃至二十日。忽聞芰洲病甚，將視之，而余偶有疾，不果。翼晨急往，甫及門，而芰洲逝矣，不禁大慟。復聞其前一夕，猶念及余，思欲一見，因是，益歉然。然余確知芰洲之所以汲汲欲見余，而若重有托者，舍前言無他事也。乃取其集細勘之，正譌訂誤，其冗複者略有删汰。從前倡和之作，芰洲或未留稿，而余藏諸篋衍者，悉出以補綴其間，凡存古近體百五十餘首。芰洲生平可傳之詩，殆盡於此矣。將付梓，更得請于嚴公範孫許爲題跋。公題詞有云：『風自不淫雅不亂，要先論世後論詩。』其首二句，蓋謂自古佗傺之士，恒托興於美人香草，意在引騷爲證。惜推敲未成，而公亦病没。嗟乎，鄉里昔游之盛，攬環結佩，多半故人，乃不數年間，而先後殂謝，如敗葉辭柯，隨風盡落，其寗弗愴懷也耶。

己巳春二月高凌雯

# 寄傲軒詩鈔

武清曹彬孫藹臣著

# 曹彬孫與《寄傲軒詩鈔》

侯福志

曹彬孫（一八六八—一九一一），字藹臣，今武清區王慶坨鎮人，晚清詩人、教育家。

光緒十九年（一八九三），曹彬孫參加鄉試得中。之後，應聘赴文安縣蘇家橋鎮任家館教員。一九〇〇年義和團運動期間，他回鄉『倡辦鄉團』，確保了全鎮安寧。一九〇三年，他就任北洋陸軍第二鎮工兵營戎幕（幕府）。科舉停辦後，爲解決王慶坨鎮兒童入學問題，『籌辦鄉學兩堂以培植人才爲己任，募捐巨款涓滴歸公』。關於捐資辦學事，曹彬孫表兄，曾任王慶坨鎮公立高小學校教員的學者兼教育家馬鴻翺在《表弟曹藹臣像贊》一文曾有記述：『余表弟曹藹臣，武清烈士也。光緒癸巳舉於鄉，士林咸引重之。辛丑，國家變法，廢科舉，建學校，一時風氣未開，人多觀望。藹臣熱心教育，提倡捐資。坨鎮諸紳繼之。初、高兩校先後成立，可謂功在鄉□矣。』他帶頭捐資助學的義舉，受到武清知縣周登皞的肯定，順天府得知周登皞呈送的報告後，『奬以知縣用』。一九〇八年，他被清政府任命爲四川巴州經征局局長；一九一〇年七月，又調任爲夔州府奉節知縣。辛亥革命暴發後，在守城時遭襲殉難，年僅四十四歲。

曹彬孫有詩集《寄傲軒詩鈔》傳世。據曹彬孫次子曹用杰的序文載，曹彬孫生前曾著有《寄傲軒詩稿》，作者本人已將其編輯成册，正準備付梓時，發生意外變故，詩稿隨之散佚。一九一八年三月，在京師任職的用杰在返歸家鄉祭掃時，從老家舊篋中發現了父親遺留的部分手稿，『爰亟按次校録，裝付印池，匪敢云闡揚先德，聊以分贈戚好，藉知先君生平梗概，并以傳之子孫，俾作紀念以示不忘云爾』。因這部詩集印量較少，世面已難得一見。爲緬懷先人，曹彬孫的長子用倓於一九三七年又將詩集再版重印。概括来説，詩作内容主要有三個方面。

## 一、記録作者任家館時的所見所聞

一八九九年，曹彬孫擬赴蘇家橋任教。這期間的詩作，記録了由家鄉出發沿大清河赴文安縣蘇家橋鎮路途見聞以及在家館教書的生活。『一旅行裝一客舟，櫓聲湍激浪中流。三篙細溜縈漁舍，幾點寒雲落雁洲。波影倒分堤畔樹，春光先到水邊樓。滄浪歌罷人聲渺，十里烟光觸別愁。』這是題爲《己亥新正廿一日由勝芳赴蘇家橋舟中作》的詩作，用漁舍、寒雲、落雁、倒影等意象，反映出作者在新春之際離開家鄉所引發的種種愁緒。據傳説，蘇軾之父蘇洵在就任文安縣主簿時，頗有政聲，受到人們的擁戴，後病逝於任上，當地人爲紀念蘇公，將『八姓莊』改爲蘇家橋，并在鎮内建有『蘇公祠』。『古渡殘碑夕照中，河流東向古今同。蘇公遺址今猶在，農圃桑麻播惠風。』曹彬孫的這首《蘇公祠》所反映的就是上述這段史實。其《端陽後三日作》則記録了作者在蘇家橋任教時對親人的思念之情：『課畢兒童意自慵，抛書偃卧夢惺忪。含情欲把離懷訴，隔院笙歌野寺鐘。』

## 二、反映作者在北洋新軍服役時的情況

一九〇三年秋天，曹彬孫擔任北洋陸軍第二鎮工兵營戎幕。這一年的夏季，永定河在冀中一帶決口，曹彬孫隨營參加了搶險工作，經軍民共同努力，永定河『數日之間幸獲安瀾』。歸途中，曹彬孫賦詩一首，記述了這次經歷。『星馳捧檄赴桑乾（永定河），迅速何虞蜀道難。莫謂中流存砥柱，仍從既倒挽狂瀾。凉秋木葉微

風脱，霜夜笳聲入幕寒。但願鯨波長順軌，澄清共仰聖恩寬。』《清史稿》在其小傳中，高度評價了他在這次搶險中的表現，認爲他頗有『勞績』。《癸卯秋北平防次中秋感賦》一詩則反映了這一年秋天作者在北平駐防的情況，讀之有唐朝邊塞詩的味道：『長城萬里抱山河，邊塞寒催水復波。一夜笳聲驚客夢，月明分照旅人多。』

## 三、表現作者遠赴四川履職的情況

一九〇八年，曹彬孫離家赴蜀。他的不少詩作反映了這一時期的思想感情和精神狀態。其中有不少離别詩，表達了作者對母親、妻子和子女的深厚情感。如《戊申春赴蜀别家中人》有這樣幾句詩：『潦倒平生半苦征，千言難訴别離情。倚門老母扶鳩坐，病女痴兒盼緩行。』老母扶着雕有鳩鳥裝飾的拐杖在門口呆坐，病女痴兒同樣捨不得自己離開，通過對老母、兒女形象的刻畫，表現了親人間難舍難離的愁緒。再如《臨行勉妻》一詩：『結髮夫妻義命安，廿年藜藿與同餐。事親教子惟卿責，莫慮西行蜀道難。』『蜀道難』一方面是實寫，表達作者難舍髮妻的愛戀之情，希望妻子不要爲自己擔心。另一方面這句話也是一句讖語，意爲今後的路途就像蜀道一樣不會平坦。三年之後曹彬孫果然在守城中飲槍斃命，恰是一語成讖。『少年涉世本無知，諸事留心學習之。勉爾莫忘勤儉訓，敦行孝友慰重慈。』這首題爲《勉子用倓》的絶句，反映了作者對子女的殷殷囑托，他要求子女一定要留心學習，克勤克儉，孝友敬慈。

曹彬孫是一位官員，并非以詩見稱，但詩人郭則澐在序中同樣肯定了其在詩作上的成就：『余觀先生所作，詞旨清遠，出入有唐中晚之間，殆不類搆難者。』曹彬孫生性孝友，温柔敦厚。其詩作皆吟咏性情，平和中正。曹彬孫在舊體上創作上的成就，當在武清詩苑中留下寶貴的一筆。

值得提及的是，曹彬孫是一位清官。其殉難後，因家境困難，其子用杰只得把棺材暫厝在一處寺廟中，後來以忠烈之名受到湖北軍的襄助，才得以將靈柩運回王慶坨故里安葬。關於這一點，袁大化在序文中作了如下記載：『次子用杰倉皇收殮，寄殯白馬寺，窮居旅邸，歸櫬無資。十一月（一九一一年），鄂軍過境始白其事顛末，鄂軍憐之，飭商會醵資千緡，由君用杰扶柩回籍安葬。』因其爲守城殉難，故被入祀于四川省忠義祠，并由皇帝下詔令史官爲之立傳。

曹彬孫曾祖名曹文田，祖父曹長齡，父曹星奎。其妻嚴氏，封宜人（一定官階的人其母或妻子被封爲『宜人』），一生勤儉，用心相夫教子。夫妻倆育子四人，除用倓、用杰外，尚有三子用僑，四子用侁。四子『俱英邁有父風』。另有女兒，但情況不明。

曹彬孫逝世已達百年。筆者推測，其後人當在六代以上。正常情況下，一定會人丁興旺、英才輩出的。

# 重印《寄傲軒詩鈔》序

人以詩傳，詩以人重。如武穆文山不以詩名，而《滿江紅》詞正氣歌獨傳誦千古。蓋忠義之士偶有所作，雖零章斷句，後人得之如睹异珍，部訂成一集足以流布後世者乎！

辛亥之際，倉卒發難，遂變國體，實异歷代興亡之局。故當時文臣以殉節聞者罕見其人，惟陸文忠之死爲最烈。而曹藹臣先生以百里之宰見危授命，其落落大節，與文忠埒蓋亦難矣。先生早年舉孝廉，值拳匪之亂，籌練鄉團，填撫閭里，厥功甚偉。嗣以揀選授知縣分四川，歷宰大邑，尤有惠政。先生蓋抱經濟之才，非徒以詩見也，不必以詩見而人景。先生之氣節愈重，其詩吉光片羽皆足珍已。嗣君用杰既歸先生之櫬，取先生所爲詩梓爲一集，數年來分餉殆盡。先生長子用倓謀重印之，而督序于余。余觀先生所作，詞旨清遠，出入有唐中晚之間，殆不類搆難者。然或天之厄先生者，正所以彰先生，使人與詩俱傳。余既仰先生之生平，又嘉嗣君之能食舊德、誦先芬也，乃重爲之序。

丁丑季冬郭則澐拜序

# 序

君姓曹氏，名彬孫、字藹臣，京兆武清縣王慶坨人。光緒癸巳恩科領恩鄉薦。庚子歲，拳匪肇亂，盜賊蜂起，君倡辦鄉團，悉心和衆，地方賴以安堵。科舉停罷，籌辦鄉學兩堂，以培植人才爲己任，募捐巨款，涓滴歸公。旋經直督奏獎，以揀選知縣分發四川，捧檄而喜親在故也。

宣統二年七月，署理奉節縣事。勵精圖治，創辦利民局、貧民工廠、蠶桑習藝各所利民之政，知無不爲。甫及期月，風化肅然矣。護督王公人文嘉君政績，三年五月，以才優守潔、勤政愛民，奏補清溪縣知縣，部議改補開縣。是年秋川路事起，武昌革命，君尚在奉節任内，不逞之徒乘間竊發，其著名匪党鄧伯先、孫楫五、高丕臣、陳海清、卜吉庭及土豪鮑立貴等，暗結黨徒，煽誘城團，假名獨立。而地方劣衿惡棍平日受君懲創者，因圖戕官以應外寇。十月初六夜，造言匪黨入城，君立帶團勇前往彈壓，行至協台壩地方，鄧孫諸匪突施槍彈傷君墜馬，匪党亂刃交加，遂及於難，年四十有四。

次子用杰倉皇收斂，寄殯白馬寺，窮居旅邸，歸櫬無資。十一月，鄂軍過境，始白其事顛末，鄂軍憐之，飭商會醵資千緡，由君子用杰扶柩回籍安葬。准入祀忠義祠，宣付史館立傳。嗚呼，慘矣！謹具事略，以備當世之采覽焉。

歲次甲子春三月渦陽袁大化序於津門寄廬

# 《寄傲軒詩集》序

武清曹藹臣先生被難之十三年，子用杰集其詩爲一卷，將雕板傳諸世，屬雲爲之序。雲寥落無聞，方役役塵埃中，何足爲先生重顧？推用杰爲先人之心，又不敢辭。昔張中丞當安史之亂，以千百就盡之卒死守睢陽，蔽遮江淮，沮遏賊勢。史稱其圍困之日，人相食且盡，猶賦詩見志，而聞笛一，吟聲滿天地。今先生馳驅戎馬之間，亦復從容揮翰，何古今忠勇之士之整暇相同也。鼎革之變，非一朝一夕，使先生闇其微托故以去，則身全而禍免，孰有責之者！乃嶄然奮結纓之志，率衆擊賊以死。蓋仁人志士犯難而不辭者，求心之安而已。苟其心之無憾，則視死猶生耳。惟中丞死守而唐室安，先生死難而無救於垂亡，此則令人撫卷太息，而不能已焉者也。悲夫，深夜篝燈，序先生詩，俯仰今昔，益愴然不知涕之隕落也。

甲子春三月建德周雲序

# 清四川奉節縣知縣曹君殉難碑記并銘

姻愚弟趙芾頓首拜撰

嗚呼！自清失其道，巨難猝發於武昌，歲不逮半，而海内名城，莫相完保，守土吏，習爲逃遁，間有一二抗節死義者，或暗黮而不章，以日即滅没，兹非深可爲悼惜者歟？若余戚曹君之殉職奉節，其事尤至痛不忍聞。蓋自古良吏得禍，未有如君之酷者也。

君諱彬孫，字藹臣，順天武清縣人。光緒癸巳舉於鄉，清季以興學著勞勩，分發四川，以知縣用。宣統初到官，權奉節縣事。奉節爲邊腹要地，君力弭川楚交壤之盜，務盡奸蠹根株於職事咸辦，治日倡工藝、課蠶桑，甫逾年，政化大著。護督王公人文最君績，入告請調補知清溪縣事，部議改補開縣未行，仍留奉節任而禍作。方是時，清政不綱，蜀中大吏敓奪權利相哄，義軍既與宇内解紐，風聲所馳，猜禍利亂者，皆懷漫渫惡，覵隙乘虚，將相因并起奉節，故偪楚疆傾仄之徒，日思有以中君，君不爲動，鄧伯先、孫楫五者，故邑中大猾君，嘗藉事痛懲艾之，咸憾君刺骨。至是結游兵逋士，約期戕官略城，或走告君，且語以委印，越境冀可避免。君曰：『不艶於利，不怵於害。此彬孫曩志也。今老矣，詎可差忒以渝夙志乎？且奉命守城，亂則死此耳，避險席夷將何之焉。縱免禍，非彬孫平日志也。』言者語塞。會亂作，君將出。君夫人嚴宜人尼君行，君不聽，顧視幼子，病卧床隅，無憐惜之色。君遂出，單騎往鎮撫，行到邑協台壖，伏環起，萃君馬首，彈丸猝落，刃戟攢刺，君殞焉。糜膚斷脰，血殷殘骸。時宣統三年十月六日也。春秋四十有四。事聞《入祀忠義祠宣付史館立傳》。

近世於殉國者，或多所异同，余維君子，亦激于時動於誠而已，豈役於其名哉？矧士大夫生值季世，不爲蠱之高尚，不事則宜爲蹇之匪，躬馴至大過，滅頂以致命，遂志斯。自其分爾，欲浮沉於二者之中，以自解免也難矣。然則如君者，固天下之通義，古今之極，則君其又奚恨？

君身長玉立，儀觀甚偉。自少能不囿於世俗之學，與余以文章誼，氣相推許。君女弟，余家嫂也，以以是相得益歡甚，往來恒蠲賓主禮。清光緒庚子之難，余里當兵衝，君既夙戒所親，毋得染拳匪之教。自是，團鄉人自保，餘挈家依君以居，無何寇訊，愈逼余將遠之深州，君賮焉。余傫然逐車馬去，黯然獨與君別，自是遂不復繼見君。嗚呼！患難之間，恝爾相捐弃者衆矣，君獨拳拳於故舊若此，此余每念君之死輒愴然不能自己也。

君曾祖諱文田，祖諱長齡，考諱星奎，皆贈如君官。妻嚴氏，封宜人，有媺行。嘗勸君不仕，君既被禍，宜人羈逆旅中，日謀所以歸。君匿者不可得，則仰天泣血哀動行人，民軍自資州返，聞而義之，佽以金。宜人乃携家下瞿塘峽，道武昌，穿兵戎數千里之地，卒致君骨歸故鄉。後君六年以憂卒。子四，用倓、用杰、用僑、用侁，俱英邁有父風。

自君之殉世，益洶潏汩亂，余遂濩落四方。民國元年，余客松花江上，聞君定問，既爲詩七章，哭之其後。又嘗欲爲文以志君墓，而人事乖忤，久不就。民國十三年春三月，君次子用杰持渦陽袁中丞大化狀來請銘。余比歲多疾，居恒恐不克踐夙願，乃亟爲之銘曰：『嚴嚴蜀疆，無道先强。值時棘難，睢盱豺狼。仡仡曹君，秉彝於剛。思靖一邑，抑桀扶尪。世亂方亟，卒膏凶鋌。文武道盡，天固難詳。靡遠弗屆，靡幽弗光。千秋萬祀，令聞不亡。』

姻愚弟趙芾拜識

聞曹藹臣姻兄祀鄉賢有感。

# 表弟曹藹臣像贊

余表弟曹藹臣，武清烈士也。光緒癸巳舉於鄉，士林咸引重之。辛丑，國家變法，廢科舉，建學校，一時風氣未開，人多觀望。藹臣熱心教育，提倡捐貲，坨鎮諸紳繼之。初、高兩校先後成立。可謂功在鄉党矣。適福建周公登皞爲邑宰，以其事上聞，得奬以知縣用。清末分發四川，署理夔州府奉節縣。辛亥革命軍起，守城殉難，烈矣哉！迄今二十餘年，鄉人懷之，懸遺像於學校以示後學。歲己巳年秋，漢文教員缺席，余承乏其間，次年暑假，旋里。其哲嗣子英請於余爲之像贊。贊曰：

儀錶堂堂，書生本色。振興鄉校，多士之則。我瞻遺像，如侍君側。謹贅數言，以美懿德。

庚午季夏安次馬鴻翺謹撰

# 題曹藹臣舅兄手書詩箋

宣統末季，君知四川奉節縣事，書來未逾月，而殉節信至，今檢閱舊稿，爲之慨然。

浩氣照太古，謦欬如當前。書不必歐趙，詩不必青蓮。傳之千百載，光焰高雲天。當時君捉割鷄刀，澄清有志人中豪。白帝城頭供嘯傲，兜鍪頭載學六韜。蜩螗聒耳不介意，培塿爭及泰山高。豈知天定勝人力，紅羊劫到殊難逃。豺狼入室肆貪吻，楚歌四面聲嘵嘵。鋌而走險身是膽，其如孤掌難縱操。同城更有賢太守，親見逍遥河上走。夔州某太守知事不可爲，竟潛逃。畢竟達官能解事，小臣忠愛甘授首。公也冀北一書生，戎馬紛騰印懸肘。鯨吞鼉咋天地翻，龍泉寶劍韜中吼。掉頭單騎入虎穴，遑計一身飽虎口。頭可擲兮心可宣，碧血千年耻功狗。山河改局公騎箕，片羽吉光我在手。斯文未墜系斯人，紙上雲烟遂不朽。君不見當時梁棟材，文望出公右，領袖兩朝新，中山餘老叟，至今楮墨壓街頭，他日不知誰覆瓿。

叔雲未是草

# 序

先君藹臣公，生性孝友，讀書尚氣節，與人交，恒以肝膽相照，餘暇輒以詩酒自娱，因頻遭困厄，抑鬱不舒，故詩中多感慨悲歌之句，蓋境遇使然也。光緒癸巳舉於鄉，旋以科舉停罷，于戊申春以揀選知縣分發入蜀。到省後，深爲大府所嘉許。宣統庚戌七月，委署奉節縣事。辛亥之變，守正不阿，突遭狙擊，以身殉國，可勝痛哉！著有《寄傲軒詩稿》，正待剞劂，猝遭大變，蕩然無存。戊午暮春，次男用杰供差京師，祭掃回里，檢點舊篋，得遺詩數十首，綜計生平所作百不存一。

嗟夫，光陰荏苒。追憶先君殉難於兹已九年矣，幸手澤之猶存，痛音容之已渺，回環繹誦，不禁潸然。爰亟按次校録，裝付印池。匪敢云闡揚先德，聊以分贈戚好，藉知先君生平梗概，并以傳之子孫，俾作紀念以示不忘云爾。

歲次戊午春三月既望男用杰敬志

# 寄傲軒詩鈔

武清曹彬孫藹臣著

## 己亥新正月廿一日由勝芳赴蘇家橋舟中作

一旅行裝一客舟，櫓聲湍激浪中流。三篙細溜縈漁舍，幾點寒雲落雁洲。波影倒分堤畔樹，春光先到水邊樓。滄浪歌罷人聲渺，十里烟光觸別愁。

偶泊清溪上，春風欲著衣。雁聲隨櫓至，人醉賣魚歸。遠樹浮晴靄，孤篷戀夕暉。滄茫明月裏，烟景認依稀。

## 二月十日館中聞雁聲作

獨坐寒燈思悄然，隔窗明月又重圓。宵深未畢歸家夢，旅雁聲凄警客眠。

世事茫茫一夢存，豈真因果有靈源。人生飲啄皆前定，得失窮通莫細論。

## 午夜不寐

小院陰陰樹影深，霏微冷露濕衣襟。舉頭南望惟明月，一夜砧聲碎客心。
寂寞空庭感不禁，隔墻燈火入花陰。只因旅館無知己，窗外蟲聲伴客吟。
寂寞深宵静倚床，小庭月色近秋光。不知何處吹羌笛，一夜游人盡望鄉。

## 贈净然和尚

古刹雲深處，蕭然萬籟休。種聽蕉葉雨，以其好書。鋤愛菊花秋。以其愛菊。松月禪房曲，烟波野壑幽。寺東門外有壑。莫言相别久，尊酒慰離愁。

## 思親二首

舉頭南望白雲深，憶到鄉關思不禁。長願薄田三兩頃，承歡菽水慰新心。
親老家貧托异鄉，功名富貴兩相忘。萱堂庇蔭階前樹，後起誰爲奕葉光。

## 己亥春日偶作

頻年作客怕逢春，幾度春光笑旅人。信步行吟江水曲，榆錢滿地莫言貧。

## 二月十六日偶步東郊溪邊瞻眺

一日離家一日思，春寒客邸發花遲。東流引領遥相望，嘹唳凄聲雁過時。

## 清明前一日舟中作

危檣燕語聽呢喃，插柳人多白夾衫。屈指清明佳節至，青山緑水趁歸帆。

## 蘇公祠

古渡殘碑夕照中，河流東向古今同。蘇公遺址今猶在，農圃桑麻播惠風。

## 見樹思友人

遠望堤邊樹，婆娑系所思。故園花柳發，攀折已衍期。

## 春閨怨

晨起開簾幕，春風吹我裳。顰眉羞攬鏡，輕衾尚擁床。歡樂忘時促，憂思苦夜長。鉛華憶年少，深閨且自傷。

## 端陽後三日作

課畢兒童意自慵，抛書偃卧夢惺忪。含情欲把離懷訴，隔院笙歌野寺鐘。

## 端陽後五日雨後晚晴

雨後濃雲擁樹歸，苔痕小院戀芳暉。倏然自得閑無事，静辨蝸牛篆字稀。

## 五月廿四日終夜大雨不止有感閑作

津亭積雨曉含烟，鄉訊臨風意惘然。秋士何心經世難，故人幾輩祀鄉賢。翻新我歷循蜚記，竺舊君歸忉利天。即欲買舟吊祠下，一叢寒菊薦明筵。

## 六月六日思家偶作

雨霽空山后，晴光淡夕暉。蟲聲時在壁，螢火欲沾衣。懷友開樽待，思親覺信稀。夜長愁不寐，松月入窗幃。

## 六月二十日徐藹村孝廉邀余到十汊海游并在慶雲樓小飲余登樓遠望遥見樹木陰翳荷花盛開茅屋鱗次月明似畫人静酒闌而後杯盤狼籍二三佳客傾談往事不啻古人秉燭夜游之樂遂拈筆以寫其景句之工拙不計也

緑樹陰濃隔短墻，參差萬户露燈光。登樓共賞新秋月，十里荷风送晚香。

## 步藹村原韵

十里荷花一色新，相逢盡是賞荷人。與君恍入桃源境，應有漁郎來問津。

## 與藹村留别

雨後遥山翠色新，柳橋分袂别離人。一聲驪唱燕關路，君寄京華我向津。

## 閑作

柴扉無客静常關，竹榻長眠夢亦閑。醒後遲遲窗外步，孤雲一片落遥山。

## 壬寅四月用愚侄隨余赴保陽余喜其英姿卓犖拈此以勉之

初上朝暾曙氣清，春風習習撼行旌。舉杯欲飲離懷醉，倚棹長歌客感生。一水東流豐利路，片帆西向保陽城。百年家學傳衣鉢，勉爾青雲遠到程。

**五月十七日用愚赴北京余作此以贈**

片帆西向保陽游，敢謂從戎筆竟投。自古英雄多困頓，何人不作別離愁。
每到傾談夜漏殘，曠懷不道別離難。乘風送爾登車去，跋涉雖勞勝宴安。

**癸卯春闈赴汴歸泊舟浚縣城下晚登坯山樓閣夕陽樹林陰翳俯視曠野一碧萬頃洵佳境也拈此以寄興**

孤帆遠掛白雲間，蒼翠宜人雨後山。日暖篷窗堪一醉，溪鷗清夢兩閑閑。

**臨清晚泊聽琵琶有感**

欲將杯酒滌愁腸，夜月移舟泊异鄉。一曲琵琶聲慘烈，恍同司馬墮潯陽。

## 柳園口渡黄河見波浪怒號水流似箭感而賦此

人情閲盡感炎凉，寶貴浮雲夢一場。萬里黄河流不轉，何須搔首問蒼蒼。

## 舟中自感

少壯輕狂不怨貧，年來奔走困風塵。生平自問無長策，徒爲虚名絆此身。

## 癸卯春闈赴汴歸與信雲樵表兄同舟相契不啻胞也雲兄期望甚高以此相勉余愧而賦此

試罷歸來自汴京，篷窗相對話生平。年來屢作他鄉客，徒負相期遠到程。

## 癸卯秋北平防次中秋感賦

長城萬里抱山河，邊塞寒催水復波。一夜笳聲驚客夢，月明分照旅人多。

秋色平分景物和，鄉關不遠邈山河。月明一夜難成寐，旅館愁添舊日多。

## 癸卯秋余佐北洋陸軍第二鎮工兵營戎幕永定河永固一帶决口奉直督憲飭營前往搶工築堤余亦隨往數日之間幸獲安瀾歸途賦此

星馳捧檄赴桑乾，永定河一名桑乾河。迅速何虞蜀道難。莫謂中流存砥柱，仍從既倒挽狂瀾。凉秋木葉微風脱，霜夜笳聲入幕寒。但願鯨波長順軌，澄清共仰聖恩寬。

## 甲辰十月和用愚侄元韵

山河迢遞隔慈幃，岐路踟躕與願違。但自立身行我是，無妨冷眼看人非。來箋警報歲將除，荒落園田歸去無。富貴浮雲不足慕，陶然吾自見真吾。

## 戊申春赴蜀别家中人

潦倒平生半苦征，千言難訴别離情。倚門老母扶鳩坐，病女痴兒盼緩行。

## 臨行勉妻

結髮夫妻義命安，廿年藜藿與同餐。事親教子惟卿責，莫慮西行蜀道難。

## 勉子用倓

少年涉世本無知，諸事留心學習之。勉爾莫忘勤儉訓，敦行孝友慰重慈。

## 寅生兒三歲即知不欲離父臨行依戀感而賦此

不識不知三歲兒，承歡繞膝肯相離。夢中忽作喃喃語，問父登車何所之。

## 戊申春赴蜀道出漢陽舟中作

一帆風雨滿江飛，到眼雲山故里非。旅況凄涼方欲寐，夢中慈母作征衣。
大江東去浪悠悠，江上斜陽古壘秋。倘此不留天塹險，周郎無自逞雄謀。

## 出巫山同峽口作

驛路巫山一綫通，崎嶇蜀道説蠶叢。千章古栢參天緑，兩岸山花映日紅。峭石凌空雲影外，懸崖飛瀑雨聲中。黄昏欲宿投何處，隱約鐘聲送晚風。

## 戊申秋奉委巴州經征局奉檄前往途中作

横刀倚馬萬峰頭，嘯傲長歌際暮秋。仗劍從行惟子僕，時次子用杰隨行。多經山路少平疇。

## 南部縣建林驛謁桓侯祠

當年西蜀擁旌旄，横掃千軍義氣豪。今日建林祠下祀，君臣內祠昭烈帝像一體綉征袍。

## 巴州接家郵寄像片喜則賦此

日望萱幃眼欲穿，忽於萬里睹慈顏。笑看膝下重孫戲，長子用倓已生子。咫尺家庭不隔山。言一家團聚，無山川阻隔也。

## 步曹君鑒明中秋日原韵

家家瓜果夜三更，忽動關山旅客情。今日錦江城上月，月光不是故鄉明。

## 附曹君鑒明原韵

家家絲管夜三更，忽動關山萬里情。今日錦江城上月，也應分外向人明。

# 附：影印本《寄傲軒詩鈔》提要

羅鷺

清曹彬孫（一八六八—一九一二）撰。民國二十六年（一九三七）鉛印本。

彬孫字藹臣，順天武清（今屬天津）人。生於同治七年（一八六八），光緒十九年因科領鄉薦。二十六年，義和團起事，倡辦鄉團，地方賴以安寧。二十九年，佐北洋陸軍第二鎮工兵營戎幕，時永定河決口，隨營前往搶工築堤，有勞績。後科舉停罷，又捐資籌辦鄉學。以培植人才爲己任。邑宰以其事上聞，經直督奏獎，以揀選知縣用。光緒三十四年（一九〇八）分發四川，先委任巴州經征局。宣統二年七月署理夔州府奉節知縣。辛亥七月，聞省城爭路構衅，練鄉團以自保。十月六日遭襲殉難，年僅四十四。事聞，入祀忠義祠，宣付史館立傳。事迹詳見《清史稿》卷四百九十六《列傳》二百八十三《忠義十》。

此本卷首有民國二十六年丁丑季冬郭則澐《重印寄傲軒詩鈔序》，民國十三年甲子三月袁大化、周雲序，姻弟趙芾撰《清四川奉節縣知縣曹君殉難碑記并銘》及《聞曹藹臣姻兄祀鄉賢有感》詩，民國十九年庚午馬鴻翱撰《表弟曹藹臣像贊》，叔雲

《題曹藹臣舅兄手書詩箋》，民國七年戊午三月次子用杰序。根據序言，曹彬孫所著《寄傲軒詩稿》，生前正待梓行，殉難後遂蕩然無存。次子用杰于民國七年三月歸里祭掃，從舊篋中得遺詩手稿數十首，至民國十三年始雕板問世，分贈親友，久之殆盡。民國二十六年，長子用倓謀求重印，并請郭則澐作序，即此本。民國十三年刻本已不見著録，此本爲鉛印本，亦罕見流傳。蓋時逢戰亂，僅於親友中傳閲，故存世不多也。

此本正文僅八頁，存詩四十七首，附録友人詩一首。每半頁十一行二十七字，白口，四周雙邊，單黑魚尾。曹彬孫有經濟之才，非以詩見稱，然郭則澐序云：『余觀先生所作，詞旨清遠，出入有唐中晚之間，殆不類搆難者。』可謂評價極高。曹彬孫生性孝友，集中詩皆吟咏性情，平和中正，雖時有感慨悲歌之句，離愁別緒之情，大抵不失温柔敦厚之旨。光緒三十四年，離家赴蜀，作《戊申春赴蜀別家中人》：『潦倒平生半苦征，千言難訴別離情。倚門老母扶鳩坐，病女痴兒盼緩行。』臨行前一一勉勵妻子事親教子，勉勵長子支撐門户，更有幼子三歲即知不欲離父，依戀不已。《臨行勉妻》中有『莫慮西行蜀道難』之句，然在當時，蜀道之難，非關地理，惟與政事宦途相關。甫到四川，即被委任巴州經征局，奉檄前往，途中作詩云：

『橫刀倚馬萬峰頭，嘯傲長歌際暮秋。仗劍從行惟子僕，多經山路少平疇。』可見時局已不太平，須橫刀仗劍而行。然時事之艱險，集中著筆不多。或因詩稿散佚故也。在巴州，接家中郵寄像片，喜而賦詩：『日望萱幃眼欲穿，忽於萬里睹慈顔。笑看膝下重孫戲，咫尺家庭不隔山。』作者睹親人像片之情景，至今歷歷如在目前。集中最末之詩爲《步曹君鑒明中秋日原韵》：『家家瓜果夜三更，忽動關山旅客情。今日錦江城上月，月光不是故鄉明。』當是自巴州返還成都後所作。錦城之月雖好，然終究不如故鄉明。作者臨終前之最後四年，飄泊西南，關山路遠，思鄉之情難以斷絶，惟有夢魂歸故里，讀之使人垂涕！彬孫早已名垂青史，其詩亦能與其人并傳於後乎？

（録自《采山樓藏稀見清人别集叢刊》）

# 自怡悦齋詩稿

武清楊鴻飛軼倫著

# 《自怡悦齋詩稿》整理本序

近日聞知由津門著名文史作家侯福志先生整理編纂的《津沽詩集六種》即將付梓面世，其中就包括楊軼倫先師寫作的《自怡悦齋詩稿》與當年世人追悼楊軼群先師的《楊公軼群哀挽詩存》。

對此，身爲楊門女弟子的我，心底之感慨一言難盡。

回首往事依稀，我與軼倫、軼群昆仲兩先師的結緣，當追溯到一九七一年初的一个料峭春寒夜。當年正值二十歲青春芳華的我，因偶然機遇，經師兄蔣漢起引薦，專程步行到天津陝西路德鄰里的一處西式住宅，初次登門拜謁了楊軼群先生与韩鳳林師母：先生高身材，氣蘊沉穩；師母形象清瘦含蓄，言談舉止分寸有度；先生時年五十五歲，師母四十六歲。那夜晚大家雖是彼此初相逢，却都恍惚感覺恰似天作之合般的有緣幸會，情同骨肉般的久別重聚。那一天恰是農曆辛亥年二月十二日百花辰。

師母不辭辛苦，特地操辦了一桌難得的精緻酒菜。時值非常年代，社会氛圍紧張詭异。大家圍坐席間，不敢高聲語，恐驚天上人，衹是把酒低聲，暢敘世事酸辛。況味凄凉，悲喜交加，直至夜闌方散……

又過數日後，聞知軼群先生的兄長軼倫先生來家了。軼倫先生的年紀整比軼群先生長一旬，昆仲皆屬龍。我急趨拜謁，推門便見明亮的室内，軼倫先生正端坐於西窗小床上，戴着深度眼鏡，神态安詳，滿面笑容藹然，雙手却仍习慣性地扶着身前的手杖，一派師者儒雅風範。一番行禮如儀，傾心暢談，从此我便拜在軼倫、軼群兩位先生門下，學習古典詩詞歌賦。有幸成爲楊門唯一關門女弟子，我終生受益至深。

一切恍如昨日，猶歷歷在目，驀然回首已是遥遠四十九年前的天人兩隔之往事矣！

軼倫先生是儒學修養極深的教育大師，傳道授業，一絲不苟。先生傳授詩詞寫作，特别講究用詞細膩。平時弟子無論請教一詞一字，先生總能信手拈來，屈指説出幾乎所有相關的语彙、詩句、典故，如數家珍，娓娓道來，字字珠璣。宛若先生心裹裝着整本的《詩韵合璧》《辭海》，裝着學富五車的歷代詩詞歌賦、元明清劇本，裝着千古文章。而軼群先生則才思敏捷，更注重言傳身教：日常談詩論詞，身先作品示範。逢天气晴好之日，先生也常背負雙手，悠閑踱步，携弟子外出，遍訪津門各派詩詞名家大師。先生倜傥畅達，完全不拘門户之見。後來先生又推薦我拜見『了津門百年第一人』的詩詞大師寇夢碧先生，并成爲其女弟子；拜見了藏石、詩詞大家張輪遠老先生，并與老先生成爲白髮紅顔的忘年交；拜見了詩詞、書法、繪畫、篆刻樣樣精通，譽冠津門的名人雅士哈珮墨農先生與夫人閻玲，并幸蒙慈愛的閻玲師母傳授刺綉技藝，遂得一綫賺取生活費賴以存活的生機，熬過了那忍飢挨餓的漫长歲月。

軼倫、軼群兩位先生爲人師表，誨人不倦，時常共同討論弟子習作，指教不厭其煩。日久天長，我尋常出入軼群先生家請教詩學，師母必招待吃飯喝茶，視若愛女。賢淑的師母有家傳拿手厨藝：煎得金黄的肉餡餅、烙得松軟的千層餅、蒸得香噴噴的油鹽花面捲、炒得色香味俱全的各樣精緻小菜，加之那嚴寒冬日端上桌的滚燙熱酒熱茶……至今猶覺口齒留香，無尚美味。須知彼時中國人的經濟皆不寬裕，先生一家的日常生計也僅够糊口裹腹而已。

博大精深的天津詩詞界，極大地開拓與豐富了我的人生與天地視野。

詩歌是語言藝術的結晶，學習詩歌創作，當然首要是學習詩歌語言。

漢語言是華夏民族肇始發源、一脉相承，遠古至今始終未曾斷流的世界唯一傳統語種。漢語言形音義結合，語彙最多，感情色彩最形象、最細膩。漢語言一字一義一音的語素特征，表情達意最精煉、最準確。漢語發音分四聲（古代还有入聲），抑揚頓挫、鏗鏘悦耳，音樂性最强。漢語音韵分類最多，是最便于諧律押韵的至高語言材料。故而，漢語是最适合寫作詩歌的語言，使華夏文明古國成爲人類世界首屈一指的璀璨絢麗的詩歌王國。

縱觀中国古典詩歌發展史，几千年一路踏歌而來：有先秦質樸的詩歌濫觴《詩經》，有戰國華麗浪漫的楚辭，有漢魏六朝情真意摯的古體樂府，有唐人韵律和諧情景交融的近體絶律，有宋人句式長短靈動絶美的詞，有元人情感表現自由奔放的曲……

文學史上，數千年來凌空出世了光照千秋萬代的詩人：歌颂香草美人的先秦浪漫主義詩祖屈原，兩晋南北朝的田園詩祖陶淵明、山水詩祖謝靈運及其一脉傳承的謝朓，唐朝游遍祖國名山大川的浪漫主義詩仙李白、憂國憂民傷時感世的現實主義詩聖杜甫、詩中有畫的詩佛王維、想象奇譎的詩鬼李賀，還有落笔驚世、寫出两大敘事詩《長恨歌》《琵琶行》的白居易以及才情萬種的李商隱、杜牧。還不能忘記以一首千古絶響《春江花月夜》孤篇盖全唐的初唐詩人張若虚，更不能忘記有唐詩繁華盛世開拓奠基之功的初唐四杰『王楊盧駱』（王勃、楊炯、盧照鄰、駱賓王）與陳子昂……回望大唐，文學地位杰出的詩人舉目皆是，言之不盡者尚有：唐宋八大家居首的韓愈、柳宗元，田園詩人孟浩然，邊塞詩人群體高適、岑參、王昌齡、王之焕、李頎、王翰……還有與白居易齊名的元稹以及把民歌《竹枝詞》融會成文人詩體的劉禹錫……晚唐五代有花間派鼻祖温庭筠，開清麗婉約之風的『國家不幸詩家幸』的南唐詞帝李煜……北宋有『凡有井水處、皆能拍紅牙板歌柳詞』的『白衣卿相』柳永，有才氣凌雲、兼俱豪放与婉約神韵的盖世大文豪蘇軾，還有委婉極緻的『倚聲家初祖』晏殊與其子晏幾道，以及格律嚴謹、婉約正宗的周邦彦，更出世了一代風姿綽約的女詞人李清照……南宋有『醉里挑燈看劍』的豪放派愛國大詞人辛弃疾，『細雨騎驢入劍門』的愛國大詩人陸游，還有對敵威武不屈的士大夫、田園詩人范成大。而那首氣吞山河、悲壯沉痛的《满江紅·怒髮冲冠》則是抗金英雄岳飛銘勒在中華民族青史上永不磨滅的絶世孤品。更有从婉約派凝化脱穎的騷雅派詞人，如詞風清麗空靈的姜夔、密麗凄迷的吴文英……放眼兩宋詞壇真乃群英薈萃、繁華鼎盛，文學地位卓越超群的詩詞大家舉不勝舉者尚如范仲淹、歐陽修、王安石、黄庭堅、秦觀、賀鑄、張孝祥、史達祖、王沂孫、劉辰翁……亦不能忘記那隱逸西湖孤山的北宋梅花詩人林和靖……到了元明時期，詩歌創作綻放了峰巔奇葩——元曲，歷史推出了空前絶後嘆為觀止的偉大元曲劇作家關漢卿、王實甫、湯顯祖……劇作家将詩歌引入戲曲，从此開啓了中國戲劇創作的洪流源泉。一直发展到有清一代，洪昇、孔尚任濃墨和泪寫出《長生殿》《桃花扇》……真感嘆中國古代所有的戲劇作家無一不是詩家聖手。从此意義上亦可謂：没有古典詩歌和音樂，就發展不出『人間能得几回聞』的載歌載舞的絶妙中國戲曲。

中國古典詩歌創作發展到明清兩代，在當時新興文學樣式之章回小説、戲劇本創作的衝擊下，隨着封建社會政治、現實生活的變遷，八股取士的桎梏，文字獄網的羅織等等，諸多時代因素叠加制約，導致明清兩代的詩詞創作儘管依然數量浩繁、流派雜陳、名家輩出，而其整體創作思潮却已如大江東去，永難再現唐宋時代盛世的汪洋恣肆、氣象萬千的詩國聖界。

綜上所述，詩歌創作理論的發展也相得益彰，流派紛呈。詩詞风格上有花間派、豪放派、婉約派、騷雅派，内容上有田園詩、山水詩、边塞詩、懷古詩、言情詩、感時傷世咏懷詩，表達方式上有抒情詩、敘事詩。詩歌創作理論發展到明清兩代愈臻成熟，繼而出現了王士禛的神韻説，袁枚的性靈説；發展到現代，詩歌又分類出浪漫主义與現實主义兩大基本創作思潮等等。

莫及論，古典詩歌發展到現代，漢語言無論在語彙、語法、語言結構上均已發生了前所未有的巨大演變，適應現當代白話語言的，更新穎、更自由、更成熟的新詩體呼之而來。然而無論詩歌形態怎樣變化，其未來将如何發展，詩歌創作畢竟是需要繼承文學傳統，吸收傳統文化滋養的語言藝術，就像枝繁葉茂的千年大樹必扎根於厚土。清朝以後民國時期以來，一代先師孜孜不倦成就的古典詩詞卷帙，終究填补了这一歷史時期詩歌創作形式的换代空白，在中國詩歌發展史上起到了承前啓後、不可磨滅的傳承作用。这种傳承正猶如南宋理学家朱熹在《觀書有感》詩中所言：『問渠那得清如許？爲有源头活水來。』

筆者竊以爲，中國古典詩歌還是中國古代三位一體的『詩書畫』傳統文化之一，是古老華夏民族創作的人類源遠流長的偉大東方文化藝術。相信中國古典詩歌就如同漢字書法、水墨國畫那樣，於世界永存。

《自怡悦齋詩稿》是一部編年體詩集，記録了楊軼倫先生自一九二六年至一九五七年的詩歌作品。詩稿於一九五七年經蜡版手刻油印成册，而後軼倫先生親手将这本詩集交嘱軼群先生存閲。此後受時局所困，先生不得已漸次置筆閉門謝客，直至一九七六年一月九日嚴冬中，軼倫先生溘然長逝。

这本詩集在軼群先生手中，歷經『文化大革命』中抄家焚書，先生全家捨命冒險，終其未泯保存下來。至一九八五年一月十日軼群先生因病去世，詩稿又傳至門下弟子蔣漢起手裹。

二〇一九年一月，冥冥中恰是軼倫先師去世四十三周年、軼群先師去世三十四周年之際，我專程驅车到天津北辰區蔣漢起師兄家取这本詩稿，無奈歷經六十二年世事滄桑，眼前的詩稿已是破敗不堪：薄如蟬翼的纸頁又黄又脆，油印字迹已模糊，處於一觸即潰的狀態，搶救迫在眉睫。我遂拜托侯福志先生辛苦整理，將其打印成了電子稿。

如今虔心捧讀这本百劫猶存的《自怡悦齋詩稿》，深感物是人非，彌足珍貴。讀罢不禁掩卷沉思：在中華傳統詩歌文學發展史上，自怡悦齋詩作就其内容風格而論，究竟傳承了歷朝歷代哪一流派？其現實意義又何在？吾爲後學之輩才疏學淺，不知所以然，不敢信口開河妄言也。

語有之：『詩言志、歌永言。』試以編纂者侯福志先生在其《整理説明》中對

《自怡悦齋詩稿》蘊藏豐富的内容研究来看，他對这本編年體詩集大致有如下分類：描繪當年津沽歷史風物，記録當時詩友交游，反映時代民生疾苦，抒寫身世生活、兒女情長等諸方面内容。顯見軼倫先生的詩作，既不用華麗旖旎的語言，更没有曲折離奇的思維架構，然而却是言近旨遠，天然去雕飾，自然呈現出一派『腹有詩書氣自華』的文人底蘊。

敢請諸君試讀詩稿之二十七《天津若瑟小學校高級畢業生同學録題詞》，再和泪讀完詩稿之三十七《哭殤女迎春》，再吟誦一遍詩稿之五十八《和猩酋丈石老人詩》與詩稿之六十九《題張輪遠夫子著〈萬石齋石譜〉》以及詩稿之七十二《戊子夏日同諸師友泛舟八里臺》等詩篇，我們仿佛能身臨其境地回溯當年，深深感受到軼倫先生吟唱的是帶有他生活的，具有時代鮮明特征的古典體裁詩歌。先生僅用深入淺出的帶有時代特色的尋常語，娓娓動聽地道出了人人心中欲言却不能言之出者！至情至性，餘韵繞梁，是兼俱『神韵』与『性靈』之創作格調，師法自然的『性情派』詩歌否？此乃詩如其人。軼倫先生真乃一生身處逆境，猶能大徹大悟自怡悦之天然性情中人也！

值此，謹以四十九年前辛亥二月十二百花辰，吾初登楊門拜謁軼群先生時的師生唱和爲記。軼群師寫下一首七言律詩《初見静宇》詩云：

燈前忍泪話酸辛，一見情同骨肉親。藴藉風流才子調，千磨百折女兒身。唱酬敢負新詩侶，塊壘催翻舊酒巾。莫問今朝是何日，相逢應記百花辰。

吾奉和一首五言律詩《辛亥年二月百花辰初謁軼群師暨師母兼和十一真韵》詩云：

窗掛朦朧月，燈前細語真。蛾眉憐小女，華髮憶慈親。冽酒消深恨，奇緣証夙因。春流萍水運，浮夢百花辰。

嗚呼！軼倫、軼群兩位先師早已去矣！弟子此生遥拜，奉上一瓣心香是爲序。

沈静宇

於庚子閏四月

# 楊軼倫與《自怡悦齋詩稿》

侯福志

楊軼倫，生於清光緒卅年（甲辰年，即一九〇四年陰曆九月十三日），屬龍。其父開智，字睿芝，邑庠生，畢業于北洋大學。曾擔任武清縣人民代表。開智生二子一女。長子軼倫，名鴻飛，以字行；次子軼群，名鴻翔，一名平，亦以字行；女兒藝蘭。

楊軼倫是詩詞大家。早年師從著名學者、教育家、藏石家張輪遠（今王慶坨鎮人）。上世紀三四十年代，曾先後在天津女子師範學院附中、私立含光中學擔任國文教員，是『服務於教育界最久之教師』，因爲他經驗豐富，教法得當，態度和藹，故在師生中威望頗高。一九三六年十二月，他與張昇蓀、王禹人等諸師友一起發起成立了『冷楓詩社』。上世紀四十年代與牛竹溪等人創立『河北文藝社』。一九四三年加入玉瀾詞社。一九四六年，他又加入了著名的『夢碧詞社』，與詩詞大家寇夢碧結爲詩友。當時，該社成員有四十餘人，其中包括李琴湘、姚靈犀、周汝昌、劉雲孫等名家在内。一九四七年九月，他還發起成立了『麓則詩詞研究社』，社址位於一區（今屬和平區）昆明路通義學校分校，專門講授詩詞創作。他自一九二六年開始創作詩詞，有《自怡悦齋詩稿》存世。著名學者、書法家李琴湘曾在《自怡悦齋詩稿·序》一文中曾這樣評價楊軼倫：『楊君雄於文，授徒課士十餘年，輾轉移帳於津、武兩邑城市間，弦歌不輟。所到之處，均有詩社之创立，講壇餘韵，沾溉已多，鬱然有邴原（東漢學者）之遺風焉！此尤余所殷殷企望者矣。』

## 一、主編《文葉》雜志

《文葉》是一家文藝周刊，十六開本，每期八頁，創辦於一九四七年九月二十日，社址在天津市一區河北路一百四十號。發行人劉秉中，主編則是楊軼倫。關於該周刊的創辦背景，謝溶音在《創刊詞》、劉秉中在《文化界的哀痛》（試刊號第二期）這兩篇文字中作了詮釋。按照作者的説法，在戰火彌漫下的北國，文化界爲『近年來最饑荒的時期』，然而，恰恰在這個時候，一些黄色刊物『則雨後春笋般的充斥在市面上』『一般渴望得到真正食糧的人，悄然避開，而大多數讀者都人手一册畫報，以消磨其有用的時間』『换言之，亦即大衆得不到正確的食糧』。對於文化界而言，這種反常的現象，無异于一種自戕行爲。創辦《文葉》就是『希望利用這一片小小的葉子，給青年們作一個伴侶；前進的途上，也許有無邊的沙漠，一枚青青的葉子，會給你一點安慰、鼓勵和憧憬』！

《文葉》的初衷除希望引導青年成長的理想外，還希望能夠在未來發達以後承擔另外兩種社會義務：一是『扶助優秀作家的出版事業』；二是資助清貧學子就學。據劉秉中《文葉的遠景》一文載，《文葉》是由幾位愛好文藝的青年利用業餘時間創辦的，『他們聚集個人日常節餘的金錢作資本，并且以艱苦卓絕的精神培植起來的。這本小刊物雖然是寥寥數頁，但爲了培植它，社內的同人，有的整日忘掉了吃飯，有的整夜失眠，有的跑酸了腿到各處去送報，而在這葉子誕生的時候，真使他們發了狂』。之所以取名『文葉』，楊軼倫在《葉與文葉》一文作如下解釋：『按文藝來説，黃色報紙，好比是花，花的香氣太濃郁，好像一個濃妝艷裹，塗脂抹粉的美婦；而純文藝的刊物，則不妨説是葉，葉則素净天然，使人坐對終日，悠然意遠，可以做耐久朋，能夠當素心友。因此我們這一個小小刊物，就以「葉」爲名了。』

《文葉》分爲雜文、文藝、青年生活、學生園地等欄目，另設有長篇小説連載。楊軼倫在《文葉》發表了多篇隨筆。其思想之敏鋭，語言之精熟，筆法之老到，非他人能比。如《小樓一角》《剪影》，構思精巧，文筆細膩。另刊有給青年學生的勵志詩，至今讀來亦滿口生香，如在《助青年》組詩中，多有格言警句，讀來朗朗上口。如『其二』云：『積少成多功日纍，勿因善小而不爲。』『其三』云：『要把光陰惜寸分，自强不息日精勤。更須五育同時重，德智還兼體美群。』『熱誠服務會殷殷，作事當如童子軍。獻此身心獻此力，勸君造幸爲人群。』楊軼倫不僅創作詩歌，還精於寫詩理論。如在《漫談剪景》中，要求寫詩一定要善於剪裁。他認爲，一味地『不分美惡，有什麽説什麽，一定不會産生好的作品』。楊軼倫舉例説，他每每欣賞古人田園詩作，便心馳神往。可是，當到郊外實際一走，發現村莊裏净是猪圈、糞坑，臭氣薰蒸，污穢滿地。這時就會對詩人産生疑問：難道詩人慣作欺人之談嗎？當然不是。實際上，詩人并没有説瞎話，田園裏的確是有可以留戀的地方，詩人們把美好的風景加以吟咏，而把不好的略去不寫，這種寫詩的方法叫剪裁。因爲楊軼倫是含光女中的國文老師，又是一位文藝主編，因此，他很注重利用《文葉》這塊園地培養自己的學生。如史振榮的《一學期開始》、朱慶遠的《我升入中學以後的感想》，都是經他推薦後發表的。雖然這些作品手法稚嫩，但思想活潑，感情真摯，語言明快，字裏行間凝結了作者的心血。《文葉》僅出版三期試刊號，由於當局『不予購紙外匯』，造成『紙張杜絶來源』，故使其『中途夭折』。

## 二、發起成立冷楓詩社

冷楓詩社成立於一九三六年十二月，相較於一九二一年成立之城南詩社，雖然時間較晚，但其在二十世紀三四十年代之影響力并不亞於城南詩社，今之人祇知城南詩社而不曉冷楓詩社者不在少數，實爲憾事。

冷楓詩社發起人爲楊軼倫、張昇蓀、王禹人諸人。其中尤以楊軼倫貢獻最大。以成立時正值秋季，取唐朝詩人崔明信之『楓落吴江冷』之句得名。初創時，采取社友輪流值課（即出題征詩、征詩鐘）方式，其後以社友日多，乃於一九三八年秋季始，公聘趙幼梅（元禮）爲導師，一九三九年趙幼梅去世後，乃另聘高彤皆（凌雯）、李擇廬（琴湘）二耆宿爲祭酒。最高峰時，冷楓社共有社友三十餘人，劉雲孫、胡峻門、鄭菊如、李一庵、徐鏡波等津門詩壇名流皆爲社員。自一九四一年夏季開始，詩社舉辦有奬征集活動，一時四方俊彦争以佳作相投，頗極一時之盛。

關於冷楓詩社之緣起，一九三七年四月十三日至六月二十四日，天津出版的《大中時報》分四期連載了楊軼倫的長文《吟餘雜綴——冷楓詩社成立始末》作了披露。

據載，一九三四年暑假後，楊軼倫就職於位於老西開附近的若瑟女子學校。第二年，楊軼倫的老友高守吾亦來該校任職，『當年舊雨，此日同人，談藝論道，頗不寂寞，有時此唱彼和，尤覺興復不淺，而組織冷楓社之動機，亦肇始於此時矣。』一九三六年秋季，楊軼倫與高守吾談及組織詩社之事，得到高守吾首肯，并表示願竭力促成。楊軼倫復往老友、著名教育家吳杰民（衰柳）處接洽，吳杰民亦極願加入。

張异蓀時爲城南詩社社友，亦爲津沽名詩人。一九三三年，蒙王煥如先生介紹，楊軼倫與張异蓀相識，二人一見如故。楊軼倫商張异蓀結社之事，亦得到張异蓀的支持。『既與（高）守吾、（張）异蓀約定，數日後，復至河北訪（王）禹人，請伊贊助，禹人亦首肯。』『憶自犀靈社，而河北文藝社，至是予（楊軼倫）與禹人已爲三度之同社友矣。筆墨緣深，殊令人溯當年不置也。』此外，舊友石田對成立詩社亦表示贊同，復承若瑟女校同人於君『慨然以寓處相假，俾便充作社址，而予等六人，遂作冷楓社之發起人，開始籌備一切矣』。

發起人既經確定，楊軼倫遂與同人等討論詩社名稱，幾經研究，并無統一意見。有一天，楊軼倫到高守吾處談及此事，『時正深秋，冷風凄切，使人悲從中來，不能自已。』楊軼倫之女弟子高蕙裳，乃爲高守吾之長女，性頗穎悟，適亦在座，『戲謂予（指楊軼倫）曰：「詩社命名，宜切合成立之時令，此刻秋風正冷，景物蕭瑟，蓋以『冷風』命名乎？予不覺躍然而起曰，『冷風』二字，殊嫌不文，古人有『楓落吴江冷』之句，命名『冷楓』，或較爲典雅而復切結社之時令」」。『冷楓』遂被確定爲社名。

社名確定之後，諸位發起人於一九三六年十二月六日下午，借老西開教堂後瑞德新裏五號召開了成立大會，在會上，王禹人題贈『香山紅葉』（鑲之鏡框）留念，張昪蓀作《賦冷楓詩社成立》七律三章以柬諸社友，其中有詩句云：『冷楓結社初成日，恰是吴江木落時。老圃黄花開晚節，禦溝紅葉寫新詩。』詩社同仁各依原韵奉和，以答雅意。唱和者計有九人，共得詩十四首，『彙抄一册，作爲紀念』。

一九三七年一月二十四日，冷楓詩社於燕春坊飯莊舉行第一次會課，參加社友占全體社員的三分之二。自此之後，詩社每月組織會課一次，這種情況一直持續到一九四四年四月。後因抗戰進入白熱化，時局不靖，加之冷楓詩社人員星散，大概在一九四五年前後詩社停止活動。另據資料載，解放戰爭時期，楊軼倫、張昪蓀等冷楓社友之間仍有唱和活動，此當爲冷楓詩社之餘續矣。

## 三、從事舊體詩創作

楊軼倫自二十三歲時起，在教學之餘開始創作詩詞，《自怡悦齋詩稿》收録了作者自一九二六年至一九五六年間所創作的舊體詩八十七題、一百四十一首。該詩稿是一部編年體詩集，記録了作者三十年間的生活、交游、創作以及教學情況。

### （一）描繪津沽風物

《津門雜咏》描繪了西沽、水西莊等地風物、遺迹。其一：『西沽堤上燦紅霞，丁字沽邊晴絮賒。點綴津門春色好，一邊楊柳一桃花。』西沽是津門北部風景區，一直以來便是人們踏青游玩的好去處。這首詩描繪了西沽典型的桃花春色，畫面清新、自然，讀之如飲醇酒，令人陶醉。與之類似的還有《沽上春郊即事》：『桃水西沽道，漪漣八里臺。花朝風日好，杖策去還來。』如果説前二首詩更多的是清新明快，那麽，有關水西莊的這首詩，更多讓人遺憾和感懷：『查家遺址久荒凉，憑吊前踪欲斷腸。底事名流多好事，幾番高會水西莊。』水西莊曾是津沽名園，也是南北文人薈萃之地。由於人事滄桑，加之後來的戰争影響，水西莊逐漸破敗了。這在詩人眼中，是非常難過的事情。

土山花園位於舊英租界，面積雖然不大，但在喧囂的都市裏，也是一個難得的清静之地。其《天津土山花園即事和李鑒波先生原韵》描繪了土山公園的景色及作者歡娱的感受：『小山環抱一茅亭，笑語情親見性靈。避地暫爲逃世客，扶笻多是杖鄉齡。清宵此處宜談鬼，亂局伊誰作解鈴。幸有園林供嘯傲，詩成高咏與君聽。』楊軼群還專門有一組描繪土山花園的舊體詩，題目是《天津土山花園》，從不同側面再現了這座小花園的昔日風情：

離亂幾由旬，名園樂隐淪。浮雲愁世變，景物逐時新。風月原無價，鶯花別有春。此中富詩意，莫惜往來頻。

何處尋詩去，花園共唱酬。土山宜縱眺，吟侶且嬉游。地雅何嫌小，人多不碍幽。良宵風月好，時爲一勾留。

勝地招吟侣，名園樂事賒。有山緣覆土，無地不栽花。村樹烟雲合，茅亭笑語嘩。先生游興健，腰脚每相誇。

盤桓此幾春，閑話倍情親。共作忘年友，同爲避世人。江山容我輩，風月屬閑身。日向槐亭坐，何嫌過往頻。

八里臺是津沽城南著名的風景區，在民國時期，春秋二季，很多詩社在此舉行雅集，留下了很多名篇佳構。《和高彤皆夫子〈游八里臺〉原韵二首》，以行雲流水般的筆墨描繪了八里臺的美麗景色。其一：『一葉波中自在流，居然散髮弄扁舟。參差帆影添幽興，哽咽笳聲惹舊愁。此日蟲沙悲浩劫，何時丘壑得歸休。盈盈綠水輕舠穩，喜継諸公作後游。』其二：『輕舠容與在中流，且向城南一泛舟。墻子河邊饒野趣，聶公碑畔惹新愁。婆娑風月能容隐，放蕩江湖欲便休。却羡漁人太閑適，烟簑雨笠任優游。』作者描繪的八里臺風光的還有不少。如《戊子夏日同諸師友泛舟八里臺得七律一首》：『輕舠一葉泛微波，八里臺邊載酒過。舟小僅容人促膝，蟬多不碍客高歌。平疇淺碧新栽稻，遠浦浮紅待放荷。借問前溪是何處，船夫指道衛津河。』《荷花生日泛舟衛津河賞蓮八里臺石孫作五律示即用原韵》：『放櫂出佟樓，荷花深處游。橋低頻俯首，溪淺僅通舟。炎日微雲翳，凉風暑氣收。他時結吟侶，更訪水香洲。』《泛舟水香洲青龍潭依石孫原韵奉和一律》：『輕舟偕勝侶，半日寄閑身。且喜來幽圃，無須問主人。雅游挈樽榼，遺迹剩荆榛。適意從吾欲，鶯花到處春。』

一九五〇年，楊軼倫創作了《天津南郊四時雜咏》，用記實手法，描繪了津沽八里臺一帶的野景風光，涉及水香洲、青龍潭、聶公碑、倪氏園等古迹遺存，可作爲研究津門地理環境變遷的重要史料。有趣的是，楊軼群早年曾創作了一首題爲《夏日村居即景》。在該詩中，作者描繪了其家鄉敖嘴村的田野風光，讀來頗爲親切：『緑樹高巔噪晚蟬，歸牛横笛夕陽天。相逢父老多歡笑，料却秋收勝去年。獨步乘凉趁落暉，平疇一望緑依稀。村邊日暮歌聲起，知是農夫傍晚歸。』

## （二）記録詩友交游

楊軼群是一位有影響的詩人，與李琴湘、高凌雯、趙元禮、寇夢碧等詩詞大家多有往還。在衆多詩作中，有不少記録其故鄉武清學者的人和事，筆者對其這方面的情况更感興趣。

張季珣是武清的一位詩人，上世紀二十年代曾在大範甕口村（今王慶坨鎮大範口村）毓英學校任教，與楊軼倫爲君子交。一九二八年，二十五歲的楊軼倫曾作《贈張季珣》一詩，高度評價了張季珣的才情和詩情，認爲他的才情可與王維比肩，他的豪放與賀知章等同：『一見即如故，神交信夙因。天涯得知己，吾邑有詩人。才調王摩詰，疏狂賀季真。苔岑欣契合，過往莫辭頻。』一九三一年歲暮，楊軼倫專程到大範甕口造訪神交已久的張季珣，『蒙殷招待，作竟夜長談』。快慰之餘，賦詩兩首以志紀念。其一：『小隱幽村不碍狂，書城坐擁勝侯王。人情淳樸風光好，無怪君思老是鄉。』其二：『滿面風塵瘦不支，近來心力更全疲。怪君乍見多驚喜，道我容顏勝昔時。』鄉間幽靜的環境，淳樸的民風，以及詩人張季珣『坐擁書城』的生活狀態，令久住都市的楊軼倫羨慕不已。一九三二年秋天，楊軼倫又作了一首題爲《問張季珣》的絶句，表達對張季珣的問候：『唧唧寒蛩叫不休，風風雨雨十分秋。吟詩爲問張平子，可有閑情賦四愁。』

楊軼輪與王猩酋（王慶坨人）同樣是君子之交。一九四四年清明節前一日，楊軼輪專程到王慶坨看望王猩酋，期間還參觀他所收藏的雨花石，由於當日趕上大雨，楊軼倫留宿在王猩酋家中，《阻雨留宿猩酋丈書齋用高達夫〈寄杜二拾遺〉原韵》這首七言古體詩描述了二人雨夜晤談的情景，并表達了作者對二人之間友誼的珍重，以及轉瞬離别的傷感之情：『聯床聽雨在草堂，何幸故人遇故鄉。今朝把手恣歡笑，明日相思空斷腸。世事茫茫那能預，何必攢眉多所慮。雪泥鴻爪雖留憶，轉瞬天涯各一處。飄零人海幾經春，終日勞勞走俗塵。誰道駐顏能有術，攬鏡應愁華鬓人。』

王猩酋不僅是一位學者、教育家，還是一位雨花石收藏家，他曾把自己收藏的每一枚石子都編上號碼，并分别題詩一首，以想象、誇張等手法描述石子的特點。楊軼倫對『石老人』這枚石子非常感興趣，并和詩同題二首，題目是《和猩酋丈〈石老人〉》，其一：『遠在洪荒時代前，不知幾億萬千年。而今老去頑愚甚，一任旁人喚老拳。』其二：『時代何須問後前，山中無曆不知年。只因歷盡滄桑劫，雨蝕風消剩一拳。』讀其文字，一位飽經滄桑、揮着老拳的『石老人』形象躍然紙上。

有趣的是，在留宿王猩酋的那一天夜裏，楊軼倫非常思念遠在天津的幼女凌風，并賦詩一首表達思念：『自我離津後，冰弦已二更。客中還做客，明日是清明。頗憶嬌痴態，時縈笑語聲。夜闌人静候，惟汝最關情。』父女之情，溢於言表。

一九四一年，王猩酋曾爲楊軼倫的詩集題序，他認爲『吟咏性情露處，决不出其人之平素涵養』。而楊軼倫詩心曠遠，且『以寒素歷亂世，與余相見必以文藝爲語，無瑣瑣卑鄙氣』。他評價道：『自怡悦齋之詩、之題、之篇章，與其體裁多寡、性情滋味，不必盡見，而知其必有迥异乎尋常流俗之作者，以其有「自怡悦」三字爲之宗旨也。』

張輪遠是王慶坨望族，堂號爲『存善堂』。楊軼倫雖較張輪遠年少三四歲，但一直視張輪遠爲師長。二十世紀四十年代，楊軼倫、張輪遠二人均住在英租界，所以彼此之間的來往十分密切。一九四七年，張輪遠所著藏石巨著——《萬石齋靈巖大理石譜》即將出版，楊軼倫爲此題詩二首，題目是《題張輪遠夫子著萬石齋石譜》。

其一：『説法高僧静不嘩，繽紛天上雨芳華。至今山畔靈巖石，猶作斕斑五色花。』

其二：『萬石齋中奇石多，主人雅興日摩挲。新書譜出驚風雨，應有蛟龍爲護呵。』

武清南蔡村人柳學洙（柳溥泉）與楊軼倫是相交數十年的好友。楊軼倫是著名教育家、詩詞家，柳學洙則是著名醫師張錫純的得意門生。二人在二十世紀四十年代就已相識，因爲是老鄉關係，且年齡相差無幾，一見如故。《自怡悦齋詩稿》付梓前，柳學洙應約爲之題詩四首以示祝賀。柳學洙在詩作中高度評價了楊軼倫其人其詩，認爲楊軼倫是『逸士』『幽人』，他『愛寫江村景物幽』的田園詩，詩風緊追白（白居易）、陸（陸游），且其詩多是『妙手爲文偶得之』。

他的《自題〈醫林雜咏〉》云：『慮憂常在病員先，搔首濡毫幾度研。調得健康恢復後，自怡悦亦自矜憐。』柳學洙從醫療實践出發，化用楊軼倫齋號『自怡悦』，希望每個病人都能夠像楊軼倫一樣，培養達觀的生活態度，并且要自己疼愛自己，只有這樣才可能永葆健康活力。

柳學洙與楊軼倫的同胞弟弟楊軼群相識於一九七六年春。這一年的一月九日，楊軼倫先生剛好去世。二人見面時，柳學洙還向楊軼群提及楊軼倫：『急問軼倫翁，云已隔仙塵。』這之後，柳學洙便把這個小自己十余歲的老鄉引爲知己，他們二人，還有同爲武清籍的著名學者張輪遠、曹潔如等，經常在一起雅集，張倫遠將四人以『北叟（張輪遠曾作《北叟吟》，因武清在天津以北得名）』相稱。柳學洙用『與昔野菊詠，同一聲錚錚』的詩句概括了他們在一起以『菊』爲題吟詩作賦的情景。一九八五年，楊軼群因肺癌去世，柳學洙作《哭軼群》五古一首，以表達對楊軼群的悼念之情。在詩中，柳學洙描繪了第一次見到楊軼群時對他的印象：『與君初相晤，時在七六春。自我介姓字，繼道來自津。器宇仰軒昂，儀態何摯真。』柳學洙十分欽佩楊軼群的文史造詣，并對他在天津文史館的工作給予很高評價：『偉哉文史館，推薦悉耆英。老者得所安，才各盡其能。人文軼事績，掌故地方名。采摭多翔實，淵博信有征。一一運白描，耿耿獻赤誠。』只可惜，在『北叟』諸人中，本來有『金剛不壞身』稱謂、且年齡最小的楊軼群，却被『肺痾』奪去了生命。作爲中醫師的柳學洙，也因未能夠治好楊軼群的肺癌感到自責和難過：『縱有中西醫，竟無良方療。遂使曠代材，遽赴修文召。』

（三）反映民生疾苦

楊軼倫經歷過北伐戰爭、日本侵略和新中國成立等不同的歷史事件。這在他的詩作中都有反映。

一九二八年，北伐戰爭結束後，作者作了一首題爲《戰後即事》的絶句：『亂後荒村盡掩門，劫餘情況不堪論。傷心最是堤邊柳，猶有當時炮火痕。』作者用白描手法，記録了戰爭所帶來的損害。村莊被洗劫，人們四散逃亡，家家關閉門户。只有傷痕累累的楊柳，静静地站在堤邊，用它被炮火燒灼的痕迹，訴説着曾經發生的戰爭。

一九三七年，抗日戰爭暴發後，作者在看完某部戰爭影片後，曾作了一首詩表達投入抗戰的理想。這首詩的題目是《暴敵入寇觀戰爭影片有感》：『血雨腥風慘不歡，也同人世起狂瀾。山河變色風雲緊，袖手如何壁上觀。』血雨腥風，山河變色，大敵當前，唯有抗争。結合當時的歷史狀況，在『亡國論』和『不抵抗論』當道的情況下，這種絶不能當亡國奴，不作『壁上觀』的抗争思想，猶如火光一樣，給人以光明和希望。這種思想，對於一位生活在底層的知識分子來説，當是十分難得的。

新中國成立後，隨着社會主義改造的全面完成，經濟得到恢復和發展，社會團結進步，人民生活日益改善。這種狀況，也反映在大量的文學作品中。楊軼倫的詩作，雖然没有直接反映這一歷史事件，但在他的一組《天津春節竹枝詞》中，我們仍然可以窺見他内心的喜悦之情。有意思的是，這組創作於一九五七年春節期間的詩作，采用的是傳統『竹枝詞』形式。這種詩體介於文人詩與打油詩之間，具有簡潔明快、輕鬆活躍、畫面生動、内容豐富、雅俗共賞的特點，很適合描繪風物風俗和民間節慶活動。

其一：宜春帖子寫紅箋，泛語全將舊句捐。燈綴繁星綢結彩，焕然春色滿門前。

其二：故事連環入扇屏，時裝仕女最娉婷。民間藝術尤珍貴，年畫争奪楊柳青。

其三：窗花剪紙忒精工，貼向玻璃日影紅。點綴春光輝映處，吊錢飄動舞東風。

其四：秧歌竹板霸王鞭，獅子龍燈樣樣全。天氣清明人意好，滿街簫鼓鬧喧闐。

其五：寧園焰火式翻新，鳥市聯歡百戲陳。通夜一宫開舞會，萬千容易引游人。

其六：屠蘇酒暖透春風，佳節聯歡到處同。宴會最宜休假日，相逢誰不醉顔紅。

第一首，描繪貼春聯、掛燈籠的場景。『泛語全將舊句捐』，是指傳統的春聯都被新時代的口號所代替，反映的是那個時代特有的歷史現象。這種寫實手法，更具有史詩的意義。第二首，描繪家家貼年畫的情景。楊柳青年畫是人們喜聞樂見的大衆化的藝術品。它的畫面多樣，色彩鮮艷，内涵豐富，通俗易懂，故事性强。作者所描繪的是『四扇屏』的連環畫形式，可能是《紅樓夢》，也可能是《西廂記》。

這些事故都是典型的中國年畫題材，作者善於抓住年畫細節，反映貼年畫的喜慶色彩。第三首描繪的是貼窗花、吊錢這種特有的民俗活動。窗花、吊錢都是紅紙做成，所以，在作者眼裏，才出現了『貼向玻璃日影紅』的特有喜慶畫面。一句『吊錢飄動舞東風』，令讀者眼前一亮。作者雖然描寫的是春光，但春光之所以令人心動，是因爲國家的春天來了，人民得到解放，老百姓當家作主。第四首描繪的是民間花會。秧歌、獅子會、龍燈會，加上滿街的簫鼓，烘托出『天氣清明人意好』歡樂氣氛。第五首，描繪全市人民過春節的喜慶氣氛。作者選取了寧園、鳥市、一宫等最具代表性和民俗性幾處點位，用焰火、百戲、舞會等具有新時代特點的過年形式，再現了二十世紀五十年代天津人過節的熱鬧場景。第六首描繪的是老百姓過節的畫面。春節是傳統節日，也是中國人的狂歡節。人們喜歡用聯歡會、宴會等聚會形式來慶祝。在歡樂的氣氛中，人們都受到了感染，他們忘記了往日的煩惱和不愉快，在春光中展現了樂觀向上的生活態度。『相逢誰不醉顔紅』精准地記録老百姓幸福時刻。

**（四）抒寫兒女情長**

楊軼倫生活在動蕩年代，一生爲生活奔波勞頓。他父母和愛人、孩子都在老家，由於交通、通訊不便，所以他和很多文人一樣，經常要承受着離别之痛和相思之苦，甚至當家庭成員出現意外變故時，還要經歷生離死別的創傷，這些看惟兒女情長，實則反映人間大愛的情感，在他的詩作中均有所反映。

一九三九年，迎春病逝，作者悲痛至極，創作了《哭殤女迎春》同題三首絶句。其一：夜長盼不到天明，病已沉沉誤作輕。太息體僵氣將絶，痴心猶望汝更生。其二：些些小疾未關情，病入膏肓救莫成。自是阿爺耽誤汝，豈真聰慧不長生。其三：劇憐生小性嬌痴，傍母依爺最汝思。從此吾家生趣減，惱人偏是課餘時。以爲只是普通的小病，没有引起大人的重視，所以延誤了迎春的病情，致使迎春過早離世。在詩作中，楊軼倫表達了失去女兒的悲痛和深深的遺憾。即使在迎春『太息體僵氣將絶』的時候，仍然『痴心猶望汝更生』。當感覺女兒實在不能救藥時，楊軼倫仍然不太相信，在他看來，女兒迎春很聰慧，而聰慧的人是不會死的。『豈真聰慧不長生』表達了他希望留住女兒生命的痛切心情。女兒的死，對全家是一個巨大的打擊。『從此吾家生趣減，惱人偏是課餘時。』讀之令人落泪。

一九四四年清明節前，作者隻身到王慶坨會友。離家數日，楊軼倫對女兒的思念，就到了不可承受的地步：『自我離津後，冰弦已二更。客中還作客，明日是清明。頗憶嬌痴態，時縈笑語聲。夜闌人静候，惟汝最關情。』這首《客王慶坨清明前一日懷幼女凌風時留津寓》一詩，抒發了作者對女兒凌風的思念之情。凌風幼小嬌痴、活躍可愛，她迷人的笑聲，給楊軼倫一家帶來無限的歡樂。清明節前一日，當『冰弦已二更』、夜闌人静的時候，楊軼倫眼望一輪明月，思念之情油然而生。他輾轉反側，怎麽也睡不著，故發出了『惟汝最關情』的感嘆。

楊軼倫有兄弟，有妹妹。他們或在家鄉，或在外地。長期的音信阻隔，令楊軼倫非常難過。這在詩作中同樣有所反映。『魚書乍獲真如夢，喜極翻教泪滿頤。人到久違思若渴，事當如願信還疑。椿萱康健情差慰，手足歸來樂可知。他日津門重把握，共君一醉復何辭。』這是作者創作於一九三八年的一首詩作。按照所透露的資訊，弟弟軼群遠在他鄉，因久無資訊，楊軼倫有些放心不下。正當他思前想後的時候，突然間就收到了弟弟的來信。這令作者心喜若狂，仿佛夢境一般。這首《軼群弟久未通訊忽得書來喜而賦此》的小詩，真實記録了作者與弟弟的手足之情。

『咫尺天涯欲斷腸，囊空無計整歸裝。阿兄此刻離家慣，竟把他鄉當故鄉。』這是楊軼倫在一九四〇年所創作的題爲《寄藝蘭妹》的小詩。由於條件困難，作者久不歸鄉，故非常思念妹妹。敖嘴村距離天津不過七八十里地，可謂近在『咫尺』，但那個時候，并没有像現在這樣的柏油路，也没有公車、長途車，從老家到天津要走一天的路程，交通實在不便。所以，即使咫尺，亦如『天涯』，時常令作者『欲斷腸』。

除以上詩作外，楊軼倫的詩作還有咏物詩、吊亡詩、題畫詩、抒情詩、立志詩等。表現楊軼倫豐富多彩的内心世界和人生閱歷。

楊軼倫作詩道法自然、内容真實、情感豐富、筆隨意走、渾然天成，其《自怡悦齋詩稿》所收録的作品，既可視爲楊軼倫舊體詩的集大成，亦可作爲研究武清民間杏林史以及文人之間交往的珍貴史料。

據楊軼倫外孫余萬春先生提供資料，楊軼群於乙卯年（臘月初九，陽曆一九七六年一月九日）去世，享年七十二歲。楊軼倫有四個女兒，分别是凌雲、凌宵、凌春、凌風。大女兒凌雲是教師，二女兒凌宵是天津仁立毛紡廠職工，三女兒凌春一九三九年去世，四女兒凌風是山海關汽水廠保健醫生。

# 序一

語有之：詩言志。又曰：詩以道性情。凡此所謂詩中有我在者是也。以故，古人壽詩，率不入本集，猶之鬻文諛墓，用以取悦於人者，安得有志與性情之謂哉！

吾友武清楊君軼倫，績學士也，讀書外無他好，惟好治詩。丙子冬創立泠楓詩社於吾津，每月有課，每課必詩，每詩必傳示於衆。社外有作，尤必録寄於余，歉然有知不足之意焉。余讀其詩頗有不及賈生之嘆，其殆好學深思、銜諷自得者然也。今裒輯所作若干首，都爲一集，名曰《自怡悦齋詩稿》。其自序云：云怡悦者，亦自鳴其意云尔。念以其意也、其志也、其性情也，凡其所以爲詩也。雖然此，豈易言者哉？夫風清月白之時，文社詞壇之會，遣懷發興，長言短歌，有何在不怡悦者？獨其所謂半生淪落，四海飄零，隨事隨地隨時不忘結習，雖無好語，無好懷，亦足自畔其牢愁。人笑詅痴，家珍敝帚，此古者爲己之學也。以視子布待看之辭，東坡勿刻之戒，猶介介於人之見存者，其識趣相去何如乎？抑尤有進者。

楊君，雄於文，授徒課士十餘年，輾轉移帳於津、武兩邑城市間，弦歌不輟。

所到之處，均有詩社之创立，講壇餘韵，沾溉已多。行見聲應氣求，詩教于以化民成俗，鬱然有邴原之遺風焉！此尤余所殷殷企望者矣。是爲序。

共和乙酉冬日天津李金藻琴湘識於擇廬

# 序二

昔之論詩者曰：觀其制題即知其詩。余謂：觀其詩集之名，亦知其詩矣。自怡悦齋之詩、之題、之篇章，與其體裁多寡、性情滋味，不必盡見，而知其必有迥异乎尋常流俗之作者。以其有『自怡悦』三字爲之宗旨也。人之涉世，苟不能具有特别曠遠觀念，以超乎尋常流俗人之外，必致多自煩惱，且擾之於煩惱者，終其身不得擺脱。司空表聖所謂『歡樂苦短，憂愁實多』是也。

軼倫能自怡悦以達其不求人知之境，不幾乎仲尼疏水曲肱，樂在其中；顔回簞瓢陋巷，不改其樂乎哉。詩之爲藝，固不盡關乎吾人之所謂道德，然而吟咏性情流露處，决不出其人之平素涵養。今試一觀陶淵明詩，其中淡泊天真，殊非後人所能勉强而濫冒焉。何也？以其自有曠遠觀念，超乎尋常流俗人之外者，隱然與孔顔之樂相同也。

軼倫以寒素歷亂世，與余相見，必以文藝爲語，無瑣瑣卑鄙氣，其有以自怡悦者，必不僅在此一詩集矣。

辛巳孟夏王猩酋

# 序三

古之爲詩者，非計工拙、飾藻麗，惟以達志而止耳。詩三百篇，忠臣思士、嫠婦怨女之詞。彼歌者以宣其掩鬱之懷，而采者以爲政治興替之誠。言者非空言焉，聞者非徒聽焉。所以爲教者，奢矣。夫豈爲怡悦性情之具而已哉。

由唐至於清季，千餘年間，國家取士之法，以詩設科。而士之爲詩者，極推敲之工，鬥音韵之巧，用此階進取，沽聲譽，求悦於人之耳目，以邀榮華，而於古代爲詩之旨相戾遠矣。其間豪杰之士，鑒於時政民瘼，弛張利弊，或膚受之痛，目擊之傷，於是以忠愛之忱，發爲温柔之詩，則詩道雖漸有合於古，然亦寥乎罕矣。至於肥遁之士，岩居穴處，玩烟雲之香靄，華實之榮枯，以幽閑放曠之境遇，發爲娟好高潔之詞章，不求世知，但自怡悦。如是者，代有人焉。而詩之傳與否，不計也。自清末至今，已歷三紀，其間前朝耆老，後來秀士，殫精竭力於詩道者，當不乏人。所謂以悠閑放曠而假高潔之詞，以自鳴者是也。然當是時，人知趨利禄、謀宧達，得者以愉，失者以戚，遑暇稱人之工拙爲耶。

友人楊君軼倫，喜爲詩。近以詩稿若干卷，取陶弘景之意，題曰『自怡悦齋』。嗟乎！君之自取怡悦，豈所謂悠閑放曠、藏器於晦者之流歟？夫晦於今者，或有時而顯於後，君其盡心於所好，玩而老焉，安知自怡悦者，世不更有悦之者乎？是爲序。

共和丙戌邵映儒撰

# 自序

大凡含生負氣之倫，飛走潛栖之屬，莫不有鳴。或以寄其幽思，或以抒其娛悦。鳴雖不同，所以發泄其情感則一也。然唧唧蛩吟，則人以爲凄清；閣閣蛙鳴，則人以爲聒噪；嬌鶯乳燕，則婉轉以動人；鸚鵡鸜鴿，則巧言以悦耳。而蛩與蛙并不因之而已其鳴，何也？亦自鳴其天籟而已。

予天性好靜，每厭繁華人世，玩好了無所嗜，只耽吟，結習猶未删除。每遇風清月白之時，文社詩壇之會，輒不能自已其鳴。惟思遲語拙，不能悦耳動人，蛩吟蛙噪之譏，知不免已。然予猶不能自已者，亦所謂自鳴天籟，而不敢求知於人也。

今年初，將三十年來所作舊詩稿重爲編訂，經删汰整理後，共存詩如干首。猶憶十年以前，吾弟軼群曾慫恿付印，後因故未果。最近友人柳溥泉君見之，又力勸付梓。盛意殷勤，使人心感，重違其請，爰油印數十册。鴻爪雪泥，聊作紀念而已，非敢示人也。陶弘景之詩曰：『只可自怡悦，不堪持贈君。』吾於此集亦云。

一九五六年十二月武清楊軼倫重改舊時自序於沽上寓廬

# 題詞

## 題詞一　吴橋張藹如

久慕吟箋翰墨踪，新編捧到興逾濃。功夫熟後蓮翻舌，學問深時竹在胸。名滿洛陽增紙價，客來沽上仰詞宗。雅人深致才人筆，白雪陽春喜再逢。

花草精神錦綉團，嵌奇瑰异出毫端。千秋事業鄒枚席，萬丈光芒李杜壇。此卷都從驪頷得，他年定作豹皮看。我題數語慚才短，翻覺躊躇下筆難。

## 題詞二　徐水黄潔塵

佳日群賢集，先生异等倫。不求諧世俗，只喜寫天真。人淡能如菊，詩清更似人。自慚來社晚，相見即相親。

脱口皆天籟，謙詞取自怡。感君頻枉顧，許我作相知。梅嶺花開早，楓江葉落遲。好詩同劣畫，一樣不趨時。

## 題詞三　天津楊嗣箴

詩才清發自天生，珠玉連篇咳唾成。不向人間争技巧，個中怡悦見真情。

與君同嗜性尤宜，一段因緣起竹枝。願借如椽多諷諭，軒輶到處采風詩。

## 題詞四　餘姚黄越川

武林才子繆蓮仙，一卷詩顔自悦編。君亦命名同此意，後先輝映筆如椽。

## 題詞五　武清柳溥泉

明月清風供玩奇，池塘春草總吟資。遥瞻嶺上白雲裏，逸士幽人自悦怡。

平易近人不費思，香山風格放翁辭。陶情何必求來歷，妙手爲文偶得之。

夕照餘霞古渡頭，蘆灘近處繫漁舟。津橋饒有栖游地，愛寫江村景物幽。

郵假鴻篇獲早觀，蓬廬天外發芝蘭。重洋盡納潺湲細，萬態紛披宇宙寬。

## 題詞六　天津楊紹顔

言爲心之聲，詩乃性之影。筆底蟠龍蛇，天真參妙境。大塊一逆旅，富貴如畫餅。布衣我自安，清詩消晝永。宗風凛四知，舉趾每三省。花鳥慰寂寥，烟霞自行吟。春風絳帳暖，晚雪遠鐘沉。得句堪怡悦，塵封壁上琴。千秋詩一卷，何事羡纓簪。

## 題詞七·調寄臺城路　天津寇泰逢

緑塵移海凋青鬢，羈游乍驚時暮。世换啼鵑，風悲警鶴，做足凄凉情緒。江關寄旅，剩孤燕支，秋暗傷幽素。珍重騷魂，放懷惟向夢中去。　蕭然誰識倦客，且題襟漢上，同結詩侶。設帳逃名，緇書送日，忍把韶光輕誤。商音慢譜，但月冷愁蛾，墨殘欺蠹。瘦句吟成，一鐙紅自語。

# 自怡悦齋詩稿

武清楊鴻飛軼倫著

## 寄周耘青 一九二六年

曾記當年共讀文，少年意氣欲凌雲。我今落拓仍如故，祖逖先鞭讓與君。

## 丁卯上元前二日到津訪禹人時書齋盆梅盛開并蒙畫一株見贈因賦此以志 一九二七年，下同

自咏何郎句，相思總不支。那期高士處，得遇暗香枝。潔白真同雪，清奇合入詩。主人更風雅，爲我寫幽姿。

## 夏日村居即景

緑樹高巔噪晚蟬，歸牛横笛夕陽天。相逢父老多歡笑，料却秋收勝去年。

獨步乘凉趁落暉，平疇一望緑依稀。村邊日暮歌聲起，知是農夫傍晚歸。

**友人有以悼亡詩見示者敬題其後**

讀罷潘郎咏，無端恨渺茫。以歌當痛哭，和泪寫凄凉。筆是歸熙甫，詞同冒辟疆。至情流露處，千古共悲傷。

**石田以詩見寄賦此答之** 一九二八年，下同

春曉渾無事，擁衾倦眼開。忽傳雙鯉至，如見故人來。妙筆雄文陣，新詩絶點埃。知音縈夢寐，何日許追陪。

**春郊即景**

萬緑叢中信步行，麥苗嫩碧柳摇晴。一犁春雨深耕好，時聽農夫叱犢聲。

## 早步

侵晨雨新霽，景物倍清妍。初出日如月，遠流水似天。雜花開古道，弱柳著疏烟。時有農人過，荷鋤赴野田。

## 戰後即事

亂後荒村盡掩門，劫餘情况不堪論。傷心最是堤邊柳，猶有當時炮火痕。

## 病中

病榻纏綿不自由，身同梧葉早知秋。床頭時惹家人問，今日强如昨日不？

## 贈張季珣

一見即如故，神交信夙因。天涯得知己，吾邑有詩人。才調王摩詰，疏狂賀季真。苔岑欣契合，過往莫辭頻。

## 書懷 一九二九年，下同

韶華一瞬耳，不樂待如何。狂笑愁懷減，雄談逸興多。呼朋踏芳野，携酒卧烟莎。又破吟詩戒，臨風發短歌。

## 即事

小隱得清趣，不聞車馬煩。日長人意懶，院静鳥聲喧。好酒隨瓶罄，奇文信手翻。客來忠酬酢，相對兩無言。

## 題西沽野亭 一九三〇年，下同

尋芳曾此駐游踪，萬樹桃花一色紅。陳迹只今都似夢，惟餘落葉舞秋風。

## 偶成

物我兩無滯，忘懷得失間。居常尋樂趣，不復有愁顏。已具十分福，何須一味閑。耽吟成結習，狂語未容删。

## 雜感二首 一九三一年，下同

失意飄零人海中，誰知爨下有焦桐。功名自古如春夢，得失由來等楚弓。黄卷青燈有餘味，美人香草寄高風。耽吟孰肯憐同調，可許詩筒爲我通。

一往情深不自持，秋風蕭瑟動幽思。舉杯飲酒顔先醉，拈韵敲詩態若痴。舊夢重温應有感，閑愁追憶復何支。滿窗月色難成寐，正是吟肩瘦聳時。

## 感懷

前路茫茫百念灰，那堪歲月復相催。消愁有興尋詩句，避亂何心把酒杯。漸覺貧窮妻子累，更無風雨故人來。夜間時入黄金夢，醒後思量轉惹哀。

## 冬日道中

白日忽黄昏，行人苦莫言。嚴風摧旅客，積雪打柴門。枯樹發奇吼，飢鳥作勢蹲。征途方困頓，且喜得孤村。

## 辛未歲暮訪季珣於大範甕口村毓英學校蒙殷勤招待作竟夜長談快慰之餘賦此以志 一九三二年，下同

小隱幽村不碍狂，書城坐擁勝侯王。人情淳樸風光好，無怪君思老是鄉。
滿面風塵瘦不支，近來心力更全疲。怪君乍見多驚喜，道我容顏勝昔時。

## 新年即事

芳辰不盡好，樽酒意悠然。人又增新歲，春還似往年。瓶花添點綴，爆竹響連

翩。且喜閑無事，泥金寫賀箋。

## 寄孫澤民

幾度思乘訪戴舟，山陰月夜一遨游。只愁烟樹蒼茫裏，高士門庭不易求。

## 送春曲

無言野水似含哀，瞥眼韶光去不回。北地可憐春太促，春歸才有好花開。
家住燕山春到遲，春來才住幾多時。餞春地僻難沽酒，只有奚囊一曲詩。

## 言志

最憐知己話同舟，更喜江山汗漫游。再有奇書供眼底，人生此外復何求。

## 讀孫澤民雜憶詩賦此寄之

比似當年杜牧之，多情感舊寫新詩。疑雲疑雨無人會，雜憶偏教耐我思。

## 問張季珣

唧唧寒蛩叫不休，風風雨雨十分秋。吟詩爲問張平子，可有閑情賦四愁。

## 贈季珣 一九三三年，下同

早歲讀書才似海，壯年擊劍氣如虹。悲歌慷慨知何似，猶有當時燕趙風。

## 張异蓀長公子殤去詩以慰之

小齋正舉遣愁杯，忽見雙魚遠寄來。道是詩人亡哲嗣，頓教我輩惜英才。長埋玉樹千秋恨，一現曇花頃刻開。爲語先生須放達，輕塵短夢莫深哀。

## 天津若瑟小學校高級畢業生同學録題詞 一九三六年

氣求聲應互扶持，出校當如在校時。但使精神能固結，不嫌踪迹遠分離。學問原無滿足時，六年辛苦奠初基。欲償遠志須深造，珍重前程好自持。一堂聚首共研磨，稚嫩童年樂趣多。好雛光陰啓封卷，雪泥鴻爪感如何。年來迂拙類書痴，頽廢精神强自支。不是諸生催執筆，更無情緒賦新詩。

## 歲暮書懷冷楓詩社席上作 一九三七年，下同

歲暮騷人集冷楓，詩筵何幸接高風。醇醪量淺容先醉，吟咏多疏句未工。肯把豪情付流水，且將心事寄雕蟲。座中空有知音客，慚愧中郎爨下桐。

## 和黄越川先生六十述懷步元韵

矍鑠精神六十秋，曾聆謦欬酒樓頭。連濱豹隱應携鶴，沽上龍潛且飯牛。寄意

篇章添逸興，關心家國惹新愁。名山一卷千年業，莫把豪情付水流。

經籍松柏蒼蒼千歲材，騷壇何幸得公來。鑒湖從古多佳士，遼海於今少玉梅。大文迻探討，嫏嬛秘笈任低回。駐顏有術應難老，凈洗雙瞳看劫灰。

## 津門雜咏

西沽堤上燦紅霞，丁字沽邊晴絮賒。點綴津門春色好，一邊楊柳一桃花。

查家遺址久荒凉，憑吊前踪欲斷腸。底事名流多好事，幾番高會水西莊。

## 沽上春郊即事

桃水西沽道，漪漣八里臺。花朝風日好，杖策去還來。

## 暴敵入寇觀戰争影片有感

血雨腥風慘不歡，也同人世起狂瀾。山河變色風雲緊，袖手如何壁上觀。

## 贈趙琴軒 一九三八年，下同

妙筆偏工楊柳詞，等閑按譜寫新詩。津沽風月知何限，都付君家唱竹枝。

## 趙幼梅夫子以詩贈冷楓社友敬步原韵

健筆雄文陣，詞宗一代師。溯從蒙正字，此後願攻詩。親炙喜今日，心儀憶昔時。賴公爲砥柱，吾道不乖離。

## 軼群弟久未通訊忽得書來喜而賦此

魚書乍獲真如夢，喜極翻教泪滿頤。人到久違思若渴，事當如願信還疑。椿萱康健情差慰，手足歸來樂可知。他日津門重把握，共君一醉復何辭。

## 張昇蓀妙吉祥庵詩稿二學集千方集題詞 一九三九年，下同

詩成二學又千方，妙筆誰如妙吉祥。玉版法書君麗句，享名同是十三行。
鷄林價重羨佳篇，題句何妨附驥傳。我亦有詩三百首，未知付梓待何年。

## 哭殤女迎春

夜長盼不到天明，病已沉沉誤作輕。太息體僵氣將絶，痴心猶望汝更生。
些些小疾未關情，病入膏肓救莫成。自是阿爺耽誤汝，豈真聰慧不長生。
劇憐生小性嬌痴，傍母依爺最汝思。從此吾家生趣減，惱人偏是課餘時。

## 寄藝蘭妹 一九四〇年，下同

咫尺天涯欲斷腸，囊空無計整歸裝。阿兄此刻離家慣，竟把他鄉當故鄉。

## 題張异蓀悼亡詩後

姻緣美滿勝仙緣，才届磁婚二十年。底事五郎猶在抱，頓教琴斷十三弦。
潘郎憔悴恨應多，奈此迢迢長夜何。畢竟莊生猶未達，悼亡偏唱鼓盆歌。

## 殘荷

一九四一年，下同

幾點殘荷映水清，飄烟墜粉不勝情。一從翠蓋凋零後，怕聽瀟瀟夜雨聲。

## 天津土山花園即事和李鑒波先生原韵

小山環抱一茅亭，笑語情親見性靈。避地暫爲逃世客，扶笻多是杖鄉齡。清宵此處宜談鬼，亂局伊誰作解鈴。幸有園林供嘯傲，詩成高咏與君聽。

## 呈李琴湘夫子

一瓣心香記昔年，何期此日許薪傳。騷壇深幸添前輩，文字尤欣有宿緣。碌碌不才慚我拙，循循善誘仰公賢。幽居更喜原相近，好沐春風侍講筵。

## 種樹有感 一九四二年，下同

新烟著柳似江南，老圃生涯我舊諳。昔插柔條今合抱，樹猶如此我何堪。

## 金台懷古

眼底蒼茫萬古愁，依然白日瀋幽州。垂楊不管興亡事，一樣長條拂陌頭。
悲風千里自天來，愛士昭王安在哉。我正飄零知己少，那堪夕照望金臺。
霸圖無復騁英雄，時勢雖殊形勝同。回首金臺殘照裏，有人懷古吊秋風。
少年豪氣未全灰，乘興燕京覓舊臺。此日丘陵盡喬木，可憐驅馬復歸來。

# 和東坡饋歲别歲守歲詩三首原韵

一九四三年，下同

## 饋歲

饋歲食品宜，盤餐可相佐。入市任取求，如山積百貨。醃臘豚肩肥，盈尺鯉魚大。佳茗助吟詩，美釀足酣卧。都市争華靡，饋使盈四座。故鄉獨淳樸，糕餌自舂磨。此日客津沽，佳節匆匆過。感舊發微吟，伊誰肯相和。

## 别歲

歲將别我去，送别意遲遲。須臾曉鐘動，踪迹那可追。况予還作客，似在天之涯。皤皤雙鬢斑，行樂當及時。杯酒既已温，置盤鯉魚肥。招邀集吟侣，痛飲不須悲。有如别故人，臨歧那忍辭。别舊更迎新，轉瞬已老衰。

## 守歲

我欲留歲住，睐望似巴蛇。豈知歲不留，逝者疇能遮。今夜雖不睡，曉鐘可奈何。稚子競歡笑，爆竹聲喧嘩。漏聲既已殘，更深鼓屢撾。夜闌人欲倦，欹枕身漸斜。朦朧舊夢温，年華久蹉跎。春來人更老，壯志莫復誇。

### 和楊紹顏見贈五古步原韵

知君衍四知，齊魯傳宗派。祖武克継繩，夙夜匪敢懈。換鵞雅善書，潑墨尤工畫。附驥聯宗誼，親故悦情話。贈詩蒙寵榮，厚情信無價。愧我難克家，駑鳥盐車駕。何幸許追攀，鯫生得依附。清白吾家風，與君共趨步。隐居以求志，我自行我素。觴咏足陶然，何必青雲路。陶令賦歸來，門前五柳樹。

### 和高彤皆夫子游八里臺原韵二首

一葉波中自在流，居然散髪弄扁舟。參差帆影添幽興，哽咽笳聲惹舊愁。此日蟲沙悲浩劫，何時丘壑得歸休。盈盈緑水輕舠稳，喜継諸公作後游。

輕舠容與在中流，且向城南一泛舟。墻子河邊饒野趣，聶公碑畔惹新愁。婆娑風月能容隐，放蕩江湖欲便休。却羡漁人太閑適，烟簑雨笠任優游。

## 慈仁寺古松歌

我聞在昔蒙元時，蒼松曾植古殿墀。老幹盤屈蟠柯枝，斜蔭十畝龍鱗披。當風夭矯似蟠螭，静夜偃卧月影攲。色如琥珀膚凝脂，歲寒愈顯森森奇。濤聲吼處風雷吹，干霄直欲隨封姨。衹今時殊世事移，桑田滄海萬古悲。我來不見冰雪姿，直似化鶴歸來丁令威。蒼髯古幹今何之，低柯幼枝觸我懷古思。徘徊不去欲何爲，臨風悵然歌一詩。我聞神物不合久在人世間栖遲，化爲龍去復奚疑。噫吁嚱！化爲龍去復奚疑。

## 十刹海雜詩

無言相契對蓮花，梵海波澄一望賒。洗盡塵根誰與共，空王長此伴烟霞。

果然心定自然凉，況有微風拂柳塘。小憩渾能忘溽暑，幾番飄過藕花香。

水閣凉亭别樣清，衣香人影不勝情。柳陰深處科頭坐，獨聽菱歌唱答聲。

浮生碌碌幾曾閑，到此才叫俗慮删。十刹海中蓮萬朵，了然塵世不相關。

## 天津土山花園雜咏

離亂幾由旬，名園樂隐淪。浮雲愁世變，景物逐時新。風月原無價，鶯花別有春。此中富詩意，莫惜往來頻。
何處尋詩去，花園共唱酬。土山宜縱眺，吟侶且嬉游。地雅何嫌小，人多不碍幽。良宵風月好，時爲一勾留。
勝地招吟侶，名園樂事賒。有山緣覆土，無地不栽花。村樹烟雲合，茅亭笑語嘩。先生游興健，腰脚每相誇。
盤桓此幾春，閑話倍情親。共作忘年友，同爲避世人。江山容我輩，風月屬閑身。日向槐亭坐，何嫌過往頻。

## 擬東坡四時詞步原韵

春風澹蕩榆錢落，爲愛晴光捲簾幕。才看芳草緑平蕪，又見山桃紅入蕚。美人冰雪作膚肌，深坐顰眉知恨誰。刀尺欲忙還住手，天涯何處寄春衣。

困人天氣日初永，冰桃雪藕金盤冷。花落泥香燕影忙，柳陰日午蟬聲静。午裝慵理翠蛾顰，剩馥殘膏未肯匀。生怪侍兒饒舌語，鄰家昨有遠歸人。
梧桐葉落褪殘緑，樹轉秋聲風動竹。纖纖玉手制寒衣，隐隐銀鈎照華屋。夜深拜月户雙扃，樹影參差照滿庭。秋蟲唧唧情何限，撥動愁懷是北聲。
冽冽北風鳴畫角，凛凛寒威錦衾薄。飄飄漸見雪花開，簌簌時聞霜葉落。美人雲鬢似堆鴉，簿點胭指醉臉霞。呼取侍兒添獸炭，自將纖手理瓶花。

## 白蓮

冰肌玉骨不勝寒，不著緋衣著素紈。品自清高超濁世，質偏皎潔比幽蘭。遠公結社禪心净，齊已成詩慧性完。澹泊尤應似君子，那能衹作梵花看。

## 李子貞先生以三知足名齋并廣征題咏賦此以應

昔人有恒言，知足者不辱。卓哉李先生，乃號『三知足』。借問命名旨，妙義誰能燭。公乃掀髯笑，侃侃道衷曲。早歲體孱羸，疢疾常連屬。晚年轉康强，矍鑠驚流俗。畢生性方鯁，直言每忠告。人轉諒我誠，待我盡純篤。昔年不治生，黄金非所欲。老來尚温飽，室内有餘粟。頤養樂林泉，隐淪追高躅。故人偶相會，喜作鷄黍局。春秋風日佳，杖策任瞻矚。以此樂餘年，即是長生籙。冷笑世間人，逐逐多閑欲。我聆公此言，如雪以湯沃。録之銘座右，珍重如金玉。

## 題巢章甫《海天樓讀書圖》

極目望滄溟，海天一色青。樓頭獨吟嘯，應有老龍聽。

## 鑿井灌田行

天時有亢旱，霖雨或不時。溝渠有乾涸，灌溉難久持。人力雖已殫，秋收那能知。青青萬頃苗，或且變枯萎。胼胝既徒勞，那堪逢歲饑。備灾苦無術，仰天泪空垂。豈知人事盡，天心或可爲。何不鑿爲井，輕舉而易施。用以灌農田，源源無竭期。桔槔一動摇，有如霖雨滋。轆轤輕運轉，沛然誰禦之。古有行之者，今人何所疑。視彼人造雨，科學豈足奇。抱甕以灌園，老人無乃痴。出門望南畝，一碧喜無涯。灾荒從此免，鼓腹樂酣嬉。

## 古香詩社雅集分韵得故字

一九四四年，下同

客中苦寂寥，鬱鬱少歡趣。何以遣此愁，况當日已暮。祭酒性好客，憐才若不足。雅集約詩人，聯袂來吾寓。咳唾珠玉生，至論相連屬。江郎筆生花，撚髭多妙句。逸興欲凌雲，大雅羨風度。詩社會群賢，其樂乃無數。諸公久慕名，今日快相遇。題襟訂詩盟，一見即如故。清風來故人，此樂或可喻。分韵賦新詩，肝膈欲相訴。愧我不成章，邯鄲徒學步。

## 春月

花未能開柳未綿，黄沙鎮日蔽青天。只餘春月纖纖甚，差與江南一樣妍。

## 和猩酋丈石老人詩

遠在洪荒時代前，不知幾億萬千年。而今老去頑愚甚，一任旁人喚老拳。
時代何須問後前，山中無曆不知年。只因歷盡滄桑劫，雨蝕風消剩一拳。

## 客王慶坨清明前一日懷幼女凌風時留津寓

自我離津後，冰弦已二更。客中還作客，明日是清明。頗憶嬌痴態，時縈笑語聲。夜闌人静候，惟汝最關情。

## 阻雨留宿猩酋丈書齋用高達夫寄杜二拾遺原韵

聯床聽雨在草堂，何幸故人遇故鄉。今朝把手恣歡笑，明日相思空斷腸。世事茫茫那能預，何必攢眉多所慮。雪泥鴻爪雖留憶，轉瞬天涯各一處。飄零人海幾經春，終日勞勞走俗塵。誰道駐顔能有術，攬鏡應愁華髮人。

## 甲申重九

攬林風雨逼重陽，寄迹何妨傍水鄉。郭外儘多蘆絮白，齋頭喜有菊花黄。家家種稻田剛熟，處處臨淵蟹正香。好是催租人不至，持螯把酒寄清狂。

## 甲申除夕 一九四五年，下同

酒緑燈紅色色新，好拼一醉度良辰。座間喜有知音客，門外差無索債人。舊歲漸除偏戀故，嚴冬才過便逢春。流連長夜翻嫌短，囑咐鷄聲莫報晨。

## 挽詩三章

裁書我正寄知音，不道長庚已黯沉。重過舊居思往事，黄公爐畔感人琴。悼曾公贊先生。

感恩知己更誰同，起我沉痾念我窮。匝月相違公遽逝，人生總覺太匆匆。哭王六冲姻丈。

故人念舊意何如，尺素遥頒憶歲除。此日窮鄉驚噩耗，那堪掩泪讀遺書。哀張异蓀社兄。

## 哭王伯敷次猩酋丈原韵

念舊情於邑，驚傳噩耗書。詩才自清麗，風度總安徐。路隔音常少，交親迹轉疏。九泉逢故友，道我問何如。

## 夏日水村閑居

盈盈緑水漲陂塘，閣閣蛙鳴勢若狂。知是潮河消息到，桔槔聲裏一時忙。

小橋流水立斜陽，布穀聲聲唤晚凉。喜見秧針才插後，幾畦嫩緑幾新黄。

浩渺烟波一望賒，灘頭唤渡語聲嘩。輕旗日暮隨風蕩，知是前村賣酒家。

## 題楊紹顔畫竹 一九四六年

不愁雪壓與霜欺，畫出干霄勁節奇。添得蒼松老梅後，森森愈顯歲寒姿。
無竹從來令人俗，千竿寫出欲凌雲。卧游今已恰心賞，日日蕭齋伴此君。

## 應夢碧社課題作并呈泰逢社長 一九四七年，下同

攢眉入社苦吟詩，瘦聳雙肩亦大痴。偏是倚聲非所習，瓣香我欲奉君師。

## 春寒

去衣去酒兩難安，詩客生涯自昔難。買醉無錢裘又典，我尤篇索度春寒。

## 題張輪遠夫子著《萬石齋石譜》

説法高僧静不嘩，繽紛天上雨芳華。至今山畔靈岩石，猶作斕斑五色花。
萬石齋中奇石多，主人雅興日摩挲。新書譜出驚風雨，應有蛟龍爲護呵。

## 擬唐人塞上曲

塞上催烽火，城頭咽暮笳。匈奴猶未破，壯士敢爲家。
勒石紀燕山，長征返漢關。莫教功未立，馬革裹尸還。

## 暮春游蔡氏花園有作 一九四八年，下同

鶯飛草長自年年，往日風流盡化烟。只此滄桑魂已斷，不須更唱柳屯田。
碧水瀠洄繞野亭，陌頭柳眼又垂青。我來已是春三月，點點楊花盡化萍。

## 戊子夏日同諸師友泛舟八里臺得七律一首

輕舠一葉泛微波，八里臺邊載酒過。舟小僅容人促膝，蟬多不碍客高歌。平疇淺碧新栽稻，遠浦浮紅待放荷。借問前溪是何處，船夫指道衛津河。

## 荷花生日泛舟衛津河賞蓮八里臺石孫作五律示即用原韵

放櫂出佟樓，荷花深處游。橋低頻俯首，溪淺僅通舟。炎日微雲翳，凉風暑氣收。他時結吟侶，更訪水香洲。

## 戊子七夕

濕雲凉雨逗新秋，見説今宵會女牛。一夜郊原蘇草木，何妨别泪盡情流。

## 石孫以詩見贈賦此奉答

燕趙多豪士，誰如雙琥簃。高談驚廣座，微醉寫新詩。家學傳宗武，逢人説項斯。干戈飄泊際，天喜結心知。

## 和石蓀小園遇雨步原韵

一九四九年，下同

不作郊游久，依然興未隤。小山時縱眺，舊侶日徘徊。能得静中趣，何嫌忙裏來。看荷前有約，還擬到南開。

## 泛舟水香洲青龍潭依石孫原韵奉和一律

輕舟偕勝侶，半日寄閑身。且喜來幽圃，無須問主人。雅游挈樽榼，遺迹剩荆榛。適意從吾欲，鶯花到處春。

## 天津南郊四時雜咏

一九五〇年，下同

南郊勝景耐搜探，士女嬉游興正酣。柳欲舒眉花欲笑，桃蹊春色似江南。桃蹊路

張家廢圃已滄桑，好景猶能似故常。萬朵蓮花千頃稻，微風颭處水猶香。水香洲

閑趁秋宵放棹行，蒼茫野水夜晾生。尋常一樣團圞月，看到龍潭分外明。青龍潭

頓使倪園變舊觀，瓊瑶踏碎不知寒。枝頭雪片風吹動，便當梅花點點看。倪氏園

芒鞋竹杖任徜徉，八里臺邊趁早凉。别有清芬人不識，稻香勝似好花香。八里臺

衛津河上水粼粼，傍晚園林景色新。一葉扁舟游興好，若非情侣即詩人。衛津河

閑吊城南舊戰場，寒烟衰草感蒼茫。聶公遺迹今何在，剩有殘碑映夕陽。聶公碑

和平湖上水波生，樓畔時聞颯颯聲。欲看烟雲千萬變，只宜風雨不宜晴。和平湖

## 海濱紀游

連朝肆虐苦驕陽，忽覺今番習習涼。試向危樓舒望眼，天風吹海正琅琅。
波濤萬頃海風輕，瞬息洪流與岸平。自笑病餘腰脚懶，卧看天際晚潮生。

## 農曆庚寅除夕守歲 一九五一年，下同

眼前喜有酒盈卮，况是良朋快聚時。人過中年偏好静，序逢佳節總堪怡。寒梅怒放春將届，爆竹頻聞歲已移。更好夜闌微醉後，尚饒餘興寫新詩。

## 題孫正剛《歲寒詞隱圖》

大隐居人海，燕山寄客踪。吟懷同白雪，清概比蒼松。藝苑傳佳話，篇章結古悰。披圖想丰采，長此仰詞宗。

## 消夏雜咏 一九五三年，下同

竹簾冰簟蒲葵扇，一枕黄粱午睡賒。安樂窩中清夢稳，醒來紅日已西斜。午睡

不須沉李與浮瓜，何用梅酸濺齒牙。午夢乍醒情思懶，衹消一盞菊花茶。品茗

不衫不履任蕭疏，一扇清風一卷書。好是晚來剛浴罷，匡床竹枕夜凉初。沐浴

冰桃雪藕不須調，一盞瓊漿勝酒澆。凉沁心脾風澈骨，横胸蒸鬱已全消。飲冰

小園土阜最高巔，習習微風暑氣捐。更好偷閑來水上，竹亭消受晚凉天。游園

稻塍綺錯絶氛埃，萬頃紅蓮帶露開。我愛南郊風景好，等閑策杖一尋來。郊游

## 消寒雜咏

酣然一枕夢從容，日上東窗睡尚濃。歲晚喜逢休沐日，何妨高卧效元龍。高卧

買春喜有杖頭錢，緑酒紅爐釀雪天。欲養性靈宜小酌，一回微醉一陶然。買醉

晚來斗室有餘歡，煨芋爐邊似懶殘。一火熊熊春意足，不知窗外北風寒。圍爐

狂吟懶復鬥尖义，撥火偏宜煮苦茶。更好知音聚三五，清談一任月西斜。煮茗

## 五十周歲初度仿某君作用放翁丈夫五十未稱翁爲起句成七律一首

一九五四年

丈夫五十未稱翁，差喜心情似稚童。短髮尚無愁容白，醉顏猶有少年紅。欣逢令節招良會，幸際明時樂大同。百歲光陰今始半，晴空萬里日方中。

## 甲午除夕守歲即事

一九五五年

今夕歲云盡，尋常夜不同。新裝歡幼女，小集有詩翁。節序饒佳興，樽罍愜素衷。案頭花待放，明日便春風。

## 河岸口占

一九五六年

爛漫春光似畫圖，盈盈一水阻通衢。隔河稚子高聲問，紙鷂吹飛見也無。

# 天津春節竹枝詞

一九五七年

宜春帖子寫紅箋，泛語全將舊句捐。燈綴繁星綢結彩，煥然春色滿門前。
故事連環入扇屏，時裝仕女最娉婷。民間藝術尤珍貴，年畫争誇楊柳青。
窗花剪紙忒精工，貼向玻璃日影紅。點綴春光輝映處，吊錢飄動舞東風。
秧歌竹板霸王鞭，獅子龍燈樣樣全。天氣清明人意好，滿街簫鼓鬧喧闐。
寧園焰火式翻新，鳥市聯歡百戲陳。通夜一宫開舞會，萬千容易引游人。
屠蘇酒暖透春風，佳節聯歡到處同。宴會最宜休假日，相逢誰不醉顔紅。

# 跋

昔者韓昌黎序孟東野詩，以『物不得其平則鳴』爲之旨。夫詩豈真不得其平而鳴者乎？吾友楊子軼倫之於詩，敦厚和平，不鳴不平，又豈前代之騷人羈士所能夢見乎。使前代之騷人羈士而能生於今日，得先生詩而讀之，將亦化其牢騷不平之氣，决不能如秋蟲之唧唧矣。

余與先生初系神交，先生世居武清，以來津之便乃辱蒙走訪，一見如故，歡若平生。繼而先生移硯於天津，詩文商酌，幾於無夕不會先生。結河北文藝社，余更忝爲襄贊。嗣於天津淪陷之後，余乃携眷回静海故里，於是音問斷絶者幾二十年。此二十年光陰，不過一彈指間耳，而彼此再見皆已垂垂老矣，可勝慨哉！

先生嗜詩，今數十年矣。近自擷其以爲可者如干首，存以問世，余知先生最深，故不能已於言云。

一九五七年七月十七日牛竹溪書於静海緑野草堂

# 附録：楊公軼群哀挽詩存

## 序

同鄉楊兄軼群名平，天津市郊縣武清敖家嘴人。今歲（一九八五年）一月十日（農曆乙丑年十二月二十日）以肺癌不治卒，年僅六十有九。兄生前友好感以詩挽之，而尤以舍親張輪遠翁所挽爲多。兹值兄逝世一周年之際，即爲付梓，以留永念。庶幾發潛闡幽，播名聲而不朽耳。

詩以先後收到爲序，莫不真摯沉痛，哀感動人。每一雒誦，不禁泫然而涕下。因念與兄早在二十年前偶然相遇於遠翁之萬石齋，承其伯氏軼倫兄之介，一見傾心，遂訂交焉。未幾即罹動亂之劫，彼此隐迹杜門，音問久絶。七六年秋四凶殄滅，始獲重接笑言，劫後相逢，親貴零落，彌覺友誼之可貴矣。

兄之爲人也，慷慨端凝，忠於事業，俠肝義胆，古道熱腸，而多才藝，學融古今。時於報端刊布文章，雋逸清新，耐人尋繹。與《民風》及《天津日報》『星期專頁』主編王翁如先生訂爲文字交，有良師益友之譽。又曾撰説部與文稿多種，均被繪圖刊行。更精輿地，深邃掌故，有《七十二沽考》之篇，爲時所重。喜爲詩，自道其性情，不事雕琢。間爲倚聲，津門詞人寇公夢碧謂爲『通俗曉暢，不於聲律間求工』。蓋深知軼群者也。

兄年甫少壯，値日寇侵華，曾投身革命。解放後，任職光明影院，勤勞負責，莫之能及。七七年告休未久，先後應天津市政協文史資料研究委員會及天津市文史研究館之聘，主編《文史叢刊》，選輯資料，延攬人才，力疾從公，不辭勞瘁。并協助《民風》及『星期專頁』審文撰稿。其忘我精神，堅强意志，凡與兄相知者，如翁如、李世瑜、劉書申等同志，莫不交口稱贊。孰意竟以積勞致疾，溘然長逝。惜乎才長命短，未盡其才；賫志以終，豈不痛哉！

矧余老病，哀逝傷離，情何以堪。言念之深，甚望精爽未泯，人天相通，君其翩然來夢耶？！

一九八五年十二月二十九日鄉愚弟曹潔如拜識時年七十有七

## 哭楊平同志

丁立群

聯席交親僅一年，嗟君常被病魔纏。登樓理牘頻吁喘，力疾從公更可憐。

求將史實付來人，文字推敲特認真。風雨不辭忙問世，疲勞罔顧病中身。

廣尋史迹願常違，同訪河山事已非。細數良朋君最少，長才未展竟先。歸君生前意與余至津郊五縣尋查山脉河流以及重點鄉鎮之發展情況，以實史料，因病不果，天不假年，今則已矣。

多方組稿攬人才，雅冀流傳路廣開。病榻不忘圖改進，追思矩範倍傷懷。

連篇詩史共研磨，抵掌交談益我多。忠義如君偏不壽，才豐遇澀慟如何。

論文共話再無緣，往事渾如一縷烟。塵案有書人不見，每披遺卷泪潸然。

## 楊軼群同志病逝泣賦

仲儒賀希紅，時年七十有八

近得佳音自病房，誰知返照是回光。忽聞噩耗驚投箸，每憶前程欲斷腸。陳氏二難胎月旦，季方千古忿巫陽。蘇東坡《海州韓文公廟碑詩》：『謳吟下招遣巫陽』，言上帝遣巫陽謳吟以下招文公，而公没仍歸帝旁。仰觀壁上舊懸影，去夏曾與君在薊縣大佛寺合影一幀。風雨簫齋益斷腸。

交誼十年一面纔，蘭言每聽臆宏開。屢承去夏臨醫室，去夏君莅薊，我適住院，承一再臨床探視。豈料今朝隔夜臺。儕輩深悲金石友，津沽痛失棟梁才。賢能四化登庸亟，不爲私交始慟來。

## 敬挽楊軼群同志

于化一

賢人今日嘆龍蛇，噩耗傳來日欲斜。留得文章傳後世，長教津史播芳華。
風凄雲慘繞津門，木壞山頹欲斷魂。從此人天成永別，獨留冷月照黄昏。
腹有詩書筆有神，方期大用竟歸真。海河今日長流處，文史精研少一人。
何事天公不假年，匆匆遽尔卧牛眠。未酬壯志身先死，赢得知交盡愴然。
力疾從公志氣豪，推敲文字不辭勞。此生不愧風騷客，千古同欽格調高。

## 附挽聯

才雄倚馬，學富雕龍，看此日典範長存，杰作佳篇垂後世。
木壞棟梁，山頹泰岱，痛今朝人天永隔，素車白馬吊先生。

## 悼軼群公七絶五首

吴啓禄

昊天不吊喪斯文，頓痛三津失哲人。史筆如椽宏教化，盛名遺澤并長春。

儀容未睹賴鴻鱗，爲我圖謀煞苦心。詎料一朝成永訣，楓林月冷哭知音。

高標逸韵久推君，瀇蕩才華夙所聞。冀遇機緣謀一晤，深悲未得受陶鈞。

積勞致疾甫秋冬，二竪無端困乃公。竟至一衰成不起，騷壇浩嘆弱耆翁。

罡風吹澈九霄寒，企念才名思萬端。倏尔僊塵從此隔，蒹葭秋水泝迴難。

## 挽楊軼群社兄

寇夢碧

争禁病裏訃音來，石火光中等可哀。魔劫十年經百煉，誰知大去却春回。軼群於十年浩劫中罹禍最酷，而鎮定自若，洵非常人。

小窩吟事幾滄桑，哭罷元方哭季方。泉下休教自怡悦，青林風雨許連床。其兄軼倫，予四十年前老友，能詩，齋名自怡悦、小安樂窩。

傳詩晚有鮑令暉，野菊聯吟托意微。豪縱故難聲律縛，天龍脱械始能飛。晚得女弟子静宇，頗能詞。軼群天性疏放，爲詞通俗曉暢，不於聲律間求工。其《野菊花》詩唱和者甚多。

何事彌留喚白顛，修文促駕果其然。人間倘有金靈馬，便欲追公到九泉。聞彌留之際若曰：『青馬白馬稍候，吾更衣矣。』豈真玉樓赴召耶？

## 哭軼群

柳學洙

與君初相晤，時在七六春。自我介姓字，繼道來自津。器宇仰軒昂，儀態何摯真。急問軼倫翁，云已隔仙塵。吁嗟十載内，久未勞鴻鱗。一朝成永訣，潸然泪湿巾。授我以長句，頓使霧眼明。與昔野菊咏，同一聲錚錚。偉哉文史館，推薦悉耆英。老者得所安，才各盡其能。人文軼事績，掌故地方名。采摭多翔實，淵博信有征。一一運白描，耿耿獻赤誠。病危猶握管，感德頌時清。春蠶絲吐盡，蠟炬泪都傾。北叟諸人中，張輪遠公有《北叟吟》。君年實最少。金剛不壞身，肺疴豈所料。縱有中西醫，竟無良方療。遂使曠代材，遽赴修文召。楊柳結棠棣，君有『楊柳是一家』句。斯盟成空調。昔日芳洲逝，靈堂少挽詩。有負陳公望，君敦僕綴詞。君今又長往，聞訃悵已遲。未克躬執紼，復拙于遺辭。敬禱在天靈，俯察鑒愚私。嗚呼敬禱在天靈，俯察鑒愚私。僅以羌句寄悲思。

## 挽軼群師

弟子沈静宇

遭逢劫裏互扶將，亂演春秋傀儡狂。永訣人間坎坷路，一抔黄土泪千行。

彼蒼何不恤殘年，詩學空悲未竟傳。殘燭已灰尚餘熱，可憐病榻盡纏綿。

夜雨談詩對焰檠，慈容笑語尚分明。空餘夢斷春光好，携我烟村故里行。師曾自楊村故里歸來，語我曰：『吾行市郊春光明媚，頗悔未携尔同行也』。

## 軼群先師染肺疾不起於立春前二日弃世蓋因十年浩劫之磨難也感此賦詩哀悼

弟子蔣漢起

無端城火累魚殃，忍垢懷貞許自狂。鸞鳳在笯空振羽，山川飛血半成滄。天旋地轉千家頌，臘去春回五内傷。短燭燒殘三籟寂，夜闌拈香感茫茫。

# 寫在《自怡悦齋詩稿》整理之後

二〇一一年五月二十三日，我在《中老年時報》上發表了題爲《詩詞名家楊軼倫》的一篇小文，文章刊發後不久，楊軼倫先生外孫余萬春先生打來電話表示謝意，并談及有關楊軼倫先生的一些生前往事。爲聯繫方便，我們相互間留下了手機號碼。因爲一直被雜事困擾，這之後没有機會再聯絡。一個偶然機會，師友吕明兄提到余先生是他的同窗，聞後深感際遇巧合。吕明兄很熱心，擬介紹大家見面一敘。

二〇一九年一月十三日（星期天）中午，經吕明兄熱誠牽綫，楊氏後代族人投注熱忱，余萬春先生做東在天津紅旗南路上的運河漁村宴請各方好友。楊軼倫先生的女兒、余先生的母親楊凌雲女士以九十歲高齡之身，坐輪椅親臨宴席。出席宴會的還有楊軼倫胞弟、楊軼群先生之子楊士剛先生及余先生夫婦二人等。楊軼群先生弟子蔣漢起、沈静宇及著名工藝美術家、文史學者何德騫，連環畫研究專家吕明等師友在座。我亦應邀參加餐敘活動。

楊士剛先生帶來了其父軼群先生生前所發表的文章剪報，還有生前友好與之交往的書法作品及老家敖嘴村（今屬武清區石各莊鎮）整理的《楊氏族譜》等供衆人參閱。我當即拍下了族譜照片，以供日後研究。我帶去的是由楊軼倫先生主編的民國時期的《文葉》試刊號（載有楊凌雲一篇文字）及多年前收藏的《楊公軼群哀挽詩存》油印本，楊氏族人亦將此本拍照留存。宴席上，衆親友共濟一堂，一見如故，數小時暢敘歡談熱烈。宴會結束後，大家合影留念。

宴席上，除何德騫先生、吕明兄外，我與其他人都是第一次謀面。這次見面後不久，沈静宇老師在王頂堤某飯莊召集了一次小範圍餐敘，沈老師之外，還有何德騫和我。我與何德騫先生是忘年交，沈老師與何先生是舊友，因爲這層關係，我與沈老師見面并無生疏之感，倒是她的風趣和直率讓我覺得很親切。這之後不久，沈老師便從蔣漢起先生處借到了楊軼倫先生於一九五七年油印的《自怡悦齋詩稿》（楊軼群存閱本），并複印若干册分送好友，且將其中一册專程送到我單位請我整理。交談間，得知沈老師乃是楊軼倫、楊軼群昆仲兩位先生的關門弟子，敬佩之情油然而生。拿到複印本後，我便按照沈老師的要求，對詩稿作了系統整理。沈老師非常細緻，爲閲讀理解方便，她早已對這部詩稿作了校點，使我在整理中減去了不少麻煩。

我老家的村子叫李各莊，距離同屬石各莊鎮管轄的敖嘴村衹有四里地。我的老姑居家敖嘴村，我小時候，每逢新春，便去老姑家裏拜年。敖嘴五七中學還是我上初三時的母校。因爲這兩層關係，我對敖嘴村原本有感情。敖嘴是一個大村，有八千多人口，分四個行政村。由於歷史久遠，這個村的歷史文化非常厚重。著名評戲四大流派之一的劉派創始人劉翠霞便於一九一一年出生在這個村。楊軼倫、楊軼群昆仲二人，也是從這個村『楊家胡同』走出去的津沽學界名人。這些年，我一直在研究劉翠霞和楊氏二兄弟，并有不少研究成果見報。

沈老師所提供的《自怡悅齋詩稿》，總共有八十七題、一百四十一首詩作，按照編年體排列，自一九二六年開始，至一九五七年結束。内容涉及楊軼倫先生的生平、交游及日常生活，爲深入研究楊軼倫提供了一手資料。在整理詩稿的同時，本人將《楊公軼群哀挽詩存》亦作了整理注釋。這個本子成書於楊軼群病逝後的一九八七年，也是一個油印本，是由哈佩、張輪遠等先生組織編印的。由於是手寫本，字迹非常潦草，辨認起來頗費周折。好在有沈老師把關，很多錯誤都得到訂正。至此，上述兩本散落多年的詩集竟自湊成了系列，圓滿成就了一段文字緣。

整理鄉邦文獻，一直是我的一種情懷和嗜好。此前，我校點整理過《桑梓紀聞》

《一漚閣詩存》等與武清相關的歷史文獻，出版刊行後影響非常好，一方面保留了大量歷史資料，另一方面也爲傳承和深入研究武清歷史文化提供了依據。我期待着這兩册文獻的整理，亦能夠爲武清乃至整個津門鄉土文化再添魅力。

爲使讀者能夠更深入地理解詩集的内容與價值，筆者特請楊軼倫、楊軼群昆仲之弟子沈静宇、蔣漢起二先生爲詩集題序、題跋。特致謝忱。

在此書付梓之際，筆者特向何德騫先生、吕明兄以及楊軼倫、楊軼群昆仲之親屬表示誠致的謝意。

侯福志

二〇二〇年九月三十日

# 《自怡悦齋詩稿》整理本跋

憶昔當年有幸結識軼倫楊大先生，是凭藉楊二先生軼群的紹介。軼倫、軼群乃同胞昆仲兄弟，軼倫先生長軼群先生整一旬十二歲，兄弟皆屬龍。

蓋因十年動亂期間，吾叔弟漢洪正值少年，雅好西樂拉小提琴，故與楊二先生軼群之哲嗣楊士剛世兄經常一起切磋琴藝。士剛偶然提及其父軼群先生及伯父軼倫先生均精通詩詞學，故而吾得以被引薦。先是得見軼群先生，且一見如故，先生恂恂貌，有長者風。

自此因吾經常出入軼群先生家請教詩學，遂又得以与經常來家小憩之軼倫先生相遇，晤談甚歡。先生之品德尚謙遜、不賣弄。師生間雖於歷代詩詞典故、清代晚近名人佚事掌故等所談甚多，却极少提及先生當年創導麗則、冷楓詩社之陳年往事，亦少談及在木齋等中學教書之經歷，更諱談當年曾參選國大代表之歷史……凡眼看來，那時的軼倫先生就是眼前窘迫落拓一老人，不知者未嘗想到先生乃是津沽詩詞界鼎鼎大名之大師也……

軼群先生則博學多才，詩詞之餘，亦曾改編《聊齋志异》《馬介甫》《新兒女英雄傳》等成爲連環畫，經由天津美術出版社出版。先生改編連環畫册，一是興趣使然，二是爲鼓腹計，得了不少稿費貼補家計度日。軼群先生還更有編輯才能，是絶好的報人之材。退休后爲政協文史館主編《天津民風》，成績斐然。惜天不恤才，編過十幾期後，先生物故。後由丁立群先生（即關山父親）接手续編……往事如烟、不堪回首向来蕭瑟處，四十餘年之林林總總，心有戚戚然焉。值此，謹呈上拙作《軼倫先生仙逝周年祭》以寄遐思：

『三園嘯傲自徜徉，幾度相隨看海棠。葵藿性情空向日，雲霓才藝枉迴腸。亡羊或恐迷前路，化鶴無因識舊鄉。夢裏痴心問踪迹，天涯啼雁過松岡。』是爲跋。

後学倬雲蔣漢起百拜手勒於庚子閏四月

# 一漚閣詩存

雄縣張同書玉裁著

# 張同書與《一漚閣詩存》

侯福志

《一漚閣詩存》刊於一九三一年孟春，是民國時期的一部舊體詩集。分卷一、卷二及附録等三個部分，詩集采用編年體，收録了自一九二三至一九三一年共九年間的詩作五六五題、七百三十首。

作者張同書，字玉裁，生於一八七八年，直隸（今河北）雄縣道務村人（據《村居漫賦》一詩：『漫將蹭蹬笑書生，事事恒循直道行。生長有村名道務，故應世濁我獨清。』作者自注『世居道務村』）。城南詩社成員、詩人。據《古柏》一詩序，張同書童年时『晝從塾師讀，夜歸由先子教以詩書，燈火熒熒，恒至夜分』。另據作者自序及《自訟》一詩，張同書『十二已讀三百篇，十五操筆學爲文』。他十九歲時入畔，并在二十世紀初入保定高等師範讀書，光緒丁未年（一九〇七）卒業。畢業後一度在北京度支部供職。因此，作者能夠有機會『早游嚴範孫尚書之門，并受詩文法于陳石遺、林畏廬兩先生』。『希踪先達，性癖於詩。』辛亥革命後，由於政局動蕩，『從此下帷專教授，飽經憂患況饑寒』。自一九一五年開始，長期寓居津門（《二月杪蟫香館師招賞梨花分在字》有『自來沽水上，忽忽已十載』句），先是寓居省圖書館（今中山公園），後搬遷至城南吴窑村附近租房居住（《寓廬》：『叫囂隳突市爲鄰，小住三間月廿金。門外甚囂門内寂，蒼苔綉過曲欄陰。』），其住所與管園很近，『距管園一葦可航』。曾在周氏家館（私塾）及南開學校從事教育工作。一九二八年間，曾一度在保定的河北大學教書。次年又折返津門。

一九二一年，城南詩社成立後，張同書很快成爲社員，并受師友影響開始了創作活動。與嚴修、孟廣慧、王守恂、趙元禮、李琴湘、高凌雯、鄭孝胥、華石斧、徐石雪、吴子通、馮問田、楊意箴、陳誦洛、管洛聲、馬鐘琇等學界名流多有往還。該詩集的大部分詩作，以天津、保定兩地爲背景，集中反映了以天津爲中心的北方地區政治、文化和社會風貌，具有重要的認識價值和啓發教育意義。

## 一、反映了作者對軍閥混戰造成社會亂象的極端不滿

關注民生疾苦，反對軍閥混戰，是作者作品社會性和人道主義思想的集中反映。

一九二四、一九二六年兩次直奉戰爭，給津城百姓造成了很大痛苦。這在《初冬因亂事由津西歸舟中感賦》一詩有所反映：『慘慘海邊城，雷車驅我行（作者自注：『郭外隱隱可聞炮聲』）。未遑携襆被，虎口懔餘生。風力孤帆飽，濤頭疾箭鳴。中宵寒澈骨，露宿到天明。』再如《哀榆關》一詩：『榆關渤海隈，天險非虚傳。由燕而秦隴，長城矗其間。年來武夫横，眈眈視此關。以此爲鴻溝，境保民亦安（作者自注：『時皆以保境安民爲辭』）。一朝殺機發，鞭弭相周旋。蠻觸角勝負，各欲甘心焉。遂令長城窟，積尸高於山。嗚呼鼎革後，同根日相煎。喋血榆關旁，屈指已二年。名爲塞丸泥，實欲著先鞭。哀哉長城下，戰骨埋荒烟。排難而解紛，徒勞魯仲連。寄語抱關者，弭兵古所難。』作者在詩中對戰爭所造成的『積尸高於山』表示十分痛心。《戰禍》一題則直指軍閥爲『豺狼』，表現了作者對軍閥混戰的憤慨，其一：『居庸關外瘴江濱，萬里迢迢入戰塵。横槊祇知誇汗馬，無衣誰復念懸鶉。哭聲震野城應圮，殺氣彌天草不春。不問豺狼欲安問，張綱有恨是埋輪。』其二：『老夫一卧津沽上，兩見孤城喋血争。李代桃僵疑有約，翻雲覆雨太無情。誰驅藩鎮交相斫，坐任田園盡廢耕。廉藺交權風已渺，中原争欲主齋盟。』此外，詩人字裏行間流露出反抗异國侵略的愛國情懷，如《某國侵陵日亟因追憶甲午戰事有作》一诗：『汹汹滄海鬥艅艎，皃脛終輸鶴脛長。設險幾人能守國，攘夷無士不尊王。立談悔在蕭墻下，鼾睡真容卧榻旁。三十年來惟忍痛，禍心今日更包藏。』《丙寅除日》一詩，則表達了對貪官污吏魚肉鄉里的痛恨：『去年居北郭，金盡裘亦敝。歲暮不得歸，烽烟滿幽薊。今年對妻孥，亂離感身世。倏然南郭外，柴扉常晝閉。流光迅不停，津門兩度歲。憂患逼人來，空嘆日月逝。憶昔少壯時，王綱尚未替。粟米與布帛，取民亦有制。自從鼎革後，行政甚幽厲。掊克皆能臣，在位肆貪戾。剜肉以補瘡，遺患累生計。一絹值萬錢，米珠而薪桂。水深火熱中，尚畏豺狼噬。腹地盜横行，何况江海澨。以今視勝朝，有如唐虞際。嗚呼廿年間，滔滔已成勢。雖欲挽狂瀾，竊恐徒攘袂。老夫生不辰，奄奄方待斃。』

## 二、抒發作者對妻兒及故鄉的摯愛眷戀之情

作者長期在天津教書，生有翔、翽、翊三兒和一女名珍兒。其中翔、翽二兒在津求學，妻子、翊兒、珍兒則留在雄縣老家。由於道路阻隔，夫妻二人長期分離，給雙方造成了難以言表的痛苦，這在許多詩作中都有反映。如《八月二十六猝聞室

人病革兼程旋里時翊翕兩兒方在津讀書》一詩，對妻子表達了『思歸不能歸』的難言之隱：『童童園中桑，滮滮門前水。自我客津橋，不見三年矣。思歸不得歸，人遠室豈邇。誰知妻一病，速我亟歸里。伶俜兩小兒，勢難同行止。留兒在津門，我遂戒行李。三年思歸心，及歸乃如此。有泪不敢彈，尚冀兒心喜。』《室人病小瘥感賦》一詩，則表達對與妻子久別重逢後的喜悦之情：『思歸今得歸，檐雀噪夕陽。入門何所見，藥爐與茶鐺。時妻病幾殆，語焉亦不詳。但言中秋後，病漸入膏肓。細審病之源，外感兼内傷。氣息奄奄中，怨我不還鄉。是時兩小兒，遠在天一方。星夜召之還，使侍阿母旁。哀哉相見後，涔涔泪萬行。誰無母子情，見之摧肝腸。幸爲天所佑，藥苦不虚嘗。瞑眩凡五日，稍能啜羹湯。由此日就痊，舉家喜欲狂。僉曰母之德，天故降百詳。追思瀕危時，沈沈夢一場。惟當九月初，頃刻殊炎涼。攝生偶一疏，病魔動爲殃。何况病初愈，凡百皆宜忘。區區兒女債，吾衰猶能償。』《月夜候涼憶室人時別還鄉三日矣》則表達了對妻子返鄉後的思念之情。『巷僻無喬木，微涼抵萬金。遲遲今夜月，悄悄故園心。椎髻妻何在，攢眉我獨吟。辛勤廡下意，衹有夢中尋。』

《翊兒由家來津作此示之》一詩，則表現了父子骨肉之情：『寄書意萬重，未能一一吐。與汝促膝談，當知我心苦。汝母西歸時，我有心中語。相偕返故鄉，稍學稼與圃。所患汝之弟，三載游庠序。一簣豈能虧，念此氣爲沮。別來月兩圓，心益無所主。因人事難成，日受群兒侮。無米難爲炊，野菜和根煮。家貧不擇鄰，乃與噲爲伍。積憂遂成痗，獨行悲踽踽。眼花頭眩暈，有事憚出户。今欲罄所懷，用特從頭數。嗟餘行老矣，那復患貧窶。飲啄但無憂，久欲老環堵。王侯與將相，胥爲性之斧。既悲路崎嶇，肯與世齟齬。歸隱自有期，荒村亦樂土。』《沽上元旦述哀》一詩，則表現了作者對故鄉的思念：『屢報歸期未有期，出門惘惘竟何之。明朝一掬東風泪，又是孤兒上冢時。』

《示翔翽兩兒》一詩，則包含了作者對後輩的諄諄教誨和對子女讀書、做人方面的一些要求：『汝不聞景升兒子皆豚犬，鬩墻不惜相蹂踐。又不聞古人教子唯一經，黄金滿筐禍難免。賢而多財損其志，疏氏之言一何善。我于世事冷如冰，惟有課兒興不淺。開宗先讀四子書，旁及葩經與墳典。日聽鈎輈格磔聲，稍稍西文亦能辨。學書先學魯公碑，次則蘇黄兼隸篆。夜分燈火猶熒熒，起視庭隅星數點。嗟予老矣復何冀，以此課兒泪爲泫。年來百事不如人，祇爲能詩名尚顯。雕蟲篆刻寧足論，自縛儼如蠶在繭。既無成都之桑八百珠，徒擁廣川之書五千卷。下帷課讀已三年，嘗鼎所獲惟一臠。每瞻墳壟痛亡親，也似康成難自遣。兒乎兒乎敬聽之，汝父之言非好辯。它日果能讀父書，手澤猶堪見遺範。讀書種子天所矜，南國甘棠誰忍剪。敝廬且勿忘先人，累葉相承勤與儉。』

## 三、表現作者對衆師友的感恩和思念之情

據筆者統計，與張同書有詩酒往還的詩人計有嚴修、趙元禮、李琴湘、王仁安、高凌雯、陳誦洛、管洛聲、鄭孝胥、馮問田、王逸塘、吴子通、劉雲孫、張一桐、顧祖彭、馬鐘琇、馬詩癯、楊意箴十七位，這些人都是當時的政界或教育界的名流，在社會上具有很高的地位。張同書作爲教育界知名人士，其有關詩人間吟詩唱和的文字，大都表現了作者歡快愉悦的心情。如『城南衣帶水，日日在胸中。每溯從游事，悠然興未窮』『枯荷折葦波如鏡，輸與先生取次游』等等，或快慰、或興奮、或感恩、或思念。

在張同書的詩作中，除恩師嚴範孫外，李琴湘、陳誦洛是張同書最爲敬重的師友。李琴湘生於一八七一年，比張同書長七歲。是張同書的兄長，但在張同書看來，

李琴湘不僅是一位令人尊敬的兄長，還是一位令人敬佩的老師。在《一漚閣詩存》裏，共有十一首詩涉及李琴湘，記載了作者自一九二五至一九三〇年間與李琴湘亦師亦友的情誼。其中《擇廬看海棠》一詩，對李琴湘折柬相邀的感激之情溢於言表：『緊誰療我眼中貧，折柬相招有故人。兩度看花終不厭，孤芳怯雨尚含顰。飄摇莫遣風爲祟，皎潔曾邀月作鄰。大好春光纔睡足，郤嫌終日絳敷唇。』

張同書年長陳誦洛九歲，二者年齡相差較大，且出生地域亦一北一南，但年齡和地域的差异并没有阻礙他們彼此成爲知己之交。張同書與陳誦洛相識於一九二二年，那個時候，中國正處於軍閥混戰的年代，他們二人都是爲謀生才背井離鄉來到天津的。尤其是張同書當時已是三個孩子的父親，家庭負擔極重；而陳誦洛剛過而立之年，經濟條件也不寬裕。因此，他們之間的友誼稱得上『貧賤之交』。這從張同書的詩作中可以看得出來。如一九二六年張同書所作《初春陳誦洛見過賦贈》有『小酌未遑傾甕盎，貧交彌足見心肝』『幾度新亭同灑泪，相逢洛社輒題詩』之句。因爲是貧賤之交，所以才會『小酌未遑傾甕盎』。通俗来説，就是『酒逢知己千杯少』。

## 四、表現了作者對恩師嚴修去世的痛惜之情

一九二九年三月，嚴修去世。此前，張同書在詩中，多次表達了對嚴修的敬仰之情。僅在一九二五至一九二八年的四年間，作者參加嚴修主持的詩友會就有九次之多。其中，一九二五年一次，作《次嚴範師見和原韵》；一九二六年三次，分別作《八月六日嚴範師招游八里臺舟中賦呈》《仲冬同社諸子假蟫香館爲王仁安李琴湘二君公祝生辰分得石字》《幼梅石雪生日俱在臘月同人假蟫香館賦詩公祝分韵得以字》；一九二七年三次，作《二月杪蟫香師招賞梨花分韵得在字》《十二月十六日雪中範孫師招集蟫香館分韵得復字》《十二月十八日陳誦洛假蟫香館觴客予踏雪前往是日北風怒號寒氣砭骨途中有作》；一九二八年两次，作《七月從範師游八里臺分韵得清字》《七夕後五日蟫香館師招飲分韵得壽字》。嚴修離世後，張同書作《哭蟫香師》，其中有：『平生有泪不輕灑，今哭吾師竟失聲』『幾度從游南郭外，不堪回首是題襟』的詩句，對嚴修離世表示婉惜，讀來甚爲感人。

## 五、描繪了津沽八里臺和三角淀一帶的自然景觀

八里臺至吴家窑一帶位於天津南部，有數條河道穿越其間，并分布着大片的窪淀水面，是民國時期天津著名的風景區。許多有錢人在這些地方建有花園、别墅，如管洛聲即辟有新農園，另有羅家花園、倪家花園、孫家花園等。張同書在八里臺租住三間寓廬，與管園相隔不遠。城南詩社自成立以來，時常要組織詩酒之會，或泛舟於八里臺欣賞城南野景，或於蟫香館（嚴修寓所）、擇廬（李琴湘寓所）登高賞月，踏雪、游春、賞荷，把酒賦詩。所以在張同書筆下，八里臺確是一處難得的旅游勝地：『今年踏雪來，寒氣浩在目』（冬天），『蟫香館外花如雪，八里臺前水接天』（夏天）。尤其是對秋天的描寫，更是楚楚動人：『芳菲滿庭花，紅紫互相鬥』『九曲清溪共泛舟，詩心直與水争流。撙前陵谷年年异，花外坡塘事事幽。此去城闉纔八里，同尋野色爲中秋。枯荷折葦波如鏡，輪與先生取次游』『蟫香館外花如雪，八里臺前水接天。兩度從游問奇字，來生更欲結良緣。不妨縱飲如金谷，安用移封向酒泉。醉把殘荷斜照裏，鐘聲催我欲歸船』。

三角淀，又稱葦淀，在民間有東淀、西淀之稱。原位於天津西北子牙河、北運

河之間，向西穿今北辰區到武清區西南部（王慶坨、汉沽港一帶），是中亭河等河道停蓄游衍之所，也是重要的交通水道。由於人烟稀少，直到二十世紀二三十年代，仍然呈現出『葦淀茫茫何處泊，一燈明處有漁村』的景象，張同書的詩句恰恰提供了這方面的佐證。在《夜抵三角淀》一詩中，描寫了三角淀波風浪涌的情景：『隔溪村犬吠，夜氣漸冥冥。魂掛將衰柳，波摇乍出星。霜濃汀草白，風歷浪花腥。蕭瑟陂田外，孤舟偶一停。』《三角淀》一詩，則描繪了三角淀『風日相吞吐』的宏偉氣勢：『東淀如斯大，恢恢納百川。導河洋禹貢，敷土始堯年。風日相吞吐，滄桑幾變遷。津沽人似海，此地水爲天。』《阻風東淀荏苒又年餘矣追憶有作》一詩，則通過對三角淀的描繪，表達了獨在异鄉爲异客的感慨：『疾雷破山風擊岸，雍奴水上夜將半（三角淀即古雍奴水）。征衣濕盡雨如麻，驀憶此時腸欲斷。駒光擲我如飆輪，塵往年年摯此身。縱有田園歸不得，况欲取禾三百捆。』《重九日由家回津舟抵三角淀感作》一詩，則描繪了三角淀舳艫相接的壯觀景象：『雍奴水上浩無垠（淀爲古雍奴水），日暮何從問水濱。巨浸汹汹吞釣艇，黑烟縷縷辨行輪（汽船往來不見踪迹，祇有黑烟一縷彌漫太空而已）。飽嘗艱苦成來往，偶狎鳧鷗有主賓。』

## 六、反映了張同書對詩的審美理解和對詩的追求

張同書自小嗜詩，其《憶昔》一詩言：『少時學禮兼學詩，言猶在耳敢自欺。世人聞之動相笑，我終樂此不爲疲。』後受陳石遺、嚴修等人影響，一生與詩爲伍。『我生不嗜酒，怪癖在文字。文字亦多矣，于詩成篤嗜。』張同書之詩以『杜（杜甫）韓（韓愈）』爲宗，内容豐富，感情真摯，詞藻典雅。這種獨特的風格，是與其對詩的審美理解分不開的。如他認爲詩可以使人快樂，控制不良情緒。如《醫窮》一詩：『鍛詩夜夜聲摩聲，竅鑿混沌天無功。一生抑鬱不自得，惟有此事能醫窮。』正因爲詩具有這麼大的作用，所以張同書纔做到了語不驚人死不休。如《孤憤》一詩：『狂謀百無成，挾以入文字。一語不驚人，有負縱横志。所以數年來，文字動爲累。冥搜到枯腸，中有萬魑魅。一一見之詩，爲我用武地，自慰還自憐。孤憤在寤寐。』他還就如何學詩提出了自己的見解：『竊謂學詩之道，功力與天資闕一不可。功力深而無天資以輔之，則轅駒局趣之弊，雖欲避免而不得。蓋無論學漢魏、學六朝，以及唐宋各名家之詩，得其門而入，易其門而出，非面壁功深，得天獨厚者不能也。』

張同書的詩作屬於編年體，記載了一九二三至一九三一年間許多重要歷史事件，

尤其是有關城南詩社和有關其家庭内容的記載，客觀上爲我們研究城南詩社與張同書的生平、創作及思想提供了原始資料，堪稱民國時期津門詩人的重要代表作，其文化和歷史價值十分厚重，值得深入研究。

侯福志

二〇二〇年九月於津沽御河軒

# 題辭

杜門不問今何年，長句寵我勞君先。題襟邗上風已渺，惠詩以賓谷見擬。感舊漁洋詩初編。久不與社集并憶蟫香館主。文字精誠見肝鬲，江湖呴沫關因緣。後山弟子吾所敬，君學詩於石遺室。歲寒倍念此士賢。

庚午冬合肥王揖唐逸塘

海内騷壇數石遺，昔操選政重君詩。蘇黄才大愁無範，郊島文高瘦更奇。秀句奪將山緑去，清談坐到日斜時。衰翁望益開三徑，并及芳鄰兩白眉，謂詩癯、仲瑩。一老蟫香已上仙，範孫先生。緇衣無復賦求賢。歐蘇宋代淵源在，湜籍韓門薪火傳。愧我衰遲艱述作，羡君高誼致纏綿。送還行卷翻惆悵，如讀思巖第二篇。吴君子通有《思巖録》。

上元顧祖彭壽人

促節繁音絢爛辭，可能獨坐耐深思。采薇君欲從王績，撲筆余應學退之。津上居廬寄歌哭，先生詩句特清奇。買山莫漫思歸去，且對人天共憫悲。

天津趙元禮幼梅

# 序

雄縣爲河北名邑，古瓦橋關在焉。士風樸厚冠畿南，名賢代出。有清康熙中，馬旻徠明經之驦，善爲詩，著有張秋、新城、雄縣諸志，及《古調堂詩文集》。王苾遠中丞企埥亦以詩名，手輯畿輔四家、七家各詩鈔，藝林至今稱述，弗替也。吾友張玉裁内翰，與兩氏生同鄉里，古貌古心，淡于榮利，希踪先達，惟癖於詩，早游嚴範孫尚書之門，并受詩文法於陳石遺、林畏廬兩先生，詩名藉甚。年來避地津門。丁卯春，得識君于嚴氏之蟫香館，握手暢論，深慰平生。厥後，良辰月夜，常相過從。或追凉野水之濱，或聯步夕陽花塢。吾二人者興之所至，以爲世間至樂，莫逾於二三知己把臂論詩者矣。君昔嘗刊行《餘懺樓詩》《一漚閣集》，石遺先生所删訂也。兹將續刊近年之作，屬余序之。君詩鍛煉功深，真摯可誦，海藏先生及今傳是樓主咸稱譽之。余蓄志輯録朋好篇什，竊比次山爲篋中之新集，乃舊雨紛飛，城南寥落，搜牢亦正，不易展讀，君集足資抄録爲之一快。君論詩以杜韓爲宗，雙井遺山以外，并喜讀晚清鄭子尹、江弢叔諸名家集，固异乎今世論詩區唐宋或專尚宋調者，蓋與余有同嗜焉。善乎葉煥彬吏部之言曰：『一朝有一朝之風氣，一時有一時之景物。漢魏止言，夫婦朋友。晋宋以來，始有山水。至唐人而有寺觀。宋元以後，名物之繁，日出天地之局日新。今之，自限於六朝與各守一家數者，蓋不可與言詩也久矣。』按葉氏此論，與吾輩所見略同。爰附述之於以見天下，英雄不獨使君與操耳。

庚午嘉平月同社弟安次馬鍾琇仲瑩序於天津南關街西寓舍

# 序

清末，余負笈京師，始學詩於侯官陳石遺先生。間有所作，多未能愜意。自惟綆短汲深，亦自適其適而已。逮丙辰來津，乃大受知於嚴師範孫。越數年，公又結城南詩社以爲之倡。自此同社諸子過從益密，而余之肆力爲詩亦自此始矣。竊謂學詩之道，功力與天資闕一不可。功力深而無天資以輔之，則轅駒局趣之弊，雖欲避免而不得。蓋無論學漢魏、學六朝，以及唐宋各名家之詩，得其門而入，易其門而出，非面壁功深，得天獨厚者不能也。噫！由乙卯迄今，不獲聞石遺先生之聲欬，忽忽已十餘年矣，而嚴師範孫又於今春遽歸道山。知己之感，偶一追憶，則泪涔涔。其承睫焉，師乎友乎，余雖不敏，敢忘淵源之所自出乎。

己巳仲冬晦日瓦橋居士張同書識於沽上寓廬

# 一漚閣詩存卷一

起民國癸亥迄丁卯　雄縣張同書玉裁著

## 野泊　以下癸亥（一九二三）

舟横帆亦落，暝色欲無天。明滅村頭火，暄豗渡口船。墮空雲影瘦，蕩月水痕圓。兀坐不成寐，心旌徹夜懸。汩汩河流急，荒荒月色昏。萬鴉攢木杪，一雁下蘆根。雨點忽飛落，燈光相吐吞。水邊成獨宿，卑濕欲何言。

## 由都抵家作

厭見朱門映日開，殘杯冷炙鬱千哀。多情惟有城頭月，今夜翻隨逐客來。

## 雨夜

雲低天易暝，塞雨下涔涔。古瓦懸飛瀑，危城急暮砧。蟲聲争午夜，螢焰破秋陰。獨剪西窗燭，凄凉是此心。

## 春望

行樂及時難，東風獨倚欄。好花嬌欲語，怪石怒相看。野水孕新緑，譙樓生暮寒。蕭然林壑外，偶涉便成歡。

## 幽居

甲子迭相沿，幽居不計年。林花紅奪日，窗竹碧於烟。戒殺可成佛，蘄生徒學仙。何如覷文字，日日事丹鉛。

## 古柏 并序

余宅東北隅有古柏三株，蔭森蔽日。聞先子云：『此二百年前遺物也。』風雨之夕，輒聞古柏蕭蕭，聲如濤涌，與讀書遥相應和。迤北爲一書室，中邃而外幽。余總角時，嘗嬉戲其中。稍長，家貧甚。晝從塾師讀，夜歸，由先子教以詩書。燈火熒熒，恒至夜分。追憶此事，忽忽已三十餘年矣。今夏屏居斯室，重行掃除，悲先子之云亡，撫遺書而隕涕。泚筆成此，蓋猶餘痛云。

蕭蕭讀書處，唯見柏森森。溜雨霜皮古，參天黛色深。鷄聲催月落，螢火挾鐘沈。三十年前事，追思泪滿襟。

## 憶昔

少時學禮兼學詩，言猶在耳敢自欺。世人聞之動相笑，我終樂此不爲疲。淵明悔作彭澤令，子美曾爲右拾遺。説與小兒豈能解，後五百年人自知。

## 北海

泣雨銅駝卧路旁，誰從刼後話滄桑。蝦蟆似恨無明主，晉惠帝事。鸚鵡猶能説上皇。已割燕雲仇石晋，横行淮泗有朱梁。可憐太液池邊柳，猶自依依媚夕陽。

## 山行見月二首

薄暮登山椒，欲負白雲行。招之不肯來，姮娥笑相迎。
山行闃無人，樵徑出其腹。澗深不敢窺，猛獸月光覆。

## 書感

三年有艾病中求，築室真成與道謀。入寇强胡圍馬邑，乞盟策士誤鴻溝。那堪忌器先投鼠，本末蹊田竟奪牛。萬感觸人人亦倦，衹餘熱泪灑神州。

## 喜晴

自從六月杪，愁霖晦平陸。西望唯漏天，風霆怒猶蓄。苦雨百無聊，何以慰幽獨。忽聞鵲噪晴，變幻一何速。殘虹收宿雨，歸雲莽相逐。衝風禾與黍，垂垂實將熟。道旁穰田人，篝車或可祝。腐儒昧生理，聞之且坦腹。雖無負郭田，尚有書堪讀。殘陽終曬予，冉冉入茅屋。

## 謁殷比干廟 在汲縣城北三里許

脛可斫，心可剖，罪惡滔天豈能久。比干雖死廟尚存，謖謖松風穿户牖。當年鐘虡淪荒烟，惟有諫臣名不巧。我今攬轡過殷墟，已在三千餘年後。入門氣象何蕭森，老樹槎枒怪石走。中有古柏盤虚空，夜深猶作蛟龍吼。故宮禾黍泣殷頑，國已淪亡誰執咎。昏愚如紂獨何心，比干一死遂解紐。風高月黑子規嗁，聲聲猶似怨商紂。吁嗟乎！諫而死者豈無人，比干之名如泰斗。

## 大風雨中觀古柏作歌

疾雷破山雨如注，西南飄風撼庭樹。上有噓氣之神龍，掉尾雲中有時露。庭前有柏大十圍，挾狂風雨怒欲飛。震魂蕩魄看龍鬥，涎沫忽作長虹垂。已撼屋梁落燕雀，旋驚木杪蟠蛟螭。森森老柏根屈鐵，翻風沭雨尤瑰奇。日居斗室百無聊，今夜如聽錢塘潮。仰觀古柏三嘆息，填胸風雨無時消。

## 游保定蓮池

斷霞嵌空日初墜，修篁千挺青自媚。誰知斗大郡城中，水複山重成此地。人言城南風景好，時新闢公園。引流種樹如絶島。若將此地視蓮池，石崇金谷何足道。我來正值中秋後，敗葦殘荷半傾倒。六幢亭上坐移時，滿階黄葉無人掃。憶昔吴公來講學，摯甫先生。左圖右史恣搜討。横舍重尋已蕩然，臨風徒自傷懷抱。是時山月初轉空，花影匝地烟空濛。墻外甚囂且塵上，此間謖謖多松風。羈懷畏晚尋歸路，欲挹新凉療沈痾。倦飛烏鵲亦知還，重倚殘碑看庭樹。

## 孔子擊磬處

在衛輝南門外，亭中有碑顔曰『孔子擊磬處』，爲清高宗建。

我來擊磬處，想見擊磬心。栖栖果何爲，日受塵埃侵。毋亦乘桴志未遂，偶來衛國尋知音。我聞衛國有南子，婁豬未定行荒淫。縱使靈公不見拒，既富且教空沈吟。危邦不入古所戒，誰爲神州挽陸沈。荷蕢終是知音者，曰揭則淺厲則深。不然擊磬于中聞於外，日日悲天復憫人。楚狂遇之且趨避，何人肯過孔氏門。

## 夜過湯陰縣追懷岳武穆有作

南宋有幾人，志欲吞强胡。不搗黄龍府，有愧七尺軀。精忠如岳侯，捨命終不渝。哀哉三字獄，掠治無完膚。論其不白冤，鬼卒猶狂呼。高宗獨何心，郤爲奸臣誣。我來荒城下，爲公立斯須。夜行有常程，未敢誤征途。荒荒沙際月，啞啞城頭烏。飆輪摩蕩中，肝膽爲之粗。

## 七月十五夜由保陽而都門而衛輝又由衛輝折回都門四日之間疲於奔命愴然有作

朝燕夕衛路逾千，聒耳車聲那得眠。西望太行應笑我，有田底事不歸田。
官柳嘶風葉漸黄，征人千里宿舂粻。饑寒日與書生鬥，敢怨輪蹄徹夜忙。

## 蓮池懷古 有序

蓮花池者，元代張柔之别墅，清高宗南巡之一行宫也。中有六幢亭，清黄子壽主講蓮池書院時，得遼金三朝經幢六，爲亭以居之，故名。鼎革以後，亭池臺榭日就蕪廢，而六幢已亡其一。好事者徜徉其中，不勝有今昔之感云。

人去迹猶存，經營昉自元。構亭坡迤邐，漱石水潺湲。曲蔓龍蛇蟄，池旁有欄楯，纏以枯藤，長十餘丈。層巒虎豹蹲。六幢亭畔路，陵谷不堪論。

## 曉起

萬竅寒聲日怒號，汀洲水落雁行高。朝來瑟縮百無似，蹲聽石松翻怒濤。

## 秋暮登瀛州城

老樹遺臺晚吹凉，嵯峨雉堞俯寒塘。黑雲天末欲吞日，赬葉風前猶傲霜。穿户炊烟幻蟉虯，隔林樵徑鬥牛羊。擔筇欲待譙樓月，簌簌風威不可當。

## 過石勒故居 以下甲子（一九二四）

欺人孤寡豈英雄，斬將搴旗第一功。襄國孤城今尚在，邢臺縣治西北隅有石，趙建國時遺址，史稱石勒入據，襄國即此。亂鴨古木夕陽中。

## 邢臺雜咏

出山泉似在山清，橋下潺潺怒作聲。等是報仇心則异，衆人國士太分明。豫讓橋。

山光雨後上頹垣，往事堂堂國士門。今日偶從碑下過，碑文多磨滅，惟上鎸『大唐開元十年』六字尚可辨識，距今已一千二百餘年矣。荒烟蔓草吊開元。

谷風習習石嵯峨，觱沸寒泉出郭多。竟日看山終不厭，岡前有石碧于螺。青石岡。

平蕪十里塔嶙峋，斷碣殘碑水作鄰。六百年前業葬地，邢臺南門外爲天寧、開元兩寺之塋地，其葬禪師之塔大小相間，如奕棋然，碑上多鎸至元年中建。衹餘鬼火照城闉。

## 二月三日達活泉曉望 泉在邢郡城西

曉色淡於秋，行行成薄游。林端騰旭日，石罅吐寒流。古寺從頭數，幽泉與耳謀。涓涓終不息，滿目是林邱。

## 郊行

水田不待雨能肥，旁有枯槐大十圍。此樹婆娑生意盡，爲聽石瀨亦忘歸。

## 大雷雨中聞河水暴漲作

倒海狂瀾拔木風，雷車驅入亂雲中。阿香似受天公詔，來與蛟龍争長雄。

## 舟發藥王廟

誰驅日脚下巖阿，野曠軒然起大波。此去摇摇舟一葉，顛風直欲仆蛟鼉。

## 題盧子修《新年話舊圖》

篋藏馬革竟生還，甲午朝鮮平壤之役，公與左公寶貴同守前敵，炮臺爲日軍轟墮臺下，幾死，遇救得免。詩到鷄林名不刊，少壯從戎今老矣，一燈兒女話團圞。

問事紛紛競挽鬚，東風一夜入屠蘇。熙熙如在春臺上，誰爲先生繪此圖。

## 通州張聚五孫婦封臂療姑詩

結縭纔半載，婦德動鄉閭。愚孝疇能及，沈屙或可除。羹湯三日後，刀剪五更初。封臂醫親疾，錚錚鐵不如。

## 海棠

殿署通明奏緑章，妒花風雨十分狂。此中消息君知否，似爲無香怨海棠。

## 一笑用黃仲則原韵

一笑吾猶健，茅茨敢怨貧。中原方喋血，空谷且栖身。爲有林泉癖，能窺面目真。山容秋更好，珍重此良辰。

## 初冬因亂事由津西歸舟中感賦

慘慘海邊城，雷車驅我行。郭外隱隱可聞炮聲。未遑携襆被，虎口懍餘生。風力孤帆飽，濤頭疾箭鳴。中宵寒澈骨，露宿到天明。

## 夜抵三角淀

隔溪村犬吠，夜氣漸冥冥。魂掛將衰柳，波搖乍出星。霜濃汀草白，風厲浪花腥。蕭瑟陂田外，孤舟偶一停。

### 村居遣興

垂老耽孤寂，臨流影自雙。墮檐争凍雀，隔院吠群龍。慘黑雲低屋，驕紅日射窗。逃虚吾已慣，不愛足音跫。

### 落葉

自有辭柯意，因風逗夕暉。紛紛落何處，不向故園飛。一擲成孤注，重陰減四圍。可憐投宿鳥，林外尚依依。

昨宵風怒吼，片片墮階前。盛夏碧於洗，深秋紅欲然。笙竽鳴萬籟，霜露奪孤妍。且莫呼童掃，題詩句待傳。

### 哀榆關

榆關渤海隈，天險非虚傳。由燕而秦隴，長城矗其間。年來武夫横，耽耽視此關。以此爲鴻溝，境保民亦安。時皆以保境安民爲辭。一朝殺機發，鞭弭相周旋。蠻觸角勝負，各欲甘心焉。遂令長城窟，積尸高於山。嗚呼鼎革後，同根日相煎。喋血榆關旁，屈指已二年。名爲塞丸泥，實欲著先鞭。哀哉長城下，戰骨埋荒烟。排難而解紛，徒勞魯仲連。寄語抱關者，弭兵古所難。

### 從軍怨

爲博封侯自請纓，年年异域獨飄零。誰將夫婿從軍事，説與閨中少婦聽。

### 曉發都門即景

濃霜一夜奪塵埃，凍雀呼人去復來。觸眼梨花千萬樹，長安道上爲誰開。

### 甲子歲暮感懷

昂藏湖海氣，歲暮始歸田。悔禍知何日，編詩首此年。汹汹龍門野，淼淼水吞天。徒有澄清志，斯民正倒懸。大水之後繼以兵灾，哀我小民將無噍類矣。

蹉跎人漸老，荏苒歲將殘。臘鼓連村急，霜鐘入夜酸。未能庇天下，那敢怨飢寒。憔悴杜工部，瘡痍泪未乾。

## 欲學

仲舒三月不窺園，杜牧傷時有罪言。欲學古人終不逮，水深火熱是中原。

## 除夕即事

六代精靈寄一身，敝廬日日念先人。幽明雖隔魂長接，數典猶疑有鬼神。

## 元旦後一日展墓 以下乙丑（一九二五）

思親泪下浩難收，矧對荒原土一抔。遺誨諄諄猶在耳，平沙浩浩忍回頭。先人邱壟自被水後，塵沙淤積，高可隱人。窺園剩有霜林在，園中喬木皆爲先公所手植。陟岵空懷風木憂，三載儼如駒過隙，先公之歿今已三閲寒暑。嵯峨墓表幾時修。時欲爲先公立一墓表以識之。

祭豐養薄昔人悲，每讀遺書泪暗垂。早歲相依惟大母，大母張氏撫我甚厚。終天有恨在孤兒。眼迷宿草招魂路，腸斷空林返哺時。聽盡慈烏啞啞，零丁孤苦欲何之。

## 出門

兒時出必告父母，年逾强仕猶此心。争奈高堂兩見背，郤來稚子牽衣襟。登堂今欲别何人，蛛網重重掛寢門。轉恨金爐香已盡，未能一返九原魂。返魂香見《博物志》。

## 白溝河懷古 在雄縣西北四十里，又名界河，以宋遼於此分界故也。

白溝河水咽初春，吊古惟餘陌上塵。慘慘宋遼分界事，忽牽遺恨到征人。界河一過仰天呼，宋張叔夜事。滚滚胡塵義不污。等是北來逾此水，王倫有罪不勝誅。

## 新城逆旅題壁

掛檐殘月暗窺人，喔喔鷄聲入耳頻。此去鄉關纔七十，一投逆旅便酸辛。

## 新城郭外書所見時東方猶未白也

殘星數點鬢堆塵，閃閃燈光動四鄰。明滅忽移驢背上，似憐行役有畸人。

## 檢閱新刊詩卷悲不自勝有作

鬢毛那得不成霜，一卷新詩泪滿眶。中有半生心血在，故應檢視益悲傷。

## 都門寒食日

蔓草深纏隧道旁，紙灰散作絮顛狂。九城陌上逢寒食，獨倚東風望故鄉。

## 讀莊子偶作

善人不及惡人多，我謂蒙叟言非苛。擔囊揭篋自有道，扃鐍緘縢奈盜何。庖丁解牛已數千，批郤導窾非偶然。此言雖小可喻大，緣督爲經神自全。

## 馮問田以同游天津李公祠詩見示次韵答之

丞相祠堂幾度來，廿年孤抱鬱難開。和戎已賣盧龍塞，謂馬關和約。觴客猶登戲馬台。孤注激成將盡局，復然望斷未寒灰。與君共話前朝事，忘郤頹陽上碧苔。

## 某國侵陵日亟因追憶甲午戰事有作

洶洶滄海鬥艅艎，皂脛終輸鶴脛長。設險幾人能守國，攘夷無士不尊王。立談悔在蕭墻下，鼾睡真容卧榻旁。三十年來惟忍痛，禍心今日更包藏。

## 郊游

游魚戲水燕營巢，破曉鷄豚滿近郊。萬物静觀殊自適，一春好景肯輕抛。舟横野渡因風唤，花掩禪關帶雨敲。正是東皇呵護日，漫游無欲過塘坳。

## 園居

窺簾草色逗新晴，檐柳欣欣亦向榮。自别故人歸栗里，愛聞稚子叩柴荆。鬢毛鏡裏垂垂白，日脚床前閃閃明。縱有仙源無處覓，且從野老學躬耕。

## 與陳子綸太史别十餘年矣乙丑暮春相遇都門縱談時事爲之慨然歸寓感作

年來何事迭相尋，污盡神州盗與淫。紾臂甘攖天下怒，慰心誰似邑中黔。赤眉青犢盡流寇，濮上桑間無雅音。我謂子與非好辯，幾希於此判人禽。

## 聞泰西樂曲

忽從沈郁變軒昂，斷角哀笳落耳旁。莫惜曲終人不見，魂隨彼美到西方。此曲爲德國樂師貝氏所制。

## 午夢

炊烟撲撲日光驕，院落沈沈柳萬條。不下簾鈎知有意，滿窗花影夢中摇。

## 瞑坐二首

瞑坐眼忽明，皎皎松間月。飢鼠不畏人，墻隅時出没。

瞑烟天際來，策策風鳴竹。流螢亦可人，夜深猶照讀。

## 範增

項王未入關，先勸立楚後。及其弑義帝，默默如鉗口。大錯已鑄成，楚亡將誰咎。奈何鴻門宴，一怒撞玉斗。疽發死固宜，奇計復何有。

## 月季花

未開絳敷唇，已開霜覆頟。同是盆中花，乃分紅與白。問花花無言，日對倦游客。

## 村居初夏

填巷車聲日益稀，幽人獨自掩柴扉。驚飆乍起蛛翻網，細雨無聲蝶濕衣。婀娜殘花猶作態，嶄新高柳漸成圍。未知曠野今何似，庭草萋萋綠正肥。

## 客至

東窗柳成陰，西窗花欲墜。中有幽禽鳴，似嫌人熟睡。炊烟散亭午，有客翩然至。爲言春將殘，有酒莫辭醉。

## 武侯

盡付周郎一炬中，阿瞞間道走華容。儻非早定聯吴策，誰信南陽有卧龍。

## 池邊

何處能醫垢俗胸，深潭孕月柳千重。晚來最愛池邊坐，野碓無人水自舂。

## 咏史

韓彭夷三族，人皆罪吕后。吾謂擊楚時，搆禍固已久。漢王軍固陵，信越皆袖手。期會既不至，堅壁徒自守。若無留侯謀，還能滅項否。一朝狡兔死，將焉用功狗。杯羹尚欲分，猛將復何有。賢哉鴟夷子，萬古名不朽。

## 夜坐

疏鐘烟外敲，殘月雲際吐。四顧何寂寥，短檠齧飢鼠。夜深思悄然，松風作人語。

## 深夜將抵藥王廟口號

雁行隱隱隔墟烟，鬼火熒熒出墓田。深夜不知何處宿，輕橈蕩破水中天。

## 采蓮

流雲吐月天微凉，采蓮人歸影亦香。臨風不知作何語，但聞積水鳴坡塘。

## 歸舟

牛羊入巷鴨翻樹，荷鋤人來喧野渡。正當歸客望鄉時，迢迢水程天已暮。隔林漁火摇空碧，風帆迅如駒過隙。冥冥不省是何鄉，惟有犬聲吠歸客。

## 老圃

萬花醒一雨，老圃獨予招。蛛網翻風急，蛙聲抵暮驕。叢篁能破石，秃柳亦生條。忙煞題詩客，丹青朱易描。

## 兀座

兀坐萬緣盡，頹然槁木形。蠕蠕床下蟻，熠熠案頭螢。呂氏悲求劍，蒙莊喻發硎。養生有何術，緣督以爲經。

## 村夜

漆黑風雨夕，眼昏聽亦螢。空倉鬥飢鼠，醜石墮流螢。搰搰婦尸爨，琅琅兒誦經。艱難耕讀事，無日不勞形。

## 北海公園

設險徒誇雉堞牢，昆明池水緑三篙。我來别有興亡恨，看盡荷花首自搔。

漫游絶頂記當年，癸丑春曾登白塔。九陌車塵萬竈烟。今日重來問興廢，靈光劫後尚歸然。

## 游清故宫作

共和已閲十三年，九陌年年有變遷。燕雀不知陵谷异，飛飛猶向故宫前。

## 四十六歲生日感舊

憶昔兒時親在堂，翩翩彩衣弄月光。十年始出就外傳，夜歸不敢離母旁。慈母愛兒無不至，兒出倚門猶相望。是時我父更勞瘁，耕鑿而外蠶與桑。場圃歸來夜將半，卧聽讀書聲琅琅。有時見兒讀稍倦，辭色凛凛含風霜。謂兒立志當遠大，上與古人相頡頏。不見歐陽文忠少孤苦，其母畫荻教以詩書與綱常。至今勛業在青史，瀧岡阡表猶煌煌。兒聞此言汗浹背，再拜識之不敢忘。卅載匆匆迅如矢，春暉不啻爲秋陽。寸草有心究何益，陟岵不見徒悲傷。言雖在耳顙有泚。蕭蕭風木去日長。地下親恩猶未報，膝前兒女紛成行。忍從墮地呱呱日，呼兒爲我一稱觴。

## 女珍生感作

名山海内知多少，向平之願猶未了。浮生無狀但添丁，又聽呱呱嗁到曉。當年我亦襁褓兒，髫齡漸識讀書好。憶嘗總角自塾歸，父母見之笑絶倒。誰知三十餘年事，已向墓門悲宿草。慈烏返哺渺難期，弄瓦弄璋何足道。始知兒女真累人，艱苦備嘗吾亦老。安得衰年長著老萊衣，日爲雙親弄雛鳥。

## 李寱庵爲余寫《瓦橋歸隱圖》一幀賦謝

烟波萬疊柳千行，敢謂他鄉勝故鄉。時方客沽上。它日瓦橋歸隱後，定收好景入奚囊。故人知我出無車，驢背沈吟獨寫予。還乞丹青多見貺，緑陰深處結茅廬。

## 中秋夕游李文忠公祠月下書所見

一生不識廣寒宫，何意今宵到此中。祠内飾一月宫，四圍并綴以人物、魚鳥，光怪陸離，不可究詰，旁有輪可司旋轉，望之令人眩目。萬壑豕蛇争出没，九秋蟾兔鬥虚空。曇花一現天俱白，祠樹低垂葉漸紅。獨愛夜深人散後，水光瀲灧月朦朧。

## 秋暮酬步芝村夫子見和

紛紛病葉墮檐前，秋暮相逢漲海邊。聞説高軒將枉過，更慚衣鉢未能傳。廿年師友成今日，萬古雷霆起暮天。風義如公今有幾，公有『燈火弟兄相見熱』之句。足音空谷眼俱穿。

## 題徐石雪宗浩《庚子避亂圖》

君如子美賦彭衙，剪紙招魂客路賒。湫隘不妨居近市，飄零徒憾别無家。連村蕭瑟無鷄犬，薄海喧豗盡豕蛇。未必黄巾能禍國，開門揖盜不勝嗟。謂拳匪之亂。

## 賀李琴湘移居

人境結廬人，高歌動鬼神。床空書作枕，地闊海爲鄰。松菊分明在，江湖戰伐頻。潯陽揮手處，君會宦游江右。往事已成塵。

## 石雪以所藏圖册索題賦此郤寄

信知文字有前緣，一讀瑶函一惘然。愧我寒如孟東野，羡君神似惲南田。填胸邱壑無人識，撑腹詩書以畫傳。黄葉江南君莫賦，君籍武進。蘭成老去倍堪憐。

## 由高家鋪暝行歸里

黑夜赴盲程，披榛不易行。狺狺村犬吠，礫礫野禽鳴。烟火連孤戍，星河欲二更。到家如有問，辛苦説邊城。

## 題徐石雪《毗陵訪墓圖》

一抔荒土獨來尋，想見初封馬鬣心。終是至誠能感召，慈烏夜夜吐哀音。

若斧若堂若夏屋，古來封墓不相同。卌年飄泊支離恨，君自言不墓祭者已四十餘年矣。盡在荒烟斷碣中。

## 重九日祭詩

苦吟聲欲奪寒蛩，半榻爐烟萬瓦霜。等是祭詩殊節候，浪仙除日我重陽。

## 將去天津

雄州逋客欲何之，正是林泉退隱時。易水汹汹界南北，他年橋上覓題詩。

## 漁家

蔓草斜陽屋數椽，全家直以水爲田。一生不識催租吏，始信桃園別有天。

## 寄懷楊意箴天津

日摩老眼看園林，時寓公園圖書館。息息相關是此心。老我三秋如一日，寓居館内凡三閱月。羡君萬事付孤斟。酒能遣恨休辭醉，詩未名家敢廢吟。各有風懷慰遲暮，海天寥廓幾知音。

## 三角淀

東淀如斯大，恢恢納百川。導河詳禹貢，敷土始堯年。風日相吞吐，滄桑幾變遷。津沽人似海，此地水爲天。

## 東發都門抵豐臺口號

烏雲萬疊裊天長，奔壑雷霆乃爾狂。一出都門天漠漠，横穿原野樹蒼蒼。家書不報逾三月，春夢初醒又一場。客路風沙閨裏月，夜深贏得兩凄凉。

## 園居

黃葉隕平蕪，陰晴逐日殊。十年同谷夢，一幅輞川圖。竹有三千挺，桑餘八百珠。草堂堪自慰，不必問蓴鱸。

## 霜林一首戲簡石雪

是誰染得十分紅，我欲停車問化工。詩思忽如星火急，怕君收入畫圖中。

## 石溝夜泊

明滅水邊漁艇火，蕩摇天際寺樓鐘。孤舟領盡荒寒味，時有層雲蕩我胸。

## 寒夜二首

篆烟裊塵几，丸月墮寒窗。坐領貧中趣，孤懷未肯降。

鶴訝今年雪，龜言此地寒。重温小園賦，一夕雜悲歡。

## 雪中登臺

驅車林外路，唯見雪千堆。皎皎唾無地，熙熙登此臺。塞雲沈萬壑，朔吹蕩群哀。遥指城頭日，懽如挾纊回。

## 早行

馬首隨余亦欲東，浴寒曉日失驕紅。衹緣歷盡關河苦，不畏春天擘岸風。

## 小園

棗酸梨酢菌連珠，滿架寒匏半畝蔬。營得小園休作賦，洶洶天下正焚書。

## 題李琴湘《擇廬餞秋圖》 并序

乙丑重陽日，幼梅、壽人、緯齋、子通、問田、石雪、誦洛暨余八人飲集琴湘寓廬。酒半，并約石雪寫一《擇廬餞秋圖》以留鴻爪。擇廬者，李公齋名也。

城南歌吹喧天地，湫隘囂塵居不易。先生獨結人外廬，不見門前有車騎。去年重九集公園，刻燭催詩尚能記。是時先生客江右，想思唯用郵筒寄。何期今歲賦登高，折柬相招不我弃。香山結社凡九人，署曰擇廬有深意。世人征逐重酒食，吾輩相交在風義。高談未了四筵驚，聯吟況有群賢至。窺窗月色十分明，蒿目神州正多事。邇來蠻觸争長雄，殘民以逞等兒戲。已聞鼙鼓動漁陽，又見烽烟滿淮泗。欲俟河清壽幾何，本無桃園亂安避。人生及時行樂耳，矧慰孤懷有文字。橙黄橘緑酒新篘，月落參横人亦醉。誰將此會約明年，今宵我且拜公賜。

## 十月某軍北旋負郭居民一夕數驚倉皇中將去津門感作

我昔泊舟紅橋下，己未春三月阻風紅橋下。顛風一夜飛屋瓦。正當歸客斷腸時，洶洶駭浪如奔馬。今宵倉猝離津門，登舟南望皆烽火。客中感舊心欲焚，兵裏逃生泪如瀉。支離飄泊古所悲，今我遠游何爲者。年來群盜嘯中原，凡百政刑無一可。悍吏紛紛遍國中，戍卒年年發閭左。輟耕壟上妄相期。偶語沙中欲誰坐。國無樂土鼠食苗，天降鞠訩龍鬥野。狂瀾既倒撼孤舟，一木難支悲大厦。倦游祇合歸故鄉，始信浮名真誤我。

## 曉發白溝河

出門天漸曙，着樹盡霜花。斷瓦立飢雀，空弦翻凍鴉。風驕驢背穩，天迥雁行斜。歲暮此行役，伶俜易水涯。

## 九月二十一日阻風野泊次日黎明抵臺頭

孤帆夜落土囊口，狂飆忽作雷霆吼。雲昏月黑雁行稀，一夜鄉心掛衰柳。征人無日不思家，朝暾未出唬寒鴨。秋深何處動詩興，野水一灣明早霞。

## 冬夜話舊

萬頃風濤一穗燈，耳邊終夜吼雷霆。七年前事終難忘，己未春阻風紅橋下。說與妻孥倚枕聽。

## 臘不盡二日津寓感懷

漫天烽火我安歸，憫世翻無泪可揮。陷澤已爲田父紿，憂天敢笑杞人非。橫行宇內皆貙虎，同委溝中有瘠肥。未識何鄉爲樂土，出門咫尺即重圍。謂近郊戰事。

雪夜方驚入蔡州，海隅今又動戈矛。中原自此無寧日，孤客何心作遠游。一跌似聞將赤族，异軍特起盡蒼頭。殘年且莫悲身世，尚有琴書消我憂。

## 次嚴範師見和原均

田園無日不思歸，歲暮琴弦且自揮。未必我醒人盡醉，敢言今是昨全非。黍離故國憂方亟，糠核何人食獨肥。指日郊原春浩蕩，東風解凍柳成圍。

太行千里古并州，入室争操劍與予。齒未封侯徒偶語，良將辟穀肯偕游。征衣遍灑萇弘血，飲器猶藏智伯頭。天發殺機天不悔，長鑱無地可埋憂。

## 乙丑天津除歲

撿書看劍兩無聊，一穗寒燈萬念驕。但願明年早歸去，重温濁酒話今宵。
征人何事動離家，日聽譙樓噪暮鴉。遥憶閨中小兒女，歸期争欲問燈花。
朔風吹夢滿鄉關，祇恐春歸在客先。臘鼓鼕鼕留不住，萬人空巷送殘年。

## 沽上元旦述哀 以下丙寅（一九二六）

屢報歸期未有期，出門惘惘竟何之。明朝一掬東風泪，又是孤兒上冢時。
墓田祭掃死難忘，誰遣羈魂落异鄉。我有彌天游子恨，烽烟滿地一回望。

## 初春酬馮問田

與君同是倦游人，沽上相逢敢怨貧。夕飲不妨茶當酒，晨炊直以桂爲薪。霧中且拭看花眼，劫後徒留食粟身。苦憶當年彭澤令，折腰今亦厭風塵。

## 津門上元夕

飄忽燈前夢，艱危劫後身。不堪多難日，長作异鄉人。隔巷笙歌沸，屠城血戰頻。伶俜欲安往，祇有影相親。

## 渡易水一首

易水中蕩潏，幾人魚貫行。河梁猶未坼，一木獨支撑。曠野崎嶇路，危橋窸窣聲。北轅從此逝，霜氣壓孤城。

## 跋涉

跋涉一何苦，山椒復水涯。風狂林影鬥，烟瘦日光窺。古墓犁爲圃，幽泉匯作池。聲聲懾人魄，木杪立寒鴟。

## 讀史

斜簪散髻齊王儉，折屐圍棋晉謝安。江左風流惟此輩，宫中骨肉自相殘。矯情鎮物欺當世，佐命登朝爲好官。污盡石頭城下水，南朝那復有衣冠。

## 山行

山行何所見，俊鶻破林霏。杲杲日初出，棱棱霜正飛。側身穿石罅，勢面凛風威。楓葉紅於燒，停車那肯歸。

## 楓林

爲愛楓林着意看，霜濃换得十分丹。老來不作悲秋語，一暴秋陽抵十寒。

## 初春陳誦洛見過賦贈

樓居獨自傲春寒，湖海來人拾墜歡。小酌未遑傾甕盎，貧交彌足見心肝。風塵澒洞將焉避，衡泌栖遲亦自安。聞道長安花似海，醉中贏得幾回看。

錦衣玉貌過江時，風景山河鬱古悲。幾度新亭同灑泪，相逢洛社輒題詩。多君筆下横無敵，愧我年來數益奇。百戰沙場功未録，封侯豈意盡偏裨。

## 咏雪

忽見園林皆縞素，喜心和泪問天公。未知血戰何時已，且爲蒼生祝歲豐。

## 宿圖書館樓上終夜大風作

冷入孤衾鐵不如，熒熒燈火五更初。小樓一夜欲飛去，飢鼠猶窺案上書。
曲肱作枕難尋樂，集腋爲裘且禦寒。莫惱東風狂似虎，雪花擲地大於盤。

## 歸思

江湖軒冕願俱違，衹有孤雲挾夢飛。恨我不如春有脚，曉鐘初動已先歸。

## 津門元夜

九衢燈火血中看，入夜行人慘不歡。誰識城南歌舞地，一聞風鶴膽俱寒。時津南有戰事。

## 出游

燈火樓臺似海深，裁紅暈碧女兒心。獨搔短鬢看車馬，剩有孤懷閲古今。短後競誇胡服美，曲中終恨鄭聲淫。等閑轂擊肩摩地，盡是桑間濮上音。

## 移居

未盈三月兩移居，明月依然入我廬。舉案無人親滌器，穿塘有鼠欲銜書。久無客至宜懸榻，爲待兒歸輒倚閭。慚愧家人頻問訊，篝燈課讀近何如。

## 五月二十七展墓時距先妣十九周忌辰纔五日耳

已逾五日始還鄉，宿草真生泪海旁。縱使蓼莪詩盡廢，杯棬口澤豈能忘。

## 海隅

烟噴曲突水摇空，日在人聲鼎沸中。但有帆檣通貿易，不妨瀛海隔西東。多錢競羡鷄林賈，良夜今歸鶴髪翁。夾岸緑槐燈似海，晚來詩思與無窮。

**丙寅六月五日由家旋津舟抵東淀忽遇暴風雨是時雷電晦冥風浪交作舟人惶恐不知所措亘一晝夜之久而風勢稍殺詢諸舟人則是日風灾之巨爲數十年來所未有既抵津門追思往事孤舟野泊駭浪如山飢腹雷鳴榻難容膝蓋猶令人不寒而栗云**

河伯雲師争長雄，冥冥水氣界遥空。灞橋詩思猶嫌隘，今在春天風浪中。
穿空雨點大於輪，潑水衾裯入夢頻。拔我插篙不得泊，敢因簸蕩怨波臣。
安用殘羹療我飢，腹中滿貯雨中詩。書空欲借雲爲墨，衹恐群鷗笑我痴。

## 津橋晚步

壁燈岸火兩熒熒，偶向中流問影形。小艇隔橋喧薄暮，輕車過市挾奔霆。邇來天塹能飛渡，大好園林不受扃。欲識人間廢興理，試看潮汐與沙汀。

## 到家示内子

赤雲鄉樹兩峥嶸，雀噪柴門識客情。一到羌村如隔世，屏居蠻邸爲偷生。時僦居某國界。風嗥雨嘯皆豺虎，山岳鴻毛有重輕。偶憶鄜州明月夜，涔涔有泪向誰傾。

## 生涯

典盡春衣當酒錢，避居窮巷益蕭然。詩承工部遺山后，家在雄州易水邊。肱曲不妨書作枕，舌耕衹合硯爲田。高歌自有天知我，敢怨生涯似鄭虔。

## 沽上旅感

雷車日在天上行，萬丈光焰終宵明。忽思瓦橋關外路，黄昏缺月無人聲。但見帆檣不見水，巨艦乃似鴻毛輕。烟波如此不歸去，秋霜春露徒傷情。

## 戰禍

居庸關外瘴江濱，萬里迢迢入戰塵。横槊祇知誇汗馬，無衣誰復念懸鶉。哭聲震野城應圮，殺氣彌天草不春。不問豺狼欲安問，張綱有恨是埋輪。

老夫一卧津沽上，兩見孤城喋血爭。李代桃僵疑有約，翻雲覆雨太無情。誰驅藩鎮交相斫，坐任田園盡廢耕。廉藺交懽風已渺，中原爭欲主齊盟。

## 沽水

千艘横繫怒濤中，炯炯銀釭不受風。孱影偶來沽水上，曠懷已落海雲東。童男去國求靈藥，估客辭家走斷蓬。擾擾古今如一轍，年來惟欲學痴聾。

## 窺鏡有感 時年四十八

我愁莽莽不可説，霜鬢向人何自玄。再越明年年五十，尚聞前路路三千。所悲鄒忌自窺鏡，已讓祖生先著鞭。記否聞鷄同起舞，至今銜石海難填。

## 六月五日阻風東淀舟行幾傾覆及抵津已飛報平安矣不意日來迭接家書苦問起居乃作此示之

自余回看津沽月，常恐平安書到遲。豈意開函無別語，閨中爲我夢俱疲。邇來皮骨猶頑健，多謝蛟龍好護持。料得此言堪共慰，朝朝又下讀書帷。

## 暑夜忽聞驟雨有作

夢回忽聽階前雨，習習真生兩腋風。誰遣炎官收火傘，好將此事問天公。長居陋巷敢辭隘，欲賦新詩難諱窮。獨倚蕉窗終不寐，不須咄咄更書空。

暑氣方蒸一雨收，簾櫳半捲勝逢秋。一窗明晦驚飛電，萬壑烟雲入倚樓。西蜀有天名大漏，南椅無夢續前游。翛然自適君知否，時有疏鐘與耳謀。

## 餘熱

城市炎威不易收，高寒何處覓瓊樓。衝風塞北遲歸雁，喘月吴中尚有牛。每恨百年如逝水，已逾三伏不知秋。座中八尺龍鬚席，郤爲追凉欲泛舟。

## 寒蟲

林暗月初墮，寒蟲號我前。聲中如告訴，衰鬢不能玄。檐柳怒相視，燈花瘦可憐。十年江海上，今夜倍凄然。讀書當此夕，風月亦無情。唧唧來相弔，冥冥晝不成。平蕪沈萬籟，流水咽深更。莫惱蟲聲苦，天教徹夜鳴。

## 對竹

能孕微寒不自知，隔窗時見影參差。飽經霜雪疇能伍，生長東南豈待移。落落此君可偕隱，紛紛俗士不勝醫。七賢往矣風猶在，益信清狂是我師。

## 七夕

翠袖臨風奈病何，心如古井不生波。多情卻笑鄰家女，偷看雙星夜渡河。

## 城南新居

我非孟母竟三遷，亦欲爲氓受一廛。宅爲種桑休近市，門雖負郭卻無田。日高虛室能生白，月轉空廊自草玄。黃鵠已辭雞與鶩，卜居何事更留連。

捫腹原知百不堪，重重自縛似春蠶。孤懷遠在北溟北，多病又移南郭南。放浪形骸謀更拙，干戈天地戰方酣。本無樂土將安適，碩鼠長蛇一樣貪。

滿壁蝸涎雜雨痕，蕭然雀鼠共晨昏。踞床安用龍鬚席，滌器猶藏犢鼻褌。磅礴胸中三萬軸，縱橫紙上五千言。閉門卻比山居樂，喧世功名豈足論。

## 八月六日嚴範孫師招游八里臺舟中賦呈

九曲清溪共泛舟，詩心直與水争流。樽前陵谷年年异，花外坡塘事事幽。此去城闉纔八里，同尋野色爲中秋。枯荷折葦波如鏡，輸與先生取次游。

驕陽曝背汗交頤，再熱秋風信有之。是日秋陽之熱無异夏時。洗硯渾疑雲潑墨，傳箋寧待雨催詩。同人分兩舟互相唱和，詩成則彼此傳觀以爲樂。嘶風病葉光初亂，嚮日疏花影自移。行盡河流三百曲，艫聲惟有白鷗知。

聶公祠外獨尋詩，不待沈吟已自悲。野水無情衝故壘，荒烟終古護靈旗。忍從九廟魂驚後，還憶孤軍血戰時。一作陳陶澤中水，兩京恢復更無期。庚子之役，聶忠節公戰殁於八里臺南。

橫舍嵯峨古陌頭，樹人誰識百年謀。至今濟濟誇多士，往事堂堂動九州。世亂經師甘自晦，秋來仙侣且同游。微聞教訓能興國，還乞先生一運籌。範師辦地方教育垂二十餘年，南開大學其尤著者。

萬緑叢中夕照殷，停橈野外勝看山。游魚逐浪今猶昔，飢鷺看我往復還。巨竹誰栽千萬挺，扁舟又過兩三灣。欲尋濠上垂綸客，多恐鷗鵜笑我頑。

汶田返我願真違，古寺名存實已非。海光寺舊址今已劃歸日本管領，新寺在八里臺南，乃庚子後所重建者。故國尚餘喬木在，荒祠時有亂雲飛。白蘋風起鷗初散，紅蓼花疏蟹正肥。等是題詩殘碣上，蒼茫獨自立斜暉。

蟫香館外花如雪，今春範師置酒蟫香館招賞梨花。八里臺前水接天。兩度從游問奇字，來生更欲結良緣。不妨縱飲如金谷，安用移封向酒泉。醉把殘荷斜照裏，鐘聲催我欲歸船。

## 歸夢

終夜蚊聲聒不休，忽聞一雁度南樓。鄉心底事如潮涌，歸夢居然與婦謀。工部徒傷垂老別，向平早欲及時游。成行兒女生前債，何日人間得自由。

## 中秋月下

年年月色伴吟身，一到中秋倍我親。不管軍中飛羽檄，用看天上涌冰輪。宿酲未解思千日，玄石飲酒一醉千日，見《博物志》。孱影相依衹二人。時翩兒在津。欲讀楚騷窗漸黑，尚餘細火映孤罌。

## 丙寅重陽日

津門小聚勝還鄉，室人于重陽前九日來津。細雨孤燈夢一場。爲減去年離別恨，乙丑除夕留滯津門，欲歸不得。天寒來此度重陽。

## 感近聞

乖龍鬥野帝無靈，鸚鵡洲前草亦腥，萬古河山棋一局，樵柯爛盡不須醒。

## 二月杪蟫香館師招賞梨花分得在字

惜花恒早起，不爲風雨改。一聞花盛開，尤迫不及待。自來沽水上，忽忽已十載。種花無隙地，況欲花如海。尋芳大澤芳，動爲田父紿。今年從公游，梨花方破蕾。以予惜花心，偶見寧忍采。數株白如雪，沐雨香猶在。同爲賞花人，嗟我病幾殆。重逢翰墨場，傷時心轉悔。譬居囂塵中，何日更爽塏。中原方喋血，洶若衆流匯。問花花不語，吾將訴真宰。

## 九日琴湘席上賦詩得花字

兩年此日飲君家，縱酒哦詩且看花。各有風懷慰遲暮，莫因霜鬢惜年華。歸來栗里時尋菊，老去東陵學種瓜。偶憶潯陽江上月，空悲猿鶴與蟲沙。君曾宦游江右，今則積尸如山，不堪回首。

## 初冬雨夜

終宵肺渴欲生塵，漆黑庭隅雨似絹。獨倚短檠書細字，白頭黄葉兩酸辛。

## 歸途書所見

誰從隙地起樓臺，一日衝寒兩度來。天色冥冥孕微雪，車聲隱隱走輕雷。飛文競欲糊頳壞，歷劫懸知有黑灰。咫尺城闉饒野趣，何年置酒此徘徊。

## 十月十二日王逸塘中丞招集今傳是樓即席分韵得舊字

古人重風義，論交無新舊。文字見肝鬲，往往在邂逅。君詩如漁洋，衣鉢孰傳授。海天吊亡友。謂湯濟武等。熱泪滿襟袖。淵然古性情，疇能出其右。推君報國心，寧避顛與仆。一朝掛冠去，曠懷隘宇宙。結廬人境外，有巷敢雲陋。烽火滿中原，同室日相鬥。既無悔禍心，纓冠豈能救。不如卧海濱，哦詩且自壽。朔風卷微雪，衣薄寒欲透。想見抱膝吟，人鶴兩消瘦。

## 立秋日漫興

桑榆已晚猶瞻日，蒲柳先衰莫怨秋。慘緑殷紅紛在目，萬山無語獨登樓。

## 示翔翽兩兒

汝不聞景升兒子皆豚犬，鬩墻不惜相蹂踐。又不聞古人教子唯一經，黄金滿筐禍難免。賢而多財損其志，疏氏之言一何善。我于世事冷如冰，惟有課兒興不淺。開宗先讀四子書，旁及葩經與墳典。日聽鈎輈格磔聲，稍稍西文亦能辨。學書先學魯公碑，次則蘇黄兼隸篆。夜分燈火猶熒熒，起視庭隅星數點。嗟予老矣復何冀，以此課兒泪爲泫。年來百事不如人，祇爲能詩名尚顯。雕蟲篆刻寧足論，自縛儼如蠶在繭。既無成都之桑八百珠，徒擁廣川之書五千卷。下帷課讀已三年，嘗鼎所獲惟一臠。每瞻墳壟痛亡親，也似康成難自遣。兒乎兒乎敬聽之，汝父之言非好辯。它日果能讀父書，手澤猶堪見遺範。讀書種子天所矜，南國甘棠誰忍剪。敝廬且勿忘先人，累葉相承勤與儉。

## 大霧

天遣蚩尤怒肆威，迷漫大霧奪朝暉。未知文豹藏何處，想見飢烏掠地飛。

## 仲冬同社諸子假蟫香館爲王仁安李琴湘二君公祝生辰分得石字

津門水所瀦，中有能詩客。樽酒相往還，無敵豈惟白。漁洋卅年前，聲名已赫赫。詞章漱六經，功業垂竹帛。至今西湖畔，猶留轍與迹。仁安曾宦游錢塘。李侯不羈才，結廬尚須擇。琴湘自署所居曰擇廬。庭前何所有，疏花與僵石。翛然人境外，豈肯爲形役。今爲兩公壽，朔風動九陌。盆梅初著花，窗竹淒更碧。歲寒重晚節，後凋見松柏。境异心則同，且與樂晨夕。

## 冬曉

霜風一夜釀祁寒，鬚有堅冰鼻亦酸。破曉行人如凍蟻，停車且向霧中看。

## 野寺

林間一塔俯荒溪，地僻無人日漸西。古瓦鱗鱗蒼鼠竄，空林械械亂烏啼。中原彌望皆烽火，曲徑難行况雪泥。瘦影伶俜風作祟，詩成有石亦難題。

## 夜讀

夢中泉石與簪纓，塵海勞勞負此生。還我兒時真面目，青熒燈火讀書聲。

## 荒郊

狹巷衝風出，荒郊引領望。墟烟寒有暈，林日瘦無光。修綆寒難汲，危橋凍欲僵。森森河畔柳，亭午尚含霜。

## 歲暮偶經河北公園

馬蹄一蹴園林空，天寒歲暮多悲風。往日題詩何足道，勝地已成荆棘叢。

## 幼梅石雪生日俱在臘月同人假蟫香館賦詩公祝分均得以字

徐熙善畫何所似，尺幅之中抵千里。卜築城南趙倚樓，詩成能貴洛陽紙。趙侯長我十年彊，以兄事之良有以。年來屈指數知音，趙侯而外唯徐子。自言畫法宗南田，寥寥短章尤可喜。君工絶句。去年曾寫《餞秋圖》，擇廬盛會皆知己。嗟我題詩墨未乾，海隅突見烽烟起。天公不欲喪斯文，吾儕敢陋雕蟲技。以文會友古已然，快哉今日來序齒。還蘄公等皆期頤，人壽河清定能俟。

## 丙寅除日

去年居北郭，金盡裘亦敝。歲暮不得歸，烽烟滿幽薊。今年對妻孥，亂離感身世。倏然南郭外，柴扉常晝閉。流光迅不停，津門兩度歲。憂患逼人來，空嘆日月逝。憶昔少壯時，王綱尚未替。粟米與布帛，取民亦有制。自從鼎革後，行政甚幽厲。掊克皆能臣，在位肆貪戾。剜肉以補瘡，遺患累生計。一絹值萬錢，米珠而薪桂。水深火熱中，尚畏豺狼噬。腹地盜横行，何况江海澨。以今視勝朝，有如唐虞際。嗚呼廿年間，滔滔已成勢。雖欲挽狂瀾，竊恐徒攘袂。老夫生不辰，奄奄方待斃。不如學達觀，物我兩相弃。負手立階除，天寒雪初霽。時聞爆竹聲，一笑破千涕。

## 先公五周年諱日 以下丁卯（一九二七）

五載星霜彈指過，衹餘宿草弄斜暉。思親泪漬征衣上，又是春歸不得歸。余僑寓津門今已兩度歲矣。

## 津門上元夕

銀花萬樹接茅庵，不夜城中酒半酣。今夕何人追往事，悲歌樂府戰城南。謂去春直魯戰事。

## 由津挈眷西歸

淼淼冰初泮，昏昏水自流。妻孥形影共，旭日上扁舟。微抱何人識，將歸與婦謀。凄凉偕隱意，垂老或能酬。

## 夜深抵蘇橋即景

怒濤撼月月如霜，風厲披襟不可當。歷歷疏星明雁背，摇摇細火辨魚梁。郵箋水闊無人報，市酒更深唤客嘗。朝發津門能夕至，歸心郤比轉輪忙。

## 鄉關

未到羌村已破顔，斬新春柳滿鄉關。不須拭泪相驚問，今與妻孥得共還。

## 舟發蘇橋口號

嗟我何爲者，孤舟下急湍。程期空自卜，來去太無端。五日之中一來一往，風餐露宿亦憊甚矣。閭巷匆匆過，帆檣細細看。誰言天上坐，野水蕩心肝。

## 郊行

空林日初吐，野水涓涓流。杖藜出郭門，東風和且柔。宿草亦敷榮，萋萋滿西疇。古人當此時，每作踏青游。否則斗室中，琴書足消憂。我生雖不辰，行藏頗自由。于天既無怨，于人復何尤。人天兩無忤，廛市即林邱。淵明誠我師，委心任去留。

## 酬金純之見和

一見心相印，題襟敢背盟。尚餘孤憤在，聊作不平鳴。蠶死絲猶縛，鵑啼血作聲。吾儕丁此世，壘塊誰能平。

## 前詩多惘惘之意再次前均以塞予悲

故鄉烟水窟，久與此心盟。萬念惟歸隱，三年未一鳴。撑腸文字汨，沸耳鼓鼙聲。剥極天將復，何人策治平。

## 上巳王逸塘中丞約同人禊集海光寺學舍是日予因故未赴賦此遣意并示同社諸子

小集蘭亭獨後期，重來修禊更何時。秪因刻燭爲詩慣，轉恨郵筒寄訊遲。塵海固知多錯迕，騷壇仍欲決雄雌。明年此會如能赴，定有狂言可解頤。

我獨無緣款衆賓，題襟事小亦前因。遍招湖海能詩客，半是滄桑歷劫人。蟲臂鼠肝恒自惜，新蒲細柳爲誰春。子規似解游人意，啼遍山椒與水濱。

## 三月晦日

東皇無計可攀留，一聽晨鐘觸萬愁。碌碌一生今過半，每懷身世怯登樓。

古木陰中雨似縉，子規聲外草如茵。臨風滴盡騷人泪，半爲年華半爲春。

## 問田過談上巳修禊散後同人皆往八里臺泛舟喜而有作

勝游如此未從游，夢裏猶尋壑與邱。瀲灩波光晴可鑒，青蒼野色浩難收。聞君遍覓前朝寺，海光寺在八里臺南名是而實非。遲我猶橫野渡舟。君謂是日獨予未至。曲水流觴千載事，興來且用慰沈浮。

天將觴詠屬群賢，洗盡城南舊管弦。偶與義黄同寤寐，渾疑郭李是神仙。春秋自古多佳日，轍迹重尋已隔年。去年八月泛舟事。等是乘舟風景异，陂陀孕緑水涓涓。

## 用大

拙於用大咎誰尸，瓠落難容掊固宜。技鬻百金謀已誤，功虧一簣欲何之。朝朝自運陶公甓，着着猶争謝傅棋。一事無成頭漸白，鷦鷯敢羨最高枝。

## 迷途

迷途已遠駟難追，俯見微蟲益自悲。桑葉漸稀春又去，僵蠶猶吐腹中絲。器識文章有後先，誤將小技度前賢。能詩亦與雕蟲等，俯仰千秋一惘然。

## 出郭

一任長鯨吞九州，興來出郭作閑游。墟烟乍起風爲祟，野溜將迴石與仇。行見陂陀無隙地，果然斥鹵勝良疇。南郭外地多荒瘠，聞有以巨金購地者。買田欲作兔裘計，此事空於瘖痳求。

## 初夏城南泛舟

破曉揚舲去，清流繞郭斜。柳陰吞細浪，草際舞狂花。徑有尋芳婕，林栖返哺鴉。隔橋何所見，背水兩三家。

## 書感

君平賣卜成都市，屈子行吟大澤旁。敢謂我醒人盡醉，所悲夜短夢方長。山河黯黯佗稱帝，宮室沈沈涉作王。豎子成名寧足數，懷沙終日怨瀟湘。

## 城南有田數十畝蕪廢久矣丁卯夏乘舟往視歸途有作

陂田蒼莽水悠悠，亭午魚兒亦出游。十里芰荷行恐盡，有人箕踞坐船頭。

澤中湑湑皆萑葦，雨後芃芃有黍苗。如此風光無一句，漫游何意過津橋。

柳陰深鎖釣魚庵，風撼菰蒲戰未酣。獨往獨來舟一葉，分明烟水似江南。

穎水箕山未易尋，結廬自有好園林。一畦寒菜和根煮，是我他年避世心。時有自闢園圃之義。

## 咏史

弘羊雖死有餘辜，算盡舟車榷酒酤。法乳綿延千載下，無人知有董江都。

## 端陽日書感

嫣紅姹紫鬥新妝，珠玉隨風唾亦香。共説佳人真絕代，豈知今日是端陽。懷沙屈子誰相吊，避地梁鴻適自傷。欲陟北邙歌五噫，烽烟隱隱接扶桑。謂某國增兵事。

## 旱魃

誰言旱魃不爲灾，怒挾驕陽去復來。陌上行人應重足，漫天唯見起黄埃。

## 偕桂從周憲章溪邊散步

與君携手處，一水隔盈盈。細草茵初濕，新荷盖漸傾。波光摇上下，野色逗陰晴。欲問窮通理，丁丁伐木聲。

信美非吾土，羈留似仲宣。故鄉徒悵望，暇日且流連。拍拍鴨泅水，深深魚在淵。静觀皆自得，獨惜此山川。

輪蹄終日沸，還我自由身。誰欲援天下，君其問水濱。中流曾擊楫，大澤待垂綸。泛宅浮家事，前生自有因。

## 野望

墳衍遥相接，樓臺起伏中。山河猶表裏，蠻觸有雌雄。憫世泪成海，哦詩魂掠空。郊寒休自惜，吾道固宜窮。

## 聞王逸塘先生歸自大連賦贈

江流淘盡幾英雄，老去津沽作寓公。每飯不忘惟攬轡，新詩莫誤寄郵筒。投荒遠在北溟北，避世曾居東海東。聞説僧寮題殆遍，他年定有碧紗籠。

## 答從周畫梅

一枝能抵竹千竿，欲賦梅花下筆難。惟有髯蘇詩可贈，盡驅春色入毫端。

## 喜雨

日在囂塵湫隘中，烹茶畏見火爐紅。天公識我幽栖意，一雨能生兩腋風。

炎官不及雨師靈，能使山光滿郭青。我獨無緣酬造物，東坡喜雨尚名亭。

## 書舊

不知所届譬舟流，擾擾兵塵貉一邱。涉死猶争秦失鹿，丐來竟使魯無鳩。門前題鳳皆凡鳥，苙外追豚畏瘠牛。欲策治安空隕涕，賈生盍亦自爲謀。

## 憶舊

花陰舞蝶柳嘶蟬，歲月悠悠嘆逝川。驀憶去年今夜事，兩三漁火月初弦。丙寅六月四日由家旋津。

登舟未發路俱迷，戴月東征郤誤西。别恨茫茫何處訴，昏鴉爲我盡情啼。

烽烟霜鬢兩相催，看月今逾十二回。備矣瓦橋驢背客，田園何日賦歸來。

## 阻風東淀荏苒又年餘矣追憶有作

疾雷破山風擘岸，雍奴水上夜將半。三角淀即雍奴水。征衣濕盡雨如麻，驀憶此時腸欲斷。駒光擲我如飆輪，塵網年年縶此身。縱有田園歸不得，况欲取禾三百囷。

## 夏夜游某國公園漫賦并示從周阿南

珠璣亂擲水痕圓，池中有噴水機。夾道濃陰欲化烟。暮色横空燈作介，新凉蕩魄筆無權。漁陽夜夜驚鼙鼓，沽上年年沸管弦。偷暇獨尋方外樂，异邦風物爲誰妍。方塘半畝鏡開函，藤竹低垂緑未芟。門外轟轟盛車騎，園中一一隔塵凡。林陰斑駁風初動，潭影空明月倒銜。偶憶霞飛樓上事，空梁剩有燕呢喃。每年夏季，同人恒假公園霞飛樓爲觴咏之地，今則付諸浩嘆而已。

## 晚凉二首

炎天灼背欲安逃，日對窮檐拂二毛。薄暮人方懷彼美，新凉天忽貺吾曹。欲酬良夜無兼味，聊慰浮生有濁醪。安得移情如海上，洗空萬念看銀濤。

新涼酬我我何功，自縛渾如食葉蟲。黑夜乍添虛室白，綠蔭不減漆缸紅。孤懷已落神山外，一夢難逃逆旅中。席地幕天聊自適，喧囂敢入少年從。

## 始皇

年年方士求靈藥，泛海童男未一還。不到沙邱終不悟，阿房宮外即驪山。

## 夢破雨中作

雨聲驅入黑甜鄉，夢破孤衾孕萬涼。未諗闈中當此夕，也因熟否問黃粱。
飛飛瀑布挂檐前，一卷黃庭萬斛泉。借問幾生修得到，每逢夜雨輒參禪。
解衣槃礴酒初酣，卧聽移時覺雨甘。寢饋難忘惟一事，晚來花影浸江潭。

### 齷齪

司空退隱王官谷，安石日游謝公墩。嗟余獨生千載下，齷齪乃如虱處褌。橫行既已畏豺虎，將蕪那得歸田園。欲俟河清徒自慰，井蛙日日驕公孫。

### 雨後野眺

竟夜雨滂沱，朝來路若何。杖藜曲尋徑，積水忽成河。人迹環城亂，蛙聲出市多。蹄涔堪一笑，雖進不盈科。

### 六月杪溽暑薰蒸爲歷年所未有因憶去冬寒亦特甚漫成一絶

十日真逢并出時，堯年鶴語忍追思。祁寒酷暑殊難測，衍也談天適自欺。西國某天文家謂今年無夏日，一何可哂。

## 城南納涼

薄暮醉初醒，柴扉已半扃。市聲散寥闊，野色人幽冥。小憩尋高岸，孤吟立晚汀。悠然會心處，熠熠有流螢。

## 讀毛詩有感

岡陵誰敢謂山卑，履薄臨深益自危。獨卧側身看北斗，忽驚翕舌有南箕。不歸久蘊悁悁恨，靡騁真逢蹙蹙時。回首周原方喋血，何年得見堇如飴。

## 初秋雨後純之從周偕過寓廬作

小院新涼雨作媒，跫然忽報故人來。入簾草色濃於染，滿座茶烟鬱不開。治國尚餘書半部，論詩敢負酒千杯。蘭成蕭瑟今何似，未賦江南已自哀。

## 從周過示新詩次均奉酬

若論山高與水長，白雲不住住何鄉。鬢邊邱壑留陳迹，心上椒蘭孕古香。過雨新荷猶滴翠，未秋喬木已生涼。偶談懷抱深上契，肯入紛紛傀儡場。

## 風情

風情苦羨杜樊川，十載揚州獨往還。莫對花枝傷老醜，髮雖種種勝朱顏。

## 秋夜不寐

反側身如簸，依稀耳有聞。齧殘防黠鼠，殉夜有飢蚊。皎皎破空月，悠悠歸壑雲。數行南去雁，我獨悵離群。

## 七月杪從範師游八里臺分均得清字

數行槐柳一蟬鳴，柔櫓時聞三兩聲。望若神仙舟共濟，見《郭泰傳》。携來肴蔌酒頻傾。是日特備野餐。及時行樂多新雨，爲國儲才負盛名。北望成均隔烟水，謂南開大學。有人擊楫待澄清。江潭顦顇動相輕，世濁何妨我獨清。屈子難逃漁父問，林宗幸免黨人名。流觴有負蘭亭約，今春禊集因故未到。蕩槳來尋息壤盟。小酌林間如過客，醉顏已爲葉先赬。

## 夢石遺師見過

京華一別十三年，回望成均眼欲穿。夢裏尚餘相見地，程門立雪已無緣。
盡驅事業入吟哦，應笑鯫生漸有魔。十載寄書長不達，高軒今忽夢中過。

## 秋日得家書

烽火神州覿面難，家書可抵萬金看。西風吹起鄉關恨，戍卒人人欲揭竿。
劍炊矛淅寇方深，豈獨行人有戒心。衹恐天寒衣未寄，歸心日日擣秋碪。

## 八月七日間田約集同人爲真率會有作

甚囂塵市外，肝胆見生平。偶以文爲戲，何勞僕屢更。萬嘩歸槖籥，往事問燈檠。甘苦憑誰説，惟聞促織鳴。

## 九日小集雲孫寓廬

宿醒猶未解，謂前夜真率會。折柬又相招。此會知誰健，同來遠市囂。秋光薊門樹，詩思廣陵潮。莫負杯中物，能將壘塊澆。

## 尋秋

蝸廬湫隘巷何深，爲愛秋光出郭尋。紅蓼霜前花影瘦，白蘋風起浪聲淫。蒹葭霜露年年恨，鱸膾蓴羹夜夜心。指點水西莊畔樹，有人捉鼻作微吟。

## 喜李寱庵歸自巨鹿賦贈

破釜沈舟地，嬰城古所難。歸來頭尚黑，回憶膽猶寒。目已無餘子，心何戀一官。西山秋更好，拄笏待君看。

## 月下感舊

客秋未逾半，家書亟相告。謂當月殘時，妻孥便可到。聞之喜不寐，豈特撚髯笑。异鄉骨肉情，魂夢猶纏繞。今宵一回首，惟有明月照。塊然一室内，對月但長嘯。不知小兒女，曾否閨中眺。相思寧足論，所患在群盜。故鄉盗賊蜂起。披襟立西風，啞啞群烏噪。

## 中秋夕堤上玩月

九衢人似蟻，我獨做郊游。雁影摩殘壘，蟲聲聚一邱。摇摇漁艇火，隱隱酒家樓。爲玩今宵月，支笻古渡頭。

團圞頭上月，顛頟夢中人。五十今虧一，行藏彌自珍。星河光鑒髪，兒女債纏身。恐被嫦娥笑，低頭嚮白蘋。

## 中秋後一夕津河泛舟同從周作

忽忽秋逾半，優游玩月人。波深摇蟹火，味美憶鱸莼。夜氣森毛髪，歌聲動鬼神。漫游寧畏遠，咫尺視城闉。又弄扁舟去，臨風酒易醒。岸燈摇上下，山月破幽冥。露泫稻初熟，烟開蘆更青。不妨歸緩緩，説與故人聽。

## 秋日宴集觀稼園分韵得客字

驅車南郭外，紅塵連紫陌。游侣魚貫行，儼爲不速客。斜穿吴窑村，忽見幽人宅。環以衣帶水，虚室能生白。主人管幼安，洛聲先生。擇交曾割席。當其居遼時，堅貞若松柏。至今論遺愛，甘棠思召伯。自客津橋旁，酷肖陶彭澤。門垂柳五株，田有賦性禾三百。學稼兼學圃，心遠地自僻。我有負郭田，與君一水隔。距管園一葦可航。賦性雖疏慵，尚能辨菽麥。聞君隱于農，將歸更請益。此田荒蕪久矣，明春擬闢爲蔬圃，因問計於公。春韭與秋菘，一年凡幾易。它如畜鷄豚，更願書諸册。歸隱既無期，此事行自責。祇恐闢草萊，束手無一策。他年訪戴人，儻亦有所獲。

## 市中

市中雜傭保，誰識倦游人。夜卧衾如鐵，晨炊甑滿塵。成名羞豎子，惜誓有孤臣。鋪啜人方醉，行吟且自珍。

## 河北公園遇雨示臺孫

園中花木半摧殘，插棘編籬護亦難。隔水樓臺鳴鼓角，園内時屯重兵。破空雷雨蕩心肝。雲歸薄暮浩無際，風近重陽又戒寒。獨擅一車君莫怪，見晉書《王徽之傳》。秋深欺我客衣單。

## 範師以八里臺紀游詩見貺郤寄

城南衣帶水，日日在胸中。每溯從游事，悠然興未窮。槐陰浮大白，蓼穗鬥殘紅。俛仰秋將暮，蕭蕭蘆荻風。

## 重九日擇廬主人觴客分均得容字

骯髒世難容，逢君興轉濃。重陽寧肯負，三載此相從。自乙丑重九迄今已三載矣。羹沸蜩螗世，嶔奇磊落胸。壯夫輕小技，且莫學吟蛩。

## 九月七日同徐石雪泛舟南溪次日石雪以詩見寄依韵奉和

舴艋搖搖水負之，蒼葭白露恨來遲。炎涼逐日欺歸客，造化分明似小兒。結草爲廬人尚健。謂洛聲。納禾築圃雀先知。眼中秔稻垂垂熟，欲借西成散百悲。

## 野草

春風野火兩無情，一歲中分枯與榮。漫向原頭悲小草，有人釋褐作公卿。

## 問田過話涿州戰事感作

乖龍鬥野血玄黄，又鬪孤城作戰場。斜巷有門垂五柳，君涿人。荒村何處問樓桑。偶聞風鶴空零涕，衹恐池魚亦被殃。由涿而雄，朝發夕至。滚滚瓦橋關外水，瞻烏益使我心傷。

## 歸夢

夢中刺刺不能休，夢破心旌撼萬愁。欲塞夢魂來往路，漫漫長夜豁雙眸。
摇摇燈火五更霜，此際還家夢亦香。争奈鄰鷄偏作祟，數聲驅我到他鄉。

## 豺虎

食將無子爨無骸，當道惟餘虎與豺。縱有澄清天下志，彌天日日起風霾。

## 挽華石斧征君

衰年卧病似相如，死後猶遺一卷書。腹笥便便搜殆盡，恨無漢使到門閭。
我有廿年文字涓，因君滴入九迴腸。窮年矻矻終何益。祇見銘旌颭道旁。

## 前題 代

文字棼於待治絲，逢君不啻獲良醫。精如許慎先分部，已刊者有文字系十五卷。勤似江都日下帷。十載萍踪空自惜，一官匏繫有誰知。大招欲爲湘壘賦，瓦釜雷鳴痛此時。

## 雪夜讀毛詩

鈎月銛於刃發硎，衝寒獨自立空庭。鬢隨檐雪垂垂白，何事辛勤守一經。

## 寄衣

綈袍誰贈我，范叔固宜寒。忽報故人至，方知久客難。衣真千里寄，書抵萬金看。暮雨催刀尺，他鄉聲更酸。

## 咏史

漢末四海沸，群盜争跳梁。黄巾數萬人，不入鄭公鄉。焉用侈門閭，潛德自有光。哀哉銅駝陌，荆棘生其旁。王孫泣路隅，見者爲悲傷。乃知盜有道，慎勿疑蒙莊見。《胠篋篇》。

## 病起對雪

不寒人亦栗，雪後竟如何。廣厦杜陵恨，重裘白傳歌。窺窗惟咏絮，補屋待牽蘿。但使頭風愈，天公佑已多。

## 壽趙幼梅先生六十

我昔壽君時，君年方大衍。縱橫湖海氣，一一在詩卷。有時促膝談，頗亦興不淺。忽忽十年間，迅若飆輪轉。今又爲君壽，所愧儀不腆。聊以侑稱觴，雖俗未能免。自余來津沽，潛心究墳典。暇則從君游，哦詩以自遣。君才如士元，驥足未一展。庚申爲議郎，君初膺裏選。聞政不待求，蓄德豈惟儉。一朝歸故鄉，泥塗視軒冕。間作擘窠書，大筆自濡染。所嚮皆披靡，萬丈吐光焰。眉山素工書，乃爲詩名掩。年來國事非，處處困兵燹。斯文將墜地，念此泪爲泫。以君曠世才，肯如蠶縛繭。酣嬉淋漓餘，談天逞雄辯。客來先投轄，勝約歲必踐。一舉三百杯，霜髭但自撚。廿年求友意，每恨不我善。自與君締交，快若歸鼎臠。披瀝見肺肝，如君今亦鮮。今冬躋六十，高朋穿户限。謭陋不自揆，蕪辭竊自撰。歲晏登君堂，窗有梅數點。介壽天方寒，霜風銛於剪。

## 醉後遣興

相如滌器雜屠沽，康成少爲鄉嗇夫。辱在泥塗不自惜，達哉此士今則無。黄農虞夏没已久，登山采薇胡爲乎。藏書萬卷酒一甕，雖南面王不逮吾。

## 漢成帝

外戚盗國柄，漢成尤可憐。區區中常侍，召拜亦無權。何况大將軍，任免敢自專。直如馮野王，奚用聞其賢。章死鳳自若，忤者鮮得全。哀哉劉子政，抗疏亦從然。五侯同日封，胎禍在元年。經義豈不明，履霜冰自堅。

**軍興以來賦斂煩苛盗賊滋熾民不聊生未有甚於此時者因仿香山新樂府體比事屬辭以代民之喉舌知我罪我所弗計也** 三首

## 舟車行

舟有捐，車有税，捐税太苛將自衛。自衛果何方，我能言其詳。踊貴屨賤無處避，死於賊手母乃甘。爲虎作倀君不聞，嬴政虐民民先叛。揭竿斬木涉爲王，天下洶洶亘五載。首發難者大澤鄉，以古例今君莫怪，今日有會名紅槍。

## 預征

預征預征民，何以生民國。紀元不過十六載，預征田賦早已雷厲而風行。去年預征既加討赤費，今年預征又患無其名。乃以維持省鈔爲藉口，功令一下難變更。哀我小民無井可鑿無田可耕，租税何自出，今乃迫我煎我酷於炮烙之殷刑。易子析骸方待斃，縱有不平疇敢鳴。監民謗者有衛巫，驅民戰者有韓彭。民窮財盡國不國，猶曰淮陰善將兵，吁嗟乎，預征民，何以生。

## 擄人

以人爲質古亦有，未聞群盗挾之走。擄人勒贖風一開，雖有黄金難固守。借問此風何自始，政煩賦重盗乃起。官府以此攫民財，民踵爲之固其理。至今不過五六年，如泉始達火始燃。家有薄田猶股栗，况以十萬爲腰纏。守錢之虜陷賊窟，奇貨可居非虚傳。雖百其身亦難贖，彼爲刀俎我魚肉。其間甚者價已仇，睚眦之怨輒反目。可憐民命如草芥，雖曰殺人終不快。盜亦有道皆虚言，胠篋何從論成敗。君不聞康子患盜問仲尼，雖賞不竊良足師。又不聞漢時龔遂治渤海，賣劍買牛風俗改。謂予不信視前史，倉廩衣食而已矣。

## 寒聲

寒聲起天末，枕上不堪聽。霜柝澀無語，孤衾耿獨醒。窺窗星熠熠，摇案火熒熒。手栗知寒重，凄凉影與形。

## 自訟

瓦橋居士以詩傳，言之雪涕且赧顔。予生十年就外傳，十二已讀三百篇。十五操筆學爲文，醉心韓柳與史遷。是時家境最瘠苦，儲無儋石寒無氈。殫地所出廬所入，束修亦必取盈焉。吾父教吾一何切，苦望成名眼欲穿。予年十九方入泮，游學恨無囊中錢。自此家居亘五載，涉獵雖廣心不專。離群索居恒自惜，何不易轍而改弦。光緒癸卯抵保定，乍聞新學獨垂涎。四科尤嗜疇人術，厠身學校凡五年。國家養士良不薄，學成乃得慶彈冠。奉旨以中書科中書儘先補用。歷分司農暨西掖，謂內閣及度支部。菽水始獲承親歡。予齒是年纔三十，步趨輒欲追前賢。卜商之言不我紿，學優則仕有後先。何況上庠盡名宿。循循善誘如尼山。予乃發憤入太學，與良師友相周旋。一生學詩自此始，宗派尤慕拜侯官。石遺師。不意學成未致用，朝局突變如雲烟。共和行政名雖美，惜非中興如周宣。從此下帷專教授，飽經憂患况飢寒。十五年來成坐困，昔猶少壯今華顛。轅下之駒恒局趣，鹽車太行無此難。子雲落拓猶見侮，矧我未曾草太玄。年將五十仍故我，文字難滌儒生酸。技鬻百金何足道，大瓢無用徒呺然。同舍諸生多顯達，五陵裘馬皆翩翩。惟予埋頭守枯几，讀易猶欲絕韋編。枕經葄史貧難療，面骨崢嶸瘦可憐。天生我材必有用，胡爲埋沒文字間。登車攬轡范孟博，既倒猶欲迴狂瀾。思之爛熟途日隘，哦詩稍覺天地寬。攢眉日久漸成癖，一日閣筆心旌懸。縱以詩鳴若東野，捫心真負瓦橋關。

## 題自訟詩後

老作詩囚亦可憐，床頭槀本積如山。他年儻有人編訂，寄語斯章切莫删。

## 介壽

曩讀豳風詩，春酒介眉壽。古人敬老意，不限貧與富。流傳數千年，稍稍忘其舊。飾名曰生辰，反以古爲陋。踵事日增華，頽波難挽救。笙歌咽華堂，珍錯羅俎豆。一開夤緣門，不惜爲人詬。宵小媚權貴，至遺千載臭。執政甘屈膝，尚書亦由竇。南宋許及之事。犬嗥叢薄中，南宋趙師睪事。猶炫計能售。後儒讀其書，動詈韓侂冑。侂冑生日，百官爭貢珍异，而許及之趙師睪二人尤極諂附之能事。豈知若輩言，不可出中冓。阿附無不爲，人面心則獸。世風日澆漓，衣鉢熟傳授。嗟予生今世，硜硜但自守。世濁我獨清，内省或不疚。焉能與噲伍，游於羿之彀。大哉張彖言，冰山見日僕。

## 宋光宗

壽皇卧病重華宮，玉津園裏樂融融。李後悍妒何足道，不孝未有如光宗。後儒盱衡南宋事，動言誤國惟和戎。豈知君父之仇固，宜報大義尤在宮闈中。稱疾不朝義何在，引裾力諫羞臣工。一朝僕地天奪魄，擁立嗣子何匆匆。吁嗟乎，惟婦是聽罪猶小，子而不子尤爲名教所不容。

## 費宮人故里 在天津東門裏

東門一出女如雲，傾城傾國何足云。此間尚有貞娥里，耳其名者矜其人。妙齡女子能殺賊，傷哉此事古未聞。君不見君父之仇終不報，至今猶詈吳將軍。吳三桂乞清師破李自成，蓋爲陳圓圓之故，非爲營救父襄，以此例彼，有愧巾幗矣。

## 雪夜郊行

年年風雪思灞橋，每憾塞耳皆塵囂。今晨躡屐出郭去，梨花萬樹風蕭蕭。天寒指直不得結，使我衣帶隨風飄。古人詩思在驢背，有時策蹇相推敲。今我屏居渤海濱，騷魂乃嚮鄉關招。燕趙之間可辟世，欲歸不得悲童謠。惟將文字作消遣，有負陋巷簞與瓢。興來隻身披鶴氅，或游水濱或山椒。否則雲昏天欲雪，土囊之口聽寒飆。今見林烏頭盡白，感時使我心摇摇。歲殘曳杖尋絶壑，衹有寒聲破寂寥。

## 寓廬雜詩 六首

一

壁間曹娥碑，枋得見之泣。江上聞琵琶，白傳青衫濕。遥遥古人心，境殊悲則一。或當國亡後，或身遭屏黜。抑鬱不自勝，涕泗乃交集。我生千載下，儼若聚一室。掩卷思古人，忽忽如有失。愴然身世感，日挾寒風襲。歲暮百無聊，欲焚硯與筆。

二

南宋禁僞學，唐末誅清流。後人讀青史，動爲世道憂。吾謂古與今，譬諸貉一邱。明哲可保身，胡爲彀中游。小人傾君子，酷於九世仇。巧言金亦鑠，盗毛疵可求。冰炭既難容，黨禍將誰尤。賢哉申屠蟠，使我心悠悠。

三

澤雉出樊中，飲啄動爲累。涸鮒不得水，將索枯魚肆。物情各有然，處世寧獨异。古人鳴不平，每爲事憂患。憂患日纏身，一醉或能避。予生不嗜酒，即飲亦不醉。今夜樂陶然，此實誰之賜。曩讀《醉鄉記》，略識此中意。安得千日酒，一洗窮途泪。

四

屏居南郭南，有室裁三楹。囂塵與秋隘，昏昏過吾生。雖曰宅近市，琅琅讀書聲。天寒圍爐寒，骨肉含深情。憶昔卜居時，炎官方横行。追凉苦無地，夏甑恒遭烹。蟾魄幾回圓，寒飆徹夜鳴。天運迭循環，感時摇心旌。鬩墻有何仇，殺人動盈城。時近畿血戰甚烈。

五

凌晨負寒去，蚩尤塞蒼穹。行人如凍蟻，往來何憧憧。須臾杳不見，疇能辨西東。板橋人迹絶，霜花一何濃。俄見林巒外，摩蕩生驕紅。日出霧自消，焉用擘岸風。

六

臘鼓噤無聲，匆匆歲又殘。有家不得歸，長共飢與寒。傷哉小兒輩，隨遇亦漸安。晨拭甑中塵，夜温床上氈。腹枵脚凍皴，卒歲一何難。四方餬口事，累念心爲酸。鬢毛今亦白，羞向鏡中看。

## 弭兵

弭兵如治絲，欲治絲逾棼。又聞兵猶火，不戢將自焚。向戍非仲連，豈能解糾紛。中原鬥群魔，所患惟不均。問天天無言，何有仁不仁。

## 十二月十六日雪中範孫師招集蟫香館分韵得復字

去年從公游，梨花香可掬。丙寅春賞梨花事。今年踏雪來，寒氣浩在目。荏苒一年彊，光陰如轉轂。觥觥嚴夫子，折柬意有屬。咏雪咏梨花，事事能醫俗。何況古人詩，好句耐人讀。萬樹梨花開，不畏風撼屋。人生有離合，天道有剥復。暑往寒必來，一白奪萬緑。兹會豈偶然，想見人如玉。雪中披鶴氅，有客竟不速，謂子若。聯吟多舊雨，垂頭更摩腹。驀懷神州事，不寒肌亦粟。白戰闃無聲，雪中方逐鹿。

## 今昔

抵掌昔談天下事，埋頭今讀古人書。有如皦日相盟誓，一任浮雲自卷舒。百國春秋誅亂賊，廿年爾雅注蟲魚。吾鄉即是心安處，何必躬耕學結廬。

## 十二月十八日陳誦洛假蟫香館觴客踏雪前往是日北風怒號寒氣砭骨途中有作

寒聲塞天地，徑滑僕行人。風伯一何怒，詩魔未易馴。摇空翻凍絮，孱影動飆輪。恐誤題襟約，霏霏雪滿身。

## 冬日

凍蟻蠕蠕陌上人，黃綿初出獨予親。貧家可愛惟冬日，焉用綈袍庇此身。

## 丁卯除夕

春歸不得歸，荏苒已三載。津沽盛交游，欲去盖有待。卅年文字癖，累我病且殆。殘年一回首，何不幡然改。挑燈讀陰符，雄心固猶在。不陷重圍中，寧受田父紿。蹉跎復蹉跎，往事徒追悔。爆竹轟天衢，寒梅纔破蕾。無酒亦陶然，蹄涔視滄海。

## 見月

獻曝亦猶人，每恨不見日。夜深乍開眸，明月入我室。

## 王戎

邈若山河舊酒壚，每懷嵇阮泪痕粗。不知身後膏肓疾，戎性貪吝，田園遍諸州，而儉嗇不自奉養，時人謂之膏肓之疾。亦有他人軫念無。

# 一漚閣詩存卷二

起戊辰訖庚午　雄縣張同書玉裁著

## 元日 以下戊辰（一九二八）

負盡平生志，春歸懶出門。鬢毛斑白後，兵氣塞乾坤。白刃人争蹈，黄巾世所尊。憂天百無益，有酒且盈樽。

## 斗室

斗室三冬未見冰，春歸杯水結層層。乖時寒暖疇能測，喧世炎凉益可憎。撼屋時聞風作祟，窺窗端合月爲朋，布衣干謁吾尤耻，顑頷生涯一少陵。

## 陰晴

穿户炊烟風與仇，沈沈積雪壓簾鈎。陰晴底事忙如許，轉恨天公不自由。

## 讀少陵短歌行走筆成此聊以自慰不自知其言之骯髒也

抑塞磊落之奇才，公哀王郎實自哀。許身曾比稷與契，一生轉徙隨蒿萊。公之詩才殆天授，一入腕下生風雷。寓居同谷拾橡栗，思公頓使心胸開。天之生我亦不偶，欲以詩史傳將來。

## 春寒

入春已七日，猶是禦冬心。殘夢迴霜柝，餘温戀布衾。濕薪艱一束，爝火抵千金。皸瘃何時愈，爬搔恐不禁。

## 思歸

津沽七十二，輪軌一要衢。中有碧眼胡，經營奪天工。地靈人争趨，譬諸淵與叢。隙地值千金，樓閣何玲瓏。乘堅而策肥，什九皆富翁。貧者無立錐，有亦膝難容。

我室纔三間，頗有晏子風。狐裘三十年，日處囂塵中。敢云適樂土，聊以避兵戎。回看故鄉樹，歷歷瓦橋東。田園雖未蕪，歸心迫嚴冬。何當唱刀鐶，飽嘗韭與菘。

## 城南

積雪没脛冰在鬚，淩晨蹀躞城南隅。穿林瘦日忽明滅，盤空凍雲時卷舒。洶洶天下亂已久，草草勞人興不孤。漫言跬寸有荆棘，一出虎穴皆坦途。

## 上元前一日問田過談涿州被圍事甚詳時問田方丁外艱

髑髏爲枕血爲茵，自陷重圍已九旬。荷鍤幾人營隧道，飛車竟日瞰城闉。橫穿狹巷皆豺虎，呵護先靈有鬼神。君自言先公易簀之日，約半日不聞炮聲，因得從容入殮。明日潸然應出涕，無端又作遠游人。時君將赴黑省。

## 酬趙阿南見寄

不妨坎壈日纏身，撑腹詩書可療貧。珠履耻爲門下客，綈袍誰念簣中人。書空有月長相照，解凍無風各自春。半載睽違重握手，依然豁達見天真。

## 疊前均

郊寒仿佛是前身，欲以詩鳴敢怨貧。未有歸期恒作客，初相見日竟逢人。今春人日社集，始與君相見。鬢毛斑白渾疑夢，戰血玄黄幾度春。天發殺機天不管，茫茫真宰亦非真。

## 憫世

伯有能爲鬼，彭生幻作人。野心猶未戢，妖夢與無垠。衰蹇聞歌鳳，棲遲難獲麟。乘桴欲安往，浮海海揚塵。

## 陌上

寒重春無謂，徒勞陌上行。郊原看浩蕩，冰雪露崢嶸。宿草何人踐，無花怨鳥鳴。東風吹不到，寂寂似山城。

## 狂風

浸淫溪與谷，萬竅怒號中。風伯無人訟，恣爲一世雄。驚魚潛絶壑，征雁落摇空。竟日狂如虎，喧豗西復東。

## 津門上元夕

小窗明細火，深巷蓄狂飆。元夜猶如此，閑愁豈易銷。奪關拚百戰，宋狄青事。隔岸辨群囂。岑寂無人識，寒燈酒一瓢。

### 漢武帝

賢長方正欲誰欺，不到長安不自知。待招公車飢欲死，相如猶恨未同時。

### 上元後一日奇寒

狂飆一夜撼岡陵，晨起窺窗已結冰。地僻蝸廬甘墨守，天寒鶴語似堯崩。澆愁有酒謀先醉，呵凍題詩愧未能。遥想腹堅冰澤下，大魚潛伏不堪罾。

### 野草

飢鳥啄雪雁横空，奪發呼號解凍風。笑語隔年原上草，東皇爲爾力俱窮。

### 讀萇楚苕華二詩感賦

驅車來田間，野曠寒無烟。弱者餓爲莩，彊者恣爲奸。借問路旁人，言之淚泫然。自從軍興後，民皆苦倒懸。今日榷酒酤，明日算緡錢。有如燃豆萁，日在釜中煎。誅求一何酷，樂土無由還。古人刺苛政，無逾三百篇。《萇楚》與《苕華》，聞者心爲酸。我今讀此詩，字嚮心中鐫。天之生斯民，視聽民爲先。爲民謀餬口，不外粥與饘。奈何賊民興，殺人以苛捐。糞田猶未足，乃亦取盈焉。頭會而箕斂，掊克皆曰賢。昔言猛於虎，益信非虛傳。哀哉冥冥中，天道有循環。亂極終須治，悔禍方能悛。我且征諸詩，豳風繼下泉。

## 京津道中

兩年甘蟄伏，又賦北征詩。凍浦風初解，飛車電與馳。寒烟起天末，殘照擲人時。旅食京華事，重來有泪垂。

## 車發都門抵涿州追懷戰事有作

摧殘城堞孑遺民，入夜荒原走鬼磷。浩劫年來猶未換，殺機天發豈無因。烽烟漠漠并州外，戰壘重重易水濱。莫倚車廂頻縱目，血中草木不成春。

## 初抵保定

南樓風月庾元規，三月烟花杜牧之。愧我年來百無似，重來此地作人師。

## 重過保定師範舊址感作

北郊黌舍尚依然，同學相逢鬢已斑。衣馬輕肥休自詡，田園烽火未能還。菁莪養士餘今日，伏莽興戎痛故關。時盗風甚熾。指點潺潺橋畔水，可能爲我洗愁顔。

二十年來一夢耳，自光緒丁未卒業高等師範，迄今忽忽二十餘年矣。重來卻似夢中尋。頹垣雪後鳴飢雀，僵柳風微狎凍禽。夾道松楸多剪伐，中原豪杰漸銷沈。樹人樹木今如此，徙倚門墻萬感侵。

## 水心亭 并序

亭在河北大學校中央，其左右匯爲深池，廣可半畝。旁通一畝泉，泉有聲潨然，尤與晨夕游眺爲宜，戌辰仲春，設教于此，時池冰猶半泮也。

憑欄摇矚意悠然，半畝中通一畝泉。多士從來千里外，斷虹猶似十年前。池上有橋。園林劫後尤蕭瑟，旁有校園廣數十畝。黌宇年來幾變遷。校址原爲清末畿輔學堂，嗣後而專門而中學而大學，凡數易矣。橋下春冰猶未泮，憂心早已凛深淵。

## 保定城南公園

春歸爛漫是鶯花，搔首城隅我獨嗟。往日從行登虎圈，園中豢養一猛虎。祇今浩劫問蟲沙。爲嘶猶憶長城窟，人去難逢油碧車。别有洞天何所有，園中叠石爲山，下有道可通人行。顔曰：『别有洞天』。大旗落日影横斜。時屯重兵於此。

## 校園中有小邱二虬松怪石環抱其下迤東數十武望之紅白相間則桃杏花也予愛其宅幽而勢阻暇則登臨其上以自遣有作

陂陀逶迤耐人尋，不信逃虚有足音。墻外飛飛多野馬，園中磔磔盡鳴禽。川原信美非吾土，環堵蕭然愜我心。地近西山春更好，落花如雪撲衣襟。

## 清明前一日由保定旋津途中書所見

滿地繽紛盡落英，驚心明日又清明。桃花識我東歸意，含笑風前有送迎。

## 聞誦洛由保定遄返肅寧匆匆不得一譚賦此寄訊

藉藉才名陳孔璋，一官匏繫興猶狂。何時共飲郫筒酒，肝肺槎枒哦短章。

塵網羈身不自由，西山春色浩難收。花如紅雨波如鏡，恨未同君秉燭游。

## 戊辰春設教保陽翔翽兩兒隨阿母在津而故鄉田廬則由翊兒董理之一家骨肉蕩析離居風雨之夕輒不能寐愴然有作

瓦橋東望即津門，一畝泉聲蕩客魂。天各一方悲骨肉，人將萬古視晨昏。夢迴忍聽階前雨，泪竭猶餘枕上痕。直道相思了無益，心隨日脚掛羌村。

## 靈雲寺聽雨

何以洗心胸，黄昏風雨中。飛飛懸瀑布，點點入絲桐。地僻傷春暮，時危祝歲豐。篝車無限意，試問道旁翁。

## 一畝泉

拄笏看西山，悠悠一畝泉。環城陂迆邐，嚙石水潺湲。蕞爾一隅地，能肥萬頃田。謂灌溉之利。菟裘吾欲老，恨乏買山錢。

## 贈鄒因陳

廿載嚶鳴求友意，得君肝膽益相親。蜩螗羹沸成今日，文采風流見此人。下筆渾如蠶食葉，提壺慣聽鳥鳴春。丹青不識年將暮，寫入詩中亦足珍。君工書畫。

## 靈雲寺晚眺

寺毀名如故，階空景更幽。雜花深没徑，弱蔓曲藏樓。翳翳日將入，涓涓水自流。寺東匯爲深池，乃一畝泉餘浸。方塘開半畝，喧寂此鴻溝。

## 感事

鶴唳風聲外，家家累卵危。不寒人亦慄，深夜鬼來窺。寄訊無黄耳，狓猖有赤眉。漸臺誅莽後，或見漢官儀。

## 保陽雨夜

穿雲聲淅瀝，似欲報春殘。紅泣花如錦，青垂竹幾竿。一燈聊破寂，孤枕自爲歡。偶憶明朝事，山光雨後看。

## 小園晚步

花影弄窗前，晶瑩月在天。暗香穿廢圃，暝色奪孤烟。坐對三生石，旁臨一畝泉。優游林壑外，萬事一蹄筌。

## 楊花

白氈鋪不盡，糝徑是楊花。過雨痕猶濕，無風影自斜。顛狂環水面，漂泊任天涯。荏苒春將暮，征人正憶家。

## 車抵盧溝橋過雨

析津已作故鄉看，况有妻孥別更難。暮雨涔涔雲似墨，汽車載夢過桑乾。

## 桃花

日在春光浩蕩中，嫣然一笑傲東風。前生似喋沙場血，化作桃花色尚紅。

## 獨宿戲占

休言醜婦勝空房，見蘇詩。一念能分聖與狂。革面洗心惟獨宿，温柔不及黑甜鄉。

## 校園中有桃林春初徘徊其下時含苞猶未放也

初胎紅上最高枝，蜂蝶紛紛尚未知。爛漫生涯誰管領，我來正是未開時。

## 酬因陳見贈

雷雨昆陽屋瓦飛，傷時祇有泪沾衣。投江此輩無清濁，蹈海他年有是非。不肯帝秦心皎潔，行將去魯夢依稀。臨風欲譜龜山操，誰向桑榆挽夕暉。

## 送春 時客保定

山巘巘，水鱗鱗，楊花如雪撲游人。游人但説春光好，曾幾何時又送春。憶昔群賢共修禊，不速之客來紛紛。蟬香館裏吟風月，八里臺前理釣綸。屈指年來觴咏事，似與津橋有夙因。今年送春寧忍説，索居終日悲離群。西窗剪燭無良友，風雨黄昏獨閉門。陌上花開歸不得，城頭極目皆兵塵。河清難俟人老矣，攬鏡徒驚白髮新。一畝泉聲日嗚咽，太行雨後含孤顰。縱使東皇能久住，黯然無處不銷魂。

## 春暮逃歸津門故人有以保陽戰事見詢者賦此答之

闌珊花事漫相猜，流血呻吟徒自哀。極目人烟渺蕭瑟，鰥生新自戰場來。

獨倚津橋憶保陽，曾携襆被走踉蹌。謂雷雨中避難事。驚魂又逐烽烟去，不畏雷霆畏虎狼。

## 答因陳見和

雨後山如笑，林花簇簇新。化工如有意，阿堵爲傳神。偶一適蒼莽，猶堪見性真。潺潺流水外，閑煞問津人。

## 背城

背城思借一，餘燼不堪收。漢已圍垓下，吴難守石頭。欲歸遼有鶴，誰使魯無鳩。慶父今猶在，干戈幾日休。

## 雨後瞑坐

漠漠夜將闌，繩床尚未乾。頻移防屋漏，瞑坐怨燈殘。困獸猶能鬥，勞人敢自安。四郊多壘日，休嚮雨中看。

## 津門亂後琴湘首以無恙見詢郤簡

紛紛胠篋與擔囊，自有衡門可退藏。天爲勞人留隙地，彈如驟雨掠斜陽。家書每恨無消息，薪木何堪有毀傷。漸負故人遠相問，黄巾未入鄭公鄉。

## 室人由津旋里賦此送之

津門避兵燹，尚有婦堪謀。來日冰方泮，歸時麥已秋。爲憎長夏熱，彌觸故園愁。暴骨荒原上，無人那得收。

西去路漫漫，輕舟泝急湍。熱從今日酷，是日天氣陡熱。别是异鄉難。道左低聲語，車中忍泪看。瀕行意惘惘，倍使我心酸。

## 喜晴

天公知我欲郊游，爲换銅鉦掛樹頭。穴淺嬉晴時見蟻，林深呼雨已無鳩。恢恢天網開三面，殷殷雷車出九州。野老負暄無可獻，但蕲舉國若金甌。

## 津沽之亂仁安叟寓廬亦遭波及詩以慰之

擔囊有盜道何存，剥啄曾驚夜叩門。城郭人民悲伋去，緘縢扃鐍悟莊言。短衣白刃争光蹈，舊物青氈忍再論。養晦鄉閭王子敬，偷兒何事竟逾垣。

## 挽楊意箴孝廉

塵篋猶藏絶命辭，君生前三爲絶命辭。死生大矣豈能知。伯倫隔世爲良友，君尤嗜飲。德祖當年一小兒。久欲歸田師靖節，惜無葬地傍要離。鹿車共挽年年恨，况遺奚奴荷鍤隨。

## 月夜候凉憶室人時别還鄉三日矣

巷僻無喬木，微凉抵萬金。遲遲今夜月，悄悄故園心。椎髻妻何在，攢眉我獨吟。辛勤廡下意，衹有夢中尋。

## 讀莊子

筐盛矢，振盛溺，主人愛馬無人識。拊之一旦不以時，毁首碎胸一何亟。乃知人世無坦途，反恩爲仇在瞬息。君不聞比干剖心龍逢斬，漢有朱雲猶折檻。一批逆鱗鮮不死，留旌直臣亦偶耳。

## 雨後

聲如瀑布夢如烟，化蝶莊生栩栩然。上有雷霆頻詔我，鑿楹書欲待詩傳。
黑雲如墨自相磨，欲睹青天奈漏何。昔讀毛詩今益信，月離於畢雨滂沱。

## 牙疽

五年疽未發，自甲子訖戊辰。一發痛難忘。積雪爲癰後，迴旋到齒旁。周公三吐哺，
司馬九迴腸。并作今朝恨，攢眉對夕陽。

## 五十初度

積年月日鬢如銀，大衍初逢紀戊辰。骯髒一生仇造化，弦歌十載負成均。關河
風雪催人老，晦朔春秋入夢頻。起視離離原上草，榮枯可抵海揚塵。

## 暑夜從周約登中原露臺納凉

夜游良有以，眷眷故人心。如此高寒地，聊爲躑躅吟。縱觀皆入彀，小坐勝披襟。咫尺捫星斗，寧知風露侵。

塵囂無可避，深甑日遭烹。偶到瓊樓上，清風習習生。笙歌沈萬籟，燈火沸孤城。立盡瑶臺月，遲遲吾亦行。

## 夏夜登樓納凉同琴湘作

一拳椎不得，携客到岑樓。絲竹環城沸，輪蹄似水流。興來恒卜夜，凉重不因秋。鬼趣圖中事，謂電影。猶堪豁兩眸。

## 六月十八誦洛觴客寓廬分得留字

杜康聞説可銷憂，客去如髡敢獨留。别墅幾人談竟夕，平原十日抵千秋。轟呼隔座聲俱沸，俯瞰鄰園景更幽。猶有元龍湖海氣，何年重作廣陵游。陳元龍曾爲廣陵太守。

## 連夜與從周登樓消夏賦此遣興

夜夜同君秉燭游，歡娛信可破窮愁。題詩今已無崔顥，惟我昂然在上頭。流雲華月翳復吐，驅我來游不夜城。十二瓊樓憑眺處，光焰萬丈天爲赬。

## 晚香玉

其人如玉惜已遠，今見此花終不忘。豈特肌膚若冰雪，使我肺肝生古香。

## 聞範孫師歸自西山賦呈一律

拄笏相看日日心，自來沽上漸銷沈。緣公去作西山客，使我如聞空谷音。風雨一燈防鼠嚙，松楸萬壑作龍吟。歸來爽氣盈襟袖，肯受塵埃半點侵。

## 七夕

除卻今宵未有緣，鵲橋別後泪潸然。一年一度來相會，底事人間欲學仙。

## 雨霽登樓晚眺

萬瓦明殘照，層樓引夕凉。鴉翻新雨後，虹斷暮雲旁。海運鵬南徙，風高雁北翔。登臨小天下，不必問梯航。

## 津門苦雨

昔聞牂牁郡，天無三日晴。呼之爲漏天，實足符其名。津門古渤海，去此千萬程。奈何浹辰間，兩地如合并。恢恢大漏天，覆此斗大城。乖龍一掉尾，日挾銀河傾，豈無女媧石。欲補終難成，豈無林中鵲。狂噪天無情。門前水淲淲，日循階除鳴。四壁何所有，但見霉苔生。雲師疇能誅，呼天欲乞靈。

## 雨夜有感

泣不成聲連夜雨，驕猶作態滿庭花。挑燈突起神州恨，表裏山河敢自誇。

## 重至京師顧曲

顧曲周郎老更貧，飛飛十丈軟紅塵。年來甲第皆新主，惟有何戡是舊人。唐劉禹錫詩『舊人惟有何戡在』。

## 七夕後五日蟫香師招飲分均得壽字

塵居百無聞，所患在孤陋。初秋踐勝約，如聽鈞天奏。館以蟫香名，卷帙雜新舊。縱飲皆故人，公意一何厚。微聞葭莩親，公將代爲壽。分題畫中詩，字字錯錦綉。酒半公出示畫軸征詩。唯公齒德尊，用能篤昏媾。是時雨初霽，浮雲紛出岫。芳菲滿庭花，紅紫互相鬥。泬寥秋色中，雲破天光漏。問公幾時還，謂游西山。爽氣滿襟袖。掀髯但自笑，鍛詩尚未就。袖余覆瓿作，敢以夜爲晝。

## 故鄉

有如礪大介中央，趙北燕南是故鄉。雄邑南十里許有一界坊，顏曰『趙北燕南』。聞道此中堪避世，祇今群盗竟披猖。

## 立幟

三軍嘩扣馬驕嘶，正是轅門立幟時。寄語將軍休自負，嵯峨京觀不勝悲。

## 真吾

那有勛名酬故我，要於文字見真吾。平生有志猶未逮，雙井半山鎔一爐。

## 讀羊祜馬援列傳遂題其後

兩朝史乘待誰傳，軼事今猶重昔賢。豈有鴆人羊叔子，决非刺客馬文淵。豐碑突兀峴山上，銅柱嵯峨瘴海邊。等是勛名垂宇宙，襄陽一過一潸然。

## 七月十七日夜大雷雨中約幼梅誦洛從周瑾存飲集城南酒樓有作

破山疾雷傾盆雨，門外有風狂似虎。天公與我不相謀，此時獨爲東道主。魂翻眼倒醉如泥，三五故人成小聚。憶昔城南共泛舟，花外殘陽翳復吐。聯吟不待雨催詩，成敗亦曾論今古。湖海人來氣更豪。謂誦洛。自矜餘勇猶可賈。暑往寒來曾幾時，動地年年有鼙鼓。盡是蟲沙劫後人，迅雷烈風寧足數。雨中我且倚樓看，不見城南韋與杜。眼前突兀皆樓臺，是否去天裁尺五。『城南韋杜，去天尺五』，見辛氏《三秦記》。

## 命駕

工部一生秦隴蜀，長康三絶畫才痴。我今轉徙江湖上，百不如人勝以詩。豎子難謀增欲去，侏儒盡飽朔恒飢。長安索米成孤憤，正是秋風命駕時。

## 蚊

隱若雷聲動，俄聞滿四鄰。橫穿閨裏月，潛嚙夢中人。試問逋逃藪，恒於寂寞濱。露筋祠畔水，終古自鱗鱗。

## 將去天津忽憶賈浪仙有卻望并州是故鄉之句聊賦短章示翩翁兩兒

津門如并州，易京如咸陽。易京在雄縣西北。咸陽不得歸，津門成故鄉。自來渤海隈，五載此彷徨。載酒有鴟夷，投詩有錦囊。日夕相過從，交游遍四方。樂此不爲疲，故鄉已兩忘。無端北征詩，搜索到枯腸。腸中何所有，泪泫欲奪眶。汝母歸里後，剩有汝在旁。終日不離膝，一別心滋傷。浩浩桑乾水，涔涔泪數行。何當汝母來，遠游庶無妨。

## 故都書所見

九陌無塵轍迹稀，媚人槐柳自依依，昔時冠蓋縱橫地，衹有蚊蟲撲面飛。

## 良鄉道中

平蕪慘碧石殷紅，良鄉塔旁所見如是。萬象都移謦欬中。醉倚飛車何所見，禾麻蔽野塔摩空。

## 車發天津抵北倉有作時八月十二夕

溶溶沽上月，邀我一回頭。墳衍匆匆過，輪聲出峽舟。關懷惟二子，謂翽、翕兩兒。恨別況中秋。何事環相迫，飢寒萬火牛。

## 中秋夕偕諸生泛月

蔚藍天上碾冰輪，薄暮操舟信若神。貪看姮娥千萬里，從游童子兩三人。波摇細火疑無地，露泫明珠可慰貧。今夕不妨縱游眺，月光如水水如銀。

## 保定重陽日寄懷李琴湘

三年今日與君游，擇廬之會由乙丑而丙寅而丁卯已三載矣。滿壁題詩散百憂。自去津沽爲逐客，縱無風雨怯登樓。重陽節欲匆匆過，一畝泉猶滮滮流。恨別感時惟有泪，故鄉忍説是并州。年來僑寓津門，直以第二故鄉目之。

## 重九日書懷

寂寂重陽又報晴，孱軀留滯保陽城。填胸風雨消難盡，散作霜林落葉聲。心爲形役復何悲，園菊開時亦未窺。不負重陽負此腹，無人送酒到東籬。萬金可抵是家書，知有驕兒苦憶余。重九光陰愁似海，何人爲我倚門閭。家書言室人於重陽前四日由家抵津，代予撫視翺、翕兩兒，今則渺無消息。位卑强欲説登高，文字纏身不易逃。此去津沽三百里，東流唯見水滔滔。時欲旋津一行不得。

## 立冬日雪中作 時客保定

去冬咏雪時，白髮纔數莖。今年撫鬢毛，黑者皆星星。豈天降雪意，趣我滿頭生。保陽舊游地，滄桑凡幾更。城郭與人民，盡是眼中情。撫兹心摇摇，况聞弦誦聲。古來庠序地，將使人倫明。子與不我欺，斯言非爲滕。年來异説熾，豺虎方横行。有如嬴秦末，大亂始焚坑。戍卒争叫囂，篝火兼狐鳴。其始同室鬥，救者冠絶纓。繼則外侮來，殺人動盈城。僑也慟將壓，棟折榱亦崩。憂心焦如焚，天宇澀不晴。休惱鬢毛斑，一白奪萬赬。

## 横舍

横舍觀摩地，莘莘盡後生。斯文猶未喪，大亂已先萌。無父倡兼愛，爲氓重并耕。子輿徒好辯，孤掌固難鳴。

## 秋暮寄懷内子津門

成行兒女兩懸懸，秋盡猶慳一面緣。嗟我漸隨霜鬢老，思君畏見月輪圓。太行山色因愁薄，渤海潮聲有夢牽。緘札玉璫猶在否，他鄉共此恨綿綿。

## 爲誰

終宵輾轉爲誰醒，茅店荒鷄獨自聽。銜石難填仇海若，藏書還欲乞山靈。人皆搰搰營三窟，我獨硜硜守一經。手澤猶存親已渺，學詩苦憶鯉趨庭。

## 平旦

惟我獨存平旦氣，何人起舞爲鷄鳴。滔天禍水昆岡火，洗盡人間鼾睡聲。

## 羞澀

羞澀無人問阮囊，屢欲旋津，因無資斧不果行。東歸有願亦難償。燈前兒女庭前月，日挾狂風入我腸。

## 憫世

爲文已挾幽并氣，處世羞爲滕薛争。兩眼涔涔憂國泪，黄河萬一有澄清。

## 多言

祇説民爲貴，多言未一行。食苗皆碩鼠，跋浪有長鯨。曠野支離骨，窮檐涕泣聲。傷時欲安往，殺氣滿幽并。

## 十一月十四由保定旋津露宿汽車上口號

霜風一夜動氈裘，露宿煤山最上頭。時車上無容足地，乃蹲伏運煤車中。青女素娥應笑我，爲誰僕僕作東游。

## 深夜由津赴故都

自發津門抵北平，萬輪怒作蟄雷鳴。騷魂一夜相摩蕩，燐火平原有晦明。簌簌風威來絕壑，棱棱霜氣壓危城。生涯顑頷今猶昔，冠蓋無人説帝京。

## 挽梁任公

馳書請益九年前，庚申春，爲新舊文學之爭曾馳書商榷。未喪斯文敢怨天。落落胸襟甘自晦，便便腹笥待君傳。門前黨籍碑猶在，釜底同根豆自煎。休説曉音瘏口事，海邦亡命有誰憐。未逾弱冠讀君文，橐筆津沽始遇君。欲策治安思賈誼，爲兼師友哭劉蕡。頭如蓬葆猶遭購，謂戊戌政變。腹有詩書不憚焚。太息斯人今又去，更誰講學繼河汾。君昔主清華講席。

## 戊辰歲暮連日鷄鳴出城欲赴保陽皆以無車不果行感賦二首

薊門霜月兩凄清，欲出無車負此行。殘夢昏昏隨雁去，隻身僕僕懍鷄鳴。燈搖九陌天如晦，柝隔重關夜有聲。奔命已疲來往路，爲誰欲赴保陽城。

智不如葵難衛足，謂折足事。老將就木若爲情。每於殘夜鳴孤憤，況在他鄉有遠行。

塵網誤投心欲碎，硯田不信舌能耕。時方主某校講席。朔風吹起明朝恨，白髮新添又幾莖。

## 故宫

罰作詩人償舊債，一生盡在苦吟中。黍離麥秀無人賦，獨過殷墟吊故宮。

## 紀夢

先公易簀時，舉家環泣聲。俱嘶今饘於是鬻於是，皆我先公之所遺。昊天罔極德未報，何顔重讀蓼莪詩。先公雖往精爽在，今夜夢中乃見之。

## 病中

造化小兒恒苦我，連朝腹疾與頭風。故園親友如相問，除却愁中即病中。

## 歲暮與誦洛相遇故都賦贈

冠蓋京華劫後塵，何期邂逅竟逢君。催人鬢雪皆詩債，愈我頭風有檄文。君出示近稿。彭澤優游陶靖節，君近由三河調署玉田。揚州落魄杜司勛。由今視昔渾如夢，共聽霜鐘到夜分。

## 津門除夜 戊辰（一九二八）

顚頞津沽度歲人，九衢爆竹動羈魂。操匏酤似回居巷，倒屣非因粲在門。殘柝夢中空自語，寒灰撥盡不能温。家貧荼苦甘如薺，擬喚妻孥與細論。

## 戩席戲贈藏齋 以下己巳（一九二九）

髡心正是最歡時，一石雖多亦不辭。肯讓倚樓人醉後，萬花如海獨題詩。

## 哭蟫香師 師歿於己巳年二月五日

乍聞噩耗泪涔涔，辜負菁莪養士心。二十年前予游學保定，公適爲學務長官。半載暌違成永訣，客秋八月與公別後，旋赴保陽，不意竟成永訣。九原蕭瑟入孤吟。春風桃李恩猶在，秋水蒹葭夢已沈。每年八月公輒招往八里臺爲泛舟之游。幾度從游南郭外，不堪回首是題襟。

七旬已届公何恨，『從此長辭復何恨』，此公絶筆詩也。末世偷生我獨悲。莽莽中原開創局，哀哀舉國誦遺詩。廿年曾撰歸田録，七字真成絶命辭。哭向九泉惟一語，經師難遇况人師。

平生有泪不輕灑，今哭吾師竟失聲。自作挽歌陶靖節，偶逢噩歲鄭康成。古讖文有『歲至龍蛇賢人嗟』之語，客歲及今年適爲辰巳，故云。當年泉石成孤往，晚節衣冠有獨清。天不憖遺天亦悔，日爲一老弄陰晴。

知己恩同滄海深，泉臺一別幾由旬。風凄雨晦悲殘夜，泪竭聲嘶哭此人。刻燭有時相唱和，掛冠本自愛沈淪。高風遠出嚴灘上，合嚮塵寰語所親。

## 送室人還鄉

君來三月我方歸，客秋九月間，室人由家來津，迨餘歸自保定則臘將殘矣。風雪殘年獨掩扉。小聚六旬君又去，它鄉長此恨暌違。

## 二月二十日天津西郭外會送範師葬

欲問蒼旻泪若何，西州門外竟重過。蓋棺世豈無公論，執紼人争唱挽歌。自有鄉祠留渤海，曾持使節到牂牁，它年欲謁橋玄暮，其奈車迴腹痛何。

## 沽上清明日述哀

先人邱墓瓦橋東，日在孤兒夢寐中。壟上未能親負土，天涯長此恨飄蓬。自從魂魄歸蒿里，祇有烽烟照殯宫。先公葬於癸亥三月，嗣後兵燹連年，故鄉永無安枕之日矣。滿掬瀧岡阡表泪，何年歸去葬崇公。謂立墓表事。

## 趙幼梅屬題清室耆壽民所書卷子

歷盡紅羊劫，孤臣泪欲潸。丹青悲楚廟，禾黍泣殷頑。幾輩騎鯨去，千年化鶴還。淒涼華表外，猶是舊河山。

故國惟喬木，新亭涕泪新。囚燕文信國，哀郢屈靈均。憒憒天難問，茫茫海作鄰。崖山杳不見，空署宋遺民。

## 春思

緩緩西歸不復來，相思陌上盡莓苔。東風吹墮還鄉夢，化作桃花爛漫開。

## 三月十二日詩社同人小集琴湘寓廬是日適爲範師七十生日祭訖分韵得四字

昔從吾師游，梨花紛滿地。戲語李謫仙，此會誠不易。春光浩蕩中，花下同一醉。今年看花來，悲歡乃殊异。傷哉蟫香館，花落人亦逝。既無東道主，遑論題襟事。

仰天賦大招，魂魄或一至。矧逢覽揆辰，言之更雪涕。吾儕丁此世，籌思已再四。浮生一夢耳，萬事等兒戲。爲歡能幾何，祇合角文字。相從輒言詩，愧我不如賜。

## 同日公祭範孫老并咏海棠

苦莽昏燈一炷香，我來感舊似漁洋。可憐滿掬東風泪，不咏梨花咏海棠。

## 羅兩峰《登岱圖》爲馬詩癯題

曩讀泰山記，爲文慕姬傳。恨生百年後，亦未往游焉。峨峨日觀峰，徒在夢寐間。今觀《登岱圖》，使我心茫然。我聞山之陽，汶水清且漣。濟水在其陰，谷幽地更偏。中有古長城，二水分波瀾。此皆記中語，一一聞前賢。嗟余好游心，動爲塵網牽。蘇門未一游，癸亥三月間事。矧欲登泰山。嵯峨千仞岡，滂渤九重淵。夢中雖酷愛，山靈一何慳。羅侯丹青手，南宗未或先。獨能寫此圖，餉我以高寒。風雷生腕下，神妙到毫顛。從此斗室中，俯仰皆山川。尺幅值千金，繪聲古所難。擲還馬季長，猶聞水潺潺。

## 與馬仲瑩夜談

促膝談詩夜未央，青熒燈火扇微涼。窮愁我已如東野，博覽公真似季長。日爲黃巾悲故里，誰施絳帳坐高堂。燔書却比嬴秦酷，還乞名山什襲藏。君藏書甚富。

## 憂深

憂深也似病初興，面目雖真信可憎。牢落關河懸一髮，辛酸文字入孤燈。屢彈劍鋏殊堪笑，欲唱刀鐶恨未能。日與兒曹磨鐵硯，神山已隔浪千層。

## 題馬詩癯所藏宋趙大年名令穰，德昭玄孫《湖山雪意圖》

一生愛讀柳州詩，雪後寒江理釣絲。此意微茫復誰解，王孫下筆獨淋漓。泬寥天地能生白，縞素山林不畏緇。一入丹青傳萬古，卧游敢負酒千卮。

## 楊花

春來春去兩無情，底事楊花管送迎。昔日青青今似雪，東風吹上洛陽城。

## 殘春郊外散步

漸出郊闉遠市聲，殘春天氣半陰晴。低昂燕鶯忙於織，綿麗川原畫不成。穿户炊烟猶裊裊，嚙橋流水自盈盈。闌珊花事憑誰説，杜宇年年以血鳴。

## 項王

頭顱自視一何輕，不贈虞姬贈馬童。垂死猶爲田父紿，有何面目返江東。

## 得失

一錢敢笑阮囊空，舉世争游羿彀中。獨草太玄憂赤族，任它得失鬥鷄蟲。

## 顧曲

十五年前顧曲人，重來滄海幾揚塵。萬花到眼昏如霧，兩鬢經年白似銀。焉用崎嶇悲世路，本來老醜屬儒巾。一鳴縱有驚人日，不及娥眉一笑顰。

## 春暮寄懷馮問田龍江

我居渤海君龍江，忽忽已逾一年强。祇因别後苦相憶，唯冀書來細作行。山河風景麋老泪，親朋生死縈枯腸。誰能遣此况遲暮，落花如雪風猶狂。

## 孤行

年來非醉亦非顛，一意孤行終不悛。坐此困窮今老大，獨于昏夜懔淵。臂經九折難醫國，腹有三尸空訴天。野史亭中餘地在，低回我益愧前賢。元遺山有野晚亭。

## 無私

嵇康疏懶虎頭痴，置散投閑分固宜。昨夜夢中天語我，鼠肝蟲臂兩無私。

## 春暮寄内

相思有泪不輕彈，陌上花開忍涕看。亂世偷生謀更拙，它鄉垂老别尤難。牽腸兒女皆前債，撩眼風光釀薄寒。起視唯餘塵篋在，斜陽又上搭衣竿。

## 優游

老羌呼渴思吞海，傖父爲文不計年。誰與古人同寤寐，偶逢野叟輒流連。雨餘山色奪歸路，風虐潮聲驅釣船。隨處優游可卒歲，厭聞鐵撥與鵾弦。

## 戊辰一年之中病足者數矣追憶有作

腐儒困飢寒，櫜筆走四方。所恃兩足健，履險如康莊。奈何一年來，動患行不良。痛定猶思痛，我且言其詳。去年兵燹中，我方客保陽。日讀《脚氣集》，宋車若永撰。經旬不下床。顧影恒自憐，及歸猶裹瘡。津門烟水窟，聊足恣徜徉。何期溽暑中，艱苦又備嘗。郤曲尚難行，况雲陟高岡。捫足竊自語，一蹶奪百忙。儻有三年艾，不惜錢傾囊。厥疾猶未瘳，脚氣又名厥疾，見《素問》篇。天乎兆不祥。是年迫歲暮，訪友金門旁。夜深墮階下，一痛不可當。跬步須人扶，無風寒欲僵。我智不如葵，言之爲悲傷。自我賦東歸，倏逾十旬强。每念行役苦，一日九迴腸。覆轍懔前車，行行慎勿忘。

## 彷徨

彷徨一室百無策，俯仰千秋空自豪。茹苦含辛行老矣，那堪顧慮到兒曹。

## 初夏城南泛舟

出門抑鬱將何往，滚滚污人塵十丈。夙聞沽上盡烟波，人境結廬徒悵惘。今朝縱目意悠然，咫尺城闉蕩雙槳。緑色隨人欲上船，稻苗隔水平於掌。乘舟已足愜吾起趁昏鴉啼入城，没踝塵埃心浩蕩。神山縹緲果有無，閉門且作非非想。

懷，焉用奮飛抉塵網。詩成負手還獨吟，但聞風水相摩蕩。

## 獨醒

糟醨餔啜日相矜，人醉何妨我獨醒。殷浩書空多怪事，屈原呵壁爲先靈。三千客裏錐藏末，十九年來刃發硎。一事未成嗟老大，敢因荷鍤笑劉伶。

## 沽上思歸四絶

朝聽津門潮，暮看瓦橋月。廿年去來迹，已逐冥鴻没。

篋藏歸隱圖，於今已十載。造化真小兒，葬我以滄海。

有田不得歸，年來皆自誤。東風挾夢去，歷歷村邊樹。

易水日東流，渤海乃其壑。載我幾時還，吾將問海若。

## 讀子美貧交行

曩讀彭衙行，有懷嘗欲吐。流落劍南時，何必居幕府。故人一孫宰，可抵百嚴武。貧交道猶存，誰言弃如土。

## 翊兒由家來津作此示之

寄書意萬重，未能一一吐。與汝促膝談，當知我心苦。汝母西歸時，我有心中語。相偕返故鄉，稍學稼與圃。所患汝之弟，三載游庠序。一簣豈能虧，念此氣爲沮。别來月兩圓，心益無所主。因人事難成，日受群兒侮。無米難爲炊，野菜和根煮。家貧不擇鄰，乃與噲爲伍。積憂遂成痗，獨行悲踽踽。眼花頭眩暈，有事憚出户。今欲罄所懷，用特從頭數。嗟余行老矣，那復患貧窶。飲啄但無憂，久欲老環堵。王侯與將相，胥爲性之斧。既悲路崎嶇，肯與世齟齬。歸隱自有期，荒村亦樂土。

## 夢破偶成

紛紛舉子爲誰忙，『槐花黄，舉子忙』，見《南部新書》。着地槐花尚未黄。小憩緑陰心已足，南柯不願作侯王。
一墮塵寰五十秋，半逢離亂半窮愁。縱教遍地生荊棘，夢裏華胥可獨游。

## 神州

驀憶神州事，辛酸集一燈。江湖淚滂渤，山岳骨崚嶒。日共垂頭睡，伊誰捷足登。土崩魚爛地，不信有鯤鵬。

## 夏夜游某國租界園池

信美皆吾土，何顔問异邦。披襟風習習，欹枕水淙淙。葉罅燈逾萬，池心布瀑雙。至今湖海士，豪氣未能降。

## 暑夜泛舟

塞巷皆炎熱，娛人獨小舟。倒看燈破碎，長共月沈浮。夜色晴逾好，潮聲晚更遒。綠陰環抱處，栖鳥尚啾啾。

## 苦暑

火傘烟幢下，無風怨晝長。解衣猶病暍，揮扇不成凉。沈李浮瓜事，調冰雪藕鄉。夢中猶酷愛，或可避驕陽。

## 月夜寄内

席地悄無語，鄉心掛月鈎。相思不相見，一日抵三秋。積潦蛙聲泣，長空螢火流。等閑攜手地，應帶十分愁。

## 五月二十二夜偕仲瑩溪邊待月

塵囂無可語，隙地一相親。人影空冥外，蛙聲寂寞濱。輕摇風作筆，趺坐月爲茵。漫笑非吾土，年年此問津。

## 夏夜郊外納凉同仲瑩作

薄暮追凉野水濱，稻苗簇簇似江村。岸排燈火争初夜，風撼菰蒲奪衆喧。漱石奔流猶淲淲，穿雲缺月自昏昏。此間畫意無人識，一路垂楊送到門。

烟波萬疊蕩吾胸，古寺迢迢落暮鐘。爛漫鶯花曾秉燭，謂管園之游。兩三漁火入扶筇。當風衹合披襟立，喝月何妨載酒徒。起看斗杓斜插地，歸來車馬尚憧憧。

## 月夜泛舟八里臺有懷蟫香師

穿林初月大於盆，雙槳輕摇又一村。往日旗亭曾畫壁，衹今黌舍獨招魂。謂南開大學。鷓鴣啼雨匆匆過，蝙蝠因風故故翻。陵谷依然人竟去，不堪立雪憶程門。

## 喜雨二絶句

風雷摩蕩中，忽見傾盆雨。炎官爾何之，從此莫予侮。
穿空雨如繩，直絡蕉窗下。晚凉果何如，深秋奪盛夏。

## 醉後遣興

蟲沙猿鶴悲千劫，蜾蠃螟蛉視二豪。一人醉鄉天地窄，泰山不見况鴻毛。

## 文字

吟成一字百攢眉，詩境艱深未易窺。頗悔日爲文字役，論名不及豹留皮。

### 雨中過神武門

端禮門前黨籍碑，未逾廿載已全非。朝衣東市憑誰説，謂戊戌政變。祇有昏鴉挾雨飛。

### 雨夜示翩翁兩兒

驟雨出山泉，飛飛病榻前。三人自成世，萬象一燈然。風虐兼雷吼，吾衰望汝賢。讀書留種子，他日視青氈。

### 生日醉後作

麴生一飲醉如泥，覆矣前車悔噬臍。已潔此身如處子，羞將寸舌示山妻。天方視物爲芻狗，我亦凝神似木鷄。世濁獨清命何有，昂頭不肯向人低。

## 仲瑩以雨後詩見示次韵答之 二首

槃礴何人欲解衣，無風衹有扇頻揮。忽驚銀箭縱天下，想見烏雲挾海飛。絶壑雷霆沈萬籟，五更毛髮凜餘威。低頭且拜天公賜，一味新凉獨掩扉。

歸來乞火欲薰衣，是日冒雨而歸，衣裾盡濕。縱有絲桐懶獨揮。水闊魚龍將北徙，天陰烏鵲盡南飛。蒼然暮色能延爽，從此驕陽亦戢威。冒雨尋君終不厭，幾番剥啄叩柴扉。

## 過清故宫有懷舊游

帝城劫後盡蒿藜，想見漁陽動鼓鼙。含睇幾逢山鬼笑，銜哀留待子規啼。夢過燕市休辭醉，詩入殷墟不忍題。無限故宫禾黍泪，興亡我欲問遺黎。

## 新凉

杯視江河枕視山，摇摇日月燭雙懸。迅雷聽到無聲處，獨抱新凉赤足眠。

## 暑夜登露臺納涼同從周作

千樹銀花萬竈烟，市聲浩浩月娟娟。二人俯仰成今夕，兩度嬉游似去年。話舊不逢溢浦客，蕩愁别有大羅仙。相看儼到驪宫上，一曲霓裳雜管弦。

## 憫故鄉水灾時屏居沽上

嗷嗷大澤盡哀鴻，我獨逃灾作寓公。招隱故鄉猶有宅，宣防何日見成宫。本無樂土人安適，欲待來年室已空。忍涕吾將訴真宰，頻年水旱與兵戎。

## 六月十五夜登望海樓

逭暑苦無地，追凉欲問天。一樓俯滄海，大月破孤烟。今夜逢三五，繁星隱萬千。眼邊無限好，一一入詩篇。

## 挽徐友梅觀察 次原韵

金堤東潰事，公前督辦濮陽河工。盡嚮夢中過。河已清難俟，人能壽幾何。屋梁顏色渺，篋衍淚痕多。浩浩澶淵水，魂來有怒波。

## 夜景

殘月窺簾鋭似鈎，桂陰斑駁竹鳴秋。夜深風景誰能寫，小李將軍腕下搜。

## 逃暑二首

逃暑欲安往，行行任所之。林塘聊小憩，風月本無私。宿漲斜侵岸，孤光幻入池。解衣槃礴處，祇有亂螢知。

炎囂無可避，曬我是蒼穹。扇弄娟娟月，襟披習習風。欠伸驚宿鷺，極眺入冥鴻。席地天爲幕，浮生逆旅中。

## 六月晦日坐雨

擲地雨如繩，痴雲壓萬層。起看天慘黑，忽挾海奔騰。老樹森疑鬼，疏花寂似僧。書空多怪事，焉用剡溪藤。

怕聽南歸雁，能生异地愁。豈知今夜雨，已逐汨橫流。凉吹欲無夏，邊聲争入秋。狂瀾誰與挽，時津河暴漲。汨汨海東頭。

## 雨後溪邊玩月

龍公留不得，又放月鈎還。積潦明于鏡，危樓遠當山。蛙聲喧薄暮，蟲語媚衰顔。漫惜黄昏近，溶溶水一灣。

## 琴湘與予有登樓納凉之約阻雨不果

故人書藴十分凉，不待從游喜欲狂。誰識天公先作祟，傾盆白雨奪驕陽。坐愁鐵馬鳴檐際，不見銅駝泣路旁。安得靈犀能辟暑，座中重與話滄桑。

## 殘夜對雨時距立秋才二日耳

東方猶未明，穿空雨如注。爲恐秋聲來，滂沱洗庭樹。

## 溪邊

耀金審視盡浮光，不篴濃陰吐夕凉。樓閣嵯峨燈萬樹，今宵并入水中央。

## 論詩四絶句

詩事沈沈數百年，遺山而後絶薪傳。何人筆挾幽并氣，欲學湘纍一問天。

飄泊支離甫最貧，東坡老作嶺南人。二公不得江山助，不信詩中有鬼神。

孔門惟賜可言詩，回也雖賢亦見遺。母亦興觀與群怨，入其室者乃能知。

工詩多半爲窮愁，言出廬陵亦有由。我謂詩才天所貺，無才徒作一詩囚。

## 七月十四夜

陌上家家燒紙錢，方知明日是中元。死前歲月忙於擲，霽後星辰燦以繁。逐客思歸傷薄暮，寒蟲對泣厭群喧。津沽十載貧如洗，早識妻孥有怨言。時家書屢趣予歸。

## 獨坐

蟲鳴燈亦泣，并作夜凄凉。獨坐念前事，潸然泪數行。窮途來鬼物，贈命有文章。忽聽南歸鴈，分明爲稻粱。

## 臨河一首時水灾甚重

積水孕孤月，遠空濛若烟。露凝將落葉，風絡欲歸船。浩浩成孤注，恢恢納百川。自聞酸棗决，怕讀治河篇。

## 秋思

蛙鳴積雨遥相和，雁帶新秋復見還。滿腹江湖摇落恨，應無好夢到鄉關。
辭柯病葉暗相投，雨泣無聲漸入秋。不待西風殷地發，季鷹心已逐歸舟。

## 石鰱魚

瓦橋一别三載餘，歸來動嘆食無魚。今朝我忽嘗异味，譬諸張翰思蓴鱸。我聞此魚生易水，土人命名曰山蛆。大者僅盈三寸許，紋多體滑口有鬚。每年山洪暴發後，紛紛競向東海趨。瓦橋關南烟水窟，衡以遠近爲中途。此魚遂成故鄉産，蕃息約在七月初。但與天灾相表裏，金堤不潰終年無。每年夏季河决後方産此魚，否則終歲不見也。實雖不祥味甚美，登盤勝擷園中蔬。此言豈敢阿所好，人盡可嘗寧獨吾。傷哉今年河又决，瓦橋之東水所瀦。攸然此魚益得所，相忘不啻居江湖。一朝入網陳諸肆，味美豈患無人沽。况我盤飧少兼味，每飯直欲傾庖厨。故鄉之魚信美矣，滔天巨浸將何如。

## 貧交

短檠弃墻角，長檠照珠翠。當年射策人，曾見燈如穗。一朝騰要津，肝腸乃爾异。吁嗟管鮑交，固宜爲人弃。

## 中原露臺消夏同從周作

冒暑登危樓，白河東如帶。一二追凉人，乃在塵囂外。俯聽車馬聲，一哄天爲蓋。海濱雖無山，爽氣破炎靄。津沽消夏地，僂指此爲最。

## 雨夜書感

塞雲横厭草堂前，化作涔涔暮雨懸。拂水殘荷傾似蓋，戛廊修竹大於椽。衾裯動鬱鄉閭恨，燈火深藏文字緣。橐筆一生百不就，可堪流涕到窮邊。

## 客衣

客衣無泪不能温，辜負閨中念我心。我欲賣書作歸計，回看二子費沈吟。謂翩、翕兩兒。

以恨爲針密密穿，邊風散作九秋寒。何時得見鄉閭月，重話無衣卒歲難。

## 禦寒

信知暑難逃，惟望秋早至。金風一披拂，炎涼乃殊异。轉憂客衣單，家遠猝難寄。撫視膝下兒，苦無禦寒地。不如火傘下，炎蒸尚可避。獨夜煎百憂，霜鐘出古寺。

## 七月十六日雨霽偕馬仲螢步月

雨霽吐晚涼，七月如深秋。行行出南郭，林塘邃以幽。少焉月東上，清光天際浮。港曲水滮滮，野曠風颼颼。蒼茫原樹外，燈光一何稠。此中自有詩，焉用物外求。平生玩月心，每憾無良儔。今夕復何夕，獨偕馬少游。

## 詩魔

詩魔夜夜仇吾睡，輾轉東方未白時。往事堂堂都付爾，千秋能博幾人知。

## 丁卯重陽前二日石雪約予泛舟南溪爲竟日之游今夏五月以所寫新圖見貺感君厚誼遂題其後

吾友徐公善繪事，下筆迥與尋常异。試披九月泛舟圖，想見寥天動寒吹。是年秋氣逼重陽，與君乘舟尋野寺。歸來已惜近黄昏，日脚垂垂下平地。野航恰受兩三人，是日翊兒亦同游。工部之詩尚能識。回首前塵已隔年，丹青忽今拜君賜。一生酷愛游湖山，此志向平猶未遂。誰知眷眷故人心，圖中亦復不我弃。卧游從此有良朋，焉用郵筒日相寄。憐君遠處東海濱，謂大連。夢裏逢君亦不易。何時海外賦歸來，各爲登高動詩思。

## 卧病

滿架森羅孔壁書，長安卧病近何如。但來舊雨無今雨，忍説前車鑒後車。高蹈已聞薇可采，沈痾竟似草難除。一生不蓄三年艾，敢怨歸來背發疽。

## 早寒

輕寒剪剪入衾裯，小坐披衣看斗牛。莫怪白雲幻蒼狗，海天一雨似深秋。慰懷那有談天客，破睡終思不夜侯。砧杵孤城敲漸急，一聲能白九分頭。

## 津河

愔愔度日太無聊，來看津河上下潮。道左胡雛歸緩緩，天涯番舶隔迢迢。朝宗皆以海爲壑，聽政未聞與作橋。紅橋時有重修之議。小惠臨民民弗信，那堪搜刮到漁樵。

## 鷄鶩

鷄鶩日争食，各自鳴不平。當其飲啄時，色怒繼以聲。豈知肥爾身，終爲人所烹。昨日動食指，今日分杯羹。吁嗟世事無不然，豈特雞鶩鷄逃刑。

## 志夢

談虎色猶變。矧在卧榻旁。我乃同鼾睡，佯爲不我傷。晨興偶追思，爪牙森開張。儻或攖其鋒，葬身黑甜鄉。此夢一何奇，吾將愼行藏。

## 中秋夕大醉

連朝未飲酒徒濃，今夜天教作醉翁。冏冏窗前雲吐月，蕭蕭門外柳嘶風。髮如虚室都生白，顔爲深杯漸蓄紅。傾市兒童惡無似，郤因倒載笑山公。

## 立國

立國未能張四維，上下相矜以詭隨。敢問天下惡乎定，曰嗜殺人能一之。古人往矣不可作，斯言正好爲吾規。心所謂危亦以告，不然痛哭流涕將奚爲。

## 晨起述懷

終宵蓄萬念，忽忽若無主。西風蕩積鬱，破曉乃一吐。神州今何如，橫行盡豺虎。偶談輒色變，此生亦良苦。欲煉女媧石，祇恨天難補。欲效接與狂，於義更無取。紛紛輕薄兒，笑我書生腐。舉世溺儒冠，豈惟一高祖。吁嗟末俗心，芻狗視鄒魯。撞懷好家居，競作天魔舞。信知士難爲，寧學稼與圃。抱甕以灌園，長此老鄉土。

## 深夜大雨如注驀憶故鄉水灾感作

雨聲洶若决江河，不使人間有睡魔。起視但驚天漏甚，銷憂可奈陸沈何。狺狺犬吠連村急，閣閣蛙聲入夜多。苦念金堤東潰事，恨無快劍斫蛟鼉。

## 兵匪嘆

剿匪兵之職，今乃與匪通。罄匪所劫物，悉入兵營中。利器假於兵，群盜滋洶洶。或禦諸國門，或取諸深宮。民之被害者，呼籲嗟途窮。細詰所由然，上下交相蒙。嗚呼兵與匪，名异而實同。二者相倚伏，有如駏與蛩。誰生此厲階，至今習成風。

## 舟行雜詩

豆棚瓜架棘編籬，將涸汀洲雁所尸。信是漁家風景好，蓼花紅鬧兩三枝。

環邨瀲灩盡波光，艇小無帆挂夕陽。忽見牧童鞭影動，一牛炭黑一深黃。

水國風來荻亦腥，臨淵徒有羨魚情。扁舟看爾撈明月，忘卻今宵虧與盈。

汀草萋萋緑未芟，西風着意送歸帆。荒村犬吠天涯客，正是山頭日半銜。

莫將豐歉問蒼天，且倚篷窗取次看。北岸饑荒南岸稔，蘇橋迤北盡成澤國，南望則紛紛納禾稼矣。隔衣帶水有悲歡。

## 八月二十六猝聞室人病革兼程旋里時翩翕兩兒方在津讀書

童童園中桑，淲淲門前水。自我客津橋，不見三年矣。思歸不得歸，人遠室豈邇。誰知妻一病，速我亟歸里。伶俜兩小兒，勢難同行止。留兒在津門，我遂戒行李。三年思歸心，及歸乃如此。有泪不敢彈，尚冀兒心喜。時當河漲後，東流怒如駛。朝發紅橋旁，西望無涯涘。中有萑苻澤，謂三角淀。多盜聞諸使。隻身狎風濤，戒心自此始。始悔歸途中，同舟無二子。心旌日摇摇，矧見秋風起。倦飛鳥知還，人豈昧此理。惟予結髮情，亦望偕老耳。倘能占無藥，鮑宣庶可擬。相從挽鹿車，重入咸陽市。教兒以成名，貧富何足齒。

## 蘇橋旅夜

漫漫長夜首頻搔，兀坐歸心似怒濤。客待鷄鳴鷄待月，月輪偏嚮店前高。

## 村居漫賦

漫將蹭蹬笑書生，事事恒循直道行。生長有村名道務，世居道務村。故應世濁我獨清。

## 夜歸

河自東流我自西，纍纍破冢間蒿藜。雁行薄暮作雲黑，人影漸長知月低。寺有僧來容共話，門無客到待誰題。頻年荒歉兼兵燹，怕見村兒掩面啼。

## 怪癖

尚書誡後人，玩物能喪志。物豈必珍奇，詩酒亦一累。我生不嗜酒，怪癖在文字。文字亦多矣，於詩成篤嗜。以此終吾生，遑計身外事。問我誰尸之，此中有魑魅。

## 室人病小瘥感賦

思歸今得歸，檐雀噪夕陽。入門何所見，藥爐與茶鐺。時妻病幾殆，語焉亦不詳。但言中秋後，病漸入膏肓。細審病之源，外感兼内傷。氣息奄奄中，怨我不還鄉。是時兩小兒，遠在天一方。星夜召之還，使侍阿母旁。哀哉相見後，涔涔泪萬行。誰無母子情，見之摧肝腸。幸爲天所佑，藥苦不虚嘗。瞑眩凡五日，稍能啜羹湯。由此日就痊，舉家喜欲狂。僉曰母之德，天故降百詳。追思瀕危時，沈沈夢一場。惟當九月初，頃刻殊炎凉。攝生偶一疏，病魔動爲殃。何況病初愈，凡百皆宜忘。區區兒女債，吾衰猶能償。

## 饑寒

疇能役衆生，主人名饑寒。借問主人居，逼處腹背間。一日不得食，飢火燔心肝。終歲不制衣，履霜懔冰堅。置我於死地，赫赫操威權。有時温飽後，誓與相周旋。彼主而我奴，胡不甘心焉。仰天復晝地，智囊爲之殫。洎乎陷重圍，微命一髮懸。寄語勞生者，慎忽犯其顏。且彼易與耳，喜怒非無端。果能儉與勤，雖怒何由遷。曩讀淵明詩，乞食深可憐。日爲主人驅，一飽千憂煎。

## 刊詩

篋中詩稿待編年，編訖何人爲我刊。俯仰千秋悄無語，旋揮熱泪到嚴灘。丁巳冬，蟫香師撿閱予詩，曾有代刊之議。

## 内子病少間亟命翊翕兩兒旋津

東歸一日不容遲，襆被倉皇兩小兒。等是柴門聞雀噪，來時歡笑雲時悲。病中一泪鬱千悲，此去休教阿母知。争奈路旁有鄰犬，聲聲都似送吾兒。

## 園望

偶涉便成趣，美哉田與園。昔讀歸來辭，不啻爲我言。自我弃鄉井，兵氣彌中原。有田不得歸，來往惟夢魂。園中柳千株，榆槐結爲鄰。濃緑奪朝日，嘒嘒鳴蜩繁。此皆父所植，環以邱與樊。十年樹木意，垂裕及後昆。無端風木憂，叢集孤兒身。力微難負荷，徒析園中薪。今來故園中，一一皆親恩。譬諸讀遺書，猶有手澤存。是時水初落，謂今夏水患。籬上叢沙痕。寒菜千百畦，歷歷枯榆根。麥苗凝寒碧，卻被淤泥吞。抑鬱復誰語，稚子已候門。

## 扁舟三首

又被扁舟載我行，順流鼓棹一毛輕。因風忽憶庭前樹，曾聽呻吟病榻聲。時内子病初愈。

經旬小住又辭家，把酒光陰客路賒。我負重陽舟負我，載人東去看黃花。是日適逢重九。

舟人遇我一何私，自話團圞載別離。泛宅浮家渠已慣，終年妻子笑嘻嘻。

## 史各莊客舍題壁

高枕風湍夢亦慵，暮投逆旅膝難容。鼾聲隔榻如雷吼，獨自披衣待曉鐘。

河流汩汩聒窗前，一穗昏燈萬縷烟。摇蕩心魂眠不得，荒村一夜度如年。

### 重九日由家回津舟抵三角淀感作

邕奴水上浩無垠，淀爲古之邕奴水。日暮何從問水濱。巨浸汹汹吞釣艇，黑烟縷縷辨行輪。汽船往來不見踪迹，衹有黑烟一樓彌漫太空而已。飽嘗艱苦成來往，由津旋里往返未及兼旬，而風濤之險，盜賊之憂，與內子呻吟病榻苦心焦思，幾令人鬚髮皆白矣。偶狎鳬鷗有主賓。老圃黄花天際樹，回看應亦惱征人。

### 屋租

饑寒而外孰攖心，吏也催租日見侵。始信長安居不易，米珠薪桂屋如金。

### 秋暮寄內

早來此地共饑寒，予瀕行時，內子曾言病瘉後來津度歲。收拾閨中未墜歡。寸意胸中猶耿耿，畏途天際自漫漫。時路上多盜。奄然一榻悲前夢，何日孤舟下急湍。昨夜霜風怒于虎，家書莫誤報平安。

## 蘇橋旅夜題壁

聒枕風濤睡未能，擁衾面壁似枯僧。菜根何味鼠窺几，禾稼已收蝗撲燈。群動寧右秋寂寞，孤懷難掩氣峻嶒。津橋作客今三載，倉猝西歸幾拊膺。

## 讀淵明詩即題其後

讀君乞食詩，遺贈有主人。主人佚其名，疇辨僞與真。毋亦興所托，似記桃花源。無何有鄉中，使君飽且温。非特用自慰，且見風俗醇。因思君在日，世方無君親。篡竊與攘奪，豈有古道存。區區寄奴草，一緑迷中原。君乃一小吏，彭澤留前塵。世濁君獨清，誰憫君之貧。城下無漂母，徒感一飯恩。我今讀君詩，懷疑亦有因。饑來驅君去，昏夜叩人門。主人果何名，當日居何村。

## 示兒輩

勤苦天所佑，驕惰貧之媒。一生蓄此念，鬱鬱向誰開。爾輩年漸長，都自貧中來。家道今小康，言之銜百哀。爾祖生存時，頻年遘凶灾。蚤作而暮思，艱難闢蒿萊。讀書有種子，亦復培其荄。用能庇一家，熙熙登春臺。遞傳至爾輩，田園美矣哉。手澤所留貽，豈直庭前槐。庭有槐數株，皆先子所手植。爾輩其勉旃，天方重栽培。勿爲人所譏，某氏兒不材。

## 客中見月

泬寥秋色雁行邊，風撼心旌兩處懸。欲嚮天涯明月説，客中且莫十分圓。

## 九月二十五新農園賞菊分韻得讀字

結廬南郭南，衹有書堪讀。寒花吐幽芳，恨未一寓目。幼安隱者倫，管君洛聲。

相愜在幽獨。折柬招我游，言賞園中菊。乃偕馬季長，謂仲螢。驅車路猶熟。時當九月杪，園柳枝欲禿。寒菜一二畦，有花香可掬。客衣已裝棉，況有秋陽暴。逡巡入室中，寒香溢萬斛。惟予愛菊心，雅不諧於俗。人謂色可餐，吾意别有屬。霜風動高寒，此花獨簇簇。謚以隱逸名，肯與世追逐。人情有變遷，譬彼陵與谷。一朝陵谷异，雲雨肆翻覆。所以從君游，結鄰更欲速。河廣葦可杭，地僻荒待劚。遥望負郭田，予田距君園一葦可杭。吾將構茅屋。

## 秋暮讀子美北征計感賦

徒争廬後與王前，祖逖先吾已著鞭。入世賢豪錐脱穎，擲人歲月箭離弦。纍纍山果黑於漆，槭槭霜林紅欲然。觸景傷時縻萬泪，客中忍讀北征篇。

## 九月杪管君洛聲約秀漳詩癯緯齋仲瑩實之翼桐及余乘舟同往羅園看菊有作

車聲如沸人如蟻，頻年卜居恒近市。環城無處可尋秋，安得黃花如栗里。管寧宅此凡幾年，題襟忽到君園裏。是時秋色正瀟灑，争問菊花開何似。君言咫尺有羅園，主人羅姓，皖人。我爲看花心獨喜。黄花爛漫難與比。操舟各自覓津人，俯視盈盈隔一水。怒空寒吹挾竹竿，竟化枳。入門簇簇千萬叢，寒香直欲侵杖履。异卉原從島國來，如橘逾淮漫笑盆栽窨此花，聞諸園丁，菊有來自异國，數年間變至廿餘種者。性雖耐冷色萬殊，嫣紅之中兼姹紫。人不答心自閑，巡檐我已嘆觀止。兩峰自署花之僧，謂羅聘。笑語主人良有以。主偶聞客來先倒屣。惜花誰識主人心，沐雨櫛風恒早起。

## 連日苦吟至廢寢食詩以戒之

我以詩致窮，今老吟更苦。苦吟果何爲，豈學韓與杜。舉國皆若狂，六經弃如土。何况雕蟲技，瑣瑣寧足數。我獨與人殊，抗心以希古。以詩嘔抑鬱，終日不出户。昧昧我思之，身世兩無取。戒之今在詩，不然徒自侮。

## 重九日

撿點萸囊意萬千，登高無事不凄然。但聞賦粟倍他日，那得簪花如昔年。老屋牽蘿方待補，戰場有菊不成妍。蕭蕭風雨環城路，送酒無人到榻前。

## 鬢毛

鬢毛雪白涅難緇，半爲窮愁半爲詩。縱使鬢毛都鑷盡，衰顔已被鏡先知。

## 外侮

百川汹汹撼地軸，九州已被長鯨吞。憂天祇有泪盈把，擊石但聞聲蕩魂。上下相蒙鹿爲馬，腹背受敵牛僨豚。邇來外侮豈易禦，謂俄寇。鬩墻者誰皆弟昆。

## 讀杜詩

一别孰爲難，垂老與新婚。今讀工部詩，字字皆泪痕。誰無結髮情，相見敬如賓。誰無衰老日，含飴弄兒孫。一朝軍令下，驅我出里門。行行復行行，泪竭聲難吞。所以力役征，子與誠諄諄。曰殍曰流離，不如鷄與豚。往事不可諫，吁嗟今之民。

## 花陰

尋芳士女偶同行，斑駁花陰匝地生。西面斜陽東面月，是誰看得最分明。

## 詩債

無詩何以招將來，一寸山河孕萬哀。兵燹待詩詩待我，敢云逃債有誃臺。

## 寓廬

叫囂隳突市爲鄰，小住三間月廿金。門外甚囂門内寂，蒼苔綉過曲欄陰。

## 千金子

官府無錢代以幣，賊巢無幣代以人。一朝擄得千金子，如象有齒焚其身。不贖固難保首領，贖則動索千萬緡。世人動嘆風俗惡，吾謂在官不在民。上有好者下必甚，何不以果求其因。君不見頭會箕斂苛政猛於虎，日日禦人於國門。

## 所用非所學一首

曩習疇人術，厥名曰天元。口講而指畫，志欲窮其源。此中有甘苦，每試輒冠軍。中年性所好，兼及旁行文。讀之棘吾齒，無間晨與昏。又嘗習格致，日聞所未聞。碩果墜地上，妙悟相引伸。它如陰陽電，猶能道津津。迄今百無用，來往惟騷魂。編詩始甲子，日日疲形神。所用非所學，閉户難遮貧。凡昔所手繕，一一如束薪。嗚呼雕蟲技，埋没有用身。黄金擲虚牝，信如韓所云。迷途猶未遠，吾將問津人。

## 我師

百不如人勝以詩，讀吾詩者或知之。歌謡跌宕絶雕刻，將謂遺山是我師。

## 擬古

天胡生弱者，使爲强者肉。又胡生愚者，使爲智者僕。生物既有私，不平埋怨讟。謂天不悔禍，此言殆有屬。人若無智慧，不能爲利器。洎乎器日精，世乃有戰事。弧矢導其源，炮火繼以起。智慧之於人，其害乃如此。墓中骨未朽，墓上室已成。山中能摧車，山下塵不驚。時代有古今，是天弭其争。道路有險夷，是地劑其平。自我得天下，不妨自我失。我躬既不閲，我後更遑恤。貪夫例徇財，相争如蚌鷸。一朝陵谷變，迅入亦悖出。智勇兼備人，慎勿生同時。同時必相争，日日決雌雄。祖龍築長城，豈能限華夷。哀哉國自伐，而後人伐之。囊讀萇楚詩，曰爲民訟冤。草木之不如，何以有斯言。自經兵燹後，政令苛以煩。始悟詩中意，欲讀聲先吞。習聞某軍來，自稱仁義師。及其括兵餉，頭會斂以箕。須知餉之源，民命繫於斯。民既不聊生，揭竿固其宜。

道旁有乞兒，衣敝如懸鶉。俄見富兒來，貂裘耀車茵。勿爲富兒喜，而對貧兒瞋。今日泣路隅，安知非王孫。

## 讀尚書有感

撫我則後虐則仇，楚漢焉用分鴻溝。但望救民於水火，不因税斂蕪田疇。不然天視民視聽民聽，一觸天怒雖有智者難爲謀。

## 月下述懷

雁度南樓尚未眠，數聲客恨已盈千。離踪苦向姮娥訴，忘卻今宵月正圓。

曾聞修月有吴剛，獨倚津橋引領望。可惜平安纔兩字，未能傳語到他鄉。

### 買田

爲買陂田遠足音，當時土價似黃金。而今一落真千丈，辜負菟裘終老心。

蕭蕭蘆荻漸成叢，無隙能容韭與菘。谓种菜事。悔不當年先學圃，桔槔聲裏傲鄰翁。

### 自知

三戒之中未及詩，古人當亦薄文辭。鯫生卻以詩爲戒，瀝血刳肝惟自知。

### 哀豫西

昨聞潼關東，杼柚家家空。頻年困兵燹，老羸填溝中。問何以致之，中原鬥群雄。并吞與割據，年來習成風。洛陽一咽喉，豈能免兵戎。戰血浸地軸，殺氣彌蒼穹。謂天不悔禍，天乃氣所鐘。謂人皆好殺，自古崇儒宗。吁嗟今之亂，邪説當其沖。邪説所由熾，害始异端攻。甲也倡非孝，乙也標勞農。入主而出奴，曰今昔不同。昔言誅亂賊，今則詆聖功。昔言别夫婦，今則妻可公。既難火其書，剡欲潴其宮。本實已先撥，亂遂丁我躬。哀哀豫西民，天或誘其衷。誰知一隅亂，薄海皆汹汹。方今復何言，外患兼內訌。

## 東望

孤注有人甘一擲，獨醒無地避群囂。朝三暮四狙方怒，東望蓬萊萬里遥。

## 晨起

隔窗俄見屋山紅，知是暉暉日出東。起舞未能師祖逖，仰思焉用學周公。垂堂昔懍千金子，奉帚今無五尺童。記否丁年曾許國，甲兵十萬在胸中。

## 項王

力拔山，氣蓋世。屠咸陽，殺義帝。早知豎子不足謀，况遇漢王能鬥智。一朝垓下陷重圍，欲決雌雄騅不逝。騅不逝，復何恃。當年富貴歸故鄉，此騅一日行千里。

## 馮道

任他笑罵自爲官，荆棘銅駝事等閑。讀盡廬陵五代史，方知老子不痴頑。

## 猶有

猶有先人敝廬在，此心羞與市兒同。但期饘粥糊余口，遑恤蜩螗丁我躬。盡伏夜行皆鼠子，朝三暮四困狙公。古來治亂詩能述，盍亦從頭讀國風。下泉之後繼以豳風，亦一亂一治之明證。

## 雨中暮歸

馳道直如矢，投林鳥亦喑。小國行軋軋，暮雨下涔涔。鞭影環城沸，燈光入巷深。歸來衣盡濕，顑頷不成吟。

## 風雪中有懷故鄉

孕雪逾三日，方成玉屑霏。風狂烟與戲，地僻石初肥。歲月已云暮，田園胡不歸。灞橋驢背客，西望泪頻揮。

## 挽車

冰天僕僕敢雲疲，醉倚車箱有所思。始信挽車人更苦，朔風砭骨汗交頤。

## 雪夜感事二首

摇空烟漠漠，墮地雪皚皚。日暮驅車去，邊聲涌萬哀。
苦霧壓邊城，轟天炮火鳴。疇能固吾圉，盡是鬩墻爭。

## 朝暮

寒色浸征衣，車聲陌上稀。冰堅防路滑，日瘦襯烟肥。風蓄邊城怒，霜凝野戍威。艱難餬口事，朝往暮方歸。

## 詩名

生涯日蹙國百里，骯髒天仇餘一人。但竊詩名願已足，污人終厭元規塵。

## 苦寒

驅我年來不獨飢，胸中滿貯苦寒詩。平明策蹇欲何往，墮指酸風怒吼時。

## 馬仲瑩五十生日同人公祝分韵得壽字

河清既難俟，誰復論人壽。故人馬季長，我獨與之厚。自與君締交，相暱逾昏媾。以君齒與德，定爲天所佑。憶昔從君游，榆槐森以茂。追凉南郭外，坐看雲出岫。吟興殊未闌，歸每待更漏。日月曾幾何，霜風終夜吼。歲寒見松柏，益復念故舊。今日祝以詩，狂歌隘宇宙。所愧貧病中，一生百不就。爲君一稱觴，卜夜兼卜晝。

## 歲暮次仲瑩五十自述

塵網頻年縶此身，桃符指日又更新。緑垂窗竹曾經雪，紅綻庭梅漸入春。爲政不聞星北拱，起衰欲挽日西淪。天時人事交相迫，有酒還期共飲醇。

## 己巳沽上除夕

爆竹轟雲際，寒梅吐夕妍。沈吟消永夜，孤抱惕殘年。影着天衢外，魂飄海市前。囂塵與湫隘，回首兩凄然。

## 贈孟定生 以下庚午（一九三〇）

龍山九日孟參軍，謂公園詩酒之會。我亦曾爲入幕賓。幾度從游傾白墮，祇今彌望盡黄巾。倉皇戎馬無寧日，牢落關河入戰塵。筆陣似聞能掃蕩，君工書。案頭漫惜墨磨人。

## 挽馬頡雲先生

平生膠漆兩相投，衹有文淵與少游。謂詩癯、仲瑩。一束生芻空自惜，百年風木爲君愁。篋中什物分明在，架上遺書忍讀不。手澤猶存人已渺，故應流涕到箕裘。

## 自憐

百金鬻技厚吾顔，窺鏡朝朝每自憐。成佛已居靈運後，著鞭肯讓祖生先。撩窗雁影魂俱碎，填巷鷄聲耳欲穿。曾約故人同起舞，枕戈擊楫定誰賢。

## 桃花

偶向荒園倚短笻，桃花爲我逗嫣紅。十分春色無人管，半入詩中半畫中。

## 沽上清明日

負盡清明不自知，客中猶以泪爲詩。桃花帶雨環相泣，又是墦間祭掃時。

## 室人言清明前由家來津久候不至有作

病榻暌違後，去歲八月杪，因妻病旋里。蟾光已六圓。因君歸緩緩，使我恨綿綿。草色青於黛，楊花白似氈。東風如解事，不到客愁邊。

## 嚴範師生前贈詩一律塵事鞅掌未及見也庚午春檢公遺詩知爲辛酉年所作感而賦此

末猶難附況中堅，公贈詩中有『北學中堅大有人』句。每誦遺詩泪泫然。已竊微名如白陸，不妨相見約黄泉。東隅一失吾何望，北學垂危公獨肩。往事直如蕉鹿夢，唱酬恨未及生前。

## 擇廬看海棠

緊誰療我眼中貧，折柬相招有故人。兩度看花終不厭，孤芳怯雨尚含顰。飄摇莫遣風爲祟，皎潔曾邀月作鄰。大好春光纔睡足，郤嫌終日絳敷唇。

## 上鄭太夷先生

吾師今之陳後山，謂石遺師。自别門墻意惘然。公乃吾師一老友，恨不相遇十年前。論詩直欲抉堂奥，落筆豈特生雲烟。陸沈于俗名轉盛，海外猶知有鄭虔。

## 張一桐置酒見招席間得晤鄭蘇老有作

翩翩濁世佳公子，衡以吾宗何足齒。吾宗結交皆老蒼，偶聞足音心輒喜。一生久耳海藏名，恨相見晚寧非情。得君爲介亦不偶，一飯千金有重輕。

## 與石遺夫子別十六年矣以詩爲贄或能博莞爾一笑邪

辜負循循善誘心，此道恨未窺其深。別來雲雨幾翻覆，橫絶江山無古今。信知處世一夢幻，猶冀逃虚聞足音。以詩爲贄百無似，敢言敝帚抵千金。

## 夏夜游某國花園

溪邊兀坐追晚凉，巨竹千挺槐四行。孤光入池金破碎，殘月墮地雲蒼茫。曲之高者和彌寡，是夜聞有歌聲。夜如何其曰未央。胡爲低回不忍去，抑視作作皆星芒。

## 鄭蘇老詒海藏樓詩賦謝

往日誦公詩，如窺豹一斑。峨峨海藏樓，可望不可攀。吾宗招我飲，一桐。始獲親公顔。公乃不我弃，貽我詩一編。豈特百回讀，服膺彌拳拳。竊聞公之詩，肆力有後先。吾師嘗論之，石遺師。歷歷如編年。略言攻五古，事在三十前。浸淫柳柳州，旁及元遺山。直挾幽并氣，一一入毫顛。膚淺如鯫生，焉能測高堅。賦詩以爲贄，吾將師事焉。

## 盛夏雨後野望

烈日蒸天地，爐中乃爾紅。萬凉生一雨，孤抱惜殘虹。岸闊隨溪漲，林深有路通。潺潺終不息，招我過橋東。

## 腹疾

尼山疾必慎，殆有深意存。一爲病所攖，呼痛無晨昏。曩讀孔孟書，斯言豈不聞。習矣而不察，遂爲病之源。嗟予遘腹疾，遍體焦如焚。呻吟牀褥間，自申達夜分。久之汗始發，飢腸轉如輪。一飯三遺矢，有如廉將軍。痛定猶思痛，何况痛在身。乃知先聖言，廸我逾所親。拳拳當服膺，豈特書諸紳。

## 答海藏翁見贈

公詩如公書，深中吾所好。以此爲淺陋，『淺陋何足道』，此公贈予詩也。竊謂公自道。
昨聞叩門聲，言是使者到。開函誦公詩，示我以堂奧。敢爲月旦評，無理自取鬧。
矧予學日荒，未老已及耄。惟當抉塵網，日日求深造。登堂嚌其胾，粃糠庶可埽。
聞公道所歷，想見氣兀傲。投贈亦有心，深愧無紵縞。

## 中原露臺納涼

眼前突兀二千尺，今夜納涼裁見此。此游渾忘是登高，卻怪行人小於蟻。

## 歸舟

火雲高不落，映水作奇峰。俯仰自成趣，噌吰何處鐘。黑沈帆影瘦，青入柳陰
濃。欲共津人語，無言衹笑儂。

## 雨夜課兒

付與兒曹讀此書，燈光閃閃雨聲粗。莫因閉户嫌孤寂，中有三人一是吾。謂翽、翕兩兒。

## 憫亂

釜中煮豆竟然萁，贏得長安似奕棋。一死敢忘東海蹈，將歸莫賦北山移。禦寒短褐今安在，托命長鑱世可知。蕩盡家鄉無遠近，年來畏讀少陵詩。

橫磨劍下好頭顱，相斫書中喋血圖。誓以躬耕全性命，不妨揖讓變征誅。齊猶可王羞稱管，蔡不能飛竟去吳。群嗜殺人孰能一，下帷我欲學江都。

## 醫窮

鍛詩夜夜聲摩空，竅鑿混沌天無功。一生抑鬱不自得，惟有此事能醫窮。

## 九月晦日管君洛聲觴客寓廬分得送字

羅園看菊歸，幼安遠相送。忽忽一年前，此事殆如夢。今來就菊花，一飲各思痛。壁間覓舊題，似入白雲洞。乃知幽人居，邈不同於衆。紛披書萬卷，瀲灧酒一甕。醉歸不勝寒，題詩且呵凍。

## 瓦橋關懷古

江都主簿馬旻徠，馬明經之⿰馬霝，善爲詩，見《居易録》。苾遠中丞亦俊才。王企埥爲燕臺七子之一，輯有《畿輔四家詩鈔》。偶與兩賢同里閈，獨於濁世避塵埃。人民城郭温前夢，北際南陲孕古哀。老作瓦橋驢背客，誰知筆下有風雷。

## 浴罷

敢言狂瘦勝痴肥，浴罷彈冠復振衣。歸潔其身而已矣，澄清天下願真違。

## 孔孟

荆人不肯索遺弓，得失分明在國中。孔謂去荆斯可矣，見《吕氏春秋·貴公篇》。大哉天下以爲公。紂死謂之誅一夫，殘賊之人或可除。後儒日言民爲貴，奈何蔑視子與書。

## 小坐

小坐花爲壁，更深鏤月光。老懷蠶食葉，拙計鼠銜薑。病憶三年艾，貧無隔宿糧。客愁何處洗，清濁任滄浪。

## 讀史絶句

鄧氏鑄錢遍天下，及築露臺惜百金。枉説漢文能撙節，銅山獨感帝恩深。
凝碧池頭宴近臣，梨園子弟泪痕新。樂工尚識君恩重，雷海清等。愧煞當年㿝與均。

謂張均張垍。

元王秉政禍滔天，貨賂公行二十年。利重於名士何有，邕投絕徼涉歸田。薛邕貶爲連山尉，張涉放歸田里，皆以贓敗。

## 孤憤

狂謀百無成，挾以入文字。一語不驚人，有負縱橫志。所以數年來，文字動爲累。冥搜到枯腸，中有萬魑魅，一一見之詩。爲我用武地，自慰還自憐。孤憤在寤寐。

## 重九日述懷

甲子雖存晉已亡，人心依舊有重陽。滄江欲雨雲翻墨，老圃無花弃代黃。孟到龍山拚共醉，陶歸栗里獨深藏。山河風景皆殊异，換得新亭泪數行。

密雲不雨天欲霜，桑之落矣其隕黃。笙竽耳中鳴萬籟，槐柳眼底森千行。蜚狐口外亂烽急，戲馬臺前秋草荒。嗟予何日是歸日，年年載酒津橋旁。

## 喜海藏翁見過

平生願學心，尺素無由通。自登海藏樓，昭然若發矇。公年逾古稀，健步如神童。有時抱膝吟，浩氣摩蒼穹。安得長往還，坐我春風中。一朝聞足音，破此空谷空。傾談日西匿，此樂真融融。所愧巷湫隘，高軒未能容。臨歧欲何言，矍鑠是此翁。

## 登高

畏寒罷登高，恐負重陽日。行行馳道上，電絡蛛網密。是時天沈沈，風厲鴻飛疾。黑雲厭吾頭，輕泥濺吾膝。甫出城之闉，邊風怒且叱。平生飽憂患，雖寒亦不粟。荒荒東籬下，有菊香四溢。共抱歲寒心，肯學逾淮橘。寒聲出林莽，歸途更蕭瑟。發短不勝簪，且以風爲櫛。

## 師言

吾師恒勸我，石遺師。多讀古人書。果能破萬卷，游刃自有餘。蹉跎二十年，結習終難除。將書束高閣，惟以詩自娱。枯腸百搜索，技若黔之驢。未能咀其華，所獲惟榛蕪。垂老思此言，愧汗淪肌膚。豈惟負我師，并負今之吾。日學杜與韓，能得一二無。

## 重陽雨夜感舊

呼作玉盤今老大，磨成銀鏃破空飛。中秋月與重陽雨，一樣凄涼勸客歸。

雨打寒窗分外酸，故園有菊夢中看。年年此日作歸計，每到臨歧事兩難。

## 擬古 七首

竊鉤者必誅，竊國恒爲侯。蒙莊生周末，言此蓋有由。聖人制五刑，不早爲之謀。所以莽與操，篡奪無時休。

鳧脛不可續，鶴脛不可斷。人之才不才，猶脛有長短。責以所不能，如求時於卵。君子器使人，不爲左右袒。
甲僕乙代興，詆甲爲不仁。乙僕丙復然，迅若風轉輪。各竊仁義名，誑此無辜民。哀哉莽大夫，劇秦而美新。
政不在多言，顧行何如耳。徒法豈能行，必自保民始。漢高得天下，三章約法中。狐埋而孤搰，是以無成功。
詈甲爲守舊，稱乙曰維新。新舊果何定，能否拯斯民。所嗟乳臭兒，肆口詆暴秦。一人逐鹿場，盜賊亦聖神。
詩能窮人乎，達者有荆公。酒能困人乎？傳者有嗣宗。我欲師古人，所見殊不同。不顧行新法，焉用哭途窮。
盜跖以壽終，所嗜惟殺人。顔回三十二，以學殉其身。盡在覆載中，誰論仁不仁。所以孔尼父，絶筆于獲麟。

## 分權

郇模願獻三十字，自言一字爲一事。其言監者欲何爲，請罷諸道監軍使。我有二字曰分權，軍民不分國難治。年來悍將擁重兵，如火燎原勢方熾。徒言不戢將自焚，天下汹汹欲安避。財用之蠹民之殘，古今論兵未能异。弭兵之會亦虛名，况復假人以利器。君不見，唐之藩鎮軍民兩權胥在掌握中，喋血以争城與地。

## 有待

昨日過在身，期以今日改。今日乃自寬，謂有明日在。因循復因循，桑田變爲海，所以人之過，所患在有待。

## 寓廬雜詩

大鵬徙南溟，水擊三千里。良馬下峻坂，迅若風中矢。人飛不如禽，走亦不如獸。顧能馭萬物，殆亦天所授。萬物人爲靈，曰爲性使然。奇肱作飛車，墨翟爲木鳶。

其行能縮地，其飛能冲天。以視獸與禽，何遽多讓焉。惜乎吾國人，格物心不專。相隔數千載，稍稍失其傳。凡百用客卿，謂彼先著鞭。數典而忘祖，思之惟汗顏。

唐括富商錢，百姓皆罷市。問誰作之俑，實自韋陳始。韋都賓陳京。從此兩河民，叛者如蜂起。今之牧民者，奈何昧斯理。日言厚民生，實則驅民死。苛捐日繁興，視古殆倍蓰。遂令九州民，紛紛弃閭里。欲爨先析骸，欲食先易子。所在宿重兵，薦食如蛇豕。韋陳如有知，當亦不忍視。吁嗟藩鎮禍，其烈乃如此。

## 夜行見月

莽莽頹雲襯四圍，夜深有月吐清輝。獨行踽踽休惆悵，天遣姮娥作伴歸。

## 看山

鏡裏頭顱殊可憎，黟然黑者漸星星。山靈似惜頭將白，爲我先舒萬疊青。

## 尋菊

購花無力去尋芳，野菊銜風似繭黄。欲插滿頭終不果，恐人嗤作少年狂。

## 兵禍二首

向戍何顔更弭兵，殺人盈野復盈城。茫茫禹甸君知否，十九年來盡哭聲。

輸攻墨守各矜能，掘地方知水亦腥。愁煞黄泉相見後，堂堂白日走雷霆。

## 歸思

麥堆兩甕菜填畦，蕞爾園中尚可栖。累念不如歸去好，耳邊況有子規啼。

椎髻蓬頭子與妻，偷閑話到日沈西。客中預草歸田録，留待他年醉後題。

## 功名

功名誤盡去來今，空谷何人聞足音。浚益三刀會入夢，偃烹五鼎亦甘心。散材畏見搜林斧，大器羞爲躍冶金。千載賢愚判霄壤，此中我獨費沈吟。

## 九月十九日擇廬小集補作重陽分得城字 二首

擇廬看菊如尋盟，年年到此餐落英。狼藉杯盤曾共醉，荏苒寒暑已六更。重九之會今已六閱寒暑矣。過隙有如白駒速，哦詩欲奪寒螿鳴。一生能度幾重九，且聽風雨鏖孤城。

重陽補作誰尸盟，李侯始來自北平。黄花已購千百本，白髮又添三兩莖。老去且沽醇酒飲，狂來孰負能詩名。甘拜下風豈得已，公等五言如長城。

## 王逸塘中丞以詩選見詒賦此答謝

不見阮亭已數年，采國風者君爲先。惟君與我有同嗜，餉我忽來詩一編。楞嚴當作百回讀，文字聊結前生緣。何時海上更修禊，一觴一咏追前賢。丁卯上巳，公曾以修禊見約。

## 讀今傳是樓詩話題後

蒼葭白露恨來時，况讀漁洋感舊詩。夢裏江湖紛涕笑，角端蠻觸决雄雌。題襟邗上曾賓谷，清曾燠官兩淮時，曾闢題襟館於邗上。聞笛山陽嚮子期。付與先生寫懷抱，衡來或可解人頤。

## 九日雨雪交作寒甚對菊有感

天公謂菊未必真，傲霜特以殘臘爲重陽。果然雨中繼以雪，一白奪盡黄花黄。天之肅殺豈無意，晚節始得知其詳。君看東籬秋色暮，郤有柳絮争飛揚。渡頭流水寒有暈，陌上行人凍欲僵。自非菊有耐寒性，早已萎絶如枯桑。乃知隱逸之名信不忝，雪中獨自標孤芳。我對此花三嘆息，開時胡爲傍戰場。

## 送海藏翁南歸

與公曾約作重陽，襆被匆匆謝未遑。海運待看鵬北徙，秋高先逐雁南翔。蕭蕭風雨仇佳節，漠漠烽烟下大荒。徒有戒心添鍵僕，黄巾不入鄭公鄉。

## 夜行

細路沙汀外，衝寒我獨過。樹因風蓄怒，秋縱月舒波。獵火原頭熾，悲笳塞上多。夜行寧畏險，鬼語出烟蘿。

## 送桂從周之吉林

我與君締交，洛社爲之因。論時纔四載，乃如手足親。同居南郭外，詣談無晨昏。相交在風義，得酒更論文。屈指數年來，知己惟一人。忽聞君遠行，黯然消我魂。小别何足道，願我悲離群。乃知肝膽交，天涯若比鄰。是時天苦寒，霜花白於銀。摇空烟縷縷，聒耳車轔轔。一出榆關外，狐裘恐不温。君今往此地，殆有深意存。昔聞長白山，蜿蜒遼海濱。松花貫其北，波濤浩無垠。一得江山助，詩成如有神。郵筒寄勿遲，見書如見君。

## 次韵答高彤皆先生

凌雯

學詩不學邵堯天，宋邵康節所撰《擊壤集》凡二十卷，其詩源出寒山拾得。牛馬恐被它人呼。況非淵明欲結廬，塵襟未免污山湖。年來憂國泪欲枯，奈百執事皆屠酤。有人言此信不誣，效顰那有傾城姝。事師閩南一宿儒，石遺師。幸未遭斥非吾徒。親歿何顔説絕裾，隻身卻爲飢寒驅。猶幸題襟道不孤，歷盡風雪兼泥塗。以此慰情聊勝無，詩律不識分精粗，敢云老馬能識途。惠詩以《識途》見擬。

## 訥河鐵橋落成詩

嫩江塞外一大川，衆流所匯滄溟間。其間大者訥謨爾，濫觴遠自東南山。去城五里河漸闊，輿梁未成代以船。一勞永逸苦無策，至今益難崔公賢。君名福坤，時攝訥河縣篆。崔公之來非偶然，百廢具舉河爲先。鳩工庀材五閱月，苦心擘畫功方竣。從此河梁暢無阻，大車擊轂人摩肩。此橋迴非木可比，砌以鐵石工尤堅。年來中原日蝶血，飢民什九移窮邊。生齒日繁地日闢，爲氓爭欲受一廛。固知此橋落成後，含哺鼓腹民騰歡。周道如砥直如矢，隔橋縷縷皆炊烟。寄語行人須愛護，勒諸貞瑉方不刊。

## 題杜少陵傳後

牛炙兼白酒，一夕竟醉死。不死將何爲，憫亂而已矣。吁嗟天寶末，汹汹盜蜂起。戰血塗中原，河清渺難俟。以公報國心，稷契恒自比。滿目悲瘡痍，袖手忍坐視。願惟薑桂性，干謁尤所耻。以此困征途，往來夔與梓。厚祿驕故人，恒飢念稚子。人皆爲公悲，我且言其理。天之生异人，豈爲貧而仕。巨刃將摩天，窮愁爲之砥。增益所不能，天意或在此。公殁逾千年，公詩累萬紙。昭然揭日月，孰不爲公喜。乃知天生人，未必盡相似。公才天使獨，杰然稱詩史。光焰萬丈長，成句。窮達何足齒。

## 世態

女也人盡夫，男也仇其親。世態既如此，炎凉何足論。吾儕丁此世，拳拳守斯文。呼牛與呼馬，衆口徒紛紛。孟軻謂幾希，人禽所由分。人頭而畜鳴，皮去毛安存。天公留吾儕，稍爲明人倫。所患力孤危，匹夫抗三軍。萬一抉吾眼，長挂吴東門。知我其天乎，敢怨生不辰。

## 曹纕蘅經沅以移居詩見示次韵奉酬

任它鴻爪辨西東，一夢難逃逆旅中。浮海願隨尼父去，囂塵肯與晏嬰同。一樓風月堪招隱，萬籟笙竽已怒空。我有彌天遲暮恨，黄金欲鑄抱冰翁。近有私淑南皮之意。

薄田數畝瓦橋東，瓦橋關在雄縣南門外。回也簞瓢樂在中。自墮塵寰爲物役，愴懷身世與君同。一枰勝負争孤注，十室誅求已九空。縱有桃源非樂土，偷生合作信天翁。

## 感事一首再疊前均

杼柚何人賦大東，日在羹沸蜩螗中。歧路亡羊紛涕笑，一邱之貉無异同。莊生栩栩已入夢，殷浩咄咄方書空。由來禍福相倚伏，莫因失馬悲塞翁。

## 答逸塘中丞見和

秦亡已歷十九年，逐鹿羞與人争先。惟讀漁洋感舊集，恨不日日手一編。猶幸與君爲舊雨，惠而好我皆前緣。阮亭有意學杜否，論詩未有如唐賢。

## 沽上雜詩

澤門晳與邑中黔，興役何如慰我心。宋國區區猶詛祝，漫言黨禍誤東林。
爲戎誰惜禮先亡，被髪争趨舞蹈場。凡百司空都見慣，潑寒胡戲更尋常。
城隅搔首獨踟躕，一笑居然有彼姝。莫爲相逢嫌已嫁，明珠尚可贈羅敷。
十萬牙籤日散亡，鑿楹此後待誰藏。年年載向神山去，不爲焚書怨始皇。聊城海源閣藏書聞多被人售諸某國。

朝爲伉儷夕爲仇，婚嫁於今太自由。欲作百年偕老計，梁鴻祇與孟光謀。

## 寒夜顧曲戲贈石癯仲瑩

朔風膋面月如霜，一夕偷閑奪百忙。不涉梨園將半載，無端顧曲作周郎。

## 雪中

凍雲如鐵雪如篩，又是鵝毛亂舞時。我有萬言慳一吐，津橋何處覓題詩。

## 删詩一首呈海藏翁

海藏校吾詩，謂爲當力删。如能縱尋斧，真詩乃出焉。斯言如藥石，息息頗相關。敢不拜嘉貺，冀見沈屙痊。惟予眼生花，有如霧中看。萬象森模糊，不辨媸與妍。又如談天日，捫燭而扣槃，不能見輿薪，矧察秋毫顛。無已强爲之，百日功方竣。

自惟丁未季，斯文喪自天。萬撼隨所遇，惜此一綫延。無聊托文字，敢詡藏名山。人言程不識，不值一文錢。衆口雖悠悠，豈因异物遷。嗟予幼學詩，竊慕杜與韓。有時擁鼻吟，妄欲師前賢。運斤未成風，豈能斫鼻端。質之海藏翁，我心終茫然。

## 韓致堯

即以詩言亦絶塵，一生肝胆鬱輪囷。唐書衹載《香奩集》，見唐書《藝文志》。持擬冬郎太不倫。自忤全忠弃故官，朝朝秘記爲金鑾。誰知蕭瑟唐陵柏，惟有冬郎共歲寒。

## 陸放翁

宗派圖中廿五人，作圖始自吕居仁。劍南私淑江西派，放翁詩法傳自曾幾，而所作《吕居仁集序》又稱源出居仁，二人皆江西派也。不似當年黄與陳。

欲向山僧學打包，放翁原句。何如歸去結衡茅。可憐韓氏南園記，死後無人爲解嘲。游晚年隳節，爲韓侂胄作《南園記》，得除從官，見《四庫全書·雜集類提要》。

## 立春日 舊臘十八日

雙雙凍雀立朝暉，鬱鬱幽人獨掩扉。應是東皇嫌寂寞，數聲臘鼓趣春歸。

## 十二月二十六日附汽車西歸道中作

頻年數歸期，及歸迫歲闌。忽聞爆竹聲，使我心膽寒。時行者皆有戒心。

村村似張弓，我車爲之矢。横穿閭巷旁，咫尺視千里。

蕭瑟林塘中，寒日翳復吐。指點益津關，在今霸縣，爲三關之一。鼕鼕鳴臘鼓。

車中膝難容，迅若雷霆奔。津橋與瓦橋，晨發到未昏。

## 到家

入門知歲豐，聊足慰我心。莫笑阮囊空，平安抵千金。

淵明有五男，奈何獨還鄉。時兒輩皆僑寓他鄉。鄰家話團圞，卧聽酸枯腸。

## 吾詩

燔書今已酷于秦，呵護誰言有鬼神。若謂吾詩當覆瓿，後人不待待今人。
立言嚮爲人所輕，自檜以下惟詩名。前身合是郊與島，寒邪瘦邪無人評。

## 村居除夕漫成四絶 限支韵

南溟枉説是天池，一蹶江湖竟不支。冷暖人情嘗殆遍，不歸尚欲待何時。
心爲形役陶元亮，命與仇謀韓退之。并入今宵倍惆悵，無聊祇合祭吾詩。
錦標傾奪少年時，那肯知雄守以雌。垂老廉頗心尚壯，郤言一飯矢三遺。
人皆博塞不知疲，我獨偷吟饋歲詩。三百六旬如逝水，明年還欲閲枯棋。

## 附辛未年作

### 展墓 正月二日

悲風驅我來，荒徑直如矢。邱壟忽在前，渺若隔千里。五年闕祭掃，今日兒歸矣。長跪訴九原，返哺心未已。奈何天不仁，遽奪怙與恃。荒荒馬鬣封，泪泫寧忍視。嗟予誓墓心，亦爲言在耳。食言而自肥，將焉用此子。白楊風蕭蕭，魂斷墓門裏。

### 養氣

己巳四月初，頭眩行路難。庚午患耳聾，適逢臘將殘。皆爲天所佑，匝月旋告痊。細審病之媒，半爲氣所牽。憶當盛怒時，眦裂髮衝冠。以此戕其生，奈何終不悛。今春學養氣，竊欲終吾年。孟軻不云乎，此氣名浩然。其精配道義，其大塞兩間。直養果無害，聾聵何有焉。勒爲座佑銘，勝讀疱丁篇。

## 人日柬從周琿春

圖門江上水粼粼，長白山頭月一輪。大好江山與之伍，可堪風雪獨懷人。嚶鳴竟日唯求友，一别經冬復入春。襆被西歸如有日，爲君先拭甑中塵。

## 暮歸遇雨 正月二十七

東皇一懶龍爲祟，飛入人間作雨聲。浩蕩春光猶受縛，蹉跎羈客若爲情。布衾冥想寒於鐵，壞壁遥看矗若城。日暮歸來獨惆悵，薰衣直欲到三更。

## 一字

貧一字，富萬篇，見《文心雕龍》。善爲文者無不然。憶當灞橋風雪間，推敲有如買浪仙。憾山容易撼軍難，鍛詩當作如是觀。區區一字汗血乾，奈何侈言杜與韓。

## 學杜

不惟其人惟其詩，如此學杜它可知。此老詩外有事在，東坡之言不吾欺。許身契稷爲一國，致君堯舜須何時。偃蹇一生百不就，傷哉天厄非人爲。

## 排悶二首

淵明有子挂懷抱，莊生任人呼馬牛。一當晋亡一周末，二人所見殊不侔。方今天下果何世，大盜竊國小竊鈎。觸山蹈海兩無用，斥鷃且作逍遥游。

凡事當退一步想，知其雄者守其雌。今是昨非久乃悟，耕田且賦南山詩。樹五畝桑問以宅，種一頃豆落馬萁，如此行樂復何憾，罪言悔學杜牧之。

## 挽步芝村師

水西莊水蓮池蓮，兩度從游隔廿年。在昔高堂施絳帳，衹今舊物唯青氈。城南題襟事往矣，沽上招魂泪泫然。欲和公詩不我待，茫茫此恨真彌天。

## 漫賦

男兒胸次海天寬，自困鹽車路萬盤。一死待埋伶荷鍤，餘生羞説禹彈冠。不俟枉自矜猨臂，知味何曾食馬肝。寂寞已成身後事，觀棋尚欲入長安。

# 跋

世之好詩者，特以詩爲酬應之作而已。舍酬應而求詩，所謂詩者安在？余以此自訟，遂欲置詩不爲聞。余言者，或以爲過。一漚閣方刊詩，能力删其酬應者則真詩出矣。庚午仲冬孝胥跋。

# 附録：一漚閣詩存

民國乙卯自印本　雄縣張同書玉裁著

## 序

乙卯冬，余在都門會刻《詩鈔》一小册。是時，陳石遺先生方編輯《詩話》，因采録數首以質當世。厥後，先生又編次《近代詩鈔》，其中所録余之舊作與《詩話》略同。蓋自乙卯迄今，與先生暌違將及十稔，偶有所作，輒以不得請教於先生爲憾。而先生對於余詩更何從以定去取乎？今春因事來都，交游之中謬采虚聲，諄諄以續刻爲言。余乃不揣譾陋，節録百之一二以公諸世。世有能詩之君子，如以爲可教而辱教之，則受賜多矣。

民國十四年乙丑三月雄縣張同書識於京寓

## 江上

立殘江上月，孱影更誰親。林黑石疑虎，江摇濤有神。星河寒墮水，魑魅暗窺人。欲覓扁舟渡，顛風起白蘋。

## 雨夜懷翊兒

林薄渾無際，天涯入望深。迴風飄雁去，急雨挾鐘沈。萬竅號猶怒，危樓耿獨吟。所嗟子行役，時從軍岳州。消息隔愁霖。

## 津奉道中

一生咫尺視天涯，此去榆關路更遐。濱海有田皆斥鹵，連村無地課桑麻。荒城月落鳴殘柝，絶塞風高捲怒沙。等是天寒無處宿，飛飛心轉惱啼鴉。

## 津門旅愁

猛懷家國泪汍瀾，詩入窮愁胆更寬。臣朔敢悲飢欲死，君平不與命相干。深杯坐滌彌天恨，皎月難窺澈骨寒。自笑此身如逐客，倚樓惟覺雁聲酸。

## 舟發藥王廟口號

昏昏上孤舟，駭浪挾人去。决窗認沙灣，殘月落何處。

## 自題《瓦橋歸隱圖》

黄蒿城古夕陽殷，岸柳千條水一灣。他日倘尋招隱地，行人指點瓦橋關。

## 感事

早知吾相不當侯，悔向沙場喋血求。大錯鑄成心更亂，哀哀桑梓忍回頭。

## 一漚閣聽雨

莫恨連朝澀不晴，天教霖雨慰蒼生。詩人亦是天驕子，把酒來聽瀑布聲。

## 徐觀察友梅偕其公子見訪賦贈

皎皎津沽月，相期共此心。江山初易主，桃李漸成陰。橫舍綢繆意，焦桐斷續音。翛然人境外，車馬肯相尋。

## 夜泊安新縣

西風催暑去，酬我以新凉。曖曖月初墮，深深葦可航。漁歌出遠浦，人語雜他鄉。獨坐空濛裏，燈昏夜未央。

## 五月二十二日謁墓

平疇如掌草如茵，蒿里重來涕泪新。未報春暉何敢死，暫留軀殼更誰親。聲吞注海經天泪，余亦東西南北人。磨盡輪蹄方税駕，墓前那得不酸辛。

## 題蔡松坡將軍遺像

餘生相見尚衍期，擊楫雄心有水知。我自吊君人吊我，茫茫海宇一枯棋。

## 夜深過金鋼橋

河流蕩魂魄，夜氣漸沈沈。灼爍燈千樹，喧豗水萬尋。黿鼉驕欲舞，蟋蟀静中吟。咫尺榆關路，烽烟驚客心。時奉直戰釁已開。

## 兵灾 甲子（一九二四）

今春天苦旱，千里成焦土。七月禾未收，洪水繼霪雨。旱潦迭爲灾，民生一何苦。奈何淮西將，窮兵復黷武。頭會與箕斂，快意恣所取。芻粟高於山，丁壯征比户。哀哀關西民，遂爲東道主。困乏既須供，横行疇敢阻。糜爛半天下，鬩墻誰禦侮。所以古人言，養兵在鎮撫。非爲勤遠略，亦以固吾圉。况聞鷸蚌争，漁翁已凝佇。得利歸他人，何有鄒與魯。極目戰場西，他年誰吊古。

# 秋望

一角青山掩夕暉，天荆地棘欲安歸。群雄角逐無寧日，枉謂中原鹿正肥。

# 西歸

黧黑尚餘真面目，殘紅猶戀舊山河。天邊日脚垂垂下，西望羌村泪更多。

# 感事

十萬貔貅盡北歸，謂吴軍。孤軍何日破重圍。遥知迢遞榆關路，萬轉金輪帶血飛。

# 夜歸書所見

深巷人聲寂，危橋月影孤。小車行軋軋，身外即江湖。

## 壽嚴範師

天遣斯人老故鄉，高風誰復識嚴光。似聞解組歸田後，終日披裘大澤旁。脾睨園林腰脚健，優游塵海鬢毛蒼。萬方多難天寧問，且爲先生進一觴。

## 和陳誦洛中秋月下感懷之作

底事蒼穹又降灾，江花郤傍戰場開。時江浙戰事已起。六朝金粉今猶昔，忍見斯人喋血來。

## 柬王觀察仁安

縱談無地便尋君，新得真能勝舊聞。且喜論詩見堂奥，可堪閱世盡風雲。一生久分填溝壑，四壁森羅有典墳。抱闕守殘吾意足，中年悔讀送窮文。

## 舟行即景

野水荒荒白，秋陽隱隱紅。夢回隤岸外，心在亂流中。曉色初迷望，寒聲已怒空。一帆風更順，憔悴問征鴻。

## 謁殷太師比干墓

荒荒馬鬣護松楸，也是殷墟土一抔。名列三仁終不朽，血流七竅復何尤。故宫禾黍殷頑泣，野廟丹青楚客愁。誰識湘纍憑吊意，投江一死勝封侯。

## 重陽日圖書館小集分韵得還字 甲子

更無高處破愁顔，烽火神州夕照殷。爲問洮河酣戰後，幾人馬革裹尸還。

## 津寓雜感 節録

世風如江河，日日趨下流。人心重行險，競向彀中游。二者遞爲因，風俗遂日偷。豈無殉名人，舉國與之仇。豈無諤諤士，老死不見收。誨淫兼誨盜，腥風污九州。但見竊鈎誅，竊國乃封侯。入時終見擯，吾其營菟裘。

## 酒後遣懷

惘惘成孤醉，昏昏盡一餐。山河風墮絮，身世髮衝冠。薄味同鷄肋，餘生愧鼠肝。此身何所似，孤鷺下雲端。

## 海濱晚眺

胸中迫隘百無聊，斜日來觀漲海潮。夾岸樓臺迷遠望，排空風浪壓群囂。愁中歲月忙於擲，水底魚龍晚更驕。獨立蒼茫魂欲斷，海雲東望一身遥。

## 冬夜大風雪

荒村十月以風鳴，千里烏雲澀不晴。搔首問天天不語，雪花片片落深更。

## 好戰行

去年戰，薊門南。今年戰，榆關東。兵凶戰危古所戒，將軍乃欲一戰決雌雄。死亡枕藉不足惜，天寒野曠多陰風。乃知小民皆魚肉，曾經刀俎況鞭扑。蕭條千里無人烟，昨日飛芻今挽粟。深夜既有吏捉人，貪夫更教猱升木。頭會箕斂今其時，寧使老弱轉溝瀆，將軍聞知笑且嘻，那知野老吞聲哭。析骸易子天爲愁，悍吏誅求猶未足。吁嗟乎，民不敢言尚敢怒，恨不剚刃將軍腹。善戰自古服上刑，不見淮陰夷三族。

## 示翔翩兩兒

依依膝下有驕兒，寒夜篝燈泪暗垂。一事無成今老矣，他年待汝壯門楣。

## 霜花

縞素妝成獨傲寒，平明倚盡竹千竿。世人不識霜娥苦，翻説梨花秀可餐。

## 咏事

榆關鼓聲沸，連夜方酣戰。孰知擣其虚，偏師已中變。星夜草檄文，千里如飛電。翦翼欲去吴，未雪先集霰。嵯峨新華宫，逐君已三見。淮陰善用兵，當日徒自衒。不戢終自焚，胡不讀經傳。

## 由津門送翩兒歸里

孤帆烟水闊，送汝去還鄉。曉月浩無際，征人寒欲僵。嘶風多病葉，蕩水有危檣。共此歸心切，寥天雁陣長。

## 挽林師琴南

上庠回首鬱千悲，師於清末主講京師國立大學文科，當時從之游者凡三十九人，余亦與焉。獨立蒼茫欲語誰。憔悴京華詩一卷，傷心知弟莫如師。師前評余詩，謂與元遺山相近，且爲之序。

## 雪後

朝來惟瑟縮，一雪動高寒。出岫雲猶黑，辭林葉尚丹。飢鳥没林際，凍雀立檐端。獨有吟詩客，騎驢覓古歡。

## 夜泊蘇家橋

一蹟將誰懟，孤燈倍我親。顛風催逝水，深夜撼愁人。文字收餘燼，江湖老此身。終宵積懷抱，一一契先民。

## 除夕漫興

重摩老眼讀遺書，今夕能將一歲除。爆竹轟天燈似海，歡聲都在五更初。

## 苦寒行

去歲苦寒在殘臘，今歲苦寒在仲冬。莫嗟天時有變化，至今海内猶洶洶。堅冰在鬚雪没脛，誰爲劉項争雌雄。傷時詞客心更苦，殫地所出還租庸。歲雲暮矣天地閉，凄凄切切號陰風。雪壓長鑱凍將折，霜覆老屋寒逾濃。凌晨欲乞鄰家火，但見灰塵生甑中。舉室斷炊已三日，男呻女吟四壁空。歸來倚枕獨嘆息，瘦日隱隱生於東。林鳥口噤嘑不得，但聞野寺鳴霜鐘。

## 書憤

壯不如人老可知，前途莽莽鬱深悲。天其以我爲東野，百不能鳴鳴以詩。

## 津沽秋感 節録

誰將玉帛易兵戎，秦晉婚姻事已終。糜爛亦知攖衆怒，誅求誰復恤民窮。謂限期解軍費事。尸填滄海横流後，人在玄黄血戰中。縱劃鴻溝分楚漢，兩軍今又決雌雄。

水灾難禦况兵灾，漠漠烽烟掃不開。關塞已聞新鬼哭，鼓鼙直挾怒濤來。蜩螗羹沸無寧日，瓦釜雷鳴愧不材。我似庚郎空作賦，江南黄葉倍堪哀。

## 甲子除夕

惘惘寒燈下，轟轟爆竹聲。殘年隨雁去，深夜凛鷄鳴。話舊知誰健，思親有泪横。撥灰徒自憤，老大未成名。

## 歲暮感作

霜風徹夜吼庭前，燈火熒熒拂鬢邊。獨擁衾裯追往事，方知甲子是凶年。

## 感事

已報淮陰出井陘，潛師來襲太無名。可憐禍起蕭墻後，坐令天轎撥漢旌。

## 野泊

水程何迢迢，日暮始維舟。蒹葭秋水外，一眺增千憂。荒村八九家，枯葦堆墻頭。想見河伯怒，沙痕今尚留。炊烟辨茅屋，曠野風颼颼。雁陣警高寒，彌望皆亂洲。俄焉月東上，寒氣豁兩眸。歸心箭離弦，對此更悠悠。回思戎馬事，胡爲輕遠游。

## 冬曉

朔風吹凍雪，一夜漫林谷。朝來倚門看，寒鴉猶瑟縮。呼兒起燔薪，寒氣浩在目。仰觀庭前柏，聊以慰幽獨。

## 時事雜感

石壕村外莽荆榛，昨夜驚傳吏捉人。十萬大軍東去後，倚門老婦更酸辛。

平沙漠漠雁聲酸，血濺長城尚未乾。誰謂三軍如挾纊，裹瘡猶復怨飢寒。

## 村居

月黑天低風怒號，直驅沙礫入波濤。荒村歲暮百無事，手脚凍皴空自搔。

濃霜著樹甑生塵，縷縷炊烟葉作薪。鄰犬不知行役苦，隔墻猶吠夜歸人。

## 甲子春正月家譜告成因題小詩於其後

我家居是鄉，忽忽已九世。數典若望祖，一主業罪戾。所以數年來，輒欲修譜系。闡揚先祖德，一一垂後裔。所愧樗櫟材，徒有青雲志。因循復因循，今歲始從事。嗟余初生時，王父已云逝。尚聞先子言，累世重文藝。琳琅書滿架，弦誦世相繼。高曾尤好學，便便五經笥。未及擢高科，人世竟長弃。煌煌留遺訓，凛若山河誓。勤以課子孫，儉以裕生計。惟能勤與儉，家事乃有濟。此外復何求，讀書明大義。斯言猶在耳，此事尚能記。嗚呼父何之，涔涔惟隕涕。

## 雪後野望

昏鴉縮頸雁驚寒，數畝園林倚杖看。入夜炊烟猶漠漠，隔林茅舍自團團。荒村有客鳴孤憤，凍溜冲風咽暮灘。滿地哀鴻欲安往，傷時衹有髮衝冠。

## 墓上泣述 乙丑正月二日

千里流沙壓墓門，甲子夏六月，永定河决口，河流昏濁，積沙下沉，迨水落後，所有先人邱墓衹能辨其仿佛而已。歲時辟踴有兒孫。九原魂魄應來視，一炷清香酒滿樽。

三尺孤墳水蕩平，孤兒剩有泪縱橫。未封馬鬣終天恨，臨穴依依是此情。

穿雲寒日獨來窺，瘦影伶俜上冢兒。啞啞嘑烏于古恨，何年突兀見豐碑。時欲爲先考先妣一墓表以識之。

## 獨望

幾回呵氣向虛空，回首生涯慘淡中。我有廿年文字淚，頑雲無語送冥鴻。

## 移家

黄金用盡更移家，風鶴聲中萬口嘩。我擬少陵丁喪亂，夜深戴月過彭衙。

## 由津旋里道中作

去去休回首，雷車夜有聲。離津數十里猶聞炮聲。艱難糊口事，憔悴故園情。薄酒誰相饋，高田已廢耕。近鄉心更苦，洪水與驕兵。

## 都門客感

少時慣吐酸心語，今日真成劫後人。萬卷撐腸天也妒，陽阿晞髮鬼爲鄰。飄摇風雨將誰怨，流落江潭勝此身。憫世憂天百無用，獨醒空慕屈靈均。

## 讀《杜工部集》後

鳶肩詞客太無情，坐視胡塵逼兩京。惟有少陵心未死，許身契稷爲蒼生。

## 附：《一漚閣詩存》整理本書後

杜魚

侯君福志嗜沽上墳典，庋有《一漚閣詩存》小册，乃曩歲得自冷攤者。撰人張同書玉裁，生於直隸之雄縣，少時聰慧拔群，未弱冠即得入泮。清季謀食京師，民初始遷寓津門。嚴範孫華壁臣諸老，起社於城南八里臺，書乃厠身其間，吟咏唱和，佳什甚多，頗可覘社集之盛，復以窺交游之廣也。余於城南詩社，邇來亦頗爲著意，以其人多勢衆源深流遠，治三津文學不可不特爲關照也。城南社員之結集，存世者固在所多有，然多星散於公私各處，搜羅檢閱頗爲不易。因請君撥冗録校，刊布以廣德澤。今其不吝身心劬勞，從事既竣，梓行在即，乃堅囑陳言以綴篇尾，因略鋪敘如上，希閲者不負大雅之意也哉！

癸巳冬至前六日述於四平軒

（録自《問津》二〇一三年第十二期）

# 《津沽詩集六種》整理後記

經過兩年多的努力，《津沽詩集六種》終於與讀者見面了。本書所收録的六部詩稿，均爲自印本或由原作者之後人、門人整理出版，存世量極少，故非常珍貴。另外，六部詩稿均爲清朝或民國時期的天津地方文獻，其内容涵蓋了地方風物、地理地貌、風俗傳説及文人之間的交游史料，對於研究天津地方史具有重要價值。

本書所收録的六部詩稿此前未見有整理點校本刊行，囿於聞見和水準，整理過程中可能會有不少疏漏，尚祈讀者批評指正。

整理過程中，整理者曾向沈静宇等師友作了采訪，得以避免不少錯訛遺漏，在此謹致謝忱！本書得以出版還得益於王振良先生的精心策劃以及天津古籍出版社總編輯張瑋、責任編輯唐艦等老師的大力支持，藉此機會一并表示衷心感謝！

侯福志

二〇二〇年九月於津沽御河軒

## 《問津文庫》已出書目（總計一〇二種另三種）

◎天津記憶

沽帆遠影　劉景周著　五九圓
荏苒芳華：洋樓背後的故事　王振良著　四九圓
津門書肆記　雷夢辰原著／曹式哲整理　四九圓
故紙温暖：老天津的廣告　由國慶著　二八圓
沽上文譚　章用秀著　三八圓
百年留踪：解放橋的前世今生　方博著　三九圓
南市滄桑　林學奇著　七九圓
津沽漫記：日本人筆下的天津　萬魯建編譯　三九圓
憶弢盦：來新夏先生紀念文集　焦静宜編　九二圓
與山河同在：天津抗日殺奸團回憶録　閻伯群編　三八圓

楮墨留芳：天津文化名人檔案　周利成著　三〇圓

布衣大師：允文允武的藝術名家閻道生　閻伯群著　三〇圓

口述津沽：民間語境下的堤頭與鈴鐺閣　張建著　二八圓

大地史書：地質史上的天津　侯福志著　二九圓

丹青碎影：嚴智開與天津市立美術館　齊珏編著　二八圓

立憲領袖：孫洪伊其人其事　葛培林著　三〇圓

津門開歲：徐天瑞日記解讀　王勇則著　五八圓

水産教育家張元第　張紹祖編著　三六圓

八年夢魘：抗戰時期天津人的生活　郭文杰著　二八圓

沽文化詮真　尹樹鵬著　四八圓

圈外談藝録　姜維群著　三八圓

記憶的碎片：津沽文化研究的雜述與瑣思　王振良著　三八圓

水産教育家張元第集　張紹祖編　五八圓

應得的榮譽：女醫生里昂羅拉·霍華德·金的故事
［加］瑪格麗特著／胡妍譯　三八圓

海河巡鹽：國博藏所謂《潞河督運圖》天津風物考　高偉編著　五八圓
析津聯話　章用秀著　五八圓
頂上功夫：寶坻剃頭匠的歷史記憶　甄建波著　六八圓
四當明霞：藏書目里的章鈺及其交游　李炳德著　六八圓
津沽舊事　郭鳳岐著　一九八圓
守望家園：天津市非物質文化遺産散論　李治邦著　七八圓

◎**通俗文學研究集刊**

望雲談屑　張元卿著　三九圓
還珠樓主前傳　倪斯霆著　三八圓
品報學叢・第一輯　張元卿、顧臻編　三八圓
云雲編：劉雲若研究論叢　張元卿編　三八圓
品報學叢・第二輯　張元卿、顧臻編　三二圓
劉雲若評傳　張元卿著　三二圓
鄭證因小説經眼録　胡立生著　七八圓

品報學叢·第三輯　張元卿、顧臻編　四八圓
劉雲若傳論　管淑珍著　四八圓
品報學叢·第四輯　張元卿、顧臻編　五八圓
走近姚靈犀　張元卿、王振良編　五八圓

◎**三津譚往**

三津譚往·二〇一三　王振良主編　三九圓
三津譚往·二〇一四　萬魯建編　三九圓
三津譚往·二〇一五　孫愛霞編　四八圓
三津譚往·二〇一六　孫愛霞編　五八圓
三津譚往·二〇一七　孫愛霞編　六八圓
三津譚往·二〇一八　孫愛霞編　六八圓
三津譚往·二〇一九　王雲芳編　六八圓

◎**九河尋真**

九河尋真·二〇一三 王振良主編 五九圓
九河尋真·二〇一四 萬魯建編 五九圓
九河尋真·二〇一五 萬魯建編 八八圓
九河尋真·二〇一六 萬魯建編 九八圓
九河尋真·二〇一七 萬魯建編 九八圓
九河尋真·二〇一八 萬魯建編 九八圓
九河尋真·二〇一九 萬魯建編 九八圓

◎**津沽文化研究集刊**

《雷雨》八十年 耿發起等編 五五圓
陳誦洛年譜 張元卿著 四八圓
碧血英魂：天津市忠烈祠抗日烈士研究 王勇則著 九八圓
都市鏡像：近代日本文學的天津書寫 李煒著 三八圓
天津楹聯述略 李志剛著 三六圓

口述津沽：民間語境下的西沽　張建著　五六圓
口述津沽：民間語境下的西于莊　張建著　一〇八圓
紫芥掇實：水西莊查氏家族文化研究　葉修成著　五八圓
蘆砂雅韵：長蘆鹽業與天津文化　高鵬著　五八圓
王南村年譜　宋健著　七八圓
國術之魂：天津中華武士會健者傳　閻伯群、李瑞林編　七八圓
來新夏著述經眼録　孫偉良編　一九八圓
舉火燒天：天津抗日殺奸團紀事　楊仲達、陶麗著　六八圓
口述津沽：民間語境下的丁字沽　張建著　一六八圓
口述津沽：南開學子語境下的公能精神　胡海龍著　一六八圓

**◎津沽名家詩文叢刊**

王南村集　王煐原著／宋健整理　六八圓
嚴範孫先生古近體詩存稿　嚴修原著／楊傳慶整理　四八圓
星橋詩存　蘇之鑾原著／曲振明整理　五八圓

退思齋詩文存　陳寶泉原著／鄭偉整理　八八圓
待起樓詩稿　劉雲若原著／張元卿輯注　四二圓
劉大同詩集　劉建封原著／劉自力、曲振明整理　八八圓
碧琅玕館詩鈔　楊光儀原著／趙鍵整理　五八圓
石雪齋詩稿（附遂園印稿）　徐宗浩原著／張金聲整理　六八圓
紫簫聲館詩存　丙寅天津竹枝詞　馮文洵原著／楊鵬整理　八八圓
思闇詩集　華世奎原著／閻伯群整理　三八圓
止庵詩存　周學熙原著／宋文彬整理　一二八圓
沽上梅花詩社存稿　孫愛霞整理　八八圓
天津文鈔　華光鼐編纂／石玉點校　五八圓
津沽詩集六種　侯福志整理　九九圓

**◎津沽筆記史料叢刊**

嚴修日記（一八七六—一八九四）　嚴修原著／陳鑫整理　一三八圓
桑梓紀聞　馬鴻翱原著／侯福志整理　四二圓

◎**梓里尋珠**

傳承與突破：近代天津小説發展綜論　李雲著　七八圓

從租界到風情區：一個中國近代殖民空間在歷史現實中的轉義

李東曄著　六八圓

趕大營研究　張博著　六八圓

屏廬鉛槧：藏書家刻書家金鉞研究　胡艷杰編著　六八圓

◎**隨藝生活**

方寸芸香：藏書票裏的書故事　李雲飛編　九八圓

問津書韵：第十三届全國讀書年會文集　杜魚編　七八圓

開卷二〇〇期　董寧文、董國和、周建新編　一六八圓